Wurzeln der Vergangenheit

Ein Roman aus dem Uhuru-Universum

H. K. Ysardsson

Über die Autorin:

H. K. Ysardsson ist ein Pseudonym, unter dem die 1972 geborene österreichische Schriftstellerin Herta Krondorfer Fantasy und Science-Fiction-Romane schreibt. Unter ihrem realen Namen schreibt sie Lyrik und historische Romane. Sie ist mit Leib und Seele Selfpublisherin. Ein Dorf im westlichen Niederösterreich, in dem sie mit ihrer Familie lebt, dient ihr als Ort der Inspiration und gleichzeitig auch als Ruheort. Blühende Obstwiesen im Frühling, sanfte Hügel das ganze Jahr über und freundliche Menschen, das ist es, was sie hier hält. Ganz unterschiedlich davon sind ihre Bücher geprägt von unerfreulichen Leuten und schweren Themen, wie Menschenrechte, Gewalt, und Krieg.

Seit 2020 ist sie Mitglied des österreichischen Schriftstellerverbandes und seit 2021 auch im Verband österreichischer Textautoren.

Über den Inhalt dieses Buchs:

Der junge Vik Tami Jos'Wennen wird zum 350. Salamander auf dem Planeten Uhuru ernannt und hat von Anfang an Schwierigkeiten mit seinem Amt, das viel Verantwortung beinhaltet. Dabei stößt er nicht nur auf Widerstand aus den eigenen Reihen, sondern muss auch Entscheidungen treffen, die weitaus folgenreicher sind als zunächst gedacht. Unterstützt wird er dabei von dem alten Salamander Jos'Bedren, den die Matriarchin als systemgetreuen Berater für ihn ausgewählt hat. Dann bahnt sich eine diplomatische Krise mit der Handelsgilde Titum Van und dem Planetenbündnis Syban an.

Nicht nur das wird Vik Tami auf die Probe stellen, sondern auch eine Botschaft aus längst vergangener Zeit.

Wurzeln der Vergangenheit

Ein Roman aus dem Uhuru-Universum

H. K. Ysardsson

BUCH SCHMIEDE

Coverdesign und Umschlaggestaltung: Florin Sayer-Gabor -
www.100covers4you.com
Grafik von Adobe Stock: ustas
Lektorat: Maren Vollmer Lektorat Schreibkunstwerk
https://www.lektorat-schreibkunstwerk.de/

Druck und Vertrieb im Auftrag von H. K. Ysardsson: Buchschmiede
von Dataform Media GmbH, Wien
www.buchschmiede.at - Folge deinem Buchgefühl!

Besuche uns online

ISBN:
978-3-99139-267-5 (Paperback)
978-3-99139-266-8 (E-Book)

PRINTED IN
AUSTRIA

»Das Wohl der Umwelt und der Gemeinschaft steht über dem Wohl des Einzelnen.«

(Vik Tami Jos'Wennen)

Prolog

Die Galaxie bot ein weites Feld, um sich wirtschaftlich zu betätigen. Die meisten Planeten waren der sybanischen Idee eines Zusammenschlusses gefolgt und in einem lockeren Geflecht miteinander verbunden. Sie nannten es »Vereinte Planeten«. Solange nicht zu viel reglementiert wurde, war es für die Handelsgilden das Beste, das ihnen passieren konnte. Es gab kaum noch Zölle, die die Gewinne minderten, und auch sonst fast keine Einschränkungen durch Regelwerke. Es herrschte eine löbliche Einigkeit in Sachen Wirtschaft und Handel, die besonders eine dieser Gilden sehr erfreute und die stetig daran wuchs.

Die Gilde Titum Van, deren Gründer Orash Qesh – einer der ältesten lebenden Wesen des Planeten Edenium Prime – hatte vor Jahren dafür gesorgt, dass die Qolpa nicht nur auf ihrem Heimatplaneten angesehen waren, sondern auch weit über das eigene Sternensystem hinaus und dem Rest der Galaxie. Da und dort gab es noch ein paar Ausnahmen, die für Unruhe unter den Weltraumreisenden sorgten. Aber das Gerücht, die Qolpa würden Sklavenhandel betreiben, war durch die gezielte Nachrichtensteuerung weitestgehend aus der Welt geschafft worden. Orash hatte Geschäfte mit den verbündeten Planeten bevorzugt, die oftmals durch strikte manchmal sogar aggressive Forderungen nach Gesetzesänderungen zustande gekommen waren. Nebenher liefen immer noch gewinnbringende und unsaubere Geschäfte mit verschiedenen unabhängigen und zumeist unterentwickelten Planeten.

Qesh freute sich über die Beliebtheit seiner Person und seines Lebenswerks, ebenso auch an der Modernisierung von Edenium Prime. Die Qolpa waren keinesfalls dumme, gierige Wesen, sondern einfach begeistert am Fortschritt und neuen Technologien. Für die Handelsgilde gehörte das große Geld automatisch dazu.

Aufgeregt zuckte Orash Qeshs Schwanz über den blitzsauberen Boden seines Büros, das hoch oben im Titum-Van-Tower lag. An diesem Tag jährte sich die erste Wetterregulierung auf dem Planeten zum fünfzigsten Mal. Es war für ihn nicht mehr tolerierbar gewesen, dass es an den Tagen regnete, an denen er im Handelspark spazieren oder die Gärten der Aygusta besuchen wollte. Deshalb hatte er die besten Wissenschaftler, Techniker, Programmierer und Meteorologen der Galaxie beauftragt, dieses für ihn gravierende Problem zu lösen. Und innerhalb kürzester Zeit hatten sie mit brauchbaren Resultaten aufwarten können.

Die Sonne beleuchtete die Fassaden der Bürotürme rings herum. Fußwege, Parkdecks und Luftstraßen konnte Orash von seinem Büro aus nicht erblicken und schon gar nicht die unteren Bezirke des riesigen Stadtmolochs, der sich über den gesamten Planeten erstreckte. Es gab Industrieviertel, Vergnügungszonen, Wohnviertel, Dienstleistungen aller Arten und dann die großen Konzerne, die in der südlichen Hemisphäre des Planeten ihre riesigen Türme besaßen.

»Vorsitzender Qesh? Ich muss Ihre Ruhe kurz stören.« Seine Stellvertreterin, die zweite Vorsitzende Lynaris ri Teynar trat leise an ihn heran. Er brummte, schließlich wusste er, dass er sie nicht loswerden konnte, ehe sie gesagt hatte, aus welchem Grund sie zu ihm gekommen war.

»Nuum ist so gut wie dabei. Kada by Nor, die Vorsitzende der Lahhanna Methan Exporte ist interessiert. Dazu können wir eventuell noch einen weiteren Gasexporteur für uns gewinnen. Die Verhandlungen laufen, sind allerdings aufgrund der gesellschaftlichen …«

»Ja, gut, die Gesellschaft dort interessiert mich nicht. Machen Sie weiter so. Sie werden sehen, dass sich der Aufwand lohnen wird.« Sein darauffolgendes Lachen hörte sich an, als würde jemand über trockenes Laub laufen.

Lynaris freute sich über die Aussicht auf die Belohnung, die wahrscheinlich in Form einer enormen Prämie auf ihr Konto eingehen würde. Kurz schloss sie die Augen, um so ihre Zustimmung zu zeigen, dann drehte sie sich um, ging auf die Tür zu und blieb dort noch einmal stehen.

»Ich habe Uhuru nicht vergessen, Vorsitzender Qesh. Der Planet steht noch auf meiner Liste.«

»Machen Sie das und achten Sie darauf, nichts Illegales zu tun. Diese unberührten Flecken sind schwer einzuschätzen, besonders im Hinblick auf die Vereinten Planeten. Sie wissen, dass die sofort Panik schieben, wenn wir zu schnell agieren.«

»Das ist mir bewusst, Vorsitzender. Ich kümmere mich darum. Übrigens, die maroden Siedlungen auf Edenium Prime im untersten südwestlichen Quadranten sind geräumt und gesäubert. Sie können bereits wieder vermietet werden. Der nächste Quadrant steht in fünfzehn Tagen auf dem Programm. Sollen wir ihn vorziehen?«

»Sehr gut und nein, das ist nicht nötig.« Mit einer nachlässigen Handbewegung winkte Orash seine Stellvertreterin hinaus. Lynaris zuckte mit der Nase und gleichzeitig mit der Schwanzspitze. Er sah ihr an, dass sie am liebsten damit über den Boden gepeitscht hätte, stattdessen verließ sie rasch sein Büro.

Uhuru hatte für ihn einen bitteren Beigeschmack, eigentlich für sämtliche Händler, denn die Bewohner dort lehnten alle Kontaktversuche ab. Vor Jahren war eines der Qolpa-Sammlerschiffe, das alles mitnahm, was ihm in die Hände fiel, angefangen von Schrott bis hin zu Lebewesen, durch eine Geheimwaffe der Uhuru vernichtet worden. Bislang konnte er nicht erfahren, um welche Waffe es sich dabei gehandelt hatte. Aber Qesh war geduldig und würde früher oder später die Wahrheit über diese Waffe herausfinden, alles untersuchen lassen und jede Menge Kapital daraus schlagen.

Kapitel 1

Vik Tami Jos'Wennen öffnete die Augen, zumindest dachte er es, denn es blieb dunkel um ihn herum. Mit Schrecken stellte er fest, dass etwas in seinem Mund und Rachen steckte. Er wollte husten, würgen, sich irgendwie bemerkbar machen und das Ding loswerden, das ihm beim Atmen half. Die Erkenntnis darüber, dass das Ding ihn am Leben hielt, änderte nichts daran, dass er sich fürchtete.

Wo bin ich? Er blinzelte, ohne dabei zu merken, dass er nur noch ein Augenlid besaß. *Wer bin ich?*

Diese Frage erschütterte ihn. Er wollte schreien und brachte nur ein zusammenhangsloses, klägliches Röcheln heraus. Trotzdem reagierte jemand darauf.

»Bleiben Sie bitte still liegen. Wir entfernen gleich das Beatmungsgerät.«

Vik Tami kannte diese Stimme nicht und wusste nicht, ob er ihr trauen konnte. Dennoch blieb er ruhig liegen, denn er wollte den Schlauch loswerden. Langsam wurde sein Denken klarer und er verstand, dass er auf einer Krankenstation war, vielleicht sogar auf der in Creson. Das würde seine erste Frage beantworten. Seine Gedanken waren durcheinander und nie blieben sie lang genug, um sich näher damit befassen zu können. Er hörte Schreie, die durch Mark und Bein gingen und er sah Bilder von einem furchtbaren Waldbrand vor seinem inneren Auge. Das ängstigte ihn. Bis er den Regen gerufen hatte und damit das Feuer gelöscht wurde. Danach kam nichts mehr. Nur noch eine leere Dunkelheit, die er nun ebenfalls fürchtete.

Was davon war echt und was bloße Einbildung? In Gedanken hörte er noch eine Stimme, sanft und gütig, aber ihre Worte waren hart.

»Wir sollten ihn seiner Dummheit überlassen.«

Jemand sprach dagegen, aber es war zu leise, er verstand den Wortlaut nicht.

»Na gut, aber er gehört mir. Ich baue ihn so zusammen, wie ich ihn brauche. Zumindest hast du nicht gelogen, was seine telekinetischen Fähigkeiten betrifft.«

Wen oder was meint diese Stimme? Wem gehört sie? Darauf fand Vik Tami keine Antwort.

Kundige Hände lenkten ihn von den fürchterlichen Gedanken ab. Jemand fummelte an ihm herum! Ob es angenehm oder schmerzhaft war, konnte er nicht sagen. Alles fühlte sich irgendwie tot an. In seinem Gedächtnis fand er kein passenderes Wort dafür, was ihn auf eine seltsame Weise ärgerte, schließlich war es unerheblich, wie er das Gefühl benannte.

Etwas schabte in seinem Rachenraum und er war von dem Ding befreit worden. Nachdem er sich vom Husten beruhigt hatte, atmete er einmal tief durch. Es tat weh. Vorsichtshalber schwieg er.

»Können Sie sich an etwas erinnern?«, fragte die Frau, von der er annahm, sie wäre eine Ärztin. Sie griff nach seiner Hand. Auch das fühlte sich fremd und taub für ihn an.

»Ein Brand, dann nichts mehr.« Seine Stimme krächzte und kam ihm unwirklich vor, sie klang ungewohnt und falsch in seinen Ohren.

»Wissen Sie, wer Sie sind?«

Er wollte schon verneinen, dann fiel es ihm ein und er antwortete: »Tami Jos'Wennen. Was ist mit meinen Augen? Warum kann ich nichts sehen?«

»Das ist gut. Alles kommt wieder in Ordnung. Sie sind erblindet. Aber Sie haben ein künstliches Auge bekommen. Ich werde es bald aktivieren. Es wird ein Schock für Sie sein. Das Implantat ist hochentwickelt und sensibel. Sie werden besser sehen können als alle anderen. Spüren Sie diese Berührung?«

Ein Implantat und blind und überhaupt? Ihm war das alles zu viel. Das konnte doch nicht stimmen. Vik Tami brauchte seine Augen, um arbeiten zu können. War alles, was er bislang geleistet hatte, umsonst gewesen? Er war verzweifelt und diese dumme Myknuss, was in diesem Fall nichts mit der wohlschmeckenden Strauchfrucht aus den nördlichen Anbauregionen zu tun hatte, sondern eine Beleidigung war, fragte ihn, ob er ihre Berührung spürte.

»Ja, taub und fremd, ein wenig«, erwiderte er unwillig.

»Das wird wieder. Mit etwas Geduld bekommen wir das hin, glauben Sie mir.«

Er wollte sie anschreien, dass nichts wieder so sein würde wie vorher. Seinen Körper spürte er kaum, einen Arm gar nicht und vor seinen Augen war alles schwarz.

Wie sollte da irgendetwas gut werden? Diese blöde Frau sollte verschwinden. Was verstand sie schon von Behinderungen? Er wollte weinen, sich verkriechen – und nichts davon schaffte er.

Es dauerte viele Tage, bis es etwas besser wurde und er überhaupt wieder das Gefühl bekam, eine Person zu sein, nicht nur jemand, der dank einer Maschine existierten konnte.

Sein Gedächtnis kam zuerst zurück. Er wünschte sich, es wäre weggeblieben. Sogar die Hitze spürte er, hörte das Knacken des Holzes, als es im Feuer zerbarst und roch das Harz, das den Flammen neue Nahrung bot, und verbranntes Haar. Seine Haare, seine Haut. Wie konnte er dieses Inferno überlebt haben? Aber er hatte den Brand gelöscht. Das war die Prüfung gewesen. Oder nicht? Unsicher darüber grübelte er dahin.

Jedes Mal, wenn er glaubte, allein zu sein, rollte er sich im Bett zusammen und zog sich die Decke über den Kopf. Dort weinte er, ohne Tränen vergießen zu können.

Tag für Tag wartete er auf einen Besuch seiner Mutter, seiner Mentorin oder von Bruder Nikkos. Nur die Therapeuten und Ärzte standen pflichtbewusst an seinem Bett und quälten ihn, bis er fähig war, längere Zeit zu stehen und einige Schritte zu gehen. Techniker kamen und besprachen mit ihm die Implantate und den künstlichen Arm. Gehorsam hörte er zu und machte alle Übungen mit. Nach außen wirkte er so, als hätte er den Vorfall gut weggesteckt und käme damit zurecht.

Ab und zu sprach ein Psychologe mit ihm, danach fühlte er sich meistens sehr viel schlechter, nur um zu erkennen, dass es half, wenn er etwas von seinen Gedanken und Ängsten aussprechen konnte.

Am schmerzhaftesten waren die Physiotherapeuten und die Techniker. Als er das erste Mal das künstliche Auge einschaltete, musste er schreien. Diese Flut an Daten konnte er nicht einordnen oder überhaupt etwas Bekanntes entdecken. Alles, was auf ihn an Eindrücken einprasselte, war nur bunt, zu schnell und viel zu grell. Mit dem normalen Sehen, wie er es gewöhnt war, hatte das nichts gemeinsam.

Trotzdem ging es ihm jeden Tag ein kleinwenig besser. Manchmal waren die Schritte recht groß, dann wieder winzig und er merkte kaum etwas von einer Besserung. Am Ende konnte Vik Tami sich halbwegs bewegen und er schaffte es, mit dem Okular normal zu sehen, wenigstens ein paar Stunden am Tag. Nur das eingeschränkte Gesichtsfeld störte ihn.

Er hatte sich an den Tagesablauf im Krankenhaus gewöhnt und war der Meinung, dass das noch lange so sein würde, zumindest, bis er sicher laufen konnte und besser mit seinen Prothesen zurechtkäme. Doch da irrte er sich. Dienstboten von der Matriarchin holten ihn ab und brachten ihn in den Palast der Salamander, wo er neu eingekleidet wurde. Er sah nicht durchgängig gut mit dem künstlichen Auge, ab und zu verlor er die Kontrolle darüber oder die Energie dafür war zu gering und es schaltete sich ab. Deshalb wusste er nicht genau, was vor sich ging. Doch dann geleitete ihn einer der älteren Salamander, es musste Vygon Jos'Bedren gewesen sein, in den großen Saal. Im Rücken spürte er eine starke Hand, die ihn hielt, wenn er strauchelte. Sie blieb während der gesamten Redezeit. Meisterin Redena sprach als erste.

»Salamander und hochverehrte Matriarchin! Wir haben uns heute hier versammelt, um den neuen Obersten Salamander zu ernennen. Seit Anbeginn unserer Zeit auf Uhuru haben wir darauf geachtet, die Umwelt zu schützen, das ewige und unsichere Gleichgewicht zwischen Geben und Nehmen zu wahren und den Vertrag zu erfüllen. Wir leiten die Bürger an, fordern von ihnen den Erhalt ihrer neuen Heimat, diesem geliehenen Flecken fruchtbaren Bodens, auf dem wir leben dürfen.«

Sie redete und redete, erzählte von den Errungenschaften vergangener Tage, und fand keinen Schluss. Vik Tami hörte nicht mehr richtig zu. Er war müde und hörte ein leises, aber sehr unangenehmes Summen.

Wann endete diese quälend langweilige Ansprache? Aber es war erst der Anfang einer Unzahl an Reden, die später mit einer Vereidigung enden würden. Er fragte sich, wann denn endlich Meisterin Benytasey an der Reihe war. Aber sie sprach nicht. Etwas musste mit ihr geschehen sein. Ob es mit ihrem schlechten Gesundheitszustand zusammenhing? Warum erzählte ihm niemand etwas darüber? Um sich von dem Summen abzulenken und von der starken Hand in seinem Rücken, dachte er an seinen letzten Flug mit seiner Meisterin, der so verheerend geendet hatte. Doch mit einem Schlag war er zurück bei der Feierlichkeit.

»Von diesem Tag an, wird Vik Tami Jos'Wennen der 350. Salamander von Uhuru und damit die Nachfolge der verstorbenen Benytasey bi Lokena Sa'Lokeny, der 349. Salamander von Uhuru, antreten.«

Das Wort hatte seine Mutter übernommen und damit den wichtigsten Akt gesprochen, in der ihr typischen Art: gedehnt und jedes Wort überaus betont und korrekt.

Er war fassungslos, geschockt und wusste nicht, was er machen oder sagen sollte. Zwar war er sein ganzes Leben auf diesen Punkt vorbereitet worden, aber jetzt traf es ihn überraschend und hart, als würde jemand einen Eimer Eiswasser über ihm auskippen.

Das kann nicht wahr sein. Warum ist Meisterin Benytasey gestorben und wann? Warum hat mir keiner was gesagt? Wie lange war ich weg? Das halte ich nicht aus. Ich fühle doch, dass ich zu jung bin. Meine Begabung wird nicht reichen. Lasst mich doch in Ruhe! Ich kann das nicht.

Er stöhnte, als er die Stimme seiner Mutter hörte, der Matriarchin Eytennen di Tami Sa'Wennen aus dem Clan der Wenn.

»Aufgrund seiner Jugend wird dem 350. Salamander alle Unterstützung zuteil, die er von uns erhalten kann. Salamander Benytasey hat stets an ihn geglaubt und vor ihrem Tod die Übergabe geregelt. Uhuru hat sich für die Ernennung ausgesprochen. Also, wirst du das Amt annehmen, Tami Jos'Wennen vom Clan der Wenn und somit der 350. Salamander Vik Tami Jos'Wennen vom Clan der Wenn werden? Bist du bereit, dein Leben für Uhuru zu geben und dich ganz dem Schutz der Planeten zu widmen?«

Vik Tami hasste die Matriarchin und er hasste Uhuru. In diesem Moment hasste er die gesamte Regierung und sich dazu, weil er wusste, was er gleich sagen würde. Etwas in ihm, so gut verborgen, sagte ihm, dass es nicht richtig wäre.

Er atmete tief durch und wünschte sich, die Augen schließen zu können. Dann kniete er sich umständlich vor die Herrscherin.

»Salamander, Matriarchin, Bewohner und Bewohnerinnen von Uhuru. Ich nehme das Amt und den Titel an, so wie es die 349. Salamander Benytasey Lokena Sa'Lokeny von mir verlangt und es sich gewünscht hat. Die Prüfung der Uhuru habe ich ü … bestanden und bin daher fähig, dieses hohe Amt zu übernehmen. Wir dürfen nie vergessen, dass uns Uhuru Asyl gewährt hat und weswegen wir hier sind. Monychin darf niemals in Vergessenheit geraten! Ich schwöre, dass ich alles in meiner Macht Stehende tun werde, um diesen Planeten zu schützen und die Umwelt zu erhalten – doch möchte ich das auch auf unsere Nachbarplaneten ausweiten, Dimtros und unsere andere Altkolonie VinaXym. Es liegt in unserer Verantwortung und in unserer Macht, die Dinge zu bewahren und zum Besseren zu wenden. Wir ziehen an einem Strang.«

Sicher war er sich nicht, ob das, was er sagte, stimmte oder in dem Moment passend war. Aber man applaudierte ihm höflich. Vorerst hatte er seine Schuldigkeit getan. Doch die Zeremonie war noch nicht beendet. Die Matriarchin kam auf ihn zu, bat ihn, mit einer Geste aufzustehen, und überreichte ihm seine neue Robe.

»Du kannst mir den schwarzen Gürtel jetzt geben, Tami«, flüsterte sie. Da verzog er die Lippen zu einem zynischen Grinsen.

»Ich trage ihn, seitdem ich von Bruder Nikkos zurück bin, nicht mehr. Aber danke, dass ich ihn jetzt weglegen darf. Welche Technik ist in der Robe verbaut?« Er sprach ebenso leise wie seine Mutter, neigte aber den Kopf vor ihr, während sie ihm das feine Kleidungsstück lose um die Schultern legte.

»Das war unverantwortlich von dir. Aber jetzt kann ich dich nicht mehr dafür belangen. Tu bitte, was von dir verlangt wird, niemand erwartet mehr von dir – und nimm dir einen erfahrenen Berater. Ich könnte dir einige …«

»Nein, Mutter, aber danke für deine Fürsorge. Ich würde es begrüßen, wenn wir die Zeremonie etwas abkürzen. Du weißt, ich bin noch nicht ganz gesund und soll mich noch schonen, bis alle Verletzungen verheilt sind.« Was war er froh, dass er sich so gut an Benytaseys Lektionen in Rhetorik erinnerte. Sie hatte ihm nicht nur alles über die Redekunst beigebracht, was bei so einem introvertierten Wesen wie ihm nicht gerade einfach war, sondern auch gute Umgangsformen und jede Menge anderes Wissen, das er für seine Arbeit brauchte. Die Matriarchin erwiderte nichts auf seine schnippische Bemerkung, stattdessen verkündete sie über seine Schulter hinweg: »Seht, der 350. Salamander. Möge er gut für die Umwelt und vor für allem die Wälder Uhurus sorgen!« Ihr Griff an seiner Schulter war felsenfest.

Kapitel 2

Es war angenehm ruhig in dem nüchtern eingerichteten Konferenzzimmer. Zwei der zehn Stühle, die symmetrisch um den Tisch aus Geleniumstahl platziert waren, waren besetzt. Am breiten Panoramafenster, das den Blick über den südlich gelegenen Teil des Stadtplaneten Edenium Prime freigab, stand die Stellvertreterin des Vorsitzenden der Handelsgilde Titum Van. Abrupt drehte sie sich um und funkelte die zwei Qolpa am Tisch angriffslustig an.

»Ihr Verhalten wird Konsequenzen haben. Der Oronat Ke'Lem Sektor ist nicht Ihr persönlicher Spielplatz! Sie haben Verpflichtungen der Gilde gegenüber, also verhalten Sie sich entsprechend!«

Eine der beiden Besucherinnen zischte empört, doch Lynaris ri Teynar unterband einen möglichen Einwand mit einer harschen Geste, dazu peitschte sie ihren Schwanz gefährlich über den Boden. Mit wenigen Schritten war die gut gekleidete Qolpa am Tisch und setzte sich auf einen Stuhl, wobei sie ihre Untergebenen nicht aus den Augen ließ. Als Orash Qeshs Stellvertreterin war sie eine der mächtigsten Personen in der Handelsgilde, dazu war sie Mitglied in einigen Gremien der Regierung auf Edenium Prime mit ausgezeichneten Beziehungen zum Senat der Vereinten Planeten. Netzwerken, Bestechung und Lobbyismus gehörten zu ihrer zweiten Natur.

»Schon gut, Madame. Wir verhalten uns ruhig und suchen bereits andere, lohnendere Ziele«, erwiderte eine der beiden Qolpa. Lynaris zuckte angriffslustig mit ihrer spitzen Nase. Zu gern hätte sie jetzt ihre Zähne in den Hals einer der beiden Idiotinnen gebohrt, um ihren Standpunkt klar zu unterstreichen. Aber sie unterließ es. Blutflecke auf guter Kleidung waren schwer zu entfernen.

»Na schön, das ist vertretbar. Wenn ich noch einmal Klagen höre, rollen Köpfe.« Das war keine leere Drohung. Lynaris ließ ihren Worten immer Taten folgen. Titum Van war die reichste und mächtigste der zahlreichen Gilden und besaß verschiedene Handelszweige, die meisten davon waren selbst für den Planeten Edenium Prime illegal, aber sehr profitabel. Doch das makellose Gesicht nach außen musste gewahrt bleiben.

Dafür war Lynaris ri Teynar am besten geeignet. Sie kannte wichtige Personen aus der Politik und Raumfahrt. Ihr Charme und ihre Art glichen der der menschlichen Lungen- und der Kiemenatmer, beide Spezies waren in der Galaxie am weitesten verbreitet. Sie kam gut an, man hörte ihrer ruhigen und gemessenen Stimme gern zu, und das nutzte sie für sich aus.

Die sonst schwarzen Knopfaugen ihrer Besucherinnen wurden immer gelber, je länger sie die beiden anschaute. Schließlich senkten sie die Lider. Die Qolpa neigten niemals den Kopf, sie schlossen dafür die Augen.

»Wie gesagt, keine Entladungen auf überwachten Planeten. Das hatten wir schon mehrfach, besonders von Ihnen!« Ihr peitschenartiger Schwanz zuckte in einer aggressiven Art über den Boden, aber sie war es gewohnt, sich zu beherrschen, und anders als andere Qolpa waren ihr menschliche Umgangsformen nicht fremd. Sie kleidete sich sogar wie eine menschliche Lungenatmerin, was ihr durchaus gefiel, schließlich zeigte sie gern ihre Aufgeschlossenheit gegenüber anderen Spezies.

»Madame, es gibt noch etwas. Kasheyda hat schon mehrfach um Arbeitskräfte gebettelt. Haben wir die Erlaubnis, ein paar von Dimtros mitzunehmen, wenn wir schon fast daran vorbeifliegen? Wir brauchen welche, sonst kommen wir in Verzug bei der Ernte von Tmys, Temlish und Spesikraut.«

Die Fragestellerin zuckte nervös mit der Nase, während die Vorsitzende regungslos auf ihrem Platz saß. Kasheyda war ein wichtiger Produzent für bewusstseinsverändernde Substanzen, sonst hatte der Planet nicht viel zu bieten. Deshalb nutzten sie ihn auch für End- oder Zwischenlager in der Müllindustrie.

»Nehmen Sie, so viel Sie brauchen. Der Überschuss geht hierhin. Und lassen Sie sich von den beiden Qelt eine Quittung ausstellen. Ein paar der Hübscheren schicken Sie zu Neyzar, egal, ob männlich oder weiblich, ein Dutzend dürfte reichen. Die genauen Anforderungen erhalten Sie von meiner Assistentin. Sie dürfen gehen.«

Die beiden Händlerinnen sprangen schon auf, da hob die Vorsitzende die Hand.

»Ich vergesse nie etwas, merken Sie sich das.«

Hastig verließen die beiden das Konferenzzimmer. Lynaris verzog die schmalen Lippen zu einem amüsierten Schmunzeln. Sie aktivierte einen Sensorpunkt ihres E-Armbandcs. Das gesamte Gebäude wurde überwacht, so war sie nun in der Lage, das Gespräch der beiden Untergebenen mitzuhören.

»Diese eingebildete Qelt, was meint sie, wer sie ist? Ich sag dir, ihre Zeit läuft ab. Du weißt ja, was Tssy gesagt hat.«

»Klappe, Tema, hier haben die Wände Ohren.«

»Das haben sie doch überall, aber gut, wir reden später.«

Ohne jede Eile aktivierte die Vorsitzende einen anderen Sensorpunkt und sprach: »Eleeny, sorgen Sie dafür, dass die beiden nach Erfüllung ihres Auftrags eliminiert werden.«

Eleeny, ihre perfekte Assistentin und Büroleiterin, bestätigte den Befehl. Einen Moment wartete die Vorsitzende, drehte sich wieder um und betrachtete das sanfte Wolkenbild. Edenium Prime war schön, wenn man hoch genug über dem Boden war. Unten war es die reinste Hölle. Abgesehen von der Dunkelheit, dem Mangel an Luft und frischem Wasser, lebte dort auch der Abschaum des Planeten. Es war ein Sammelsurium an gescheiterten Existenzen, die dort die kurze Zeit bis zu ihrem Tod verbrachten. Die Wohnungssituation war schlecht, ein Umstand, den die Wohnungsgesellschaften für sich nutzten und zum Teil Betten im Schichtbetrieb vermieteten. Kleinstbetriebe schlugen sich mehr schlecht als recht durch, die meisten als Subunternehmer von Titum Van und in den unteren nordwestlichen Regionen kamen noch Schlackeberge dazu, die während der Bauzeit der Megastadt entstanden waren. Es war der Teil Edenium Primes, aus dem die entbehrlichen Handlanger rekrutiert wurden.

Nachdem Lynaris die Wolken eine Weile beobachtet hatte, wandte sie sich erneut ihren Aufgaben zu.

»Eleeny, stellen Sie eine sichere Kommunikation mit Nummer dreizehn her.«

Während sie wartete, stand sie auf und schaute wieder aus dem Fenster. Ihre Gedanken drehten sich um den Planeten. So prächtig es hier war, ab der dritten Ebene von oben gesehen, wurde es dunkler und unwohnlicher. Trotzdem waren das die Bereiche, die von den meisten Lebewesen bewohnt wurden – und dort machte Titum Van einen Großteil des Geschäfts. Aber hier auf der höchsten Ebene war die Luft klar und die Aussicht ungetrübt, wenn auch manchmal etwas windig und kühl, dafür gab es zahlreiche Parks und Erholungszentren.

Ihre Gedanken über die Vorzüge des obersten Bezirks wurden durch den eingehenden Holoanruf unterbrochen.

»Öffnen und darstellen.«

Sofort erschien das holografische Bild eines menschlichen Mannes mittleren Alters.

»Wie weit sind Sie?«, fragte sie ohne Begrüßung.

»Sie können den Planeten jederzeit anfliegen lassen.«

»Gute Neuigkeiten. Aber ich brauche noch etwas. Besorgen Sie sich alle Informationen, die Sie über den neuen obersten Salamander der Uhuru finden können. Und wenn es zeitlich passt, sorgen Sie für die Terminierung eines Qolpas namens Tssy. Anschließend treffen Sie sich mit mir.« Ohne mit der Wimper zu zucken, beendete sie das Gespräch, denn ihre Befehle waren klar und deutlich gewesen.

Zufrieden nickte sie. Endlich kam ein lang gehegter Plan ins Rollen.

Kapitel 3

Mittlerweile waren einige Monate über Uhuru gezogen, der lilafarbene Mond Kes stand voll über den Bergen und beleuchtete die Nacht. Die beiden anderen Monde, der weiße Oka und der orange Kela, waren noch hinter den Bergen verborgen.

Vik Tami stand am Balkon im Palast der Salamander und fragte sich, warum er sich diese Quälerei mit den Therapien und der Arbeit antat. Es wäre so einfach, zu sterben. Sein Blick glitt über die aus Holz gedrechselte und blauweiß gestrichene Balustrade nach unten. Der Boden schien ihm zu winken, vielleicht sogar nach ihm zu rufen. Er beugte sich darüber und trat kurz darauf erschrocken zurück.

Will ich das wirklich? Über sich selbst entsetzt, schaute er noch einen Moment nach unten, dann schüttelte er entschieden den Kopf.

»Das ist keine Lösung«, sagte er halblaut. Er atmete tief durch und dachte gründlich über diesen Zwiespalt in ihm nach. Einerseits war da der Wunsch zu leben, andererseits zog es ihn fast schon magisch in den Tod. Aber das Leben war kostbar und durfte nicht weggeworfen werden. Ihm war es noch einmal geschenkt worden, dafür sollte er dankbar sein, ebenso für die zahlreichen aufmunternden Worte, die er dauernd zu hören bekam. Doch dachten seine Mitarbeiter, er würde nicht merken, was hinter seinem Rücken getuschelt wurde? Sobald er einen Raum betrat, wurde es still, etwas, das er früher nie bemerkt hatte.

Jetzt fiel es ihm unangenehm auf, was auch dazu führte, dass er sich so gut es ging, aus dem Gesellschaftsleben der Salamander zurückzog. Eine Unterhaltung mit Personen, die nicht wussten, wie sie mit ihm umgehen sollten, war ihm zuwider. Er wusste ja selbst nicht, was er sagen oder tun sollte. Sein Amt war für ihn zu früh gekommen. Viel lieber hätte er noch ein paar Jahre von seiner Mentorin Benytasey gelernt.

Nachdenklich betrachtete er die Wanderung des lilafarbenen Mondes und den dunkler werdenden Abend.

Es war eine schöne Szenerie, die sich ihm bot, und er fragte sich, ob das alle anderen auch so sehen würden. Sein Gehirn hatte sich mittlerweile an die Vielzahl an Bilder gewöhnt, die das Okular ans Sehzentrum schickte, und es wurde allmählich normal für ihn.

»Tami, kommst du zum Essen? Sie warten auf dich. Vorhin ist noch ein Ansuchen hereingekommen, über das wir reden sollten.«

Die Stimme seines Beraters klang vorwurfsvoll. Vik Tami konnte ihn nicht leiden. Salamander Vygon Jos'Bedren war ein selbstgefälliger Mann mittleren Alters, der sehr viel Wert auf sein Ansehen legte, und seine Macht als Salamander ausnutzte. Zumindest hatte es Vik Tami den Berichten so entnommen. Er verhängte verhältnismäßig viele und auch hohe Strafen. Außerdem war er der Matriarchin und Uhuru hörig. Beides gefiel Vik Tami überhaupt nicht.

Jetzt gab er dem Wunsch des Älteren nach, drehte sich um und folgte ihm ins Speisezimmer.

An diesem Tag waren sehr viele von ihnen anwesend. Männer und Frauen in ihren Roben, die sie als Salamander auswiesen, saßen am großen Tisch und warteten bereits auf ihn. Das war auch so eine Unsitte, die er beenden wollte. Wenn er keinen Hunger hatte oder irgendwo im Haus war und das Läuten der Glocke nicht hörte, sollten sie einfach ohne ihn anfangen. Rasch setzte er sich und gab das Zeichen zum Beginn. Wenigstens durften die Jüngeren im kleinen Speisesaal ohne ihn essen.

Es war keinesfalls ruhig während des Mahls. Leises Gerede begleitete das Klirren des Bestecks und die mal mehr mal weniger lauten Kaugeräusche. Vik Tami fand es anfangs sehr anstrengend, weil er so viel davon wahrnahm. Er versuchte, das alles auszublenden und nahm selbst ein paar Bissen zu sich. Energiezufuhr war ebenso wichtig wie alles andere, um am Leben zu bleiben. Das musste er sich immer wieder vergegenwärtigen. Außerdem würde er so Vygon nur in die Hände spielen. Den Kerl hatte er schon als Schüler nicht gemocht und er konnte nichts machen, denn nach außen hin, war er stets höflich und korrekt. Es waren die Spitzen, die er verteilte. Doch irgendwann würde er es schaffen und sich von dem ungewollten Aufpasser emanzipieren. Es war nur eine Frage der Zeit.

Langsam beendete er seine Mahlzeit, gab den anderen wieder ein Zeichen, damit sie sitzen blieben und ihr Mahl in aller Ruhe zu sich nehmen konnten, und ging in sein Büro. Dort wartete noch die Nachricht auf ihn. Er fand es bemerkenswert, dass sich gerade jetzt, seitdem er an oberster Stelle saß, jemand von außerhalb meldete, dazu noch eine Handelsfirma. Andererseits konnte es auch bloßer Zufall sein. Es verursachte einen unangenehmen Stress in ihm. Unfähig etwas zu tun, starrte er auf die geschlossene Datei, dabei dachte er an alles, was er von seiner Meisterin gelernt hatte. Schließlich sagte er sich, dass er nicht sofort reagieren musste und es nichts Schlimmes sein konnte. Das beruhigte ihn und er öffnete die Textdatei, die er sich vorlesen ließ. Mit der Schrift hatte er immer noch Probleme, obwohl er langsam besser sehen und vor allem auch Kleinigkeiten unterscheiden und trennen konnte.

»Sehr geehrter Oberster Salamander,

wir, N48, sind eine Handelsfirma, die den Fokus auf den Ver- und Ankauf von Natur- und Abfallprodukten aus dem natürlichen Abbauprozess legt.

Seit Jahren expandieren wir auf Planeten mit junger und aufstrebender Bevölkerung, die sich für die biologische Verarbeitung und Verwertung unserer Produkte spezialisieren möchten. Daraus ergeben sich für die Umwelt keinerlei unerwünschte Auswirkungen, da alles natürlichen Ursprungs ist.

Daher bitten wir um die Erlaubnis der Errichtung eines festen Handelspostens auf Uhuru. Am besten eignet sich die Hauptstadt Creson in Kombination mit einer ständigen Ermächtigung zur Benutzung des Raumhafens und der Durchquerung Ihres Systems.

Näheres zu uns und unserer Firmenphilosophie erfahren Sie auf unserer Informationsplattform des intergalaktischen Netzwerks. Eine Kooperation wäre für unsere beiden Seiten von Vorteil.

Wir freuen uns, von Ihnen zu hören.

Es grüßt M. L. Teynar.«

Mehrmals ließ Vik Tami sich die Nachricht vorlesen und kam zu keinem Schluss. Nachdem auch gründliches Nachdenken zu keiner Entscheidung führte, öffnete er die angegebene Informationsseite. Doch dort wurde er vertröstet, da sie aufgrund der Entfernung zu seinem Standort nicht angezeigt werden konnte. Das fand er lächerlich, trotzdem kontrollierte er alle Verbindungsdaten und ließ sogar die KI nach möglichen Fehlern suchen. Er fand jedoch keine.

Was er mit der Botschaft anfangen sollte, war ihm ein Rätsel. Auf jeden Fall brauchte er Bewegung. Die verschaffte er sich, indem er im Raum herum ging. Beim Denken half ihm das zwar nicht, aber es beruhigte ihn. Während er marschierte, ließ er den gesamten Wortlaut noch einmal im Kopf Revue passieren. Etwas daran kam ihm falsch vor. Mit dem typischen Marketing der Händler auf anderen, wirtschaftlich orientierten Planeten hatte er überhaupt keine Erfahrung.

Wurden diese Nachrichten so geschrieben? Wenn er nur etwas Vergleichbares vorliegen hätte. Aber eine Suche in alten Dateien seiner Meisterin ergab nichts.

»KI, wer ist M. L. Teynar?«, fragte er den Computer.

Während er wartete, ging er weiter herum. Es nervte ihn bereits, aber still sitzen konnte er auch nicht.

»Teynar ist der Name eines Planeten im Jagori-System, der Name einer Inselgruppe auf Syban und der Name eines Vorstandsmitglieds bei der Handelsgilde Titum Van. Ich habe weitere Einträge gefunden. Soll ich Sie vorlesen?«

»Nein, danke.«

Teynar, den Namen sollte er sich merken. Jetzt wunderte er sich nicht mehr, warum er nichts über diese Firma herausfinden konnte. Vielleicht gab es sie gar nicht und Titum Van wollte sich so einschleichen. Trotzdem konnte er sich nicht sicher sein. Womöglich wäre es kein Fehler, doch mit Vygon über alles zu reden? Etwa eine Stunde überlegte er vor sich hin, der lila Kes war längst weitergezogen und der weiße Oka erhellte die Nacht, da störte ihn sein Berater beim Nachdenken.

»Tami, wir sollten über die Anfrage sprechen. Hast du sie dir angesehen?« Die übereifrige Art seines Beraters irritierte ihn, ebenso die lässige Anrede. Eile war nicht nötig, denn die Firma, sofern sie echt war, würde wahrscheinlich auch in ein paar Tagen noch interessiert sein und wenn nicht, dann wäre es auch kein Verlust.

»Ich denke gerade darüber nach«, erwiderte er ehrlich. Plötzlich fühlte er eine Tendenz zur Ablehnung in sich wachsen.

Hatte Vygon etwas mit denen zu schaffen? War das ein Test? Er mahnte sich selbst, nicht überempfindlich zu sein.

»Die Matriarchin ist der Meinung, wir sollten anfangen, unsere intergalaktischen Beziehungen auszubauen. Das dürfte auch in deinem Sinne sein.«

Welche Meinung Vygon darüber hatte, blieb Vik Tami unklar. Würde er den Worten der Matriarchin folgen müssen, ohne selbst Entscheidungen treffen zu dürfen? Langsam richtete er den Blick auf seinen Berater.

»Ich werde ihnen antworten, aber ich lasse mich nicht von der Matriarchin drängen. Es gibt bestimmt noch andere Wege. Du kannst zu Bett gehen, heute brauche ich keinen Rat mehr«, erwiderte Vik Tami mit fester Stimme, aber sein Herz klopfte heftig und viel zu schnell vor Aufregung. Das tat es immer, wenn er jemand Älterem widersprach.

Was immer diese Handelsfirma wollte, entweder sie gaben ihm mehr Informationen oder sie würden auf eine Handelsbeziehung mit Uhuru verzichten müssen. Vik Tami war aufgrund seines Schwurs tendenziell dazu bereit, sofort abzusagen, doch das musste Vygon nicht gleich erfahren. Natürlich hatte er vor, ein paar Änderungen durchsetzen, aber die betrafen nicht den Außenhandel. Andererseits wollte er auch längerfristig denken und sich zumindest einige Szenarien für die Zukunft überlegen, wenn schon die Matriarchin so dachte.

Vygon starrte ihn an, Tami fühlte den bohrenden Blick, als würde er sich hineinbrennen. Insgeheim schämte er sich für dieses Gefühl, denn niemand konnte mit einem Blick einem anderen etwas antun. Trotzdem blieb ein Rest Unwohlsein zurück. Dann war er endlich allein.

Vielleicht wurde er langsam paranoid. Immer wieder meinte er, beobachtet zu werden, oder dass die Angestellten hinter seinem Rücken tuschelten. Dass sie über ihn redeten, war ihm bewusst. Früher hatte er das auch gemacht. Aber jetzt war er der Anführer und musste erst in seine Aufgabe hineinwachsen. Da war es wenig hilfreich, wenn über ihn statt mit ihm geredet wurde.

Am Ende war es der größte Fehler, den Benytasey je gemacht hatte, weil sie ihn zu ihrem Nachfolger ernannt hatte. In diesem Moment empfand er sich als ungeeignet, zu jung und mental zu schwach, um überhaupt für irgendetwas gut zu sein. Ohne seine Mentorin fühlte er sich heillos überfordert. Dabei machten ihm sowohl die Administration und das wissenschaftliche Arbeiten bis zu einem gewissen Grad auch Spaß.

Als er so darüber nachdachte, was noch alles an Arbeit anstand, erinnerte er sich an den Nachmittag. Es war eine sehr unangenehme Situation für ihn gewesen. Er hatte das Büro der Luftwerteüberwachung betreten, weil er sich auf dem Weg zu seinem Raum die Daten persönlich abholen wollte. Eigentlich wäre es keine große Sache gewesen. Aber als er jetzt an die Situation dachte, kroch eine Mischung aus Scham und Wut in ihm hoch. Die beiden Salamander, die sich um die Ergebnisse der Schadstoffmessungen in der Atmosphäre kümmern sollten, saßen gemütlich beisammen, als gäbe es keine wichtigen Aufgaben zu erledigen.

»Hast du je von so einem extrem jungen Vorgesetzten gehört? Das kommt nicht einmal bei den Technikern vor und die haben oft richtig kluge Typen dabei, dagegen sind wir nichts.«

»Ne, hab ich nicht. Ich glaube, das gibt noch Probleme, wenn ich daran denke, wie angepisst Vygon immer ausschaut. Außerdem glaube ich nicht, dass Tami die Eier hat, sich ihm oder irgendwem entgegenzustellen. Der hat nicht das Zeug dazu. Aber mal schauen, er ist ja noch nicht lang der Chef. Hast du noch etwas von dem Kuchen übrig, den du gestern mitgebracht hast, der würde jetzt …« Dann hatten sie ihn bemerkt und betreten geschwiegen. Und Vik Tami tat in dem Moment so, als wäre er eben erst eingetreten und hätte nichts davon mitbekommen.

»Ich brauche die Protokolle der Luftwerte der letzten fünfzig Stunden«, hatte er so ruhig wie möglich gesagt, dabei verschränkte er die Arme vor der Brust.

»Ich habe sie in wenigen Minuten fertig und schicke Sie Ihnen dann gleich«, erwiderte eine der beiden Frauen hastig und begab sich sofort an die Arbeit.

Vygon machte es mit seinen Kontrollen auch nicht einfacher. Dauernd erschien er wie aus dem Nichts und schaute, was Vik Tami machte. Es war nervenaufreibend.

Entschlossen sich durch diese Erinnerungen, nicht weiter von seiner Arbeit ablenken zu lassen, setzte Vik Tami sich an den Tisch und diktierte nun doch eine direkte Antwort an dieses Handelsunternehmen.

»Ihre Anfrage um Ausweitung von Handelsbeziehungen auf den Planeten Uhuru kann ich noch nicht stattgeben. Ich ersuche Sie um weitere Informationen, besonders die Art der Güter, mit denen Sie handeln, damit Ihr Ansuchen wohlwollend geprüft und bewertet werden kann. Es grüßt Sie,

Vik Tami Jos'Wennen, 350. Salamander von Uhuru.«

Ohne weiter darüber nachzudenken oder sich noch einmal mit Vygon oder seiner Mutter zu beraten, schickte er die Antwort ab. Kurz darauf fuhr er sämtliche Systeme herunter. Anschließend begab auch er sich zur Nachtruhe.

Der gesamte Palast war bereits in Dunkelheit getaucht. Nur noch er und ein Nachtwächter waren auf den Beinen. Vik Tami mochte das Gebäude, aber schlafen würde er lieber im Haus seiner Vorfahren. Das war klein, überschaubar und angenehm – zumindest sehr viel weniger furchteinflößend wie der so gut wie leere Palast in der Nacht. Nur wenige Salamander schliefen hier, die meisten hatten ihre Häuser außerhalb des Prachtgebäudes.

Die nächsten Tage verbrachte Vik Tami mit Training und Therapien. Die Beherrschung seiner körperlichen Ersatzteile unterlag noch einer ständigen Übung. Die Büroarbeit und die Behandlungen forderten ihn jedes Mal aufs Neue heraus.

Vygon legte ihm ständig irgendwelche Anträge vor und nötigte ihn, diese schnell zu unterschreiben. Dann musste

Vik Tami tägliche Leistungsberichte an den Matriarchenpalast schicken und noch gefühlt tausend andere Kleinigkeiten erledigen, die allem Anschein nach für den Planeten überlebenswichtig waren. Manchmal kam es ihm so vor, als sollte ihn dieser administrative Superblock daran hindern, sich auf die eigentliche Arbeit als Salamander zu konzentrieren. Sobald er das dachte, schalt er sich selbst als paranoid und versuchte, darüber zu lachen. Aber es fiel ihm sehr schwer.

Tage, nachdem er den Antrag der Handelsfirma N48 mehr oder weniger abgelehnt hatte, wurde er in den Matriarchenpalast zitiert.

Auf den ersten Blick wirkte alles repräsentativ und prunkvoll, ein zweiter Blick offenbarte die Schäden, die mit den Jahren aufgetreten waren und den Mangel an Komfort, der in den kleinen Häusern im Laufe der Zeit Einzug gehalten hatte. Die Halle war kalt. Doch das konnte Vik Tami gut aushalten, an Kälte war er durch die vielen Raumfahrten mit Benytasey gewöhnt gewesen. Um Treibstoff zu sparen, hatte sie ständig die Temperatur und das Lebenserhaltungssystem herabgesetzt.

Die Matriarchin saß auf ihrem erhobenen Stuhl, der schön geschnitzt war und aussah, als bestände er aus Gold, dabei handelte es sich um das Holz des Elbaums, der tief in den Wäldern Uhurus wuchs und nur selten gefällt werden durfte. Er war kostbarer als das Edelmetall und sehr viel schwerer zu bekommen. So viel Vik Tami wusste, war in den letzten zweihundert Jahren kein einziger Baum dieser Art mehr verarbeitet worden.

Eytennen starrte ihn zornig an. In der Hand hielt sie ein Datenpad, das sie hob, sobald sie ihn sah.

»Was soll das? Ohne Absprache und entgegen jeden gut gemeinten Rat handelst du so?«

Er wusste nicht, was sie damit meinte, dann fiel ihm das Handelsansuchen von N48 wieder ein und er seufzte innerlich. Wieder einmal traute seine Mutter ihm nicht und hinterfragte jede seiner Entscheidungen.

Wollte sie ihn ständig überwachen?

»Ich habe es nicht grundsätzlich abgelehnt, ich habe um mehr Informationen gebeten. Das ist alles. Sobald ich sie bekommen habe, werde ich ihr Anliegen erneut prüfen. Ich habe nicht vor, in eine Falle der Qolpa und der Handelsgilde Titum Van zu tappen. Es ist bekannt, was die für Machenschaften betreiben.«

»Du bist zu misstrauisch, Tami, zu vorsichtig. Wir brauchen etwas Außenhandel, sonst werden wir verschwinden. Außerdem riecht dein Verhalten sehr nach Speziesismus. Das ist nicht die Art der Uhuru.«

»Das ist Unsinn, Matriarchin. Durch den Handel auf Dimtros haben wir ausreichend Kontakt zur Außenwelt. Wann sind Sie auf diesen Weg geschwenkt? Ich weiß noch sehr gut, dass Sie vor zehn Jahren noch gegen jeden Kontakt zu anderen Kulturen gewesen sind. Ich habe nichts gegen offizielle diplomatische Beziehungen, sofern diese uns ebenso von Nutzen sind und wir nicht durch sie ausgebeutet werden.«

Er musste sich zwingen, dass er den Kopf hochhielt und ruhig sprach. Bei Aufregung klopfte nicht nur sein Herz wie verrückt, sondern auch seine Stimme wurde etwas schriller, was angesichts seines Körperbaus lächerlich wirkte. Dabei hatte er Sprechtechniken mit Benytasey geübt, bei dieser Art von Stress verabschiedeten sich jedoch seine ganzen Kenntnisse.

»Ich stehe nicht in der Kritik! Das bist du, Tami! Ich wünsche, dass du dich dem Rat von Salamander Jos'Bedren und meinem beugst.«

Einen Moment war er sprachlos. Sie überging seine Kompetenzen und hielt ihn offenbar für unfähig, so einfache Dinge wie ein Handelsabkommen zu prüfen.

»Konzentriere dich auf deine Kernkompetenz und behandle die Umweltvergehen auf Uhuru. Doch auch hier rate ich dir, dir Vygons Wissen und Erfahrung zunutze zu machen oder auch das von Meisterin Redena.«

So eisig hatte er seine Mutter schon lange nicht mehr erlebt. Bereits in den vergangenen Jahren war ihr Verhalten ihm gegenüber immer kühler geworden, doch jetzt war es an einen Tiefpunkt gelangt. Im Geist zählte er von zehn zurück bis null, dann erst atmete er tief durch und versuchte sich an einer Erwiderung.

»Es obliegt meiner Kompetenz, über Handelsabkommen zu entscheiden und nicht in Salamander Vygons. Meisterin Benytasey hat mir alles beigebracht, was ich benötige. Sollte ich Hilfe und Rat brauchen, werde ich mir beides suchen. Wenn Sie meinen Fähigkeiten nicht trauen, dann hätten Sie mich nicht zum 350. Salamander ernennen dürfen. War das alles? Ich habe noch viel zu tun.« Vik Tami erwartete keine Antwort von seiner Mutter, drehte sich um und schickte sich an, die Halle zu verlassen.

»Hätte ich geahnt, wie unkontrollierbar du bist, wäre Salamander Redena oder Vygon interimistisch zum Obersten Salamander ernannt worden. Du wirst dich fügen!«

Für einen Moment blieb er wie festgenagelt stehen und rührte sich nicht. Diese Worte trafen ihn mehr, als er sich eingestehen wollte. Es kostete ihn viel Kraft, sich nicht umzudrehen und weiter zu schweigen. Schon jetzt wusste er, dass er nicht klein beigeben würde. Er hatte nicht all die Jahre auf soziale Kontakte mit Gleichaltrigen verzichtet und auf viele andere Annehmlichkeiten, die das Leben zu bieten hatte, um jetzt aufzugeben. Natürlich wusste er, dass er zu jung für das Amt war. Aber sie hatten ihn dazu ernannt, also mussten sie mit ihm in dieser Position leben.

Erhobenen Hauptes verließ er die Halle, dabei hatte er den Eindruck, die Matriarchin würde ihm im Nacken sitzen, ihn packen und zurückhalten. Es war lächerlich, denn sie saß viele Schritte hinter ihm. Trotzdem ließ sich das Gefühl erst abschütteln, als er beinahe im Palast der Salamander angekommen war. Dort räumte er endlich sein Schlafzimmer und brachte seine wenigen Habseligkeiten in das Haus der Familie Wennen.

Kaum befand er sich wieder in seinem Büro, kam eine Nachricht herein. Es war eine Audiosequenz und alles andere als erfreulich.

»Ihr Handeln wird Konsequenzen haben.«

Mehr war es nicht, aber Vik Tami hatte jetzt eine gute Vorstellung davon, um wen es sich bei dem Handelsunternehmen N48 handeln musste. Wäre es ein gewöhnliches Unternehmen, würden sie ihm die geforderten Unterlagen zuschicken und warten. Auf ein paar Wochen mehr oder weniger kam es nicht an oder sollte es nicht. So viel war er sich sicher. Er fragte sich, warum die Salamander und vor allem die Matriarchin plötzlich so erpicht darauf waren, den Handel mit anderen Planeten zu beschleunigen. Diese Frage traute er sich nach der mütterlichen Maßregelung, niemandem mehr zu stellen.

Er löschte die Nachricht, stand auf und machte sich für eine Ausfahrt fertig. Vielleicht verschafften Frischluft und eine rasante Fahrt mit dem alten Gleiter etwas Klarheit in seine wirren Gedanken. Nur der Büromitarbeiterin sagte er Bescheid, dass er für den Rest des Tages nicht mehr zu sprechen wäre.

Er bestieg seinen alten Hubgleiter und steuerte aus der Stadt hinaus. Schnell ging es nicht durch die schmalen Gassen, aber er hatte keine Eile. Ihm war es im Moment nur wichtig, herauszukommen und hoffentlich ein freundliches Gesicht zu sehen, das er schon viel zu lange entbehren musste und von dem er eine Weile geglaubt hatte, er könnte es nie wieder sehen, ohne auszurasten.

Gemächlicher als er anfangs wollte, glitt sein Fahrzeug nur wenige Zentimeter über dem Boden dahin. Er war tief in Gedanken versunken. Seine Zeit bei den Predigern kam ihm wieder in den Sinn. Es schien ein Lebensalter her zu sein, dabei waren es nur wenige Jahre, die seitdem vergangen waren. Weder die bunten Bäume noch die friedlich grasenden Vierbeiner oder die Tiere des Himmels beachtete er. Die Sonne stand im Zenit, eingerahmt von zwei Monden. Für jeden Fremden war dies ein höchst erhebender Anblick. Vik Tami ignorierte es nicht einmal. Er hoffte, das Ziel nicht zu verfehlen. Vor seinem geistigen Auge sah er es: ein Haus aus Lehm und Stein am Waldrand in einer südlichen Region des einzigen Kontinents.

Endlich kam es in Sicht. Er erhöhte den Schub bis kurz vor der Einfriedung. Dort bremste er ab und steuerte gekonnt durch ein breites Tor in den Innenhof. Trotz seiner vorsichtigen Fahrweise wirbelte Staub auf, als er einfuhr und gleich darauf abbremste. Recht unsanft landete das Gefährt auf dem Boden.

»Nanu, das ist doch Tami. Ich habe dein Bild in den Holonachrichten gesehen, sonst hätte ich dich nicht wiedererkannt. Was führt dich hierher? Oh, und ich vergesse immer, dass du jetzt der Oberste Salamander bist. Ich sollte dich besser mit deinem Titel ansprechen«, sagte der alte Prediger, der durch den Lärm aufgeschreckt in den Hof gelaufen kam. Neugierig musterte er Vik Tami von oben bis unten, doch stellte er keine der Fragen, die in seinem faltigen Gesicht standen. Dem jungen Salamander fiel die intensive Musterung nicht weiter auf, weil er sich freute, dass er Nikkos angetroffen hatte.

»Es ist in Ordnung, Bruder Nikkos, Tami reicht völlig aus. Sie haben mir einmal angeboten, dass ich immer mit Ihnen reden kann, wenn mir danach zumute ist. Ich glaube, nun ist es so weit.«

Nikkos beendete die Begutachtung, kam auf ihn zu und nickte. Die Überraschung über den Grund des Besuchs war ihm deutlich anzusehen. Der Prediger schaute sich unentschlossen um und überlegte so lange, dass Vik Tami schon wieder in den Gleiter steigen und in die Stadt zurückfliegen wollte.

»Komm mit, Tami. Setzen wir uns in den Meditationsgarten. Dort erzählst du mir, was dich bedrückt. Wie kommst du mit allem zurecht?« Eine ausholende Geste begleitete Nikkos letzte Worte und gaben ihm eine Bedeutung über die Vik Tami nicht nachdenken wollte. Was, wenn Nikkos nur aus reiner Freundlichkeit mit ihm sprach und er das Angebot damals nicht ernst gemeint hatte? Trotzdem atmete Vik Tami erleichtert auf, ersparte sich eine Antwort und folgte dem Prediger in den Garten. Den Weg kannte er, aber er war höflich genug, seine Ungeduld zu zügeln und dem Gastgeber nicht vorauszueilen.

Wundervolle Blumenbeete wechselten sich mit Kräuterkreiseln und Kiesbetten ab, die vorwiegend von den Predigern zur Meditation genutzt wurden. Bruder Nikkos steuerte auf eine Bank zu, die unter einem prächtigen Nussdornbusch stand, dessen Blüten wie rosafarbener Regen von den rankenartigen Ästen zu tropfen schienen. Mit einer fließenden Handbewegung bat Nikkos seinen Besucher, sich zu setzen und nahm dann ebenfalls Platz. Aufmerksam schaute er den jungen Salamander an, der zunächst nicht wusste, wie er anfangen sollte.

Seine Wut und Unsicherheit waren beim Marsch zur Sitzbank so gut wie verraucht. Schon früher hatte Vik Tami das festgestellt. Es kam ihm so vor, als würde der Zorn an der Pforte zum Garten einfach abgewiesen und weggeschickt werden.

»Es ist, wie ich es gefürchtet habe, sie hält mich für zu jung und traut meinen Entscheidungen nicht. Am liebsten würde ich den Scheißpalast in Stücke schlagen. Sie hat mir einen Aufpasser als sogenannten Ratgeber vor die Nase gesetzt, nach dessen Willen ich handeln soll, der wiederum holt sich erst die Zustimmung bei der Matriarchin. Das ist doch alles lächerlich.«

Vik Tami erzählte, was ihn bewegte. Die Angst vor seiner Position, den Willen, alles richtig machen zu wollen und entsprechend den alten Gesetzen zu handeln, wie er es seiner Mentorin Benytasey geschworen hatte. Dazu kamen noch die Probleme mit dem künstlichen Auge und dem Arm. Es fiel ihm immer noch schwer, sich damit zu arrangieren. Wenn er nützlich sein wollte, blieb ihm nichts anderes übrig, als sich so zu akzeptieren, wie er nun war.

Schließlich beendete er seine Ausführungen und schaute betrübt zu Boden.

»Sie haben Angst vor mir, Bruder Nikkos, und ich weiß nicht einmal genau, warum. Vielleicht ist es wirklich nur mein Äußeres. Ich wünschte, ich wäre normal oder bei dem Brand gestorben. Eines von beidem.«

Danach war lange Zeit Ruhe. Nichts als das Brummen der Insekten, die sich in die Blütenkelche der Nussdornen trauten, hörten sie. Eine kleine Glocke störte diese Stille mit einem sanften Schlag und Bruder Nikkos schwieg noch immer. Vik Tami fragte sich, ob er jetzt auch den alten Mann mit seinem Gejammer verärgert hatte, und wollte schon aufstehen, da hielt ihn der Prediger zurück.

»Bleib sitzen, Tami. Mit einem Rat kann ich dir nicht dienen und ich bin ehrlich darüber bestürzt, dass du solche Probleme hast. Du weißt, dass du bei den Predigern der Sternenweisen immer unterkommen kannst, sofern du bereit bist, nach unseren Regeln zu leben. Aber mehr, als dir zuhören, kann ich in dem Fall nicht, weil mir die tiefere Einsicht in diese Dinge fehlt. Doch jetzt, mein Junge, gehen wir rein, die Glocke hat zum Nachmittag geläutet. Bruder Togar und Schwester Lysan haben sich an einer neuen Brotsorte versucht, die sollen wir alle probieren.«

Gehorsam stand der Salamander auf.

Im Haus roch es noch so, wie Vik Tami es in Erinnerung hatte. Zwei Jahre hatte er dort verbracht und es am Anfang gehasst. Danach war er sich nicht mehr so sicher gewesen, auch jetzt fragte er sich manchmal, ob er nicht besser hätte bleiben sollen. Aber Benytasey hatte ihm klargemacht, wo seine Bestimmung lag. Die Lücke, die ihr Tod hinterlassen hatte, musste gefüllt werden – mit ihm. Aber wer füllte die Lücke, die dadurch in seinem Herzen entstanden war? Darüber durfte er nicht nachdenken, denn es machte ihn unendlich traurig. Vielleicht fand sich irgendwann etwas oder jemand, der diese Leere füllen konnte.

Zahlreiche erstaunte und zum Teil auch ablehnende Blicke schlugen Nikkos und Vik Tami entgegen, sobald sie den Raum betraten.

»Ah, ich rieche das Brot bereits. Nun bin ich aber gespannt darauf. Ihr kennt alle unseren Besucher, er ist als Freund und völlig privat hier«, erklärte Nikkos entschieden und drückte Vik Tami dabei auf einen freien Platz auf einer der Bänke, die um den Tisch standen.

Der Kräutertee schmeckte Vik Tami ausgezeichnet, nur das Brot war gewöhnungsbedürftig. Er fragte sich, welche Gewürze sie verwendet hatten, dann sah er sich das Brot genauer an. Im Teig waren Stücke von Beeren mitgebacken. Höflich aß er sein Stück mit etwas Goldsüß aus dem Nektar der Nussdornenblüten. In Kombination damit und dem Tee schmeckte es gar nicht so schlecht, dennoch lehnte er einen Nachschlag ab, schließlich wusste er, dass die Prediger nicht sehr oft leckere Speisen auftischten, meistens gab es irgendwelche stärkehaltigen Wurzeln und Pilze oder verschiedene Getreidebreie.

»Es schmeckt ausgezeichnet. Eine sehr gute Idee, das zu kombinieren.«

Schwester Lysan lächelte stolz und erwiderte: »Danke, Salamander. Vielleicht können wir etwas davon auf dem Markt verkaufen. Stimmt es, dass verschiedene

Handelsunternehmen von anderen Planeten hier einen Platz möchten und auch Titum Van darunter ist? Das wäre nicht so schlecht, weil sie gut zahlen, wenn man ihnen etwas Außergewöhnliches bietet.«

Langsam drehte Vik Tami den Kopf. Die Handelsgilde holte ihn sogar hier ein, dabei wollte er das alles für eine Weile vergessen. Sein blindes Auge und das Grün des Okulars starrten die Sprecherin an, die so arglos war und wahrscheinlich nur das Geld im Sinn hatte, das man damit verdienen konnte.

Innerlich zählte er wieder von zehn nach null und versuchte, seinen Zorn im Zaum zu halten. Da spürte er eine Hand auf seiner und er wandte endlich den Blick ab.

»Sie werden keinen Marktplatz errichten … Danke für eure Gastfreundschaft«, presste er mühsam hervor, stand auf und flüchtete beinahe aus der Küche. Im Hof holte ihn Nikkos ein.

»Du weißt, dass wir Prediger keine Heiligen sind, wir brauchen auch ab und zu etwas Geld. Aber woher kommt dieser Hass gegen die Händlergilde, Tami?«

»Keine Heiligen? Pah! Wenn es nur eine Lappalie wäre! Wissen Sie, dass Titum Van diverse marode Endlager gehören und in ihren Recyclinganlagen Lohnsklaven arbeiten? Wo immer ich sie sehe, werde ich mich ihnen entgegenstellen. Weder Umwelt noch Arbeitskraft, sei er menschlich oder nicht, dürfen auf diese Weise ausgebeutet werden. Was wäre ich denn für ein Salamander, wenn ich das gutheißen würde? ›Oh ja, euer Geld nehmen wir, aber hört auf, die Umwelt auf anderen Planeten zu zerstören.‹ Das ist scheinheiliges Gerede, Bruder Nikkos!«

Nikkos schwieg, dabei gelang es ihm, völlig ruhig zu stehen, während Vik Tami voller Zorn im Hof herumlief und immer wieder wütend schnaubte. Er hatte sich regelrecht hineingesteigert.

»Hör zu, Tami. Du musst lernen, deinen Zorn zu kontrollieren. Ich kann dich bis zu einem gewissen Grad verstehen. Aber wir brauchen das Geld. Unser Raumshuttle muss repariert werden, und zwar dringend, weil ich in wenigen Tagen nach Ixilum Prime reisen muss. Wir werden es nicht schaffen und auch das Geld für eine Passage ist schwer aufzutreiben. Von einem privaten Piloten mit Schiff, brauche ich gar nicht erst zu reden. Unsere Gemeinschaft ist nicht reich. Klar, auf Ixilum Prime wirkt alles so, aber wir stecken sämtliches Geld in die Gemeinschaft, in die Bewohner, ob sie unserem Glauben angehören oder nicht. Mit Spenden auf den einzelnen Planeten kommen wir nicht weit. Wenn jemand unsere Produkte oder auch Ideen kaufen möchte, fragen wir nicht mehr lange nach deren ethisch-moralischen Hintergründen, die wir ohnehin in Wahrheit nie erfahren werden.«

Jetzt war es an Vik Tami den alten Prediger erstaunt anzuschauen. Das war eine andere Sicht und sie gefiel ihm nicht. Um nicht laut zu werden, presste er die Zähne fest aufeinander, was sein markantes Gesicht weiter entstellte.

»Hör zu, Tami. Wenn du wirklich einen Rat haben möchtest, bist du bei mir an der falschen Adresse. Vielleicht ist es besser, wenn du jemanden aus der Händlerkaste fragst, schließlich beschäftigen die sich damit ihr ganzes Leben lang oder du berufst den Rat der Salamander ein. Davon abgesehen würde ich an deiner Stelle nicht gleich am Anfang alle gegen mich aufbringen. Reise durch das Land, besuche die Menschen und zeige ihnen, wo sie noch etwas verbessern können oder wie sie die Techniken, die ihr nutzen dürft, effizienter einsetzen.«

Darüber dachte Vik Tami jetzt doch ernsthaft nach. Der Zorn brodelte noch immer heiß in ihm und würde ihn wohl nie ganz verlassen, aber einiges von dem, was Nikkos gesagt hatte, klang logisch und machbar. Warum war er nicht selbst auf die Idee gekommen, jemanden aus der

Händlerkaste zu fragen? Nichts war einfacher als das! Kurz lachte er auf, ging auf Nikkos zu und drückte ihm die Hand.

»Danke, vielen Dank, Bruder Nikkos. Ich werde mit unseren Händlern reden und auch den Rat einberufen. Dann sehen wir weiter. Und wegen Ihres Flugs nach Ixilum Prime, machen Sie sich keine Sorgen. Ich organisiere eine Passage für Sie, Sie brauchen sich dann nur noch am Raumhafen zu melden. Ich kehre umgehend nach Creson zurück und leite alles in die Wege. Dafür, dass Sie mir keinen Rat geben wollten, haben Sie das ordentlich getan. Danke noch einmal.«

Er ließ dem Alten keine Zeit zum Antworten und sprintete zurück zu seinem Hubgleiter.

Kapitel 4

Die Organisation der Sitzung fand Vik Tami außerordentlich spannend. So etwas hatte er nie zuvor getan. Also befahl er sämtliche Ratsmitglieder, die sich in der Nähe befanden zu der Besprechung in den Ratssaal im Palast der Salamander. Seitdem er der Oberste Salamander war, hatte er noch nie die ganze Macht gespürt, die dieser Position innewohnte. Jetzt mussten alle erscheinen, weil er es so bestimmte. Zwar kamen Nachfragen, natürlich von seinem Berater, dennoch blieb er hart und schwieg sich zu dem Thema aus. Aber er hatte noch etwas anderes zu tun, er hatte Bruder Nikkos eine Passage nach Ixilum Prime versprochen. Die war sehr schnell beschafft und er informierte den Prediger schriftlich über die Abflugdaten.

Nachdem er das alles erledigt hatte, wurde Vik Tami die Tragweite seines Handelns bewusst. *Ob es besser ist, wenn ich alles absage und nichts mache oder das, was Mutter möchte?* Von Zweifeln verunsichert, kaute er auf der Unterlippe. Während er noch darüber nachdachte, öffnete sich die Tür und Vygon betrat das Büro. Er wirkte keineswegs so verärgert, wie Vik Tami es befürchtet hatte.

»Die Sitzung ist eine gute Idee, Tami. Was willst du mit uns besprechen?«

»Das gebe ich morgen bekannt. Wenn du mich bitte entschuldigst, ich habe noch einiges zu erledigen, die Bevölkerungslisten sind eingetroffen.« Wie erhofft, zog sich sein Berater zurück, denn niemanden interessierten diese langweiligen Statistiken, das hatte Vik Tami bereits in der Ausbildung bemerkt. Damals hatte er sich selbst, wann immer es möglich war, vor der Auswertung gedrückt.

Kurz vor der Sitzung hatte er noch einen Termin bei der Vorsitzenden der Händlerkaste. Auch in den anderen Kasten wurden die Vorsitzenden gewählt, allerdings ging es hier nach Alter, Erfahrung und mögliche Sympathiepunkte bei den Bürgern aus der entsprechenden Kaste. Die Wahlen waren immer ein Ereignis, denn am Wahltag war frei. Deshalb hatten die Ethiker bereits vor etlichen Jahrzehnten beschlossen, die Wahlen der einzelnen Kasten möglichst auf verschiedene Jahre zu legen, damit die Bürger so wenig wie möglich zur selben Zeit frei hatten. Dieses Verfahren hinterfragte niemand, es funktionierte einfach.

Vik Tami staunte immer wieder über die Schönheit der Hauptstadt. Schon als Kind war er gern durch die Straßen gewandert. Viele bepflanzte Ecken gab es, Gärten, in denen Nutzpflanzen und Blumen nebeneinander gediehen. Die Gärtner und auch einige Bauern waren dafür verantwortlich und versorgten die nicht bäuerliche Bevölkerung der Hauptstadt mit frischen Produkten. Er überquerte den Platz der Ankunft, der zum Gedenken der Landung ihrer Vorfahren so hieß. Kein Denkmal zierte ihn, doch waren um das Achteck herum zahlreiche bunte Blumen gepflanzt. Von jeder Eckspitze ging eine Straße weg. Eine davon nahm er und marschierte zum Handelsplatz, der auch Marktplatz genannt werden konnte. Hier fand Handel aller Art statt, ein großer Teil davon in festen Häusern. Der Markt war wie immer gut besucht, trotzdem fand Vik Tami das entsprechende Geschäft sehr schnell. Verschiedene Waren lagen in der Auslage. Die Korbwaren und Bürsten fand Vik Tami gut gearbeitet. Vielleicht sollte er sich eine der aus Mallongras geflochtenen Reisetaschen kaufen, weil seine schon etwas in Mitleidenschaft gezogen war. Kurz dachte er darüber nach, verwarf den Wunsch aber wieder, weil er ohne Geld losgegangen war. Die Preise fand er aber in Ordnung und nahm sich vor, zu einem späteren Zeitpunkt wiederzukommen. Er warf noch einen Blick auf die Tasche und gab sich endlich einen Ruck.

Nicht trödeln und ablenken, du hast etwas zu tun. So ermuntert, öffnete er die Tür und trat ins Innere. Eine kleine Glocke kündigte einen neuen Kunden an.

»Guten Morgen, kann ich Ihnen helfen? Oh, Sie sind der 350. Salamander. Folgen Sie mir bitte, meine Mutter, die Kastenvorsitzende, erwartet Sie.«

Der junge Mann, der ihn ansprach, winkte ihn gleich weiter. Vik Tami fand das angenehm, denn so sparte er sich Erklärungen. Lieber wäre es ihm gewesen, wenn die Vorsitzende der Händlerkaste zur Ratssitzung der Salamander käme. Aber sie wollte nicht, denn jeder, der dorthin zitiert wurde, musste irgendeine Buße leisten. Er hatte versucht, ihr den Unterschied zu erklären, war aber auf eine Mauer aus Schweigen gestoßen, deshalb hatte er nachgegeben.

Sie saß hinter einem Schreibtisch und schaute ihn erwartungsvoll an.

»Nehmen Sie Platz, Salamander Jos'Wennen. Ich bin erstaunt über Ihre Bitte und Ihr Verständnis über meine Weigerung, zu Ihnen in den Palast zu kommen. Normalerweise wird sonst über unseren Kopf hinweg entschieden.«

Er setzte sich und versuchte sich an einem Lächeln. Es misslang ihm, denn ihre Worte enthielten sehr viel Kritik.

»Danke, dass Sie mir Ihre Zeit opfern. Ich brauche Ihre Expertise zur Öffnung des Handels mit anderen Planeten. Ist es sinnvoll und inwieweit, denken Sie, dass es den Binnenhandel negativ beeinflussen wird?« Diese Worte hatte er sich vorher gründlich zurechtgelegt und auswendig gelernt, damit er nicht gleich am Anfang des Gesprächs unnötig ins Stocken geriet.

»Gibt es Bestrebungen, den Handel zu öffnen?« Der wache Blick der Händlerin war fest auf ihn gerichtet.

»Ich habe eine Anfrage eines fremden Handelsunternehmens erhalten und brauche Ihre Meinung, um später beim

Rat der Salamander meine Entscheidung fundiert darlegen zu können.«

»Sie haben sich bereits eine Meinung gebildet? Was, wenn ich Ihnen eine völlig andere Ansicht präsentieren werde?« Rasch winkte sie ab und fuhr fort. »Natürlich wird es den Binnenhandel beeinflussen, ihn vielleicht kurzfristig sogar beleben. Andererseits wären wir abhängig von diesem Unternehmen und später vielleicht sogar von anderen. Ich gehe davon aus, dass die Produkte billiger sein werden und wir nicht nachvollziehen können, wie, wo und unter welchen Umständen sie hergestellt und transportiert wurden. Würden diese Unternehmen dann auch den strengen Richtlinien unterliegen wie wir?«

»Die Gesetze gelten für alle, die auf Uhuru Handel treiben und leben. Allerdings haben Sie Recht, was den Herkunftsnachweis anbelangt. Aber bitte, fahren Sie fort.«

»Die Handelsbilanz, schauen Sie hier …« Sie drückte einen Sensorpunkt am Tisch und vor ihnen erschienen holografische Diagramme.

»Das ist unsere derzeitige Bilanz. Ausgaben, Einnahmen und Gewinn sind gut aufgeteilt. Die Produktpreise richten sich nach den Einkommen der Bewohner der jeweiligen Region, Kaste und der unterschiedlichen Qualität unserer Produkte. Das gilt für alle Händler. Wo wir erhebliches Wachstum sehen, ist im Handel mit Dimtros und VinaXym. Beide Kolonien wünschen mehr Interaktion mit uns und unseren Produkten. Was ich allerdings auch bemerkt habe, der Handel mit Dimtros ist rückläufig, trotz dieser immer wiederkehrenden Äußerung, den Handel zu intensivieren. Sehen Sie? Hier knickt die Kurve merklich ein. Es ist nicht dramatisch, aber erkennbar. Was würde ein vermehrter Außenhandel mit uns anrichten? Ich denke mal, der Wunsch nach Wachstum und Reichtum würde steigen. Es ist normal, sich weiterentwickeln zu wollen. Ich – persönlich – bin zwiegespalten. Unsere ausgezeichneten Produkte einer größeren

Gemeinschaft anbieten zu können, ist sehr verlockend. Andererseits frage ich mich, ob wir dann die Standards halten könnten. Wenn ich wüsste, woher die außerweltlichen Produkte kommen und wie sie hergestellt werden, könnte ich dafür sein. Aber noch nicht jetzt. In zehn Jahren vielleicht, wenn wir das Bildungsniveau generell anheben können und eine umfassende Allgemeinbildung in den Schulen einführen.« Mit einer raschen Geste gebot sie einem möglichen Einwand Vik Tamis Einhalt, der allerdings schweigend zuhörte und dabei immer wieder die Grafik betrachtete, die für ihn, wenn sie es ihm nicht erklärt hätte, ein Brief mit sieben Siegeln geblieben wäre.

»Ich weiß, regen Sie sich bitte nicht auf, es ist auch Sache der Ethiker und der Matriarchin, darüber zu entscheiden. Zum aktuellen Stand würde ich es definitiv verneinen und eventuell Dimtros vorschlagen, wenn dort nicht ohnehin bereits ohne gültige Verträge gehandelt wird.«

Das war einiges, worüber Vik Tami nachdenken konnte. Es gab also auch gute Punkte, die für einen Außenhandel sprachen, die ihm nie in den Sinn gekommen wären. Einige Male nickte er zustimmend.

»Würden Sie mir eine Kopie dieser ähm Handelsbilanzen überlassen und eine schriftliche Aussage über Ihre Empfehlung zum Außenhandel abgeben?«

Einen Augenblick war er wütend auf sich selbst, weil es in seinen Worten kindlich klang und vielleicht auch unsicher. Er wollte kein Bittsteller sein, trotzdem fühlte er sich so. Sofort maßregelte er sich selbst. Vik Tami musste viel lernen und das ging nur, indem er sich das Wissen von anderen zunutze machte. Nicht von diesem snobistischen Vygon, der nur sein eigenes Ego streicheln wollte. Außerdem hatte Benytasey immer gesagt, wenn man von jemandem etwas wolle, müsse man höflich sein. Der Gedanke daran half ihm über diese Unsicherheit hinweg.

»Natürlich. Es dauert nur ein paar Sekunden. Gewohnheitsmäßig zeichnen wir die Gespräche auf und löschen sie anschließend wieder, besonders dann, wenn sie nicht wichtig waren. Das scheint doch weittragender zu sein, als ich anfangs dachte.« Die Vorsitzende drückte einige Sensorpunkte und schob einen Speicherchip in die dafür vorgesehene Öffnung. Kurz darauf überreichte sie ihm die Datenkarte mit einem leichten Lächeln.

»Es ehrt mich und vor allem auch Sie, Salamander Jos'Wennen, dass Sie sich Rat von Fachleuten holen. Hier bitte. Und bleiben Sie standhaft. Im Moment brauchen wir Konsortien wie Titum Van nicht bei uns, auch nicht kleinere Handelsgruppen. Sie müssen uns Zeit geben, uns zu orientieren, zu wissen, was wir exportieren und vor allem auch, was wir importieren möchten. Vielleicht könnten wir zuerst in einen losen Kontakt miteinander treten und die Art der anderen kennenlernen.«

»Danke, Vorsitzende. Es ist richtig, wenn wir vorher gut abwägen, was zu tun ist. Solche Entscheidungen kann man nicht von heute auf morgen treffen.« Rasch verstaute er den Chip in einer kleinen Tasche, stand auf und verneigte sich. Eine Verabschiedung war nicht nötig.

Er war froh, Nikkos Rat angenommen zu haben. Jetzt hatte er Argumente, die auf festen Füßen standen, und er fühlte sich weitaus sicherer, sein Anliegen gleich dem Rat vorzutragen. Der Gang durch die Stadt gab ihm weitere Gelegenheit, über alles nachzudenken. Er wollte sich nicht wieder kleinreden und als zu jung für das Amt betiteln lassen. Es reichte schon, wenn er sich selbst von Zeit zu Zeit dafür hielt. Die anderen sollten davon nichts merken. Vygon wollte er es auf jeden Fall beweisen – und seiner Mutter. Er brauchte diesen alten Kerl nicht, der sich nur bei der Matriarchin einschmeicheln wollte.

Als ob die politische Macht der obersten Anführerin so groß ist! Auch sie wird kontrolliert, eben durch die

Salamander und die Ethiker. Während er darüber nachdachte, fiel ihm noch etwas ein, das besprochen werden musste. Der Mangel an jungen Anwärtern war sehr groß, die sich zum Umweltwächter berufen fühlten. Sie mussten das Image verbessern und sich vermehrt positiv ins Gedächtnis der Bevölkerung bringen. Die Vergangenheit zeigte doch, dass Verbote und Strafen dafür nicht reichten oder gar förderlich waren. Wie sie das angehen sollten, wusste er allerdings auch nicht. Aber er nahm sich vor, diese Frage bei der Sitzung aufzuwerfen und eventuell auch das heiße Eisen der Ethiker und Techniker: die Bildungspolitik.

Als er den Palast der Salamander erblickte, wirkte er auf Vik Tami prächtig, vielleicht zu prächtig. Es war eine Zurschaustellung von Macht und Reichtum. Ob das zu Recht war, konnte er nicht beurteilen. Auf jeden Fall war es sichtbar, dass es hier jemanden gab, der einem das Leben zur Hölle machen konnte. Diesen Eindruck wollte er ändern, dem Volk gegenüber aufgeschlossener, freundlicher und vielleicht in der Vollstreckung der Umweltgesetze auch milder sein. Was er allerdings wusste, dass kein Salamander Geld hortete. Sie wurden von Steuern bezahlt und bekamen gerade so viel, dass es zum Leben reichte, dafür erhielten sie Sonderprivilegien, wie die Nutzung der Raumfähren, eigene Kleidung und waren selbst von der Steuer befreit, auch Heizmittel und anderes bekamen sie gestellt.

Vik Tami wüsste auch nicht, was er mit viel Geld anfangen sollte. Er trug seine Kleidung auf, bis sie nicht mehr zu reparieren war und aß das, was er entweder im Palast bekam oder er auf dem Heimweg kaufte.

Die Wache am Eingang grüßte den Obersten Salamander mit einem Nicken, das von Vik Tami freundlich erwidert wurde. Rasch durchquerte er den dunklen Eingangsbereich. Im Licht, das durch die Fenster hereindrang, kamen die Schnitzereien an den hellen Stellen sehr schön zur Geltung. Aber er hatte keine Zeit, das Schauspiel aus Licht und

Schatten zu bewundern, das ein Holzbearbeiter vor unzähligen Jahren erschaffen hatte. Er lief weiter in einen spärlich erleuchteten Gang bis zum Ende, das durch eine Doppeltür gekennzeichnet wurde.

Der Sitzungssaal der Salamander war riesig und schmucklos.

Zwei Stunden nach seinem Gespräch mit der Vorsitzenden der Händlerkaste saß er am runden Tisch mit fünf der ältesten Salamander, die im Rat stimmberechtigt waren. Zwar kannte er sie alle sein Leben lang, trotzdem war er sich nicht sicher, wie die Abstimmung enden würde. Seine größte Angst war Vygon. Er war beliebt, redegewandt und sich der Gesetze überaus bewusst.

»Ich freue mich, dass Sie meinem Ruf gefolgt sind. Heute steht eine wichtige Frage im Raum, die es zu klären gilt.« Er machte eine kurze Pause und wieder stiegen Zweifel über sein Vorhaben in ihm hoch. Schon jetzt spürte er, wie ihm die Stimme vor Aufregung nicht richtig gehorchen wollte. Entschlossen, das jetzt durchziehen, räusperte er sich und sprach weiter, dabei versuchte er, die gespannt auf ihn gerichteten Augen zu ignorieren. »Wollen wir aktuell Geschäfte mit anderen Planeten zulassen und damit direkten Handel auf unseren Handelsplätzen?«

Noch ehe er geendet hatte, sprang Vygon auf und öffnete den Mund, doch Vik Tami blieb sitzen und hob gebieterisch eine Hand. Jetzt musste er Stärke beweisen und den Willen, als Führungskraft in Erscheinung zu treten. Wenn er Vygons Verhalten tolerierte, war er bei allen unten durch und konnte gleich aufgeben. Deshalb unterdrückte er sowohl seine Angst als auch den aufkommenden Ärger. Doch Vygon ließ sich nicht so einschüchtern und sprach trotzdem.

»Sie kommen früh auf die Idee, eine Abstimmung machen zu lassen, schließlich haben Sie bereits ...« Es war der reinste Tadel und ein Versuch, Vik Tami lächerlich zu machen und ihn zu einer Rechtfertigung zu zwingen. Darauf wollte er sich nicht einlassen.

»Sie bekommen gleich das Wort. Ich war noch nicht fertig!« Vik Tamis Stimme wurde schärfer. Vygon klappte den Mund zu und auch die anderen schauten ihn erstaunt an.

Wenn sie wüssten, wie viel Angst ich gerade habe. Es sind alles nur Gemüseknollen, wie Benytasey immer gesagt hat. Vor Gemüse habe ich auch keine Angst. Also, weiter. Trotz der aufmunternden Gedanken fiel es ihm schwer, den Tonfall beizubehalten und sich nicht zu rechtfertigen.

»Ich habe heute mit einer Vertreterin der Händlerkaste gesprochen. Die Händler stehen einem Abkommen nicht zwingend negativ gegenüber, allerdings nicht zum jetzigen Zeitpunkt. Es müsste alles sehr viel besser vorbereitet werden, damit beide Seiten einen Nutzen davontragen. Dessen ungeachtet …«

»Wie kommst du … wie kommen Sie dazu, einfach mit Vertretern anderer Kasten zu sprechen, ohne mich, Ihren Berater vorher zu konsultieren?« Vygon war zornig geworden. Sein Gesicht nahm einen dunklen Farbton an, die Stimme klang gezwungen ruhig und am offensichtlichsten war die geballte Faust, die er vergessen hatte, unter dem Tisch zu verbergen. Früher war der Tonfall des alten Salamanders unheilverheißend für Vik Tami gewesen. Es hieß dann immer irgendwelche Strafarbeiten erledigen. Jetzt musste er sich vergegenwärtigen, dass er nicht mehr gestraft werden konnte, zumindest nicht von den Ratsmitgliedern. Außerdem war es ein Affront, weil er ihn geduzt hatte. Darüber ging Vik Tami hinweg, denn es gab Wichtigeres als die eigene Befindlichkeit. Also atmete er tief durch und fuhr fort, als wäre er nicht unterbrochen worden: »Dessen ungeachtet bin ich der Meinung, dass wir erst die Wirkung eingeschleppter Bakterien, Viren, Sporen und Samen erforschen sollten. Wie werden sich diese Dinge auf unsere einheimische Flora und Fauna auswirken? Und wie wirkt es sich auf die Bevölkerung aus? Wir sind auf Uhuru relativ isoliert ...«

»Und trotzdem fliegen Sie in der Galaxie herum, ohne einen Gedanken an irgendwelche Viren, Bakterien, Sporen und so weiter zu verschwenden! Das ist doch lächerlich! Warum haben Sie das Angebot abgelehnt?« Vygon schien es sich zum Sport zu machen, Vik Tami dauernd zu unterbrechen, doch dieses Mal mischten noch andere mit.

»Gute Frage. Warum haben Sie das Angebot abgelehnt und um welche Art Handel wäre es gegangen?«, fragte einer der ältesten im Bunde, dessen Stimme so klang, als würde jemand mit dem Fingernagel über eine Tafel kratzen.

»Richtig, das interessiert mich auch, wobei ich den Punkt der Händler verstehe und auch den Umweltgedanken. Daran sollten wir zuallererst denken.« Ein weiterer Salamander, diesmal eine etwas jüngere Frau, stimmte in den Reigen mit ein.

»Erklären Sie sich, 350. Salamander.« Diese Aufforderung kam von jemandem, von dem er es nicht erwartet hätte, der engsten Freundin Benytaseys. Von Meisterin Redena hatte er sich die meiste Unterstützung erhofft. Das nahm ihm den Wind aus den Segeln, ebenso die vielen Fragen und die Zustimmung, die Vygon so selbstgefällig grinsen ließ.

»Sie sind schlecht informiert, Salamander Jos'Bedren. Das Angebot habe ich nicht abgelehnt, sondern um mehr Informationen gebeten. Wenn ich darüber ausreichend Wissen hätte, könnte ich Ihre Frage beantworten, Salamander Rianon. Als ich versuchte, etwas mehr über dieses Handelsunternehmen N48 zu erfahren, stieß ich auf leere Seiten. Ich suchte dazu extra das Galaxynet auf und ließ dort eine weitere Suche laufen. Nichts. Weitere Suchen bei Handelsnet und dem Handelsblatt verliefen ebenso ergebnislos. Auch eine Nachfrage beim Handelsregister auf Syban und Edenium Prime blieb ohne Erfolg. Entweder es ist ein so kleines Unternehmen auf einem unbedeutenden Planeten im

Nirgendwo, wobei ich mich frage, wie sie gerade auf uns Uhuru kommen und sich hier den großen Profit erhoffen, oder es existiert schlicht und ergreifend nicht. Auf jeden Fall warte ich noch immer auf eine Antwort und so lange wird es von mir keine Zusage geben. Ich hoffe, Sie unterstützen mein Vorgehen, denn auch in Zukunft werde ich es nicht anders halten und mich gegebenenfalls mit Vertretern der anderen Kasten beraten und mir bislang verwehrtes Wissen aneignen.«

Einen Moment hatte Vik Tami den Eindruck, Vygon würde ihn gleich anspringen und umbringen. Aus dem Blick des ältesten Salamanders im Rat sprach der blanke Hass. Er konnte nicht beschreiben, woran er das festmachte. Die Art, wie Vygon die Lippen zusammenpresste und die Augen zusammenkniff oder die Hände zu Fäusten ballte, auch die Art, wie er gezwungen langsam atmete, erinnerte ihn an sich selbst, wenn er sich beruhigen musste.

»Das finde ich ebenso bedenklich, Salamander Jos'Wennen. Es hätten sich Informationen finden lassen müssen. Oder es gibt eine ganz einfache Erklärung. Wie auch immer, wir müssen mit dem arbeiten, was wir haben. Lassen Sie uns abstimmen?« Salamander Rianon wirkte auf Vygon anscheinend beruhigend, denn dieser atmete tief durch, lächelte und lehnte sich entspannt zurück, ehe er die Frage stellte, die eigentlich Vik Tami stellen musste.

»Wer für die Aufnahme von Handelsbeziehungen zu anderen Planeten ist, hebe bitte die Hand.«

»Ihre Fragestellung, Vygon, ist irreführend und schränkt ein, als würde entweder jeder für die sofortige Annahme sein oder sie generell, auch zu einem späteren Zeitpunkt, ablehnen. Seien Sie bitte etwas präziser mit Ihren Formulierungen. Die Frage muss lauten: Wer ist zum jetzigen Zeitpunkt für die Aufnahme von Außenhandelsbeziehungen?« Meisterin Redena sagte das, was Vik Tami eben aussprechen wollte. Darüber war er froh. Vygon reagierte weniger begeistert über die Unterbrechung durch die alte Meisterin, sein Lächeln war gezwungen, so klang er dann auch, als er seine Frage erneut stellte.

»Dann so. Wer ist für die Aufnahme von Handelsbeziehungen zu anderen Planeten per sofort? Derjenige hebe die rechte Hand. Wer zum aktuellen Zeitpunkt dagegen ist, lässt sie unten.« Vygon konnte sich ein Grinsen kaum verkneifen, unkontrollierte Gesichtsmuskeln waren oft verräterisch. Es war nichts als ein weiterer Seitenhieb gegen den Obersten Salamander. Natürlich war die Anzahl der Anwesenden für eine Abstimmung nicht gerade förderlich, aber das siebte Ratsmitglied befand sich auf einer Reise zu einem weit entfernt liegenden Dorf.

Vik Tamis Herz klopfte viel zu schnell, als in ihm die Aufregung stieg. Bislang hatte noch niemand die Hand gehoben, dann nahm sie Vygon hoch und ein anderer Salamander, der mehr Furchen im Gesicht hatte als ein Fyrch auf dem gesamten Körper. Vik Tami verglich ihn gern mit diesen harmlosen und haarlosen aber überaus faltigen Tieren, die sich am liebsten in den Baumkronen versteckten und sich von Früchten, Blättern und Gras ernährten.

Abgesehen von den beiden hob keiner mehr die Hand. Eine geraume Weile blieb es ruhig. Alle warteten ab, ob sich noch jemand umentschied. Schließlich verkündete Vik Tami: »Bis mir weitere Informationen vorliegen, werden sämtliche Verhandlungen mit Händlern und Unternehmen außerhalb Uhurus ausgesetzt. Sobald ausreichend Informationen über die Einflüsse und auch die infrage kommenden Unternehmen vorliegen, wird es eine weitere Abstimmung geben. Bevor ich diese Sitzung beende, habe ich allerdings noch ein Anliegen.«

»Wir hätten das gleich an den Ethikerrat übergeben sollen, das ist keine Umweltsache«, murmelte Vygon zornig über den Ausgang der Abstimmung, erhob sich und ignorierte Vik Tamis weiteres Anliegen.

»Vielleicht, aber die Anfrage wurde an Vik Tami gestellt, also gib dich damit zufrieden. Als sein Ratgeber solltest du froh sein, dass er so vernünftig gehandelt hat. Es gereicht uns allen …«, begann Redena, die sich sichtlich über Vygon ärgerte.

»Entschuldige mich, ich muss zu einem dringenden Termin.« Vygon stürzte eilig vor und marschierte zur Tür.

»Halt! Der dringende Termin muss warten! Ich war noch nicht fertig, Ratsmitglied Jos'Bedren! Setzen Sie sich und die anderen ebenfalls.«

Redena, Rianon und die anderen beiden begaben sich rasch wieder zu ihren Plätzen, nur Vygon blieb an der Tür stehen, bereit, diese zu öffnen.

»Ich habe diese Sitzung noch nicht beendet! Was ich noch zu sagen habe, betrifft auch Sie, Ratsmitglied.«

»Das kann ich mir später erzählen lassen. Ich muss …« Vygon seufzte übertrieben und drehte sich herum. »Gut, aber schnell, wenn es nicht warten kann. Wehe, es ist nichts Wichtiges.« Sein genervtes Gebrummel und übertriebenes Seufzen war nicht zu überhören.

»Wenn Ihnen Ihr Amt keine Freude mehr bereitet, können Sie es gern an jemand anderen übergeben. Von mir aus bleiben Sie stehen.« Vik Tami fand diesen Hickhack anstrengend und ermüdend. Dauernd schoss Vygon dazwischen oder war dagegen, noch ehe er etwas gesagt oder getan hatte. Auf diese Grabenkämpfe im eigenen Haus konnte er gern verzichten. Vier Augenpaare waren abwechselnd auf ihn und Vygon gerichtet. Natürlich interessierte es jeden, wie das Kräftemessen ausging, aber einmischen würde sich niemand.

»Es melden sich immer weniger Jugendliche aus den verschiedenen Kasten, um als Salamander zu dienen. Auch haben sehr viele aus dem Volk Angst vor uns und dem schlafenden Gen. Ich denke, hier müssen wir ansetzen und unseren Mitbürgern diese Furcht nehmen. Dann werden sie auch wieder zu uns kommen und mit Freude unseren Planeten, diese geliehene Heimat, schützen wollen. Wir müssen uns überlegen, wie wir das Bildungsniveau anheben und die Prozedur der Erweckung ändern oder ganz fallen lassen. Wenn wir nicht aufhören, als elitäre, snobistische Besserwisser aufzutreten, dann ist unser Ende besiegelt und wir werden froh sein, wenn unsere eigenen Kinder nachfolgen wollen. Der Dienst als Salamander ist freiwillig! Es ist ein Privileg und eine große Ehre – genauso sollten wir uns der Bevölkerung präsentieren als ihre Helfer und Diener! Sie sind es, die unsere Leben finanzieren.« Ein plötzlich einsetzender Kopfschmerz zwang Vik Tami dazu, seine Rede zu beenden und tief Luft zu holen. Im Saal herrschte betretenes Schweigen. Jeder wusste, wie es um das Schicksal der Salamander bestellt war, wenn sich nichts änderte. Zwang war noch nie ein guter Herr gewesen, doch darauf lief alles hinaus. Plötzlich drängte sich ein rhythmisches Geräusch an Vik Tamis Ohren. Noch nie hatte er so ein abfälliges Klatschen gehört. Es kam von Vygon. Dann lachte er auch noch kurz auf und schüttelte den Kopf.

»Und dafür verschwenden Sie unsere Zeit? Werden Sie erwachsen! Das Leben ist kein Wunschkonzert. Wir haben uns an Gesetze zu halten.«

»Gesetze können angepasst werden, sie sind nicht in Stein gemeißelt und für die Ewigkeit bestimmt.« Es fiel Vik Tami zunehmend schwer, zusammenhängend zu sprechen und seine Stimme unter Kontrolle zu halten. Dazu meinte er, sein Okular hätte wieder eine Fehlfunktion, denn die Spektren veränderten sich ohne sein Zutun.

»Die Gesetze werden von der Matriarchin gemacht.«

»Das schon, Vygon, doch es sind die Ethiker und Salamander, die Vorschläge einbringen. Außerdem können wir unsere Statuten jederzeit selbst anpassen.« Meisterin Redena fuhr Vygon gekonnt in die Parade, aber der war viel zu sehr in Fahrt, um vernünftig zu sein.

»Sie machen sich lächerlich, Ratsherrin Redena. Wann ist das letzte Mal ein Gesetzesvorschlag von einer Matriarchin angenommen worden?«

»Wir können zumindest darüber nachdenken. Salamander Jos'Wennen hat nichts davon gesagt, dass wir jetzt darüber ... Vik Tami? Was ist mit Ihnen?« Entsetzt schaute Redena zu ihm. Vergessen war die hitzige Debatte, zumindest vorerst.

Vik Tami hatte nur noch Bruchstücke der folgenden Diskussion mitbekommen und war im Stuhl zusammengesunken. Er merkte es nicht, aber er stöhnte so laut, dass es den anderen auffiel.

»Kümmern Sie sich um ihn, ich muss zu meinem Termin. Informieren Sie mich, wenn es ihm schlechter geht«, sagte Vygon, dann rauschte er erbost aus dem Saal, ohne nach dem Obersten Salamander gesehen zu haben.

»Ich habe nur wahnsinnige Kopfschmerzen. Wahrscheinlich sind es die ganzen Implantate. Ich sollte das von den Technikern anschauen lassen. Helfen Sie mir bitte in mein Haus und würden Sie dann einen Techniker oder Mediziner kommen lassen, Meisterin Redena?«

Er sprach so leise, dass sie sich zu ihm herunterbeugen musste. Ihre Haare kitzelten ihn am Gesicht, ebenso spürte er ihren warmen Atem. Es war fast so vertraut wie bei Benytasey. Einen Moment fühlte er sich zurückversetzt in seine Kindheit und er vermisste seine Meisterin noch mehr. Eine weitere Schwäche durfte er nicht zeigen, es reichte, dass ihn diese Kopfschmerzen zum Abbruch gezwungen hatten. Viel lieber hätte er es mit Vygon ausgefochten. Irgendwann ging bestimmt das unwürdige Hickhack weiter.

Zwei Palastdiener halfen Vik Tami in sein Haus und ließen ihn dort auf seinen Wunsch allein. Sein Zimmer war kühl und abgedunkelt. Das war ihm am angenehmsten. Er glaubte, dass die Schmerzen erträglicher wurden und er vielleicht keinen Mediziner oder Techniker brauchte. Etwas Ruhe würde alles regeln.

Doch es war weder ein Arzt noch ein Techniker, der kam, es war die Matriarchin, die sich dazu herabließ, ihn zu besuchen.

»Bleib liegen, Tami. Ich bin nicht offiziell hier.« Ihr Seufzen mischte sich mit seinem. Seit Jahren wusste er nicht mehr, was er von seiner Mutter halten und wie er sich ihr gegenüber geben sollte, deshalb war er unsicher, ob der Besuch erfreulich war oder er wieder nur Schelte bekommen würde.

»Wer hat dir gesagt, wo ich bin und was los ist?«

»Meisterin Redena hat mich informiert.« Eytennen setzte sich zu ihm ans Bett und griff nach seiner Hand, doch zog sie diese nach kurzem Zögern wieder zurück. Diese Reaktion war er von ihr gewöhnt und trotzdem verletzte es ihn immer noch, weil er sich ein Zeichen der Nähe wünschte, das nicht kam. Von sich aus traute er sich allerdings auch nicht, eine Nähe aufzubauen.

»Ich muss mit dir reden, solange es geht. Viel Zeit habe ich nicht, also unterbrich mich nicht.«

Nun wurde er doch neugierig und stellte seine Fragen erst einmal hinten an. Er rutschte im Bett herum, bis er bequem lag, dann schaute er sie aufmerksam an. In der relativen Dunkelheit des ehemaligen Kinderzimmers funktionierte das Okular wieder sehr gut. Mit einem Nicken gab er ihr zu verstehen, dass sie fortfahren sollte.

»Also gut. Ich wünsche, nein, ich bitte dich, halte dich an die Gesetze und bitte, bitte …« Nun griff sie doch nach seinen Händen und drückte diese in ihre eisig Kalten. Dabei blickte sie ihn eindringlich an. »Bitte, mach keine gefährlichen oder reaktionären Vorschläge mehr. Ich will dich nicht noch ganz verlieren. Sie wird …« Eytennen senkte die Stimme, schaute sich rasch um und näherte sich ihm, damit sie in sein Ohr flüstern konnte. »Sie wird es nicht zulassen. Bitte, pass auf dich auf.«

»Wer, Mutter, wer wird …?«

»Pssst … Sprich nicht weiter darüber. Mehr kann ich nicht sagen. Wenn ich mein Amt abgebe, erkläre ich es dir. Bitte, die Kopfschmerzen kommen nicht ohne Grund.«

Diese Aussagen erklärten gar nichts, hinterließen sogar viel mehr Fragen bei Vik Tami, als sie beantworteten.

Wie sollte sich etwas ändern und besser werden, wenn niemand etwas tat? Er wollte doch nicht viel.

»Wovon sprichst du, Mutter? Erklär es mir jetzt.« Seine Aufforderung ging ins Leere, denn sie ließ ihn bereits los und stand auf. Wie er es von ihr kannte, strich sie sich die Kleidung glatt und schenkte ihm ein mildes, wenn auch aufgesetztes Lächeln. Danach drehte sie sich herum und verließ das Zimmer. Kurze Zeit später hörte er die Haustür ins Schloss fallen.

Er hatte so viel zum Nachdenken, dass ihm weder der Besuch der Medizinerin noch des Technikers im Gedächtnis blieb. Am Ende bekam er ein Schmerzmittel und Ruhe verordnet. Die gab er sich in den nächsten Tagen. So sehr er sich auch bemühte und forschte, er kam nicht hinter die rätselhaften Worte seiner Mutter.

Kapitel 5

Die sybanischen Diplomaten, besonders einer von ihnen, saßen Vik Tami auch im Nacken. Darüber sollte er womöglich doch mit Vygon sprechen. In einem Anflug von Trotz hatte er ihm diese Kontaktversuche bislang verschwiegen.

Es ging immer um das Thema einer Botschaft auf Uhuru. Vik Tami sah nicht ein, dass er einen Botschafter zulassen sollte und selbst keine Botschaft auf Syban errichten konnte. Als hätten sich diese Gespräche mit Syban unter den Handelsgruppen herumgesprochen, gingen weitere Forderungen von Unternehmen bei ihm ein, die sich auf Uhuru ansiedeln wollten. Die Zustände auf dem Planeten boten für Händler und Produzenten ein weites Betätigungsfeld.

Er ahnte, dass die Händler ihre Überflussprodukte an den Käufer bringen wollten. Auf Uhuru waren viele Produkte unbekannt und deshalb bestimmt für die Bevölkerung interessant. Jedes Mal, wenn Vik Tami daran dachte, überlegte er sich mögliche Änderungen im Bildungsbereich, damit die Bewohner Uhurus selbst entscheiden konnten, ob sie diesen Handel wollten. Doch jeder Vorstoß in diese Richtung endete mit massivem Gegenwind und weiteren heftigen Kopfschmerzen.

Eine ganze Weile sprach der sybanische Gesandte bereits mit ihm über eine sichere Holoverbindung. Aber Vik Tami hörte nicht richtig zu. Es war bereits spät und die Anstrengung des Tages steckte ihm in den Gliedern, dazu drängten sich ständig andere Gedanken dazwischen.

»Hören Sie mir überhaupt zu, Salamander?« Die gereizt klingende Frage des sybanischen Diplomaten brachte ihn zurück zum Gespräch. Ernst blickte ihn das holografische Abbild des Mannes an. Die Technik war gut genug, ihm allerhand optische Details des Kiemenatmers zu zeigen, doch die waren unwichtig. Rasch setzte Vik Tami ein Lächeln auf und hob in einer um Entschuldigung bittenden Geste beide Hände.

»Verzeihen Sie mir, Botschafter ri Nopkar. Hier ist bereits tiefe Nacht. Ich kann Ihnen nicht mehr sagen, als mir Salamander Benytasey an Wissen hinterlassen hat. Aber ich verspreche Ihnen, mich damit zu befassen, und werde mich danach wieder bei Ihnen melden.«

Er hatte kaum den letzten Satz beendet, redete ri Nopkar bereits wieder.

»Ein Treffen! Wir treffen uns persönlich und reden in aller Ruhe darüber. Wann können Sie auf Uhuru ein passendes Quartier für mich zur Verfügung stellen?«

Vik Tami glaubte, er hätte sich verhört. Ein Treffen mit dem Botschafter? Offizielle Gespräche mit Syban? Sollte er nicht vorher mit der Matriarchin oder wenigstens mit Vygon reden und eingehender darüber nachdenken?

Vor lauter Aufregung blieb ihm beinahe das Herz stehen und er hatte das Gefühl, dass sich seine Blase von einer Sekunde auf die andere merklich gefüllt hatte. Er musste achtgeben, dass sein Gesprächspartner nichts von seiner Nervosität bemerkte. Viel zu lange schwieg er. Ri Nopkar gab eigenartige Geräusche von sich, die Vik Tami nicht richtig deuten konnte, sie klangen ungeduldig. Also rang er sich zu einer Antwort durch, die ihm am geeignetsten erschien.

»Ich halte ein erstes Treffen auf neutralem Boden für sinnvoll.«

Auf Uhuru wollte er noch keine fremden Politiker oder Wirtschaftstreibende haben. Wer wusste schon, ob der Botschafter wieder abreiste, sobald er sich einmal hier eingenistet hatte? In dieser Hinsicht war er sehr misstrauisch und vielleicht auch eine Spur xenophob, was angesichts der langen Zeitspanne an relativer Isolation von Uhuru kein Wunder war.

»Für den Anfang können wir uns gern auf neutralem Boden treffen. Ich schlage ein Schiff der sybanischen Raumstreitkräfte vor und melde mich, sobald wir bereit sind. Haben Sie irgendwelche Wünsche bezüglich des Treffens?«

»Ja, die habe ich in der Tat. Zur Nahrung: Wir leben hauptsächlich vegetarisch, also kein Fleisch und … ich weiß nicht, ob Commander Lor noch aktiv ist, aber ich würde es schätzen, wenn er das Schiff kommandiert, auf dem das Treffen stattfinden wird.« Wenn er schon auf ein sybanisches Schiff sollte, dann wenigstens eines, das von jemanden kommandiert wurde, mit dem er bereits einmal Bekanntschaft gemacht hatte. Es war zwar schon länger her und er zweifelte, dass sich Lor noch an die Begegnung erinnerte, aber in dem Punkt wollte er nicht nachgeben.

Wieder herrschte Schweigen, dieses Mal ging es von ri Nopkar aus und Vik Tami musste seine Ungeduld zügeln. Der Tag war lang gewesen, die Nacht schritt fort und Vik Tami war bereits müde. Sehr müde.

»Ich versuche, ihn zu bekommen. Versprechen kann ich nichts. Mein Büro wird sich bei Ihnen wegen des genauen Termins und des Treffpunkts melden oder sollen wir Sie von Uhuru abholen?«

Die gönnerhafte Frage am Schluss ärgerte den jungen Salamander. Rasch setzte er ein falsches Lächeln auf, das den anderen nicht über den verhaltenen Ärger hinwegtäuschen konnte, und erwiderte: »Ich habe ein Raumschiff, Sie müssen sich deshalb keine Sorgen machen.«

»Werden Sie allein reisen?«

»Wahrscheinlich. War das jetzt alles?«

Vik Tami wurde langsam reizbar. Jetzt gab ri Nopkar auch nach und schien sogar begeistert zu sein. »Das ist ja wundervoll. Auf wiedersehen.«

Ob er voll und ganz zufrieden war, wusste Vik Tami noch nicht. Ein gewisses Wohlgefühl breitete sich trotzdem in ihm aus. Er seufzte und streckte die langen Beine unter dem Tisch aus.

Endlich Feierabend. Was für ein langer, langer Tag.

Er gähnte. Natürlich war das Treffen ein Risiko, aber er wollte sich diese Gelegenheit nicht entgehen lassen, ein weiteres Mal auf so einem technisch hochgerüsteten Raumschiff ein Passagier zu sein. Er war noch jung genug, um sich darüber zu freuen und etwas Abenteuerlust verspürte er ebenso. In diesem Moment öffnete sich die Tür und Vygon trat ein. Erstaunt schaute der Ältere den Jungen an.

»Was mach … en Sie noch hier?«, fragte Vygon eisig, dabei trat er näher und blieb erst am Schreibtisch stehen. Angriffslustig verschränkte er die Arme vor der Brust und schaute auf Vik Tami herab.

»Die gleiche Frage könnte ich Ihnen auch stellen, Salamander Jos'Bedren.« Vik Tami versuchte sich an einem Lächeln, doch schon der Versuch misslang ihm. Sein Berater bemerkte das natürlich und wähnte sich in der besseren Position. Er behielt seine ablehnende Haltung bei, selbst dann noch, als Vik Tami aufstand und das Auftreten des Älteren imitierte.

»Nun?« Die Aufforderung des jungen Salamanders hing wie eine drohende Gewitterwolke in der Luft. Ein weniger arroganter Mann hätte sich davon vielleicht beeindrucken lassen, nicht so Vygon.

»Warum muss ich von Ihrem Assistenten erfahren, dass Sie ein Gespräch mit einem Diplomaten Sybans führen? Sie hätten mich darüber in Kenntnis setzen müssen. Die Matriarchin hat mich beauftragt, Ihnen mit Rat und Tat zur Seite zu stehen. Sie untergraben meine Position!«

»Und Sie die meine, Salamander Jos'Bedren! Ich muss überhaupt nichts. Am Ende stehe ich für alle Fehler gerade, die während meiner Amtszeit gemacht werden, nicht Sie oder jemand anders. Ihre Erfahrungen und Ihr diplomatisches Geschick wären in dieser Sache nur wenig hilfreich gewesen. Gehe ich recht in der Annahme, dass sich Ihre diesbezüglichen Kenntnisse auf diverse Lehrbücher begrenzen? Im Gegensatz zu Ihnen hatte ich bereits direkten Kontakt mit Sybanern. Oder haben Sie mir etwas verheimlicht, das ich über Sie wissen sollte?«

Wie immer, wenn er es mit Vygon zu tun hatte, fühlte Vik Tami sich in die Ecke gedrängt und provoziert, weshalb er auch so aggressiv reagierte. Trotzdem beglückwünschte er sich zu seiner Antwort, die er für recht gut befand. Vygon gefiel sie weniger.

»Oberster Salamander hin oder her, das war anmaßend und unwürdig. Weiß die Matriarchin über Ihre Verhandlungen oder wollen Sie das auch vor ihr verheimlichen?«

»Ich verheimliche gar nichts. Die Matriarchin wird morgen in aller Frühe von meinem Gespräch in Kenntnis gesetzt – durch mich persönlich. Sie werden sich zurückhalten, Salamander Jos'Bedren.«

Das Gesicht seines Gegenübers verfärbte sich und wurde vor Wut erst hell, dann dunkel. Schweißperlen bildeten sich auf der Stirn des Beraters. »Das wird Konsequenzen haben, Vik Tami.« Vygons Stimme klang gepresst vor schlecht verborgenem Zorn.

»Ja, das wird es. Aber anders, als Sie sich das vorstellen. Was ist Ihr Problem, Vygon?« Vik Tami ging nicht auf die Beleidigung ein, weil ihn sein Berater wieder einmal respektlos beim Vornamen nannte. Er löste seine Haltung auf, stützte sich mit beiden Händen am Tisch ab und beugte sich nach vorne. Jetzt war es Vygon, der diese Haltung spiegelte. Beide standen sich Nase an Nase gegenüber. Doch nur Vik Tami konnte in die Augen des anderen blicken.

»Mein Problem bist du, warst es immer und wirst es immer bleiben. Ein kleiner privilegierter Arsch bist du. Du musstest nicht darum betteln, in die Reihen der Salamander aufgenommen zu werden, wie die meisten anderen hier. Du bist mit dem vollen Löffel im Palast aufgewachsen und wurdest von klein auf dazu erzogen, Salamander zu werden. Ich hätte deine Position weitaus eher verdient, ich bin auch fähiger dazu oder auch Redena wäre es.«

Im ersten Moment war Vik Tami sprachlos, dann richtete er sich auf und lachte. Das machte seinen Berater erst recht wütend. Natürlich musste er denken, dass sich der scheinbar Privilegierte über ihn lustig machte. Zornig ließ Vygon die Faust auf die Tischplatte knallen.

»Das ist alles? Dann sind Sie über die Gepflogenheiten im Matriarchenpalast wenig informiert. Niemand lebt freiwillig dort. Niemand. Es mag komfortabel erscheinen, aber die Freiheit, zu kommen und zu gehen, wiegt es nicht auf, auch nicht die fehlende Heizung, was es im Winter recht kalt macht. Das müssen Sie doch bemerkt haben. Gut, ich musste nicht darum kämpfen, hier aufgenommen zu werden, aber ich hatte auch nie eine andere Wahl. Salamander sollte man aus freien Stücken werden. Aber Meisterin Benytasey, vor der ich immer den größten Respekt hatte, ebenso vor Ihnen – bis jetzt – hat dafür gesorgt, dass ich es nie bereut habe, mich nicht dagegen zu stellen. Ich will, dass es für diejenigen, die sich berufen fühlen, einfacher wird. Haben Sie das nicht mitbekommen?« Hinter Vik Tamis Stirn meldete sich nun wieder das bekannte Pochen. »Die Erweckung des schlafenden Gens möchte ich abschaffen, sie ist brutal und fordert zu viele Leben. Wollen Sie nicht mit mir gemeinsam daran arbeiten, dass unsere wunderschöne Heimat zu einem besseren Ort für alle wird, damit solche Unterhaltungen über Privilegien in Zukunft gar nicht mehr gehalten werden müssen? Jeder ist wichtig, derjenige, der vor dem Palast die Straße kehrt, ist ebenso wenig austauschbar wie die Matriarchin oder Sie oder ich. Das hat mich die Zeit mit Meisterin Benytasey gelehrt. Jede Kaste hat ihren Nutzen und es liegt an uns, es ihnen zu zeigen, ihnen den Glauben an …«

»Hören Sie auf, zu schulmeistern!« Vygon war nicht gewillt, Vik Tamis Worte ernst zu nehmen, aber er hatte zurück zur höflichen Anrede gefunden.

»Gut, vielleicht denken Sie einmal darüber nach. Es ist das, was Meisterin Benytasey mich gelehrt hat, und sie war die 349. Salamander, eine Frau mit Weitblick und einer großen Weisheit, wie ich heute erkennen durfte. Wissen Sie was, Vygon? Ich bin Ihnen dankbar, dass Sie mir die Augen dafür geöffnet haben, denn bislang hatte ich die Bedeutung von Benytaseys Worten nie in dieser Deutlichkeit gesehen.«

Das Pochen hinter der Stirn wurde schlimmer und wuchs sich zu einer regelrechten Schmerzattacke aus. Am liebsten hätte er sich gesetzt oder noch lieber in sein Haus zurückgezogen und die dortige Dunkelheit, Kühle und Ruhe genossen. Doch jetzt durfte er keine Schwäche zeigen, musste die Schmerzen ignorieren und für Vygon ein Bild an Stärke präsentieren, das im Moment nicht der Wahrheit entsprach. Zum Glück für ihn war Vygon durch seinen Zorn abgelenkt genug, so dass er nicht viel von der Schwäche bemerkte.

»Sie sind mir dankbar? Behalten Sie sich die Dankbarkeit. Wir reden morgen weiter, nach dem Gespräch mit der Matriarchin, bei dem ich zugegen sein werde. Sie brauchen mich, das wird immer deutlicher.« Damit drehte sich Vygon um und verließ das Büro. Vik Tami bezweifelte, ob sein Berater etwas von dem verstanden hatte, was er gesagt hatte.

Das Gespräch am nächsten Tag verlief so, wie Vik Tami es sich vorgestellt hatte: Steif, wortkarg und endete mit Kopfschmerzen. Vygon hatte wieder versucht, sich in den Vordergrund zu drängen und ihn dumm dastehen zu lassen. Doch Vik Tamis Argument über die persönliche Erfahrung mit den Sybanern war ausschlaggebend gewesen. Sobald der Termin stand, würde sich Vik Tami auf den Weg zum Treffpunkt mit dem Diplomaten ri Nopkar machen.

Bis dahin musste er sich noch gut vorbereiten. Er las die alten Berichte von Benytasey und machte sich Notizen dazu. Auch Beispielverträge zu verschiedenen Abkommen, wie Wirtschaft und Raumfahrt studierte er. Zum Glück boten Galaxynet und Handelsnet zahlreiche Informationsseiten, die auch für Unkundige leicht verständlich waren. Trotzdem blieben ihm einige Dinge einfach fremd. Er las zwar etwas über Kleingedrucktes, allgemeine Geschäftsbedingungen, Zusatzhonorarforderungen, Pönalen bei Nichteinhaltung von Verträgen und Rücktrittsklauseln bis ihm der Kopf schwirrte, doch was es tatsächlich für Uhuru bedeuten sollte, wusste er nicht.

Dafür verstand er das Konzept der parlamentarischen Demokratie, die auf Syban und den meisten anderen Planeten, die dem Bund angehörten, die übliche Regierungsform darstellte. Obwohl auf Uhuru mit Wahlen und Bürgerrechten nicht so hausiert wurde, wie auf Syban, waren Wahlen nichts Neues für ihn. Es gab einige Punkte, die er gut fand, anderes empfand er als dumm und kurzsichtig oder rein kosmetisch, damit sich alle wohlfühlten. So vergingen die Tage bis zu seiner Abreise.

Endlich kam der ersehnte und auch gefürchtete Tag oder vielmehr der Abend. Vik Tami fühlte sich wie vor seinem ersten Raumflug: aufgeregt und glücklich mit einem Hauch von Angst.

Auf dem kleinen Raumhafen, der gerade Platz für einige Shuttles von geringer Größe und Leistung bot, erwartete ihn eine Überraschung. Vygon stand abflugbereit neben seinem Raumschiff.

»Anweisung der Matriarchin, Sie sollen nicht allein reisen, das wäre zu riskant.«

Die Freude sank bei Vik Tami, aber er wollte sich nichts anmerken lassen.

»Schön, dann kommen Sie«, erwiderte er kurz angebunden. Er öffnete das Schott und ließ dem Älteren den Vortritt.

Die Bewegungsmelder aktivierten die Beleuchtung, sobald auch Vik Tami im Inneren war, schloss sich die Rampe. Den Bereich hinter dem Eingang konnte man mit einer beweglichen Wand zu einer Schleuse umbauen, die je nach Bedarf eingestellt wurde: Druckausgleich, Atmosphäre, Desinfizierung, Reinigung oder alles zusammen.

Salamander Benytasey hatte vor vielen Jahren auf diese Feinheiten bestanden und Vik Tami hatte es so übernommen. Auch die Kabine war schlicht geblieben. Es gab nur eine Koje, ein Waschbecken und eine Toilette. Der Raum war gerade groß genug, um sich darin umdrehen zu können. Beim Bau der Maschine war großer Wert auf Sparsamkeit gelegt worden, wie bei allem, was die menschlichen Bewohner Uhurus taten.

Im Vorbeigehen öffnete Vik Tami den Lagerraum und deponierte seine Tasche dort. Er wollte sie nicht in die Schlafkabine packen, in die er Vygon einquartierte. Anschließend betrat er die Pilotenkabine und staunte nicht schlecht, als er Vygon auf seinem Platz vorfand.

»Mein Shuttle, ich fliege. Sie nehmen den anderen Sitz und verstauen Sie Ihr Gepäck in der Kabine hinten links. KI initiiere den Start. Zieleingabe erfolgt manuell.« Vik Tami wartete nicht lange auf eine Reaktion seines Passagiers, sondern tat, was er tun musste. Ohne seine Einwilligung konnte kein anderer dieses Schiff fliegen.

Leichte Vibrationen verkündeten die Arbeit der Maschinen, die das Triebwerk anwärmten. Später sorgten sie für die Lebenserhaltung und die Stabilisierung des kleinen Raumers im Weltall.

Zu seiner Überraschung zögerte Vygon nur kurz, ehe er seinen Platz räumte. Nach seiner Ernennung hatte Vik Tami gehofft, dass wenigstens ein Teil der ständigen Kontrolle aufhören würde. Doch jetzt fühlte es sich schlimmer an als zur Zeit seiner Ausbildung. Einen Moment schaute er

Vygon hinterher, dann setzte er sich rasch und gab die Zielkoordinaten ein.

»Wollen Sie mir nicht sagen, wohin wir fliegen?« Vygons Frage riss Vik Tami aus den Gedanken und er schaute erschrocken hoch. In der Hinsicht blieb er aber trotzig und schüttelte den Kopf.

»Sie werden es früh genug herausfinden. Der Flug dauert nicht sehr lang, einen Großteil davon werden wir mit Überlichtgeschwindigkeit fliegen. Ich hoffe, Sie haben warme Kleidung mitgebracht, sobald wir die Atmosphäre verlassen haben, senke ich die Temperatur, um Energie zu sparen. Setzen Sie sich und schnallen Sie sich an. Wir starten gleich.«

Vygon beharrte nicht auf einer Antwort, sondern kam der Aufforderung nach.

Der Schub war gewaltig, zumindest musste es Vygon so vorkommen, denn er verkrampfte beide Hände um die Armlehnen und atmete gepresst. Das veranlasste Vik Tami zu einem überheblichen Grinsen. Im Gegensatz zu den meisten anderen Salamandern flog er gern im Weltraum. Neben seinem Interesse für Botanik fand er das am besten, denn es versprach Abenteuer, unbekannte Welten und fremde Lebensarten. Doch bislang war es nur bei dem Wunsch geblieben. Vielleicht konnte er es irgendwann ändern und eine Verbindung auf politischer Ebene zu anderen Völkern knüpfen, ohne dabei wirtschaftlich abhängig zu werden und die Umwelt zu zerstören. Womöglich fanden sich auch gute Punkte, die er der Matriarchin für zukünftige Gesetzesänderungen vorlegen konnte. Er musste einfach abwarten und auf das Beste hoffen.

Nachdem Sie den Orbit verlassen hatten, überließ Vik Tami der KI das Steuer. Anschließend kramte er aus einer Tasche ein winziges Etui heraus und reichte es Vygon. Der nahm es mit spitzen Fingern entgegen und betrachtete es skeptisch, besonders den Inhalt beäugte er argwöhnisch.

»Was ist das?«, wollte Vygon wissen.

»Ein Übersetzer. Er wird Ihnen helfen, sich an Bord der Libina zu verständigen. Der sybanische Botschafter Tebay ri Nopkar erwartet uns dort. Übrigens kenne ich den Captain des Kreuzers, sein Name ist Lor.«

Vygon starrte noch immer auf das kleine Schächtelchen. Vorsichtig öffnete er es und runzelte die Stirn. Seine Missbilligung war ihm deutlich anzusehen.

»Haben Sie auch so ein Ding?«

»Nein, ich kann mich ganz gut verständigen. Meisterin Benytasey hat mir alles Grundlegende beigebracht. Sie hielt es für nötig, dass ich eine der wichtigsten Sprachen der bekannten Welten lerne. Um Syban kommt man da nicht herum.« Erstaunt zog Vygon die Augenbrauen hoch. Anscheinend hatte er nicht erwartet, dass Benytasey ihren Schüler mehr als das sonst Übliche beigebracht hatte. Zum Glück für Vik Tami schwieg Vygon.

Was sich der ältere Salamander dachte, konnte Vik Tami nicht erraten und es interessierte ihn auch nicht. Wie er es von seiner Meisterin gelernt hatte, versank er für eine Weile in Meditation. Dadurch merkte er weder die einsetzende Kälte noch die Langeweile des Flugs. Ihm fiel auch nicht auf, dass Vygon in die Kabine verschwand. Doch anstatt ruhiger zu werden, geisterten die altbekannten Fragen durch seinen Kopf, die ihn wieder verwirrten und ihm Kopfschmerzen bereiteten. Er befahl sich, diese Fragen nicht mehr zu stellen, und dass es unwichtig war, was er wollte und er nur an das Gemeinwohl denken durfte. Diese Reise war nicht zu seinem Privatvergnügen, er musste zum Wohl Uhurus eine Entscheidung treffen. Vielleicht war es gut, dass Vygon ihn begleitete und ihn so mit seiner lästigen Präsenz an das Wesentliche erinnerte.

»Ziel in unmittelbarer Nähe. Wir werden gerufen.« Die gleichmütige Stimme der KI durchbrach die Stille im Inneren des Shuttles und die Unruhe in Vik Tamis Kopf.

»Ja, ähm, durchstellen. Informiere Salamander Vy…«

»Bin schon da.« Schnell aktivierte Vygon den Universalübersetzer, steckte ihn sich in ein Ohr und setzte sich auf seinen Platz.

»Shuttle der Uhuru, folgen Sie dem Leitstrahl und drosseln Sie die Geschwindigkeit.«

Vik Tami leitete ein Bremsmanöver ein. Sobald er die von der KI errechnete Geschwindigkeit erreicht hatte, steuerte er das Shuttle exakt am Licht entlang, das sie ins Innere des sehr viel größeren Kreuzers brachte. Ihm wurde warm dabei, denn so eine Punktlandung hatte er noch nie machen müssen und er meinte, die Luke wäre viel zu klein und sie würden jeden Moment an der Außenhaut des großen Raumers zerschellen.

Doch nichts dergleichen geschah. Er musste zwar einige Male korrigieren, doch dann kamen sie sicher in der Landebucht an, hatten vermeintlich festen Boden unter sich und er stellte den Antrieb ab. So unauffällig wie möglich, wischte er sich die biologische Hand an der Hose ab. Aber ein befreites Aufatmen konnte er nicht verhindern. Auch Vygon stieß den angehaltenen Atem erleichtert aus. Das konnte er dem Älteren nicht verdenken.

»Ich denke, wir werfen uns noch kurz in Schale, dann steigen wir aus«, schlug Vik Tami vor, um so über seine Unsicherheit bei der Landung hinwegzuspielen.

»Gute Idee und das nächste Mal lassen Sie das die KI erledigen.« Vygon wirkte nicht nur missmutig und angespannt, er klang auch so. Doch Vik Tami beachtete die gerunzelte Stirn und den zusammengekniffenen Mund seines Gegenübers nicht weiter, stand auf und eilte zur kleinen Frachtkammer.

Schnell war Vik Tami umgezogen und bereit, das Shuttle zu verlassen und sich dem mehr oder weniger Unbekannten zu stellen. Auf jeden Fall fühlte es sich sehr viel besser an, als im Palast der Salamander irgendwelche Berichte zu lesen oder den Studienfortschritt von jungen Anwärtern zu beurteilen, die er nicht einmal kannte und die wahrscheinlich auf ihren Fachgebieten sehr viel mehr Ahnung hatten als er.

Ein letztes Mal zupfte er an der schwarzgoldenen Robe, dann packte er die Reisetasche fester am Henkel und nickte Vygon zu, der ebenso gekleidet war.

Nebeneinander stiegen sie die Rampe hinab. Dort standen bereits einige uniformierte Sybaner und wirkten, wie frisch mit dem Bügeleisen bearbeitet. Vik Tami kam sich schäbig vor. Doch das Gefühl verging, als er Captain Lor entdeckte. Viel hatte er nicht mehr von dem Mann in Erinnerung, aber die Gesichtszüge hatte er sich eingeprägt.

»Es ist mir eine Freude, Sie an Bord der Libina begrüßten zu dürfen, Salamander Jos'Wennen«, sagte er gerade und ging auf Vygon zu. Der tat nichts, um die Verwechslung zu korrigieren, deshalb räusperte sich Vik Tami und setzte ein freundliches Lächeln auf. Ganz sicher war er sich nicht, ob es gelang, denn manchmal spürte er die Muskeln nicht richtig, die dazu nötig waren.

»Auch mir ist es eine Freude, Sie wiederzusehen, Captain Lor. Darf ich Ihnen meinen Berater, Salamander Vygon Jos'Bedren vom Clan Bedren, vorstellen«, warf Vik Tami rasch ein und hoffte, die Wörter in der richtigen Reihenfolge auszusprechen.

Nur einen Moment zögerte Lor, dann schien er Vik Tami zu erkennen oder tat zumindest so und überging seinen Fehler, indem er Vygon ansprach.

»Es ist mir ebenso eine Freude, Sie an Bord begrüßen zu dürfen, Salamander Jos'Bedren.«

Sie tauschten noch einige der üblichen Floskeln aus, was einige Zeit in Anspruch nahm, dann zeigte ihnen ein Untergebener ihr Quartier.

»Es tut mir leid, dass Sie sich eines teilen müssen, wir wurden wohl über die Anzahl der Besucher aus Uhuru falsch informiert. Bitte, hier sind wir.«

Die junge Frau wirkte sehr eifrig, vielleicht etwas übereifrig, als sie die Tür zum Quartier öffnete. Vik Tami überlegte, ob sie die ersten mehr oder weniger Politiker waren, die sie zu betreuen hatte und deshalb so angespannt war. Er wollte sie schon danach fragen, da drängte Vygon ins Quartier, dadurch schob er Vik Tami ebenfalls ins Innere.

»Vielen Dank«, sagte er noch, ehe sich das Schott schloss und er mit seinem Berater allein war.

Interessiert schaute er sich in der luxuriösen Kabine um. Er kam nicht weit, da ertönte ein Signal von der Tür, die sich kurz darauf öffnete. Ein Qolpa in der Uniform der sybanischen Streitkräfte trat ein. Alles in Vik Tami schrie danach, den Kerl hinauszuwerfen, doch er zwang sich zur Höflichkeit, schließlich befanden sie sich auf fremdem Territorium.

»Ich bin während Ihres Aufenthalts Ihre Ansprechperson, also ich werde Ihre Fragen beantworten und versuchen, Ihre Wünsche bezüglich Nahrung zu erfüllen. Haben Sie irgendwelche Fragen oder Wünsche?« Die Mimik des Qolpa war für Vik Tami nicht zu erkennen, aber die Stimme war freundlich. Ehe Vik Tami etwas sagen konnte, antwortete Vygon bereits: »Das ist sehr freundlich von Ihnen. Wenn Sie uns die Funktionen in diesem Raum erklären würden, wäre ich Ihnen sehr dankbar.«

Insgeheim ärgerte sich Vik Tami darüber, dass ihm das nicht eingefallen war, aber er war auch froh, dass Vygon daran gedacht hatte. Sofort sprang der Qolpa darauf an und erklärte ihnen die Klima- und die Lichtanlage, die Sprechverbindung zu anderen Abteilungen des Schiffs, die Funktionsweise der Liegen, die Nasszelle und etwas ganz Wichtiges: den Nahrungs- und Flüssigkeitsautomaten. Vik Tami schaute aufmerksam zu, weil er Angst hatte, nicht alles zu verstehen. Insgeheim schimpfte er mit sich selbst, weil er auf den Universalübersetzer verzichtet hatte.

Abschließend ging der Qolpa zu einer Wandverkleidung, drückte dagegen und es öffnete sich so etwas wie ein Schrank, der einige Gläser aus Plasto und Getränke enthielt, die es nicht im Automaten gab.

»Das ist alles sehr praktisch. Wir danken Ihnen für diese kleine Einführung«, sagte Vygon abschließend.

»Gern geschehen. Ich hole Sie später zum Empfang des Captains und des Botschafters ab.«

»Vielen Dank.« Dieses Mal hatte sich Vik Tami beeilt, vor Vygon zu antworten. Während der kurzen Führung hatte er beinahe vergessen, dass in der Uniform ein Qolpa steckte. Als dieser den Raum verließ, wurde es ihm wieder bewusst.

»Ich schlage vor, wir ruhen uns etwas aus, ehe wir uns für den Empfang fertig machen.« Wieder war es Vygon, der den guten Vorschlag machte und bereits in die Tat umsetzte. Er zog die Robe aus, hängte sie über einen Haken und legte sich danach auf eines der beiden Betten. Nach kurzem Zögern tat es ihm Vik Tami gleich. Schlafen konnte er nicht, dazu war er viel zu aufgeregt und neugierig, aber er fand es dennoch entspannend.

Zur vereinbarten Bordzeit standen die beiden Salamander, abermals in ihre Prachtroben gehüllt, bereit. Der Qolpa erschien nur wenige Augenblicke später und führte sie in die kleine Aussichtslounge. Vik Tami konnte sich unter dem Wort nicht viel vorstellen, denn während seines ersten Aufenthalts auf einem sybanischen Raumschiff war er zumeist auf der Krankenstation gewesen. Über lange Gänge ging es zu einem Aufzug, der sie mit rasender Geschwindigkeit auf die richtige Ebene brachte. Von dort führte sie der Qolpa einen weiteren langweiligen mit weißem Plasto überzogenen Flur entlang zu einer Doppeltür, die sich mit einem kaum hörbaren Zischen öffnete. Zuerst hatte sich Vik

Tami noch interessiert umgeschaut, doch es war alles so gleichförmig, dass er sich bald nur noch auf den Qolpa konzentrierte, der ziemlich rasch ausschritt.

Captain Lor war bereits da und Botschafter ri Nopkar, dazu eine Qolpa in ziviler Kleidung und, wie Vik Tami vermutete, einige Offiziere.

»Danke für die Einladung, Captain Lor. Wir sind doch hoffentlich nicht zu spät?«, fragte Vygon bei ihrem Eintreten und setzte sein charmantestes Lächeln auf. Vik Tami versuchte, es zu imitieren, was ihm nicht ganz gelang. Die Qolpa starrte ihn einen Moment an, dann richtete sich ihre Aufmerksamkeit auf Vygon.

»Sehr gern, Salamander Jos'Bedren. Wenn ich Ihnen Madame ri Teynar von der Handelsgilde Titum Van vorstellen darf und Botschafter ri Nopkar von Syban. Salamander Jos'Bedren und der 350. Salamander Jos'Wennen. Bitte, nehmen Sie Platz.«

Bei der Vorstellung verzog sich die Stirn der Frau in Falten, ihre spitze Nase zuckte, doch nicht lang genug, um Vik Tami weiter zu verunsichern. Er wollte sich von seiner besten Seite zeigen und versuchte, sich an alles zu erinnern, was er von Meisterin Benytasey gelernt hatte. Viel lieber hätte er sie an seiner Seite gehabt oder auch Meisterin Redena als Vygon, der eben auf die Vertreterin von Titum Van zuging und neben ihr Platz nahm. Vik Tami war das im Grunde genommen egal, neben einer Qolpa wollte er nur ungern sitzen. Er setzte sich auf den Stuhl, der ihm zugewiesen wurde und saß so neben einer Frau mittleren Alters, die sich als Commander ti Nosh vorstellte. Das war es dann auch schon mit der Unterhaltung. Die leisen Gespräche rissen während des Essens nicht ab, selbst Vygon war ständig in einer Unterhaltung mit der Vertreterin der Handelsgilde. Nur Vik Tami schwieg. Oberflächliche Unterhaltung war noch nie seine Stärke gewesen.

Der Botschafter nahm nicht am Mahl teil, was aufgrund seiner Physiologie auch sinnlos gewesen wäre, schließlich war er ein Kiemenatmer und trug auch jetzt seinen Schutzanzug und den mit Wasser gefüllten Helm. Vik Tami fand es interessant, dass Wesen, die unter Wasser lebten, sich für eine Existenz außerhalb entschieden und dafür das Risiko in Kauf nahmen, an Land zu ersticken. Leider redete der Botschafter gerade mit dem Captain, weshalb ihn Vik Tami nicht danach fragen konnte.

Er wandte sich dem Hauptgang des Essens zu. Die Speisen waren fremd und nicht alles mochte er, den Fleischersatz ließ er aus, es schmeckte zu chemisch, dafür mundeten ihm die raffinierten Beilagen sehr und erst recht der Nachtisch. Für Süßspeisen war er immer zu haben. Wenn er sich getraut hätte, hätte er um einen Nachschlag gebeten. Zum Essen gab es verschiedene Weine, von denen Vik Tami keinen ausließ.

Anscheinend ließ Syban nichts unversucht, um ein Abkommen mit Uhuru zu schließen.

Warum sie so erpicht darauf waren, wollte Vik Tami noch in Erfahrung bringen. Aber nach dem ganzen Wein fühlte er sich zu beschwingt, um sich Sorgen oder Gedanken zu machen.

Nachdem der Tisch abgeräumt war und sich viele der Offiziere zurückgezogen hatten, blieben nur noch der Captain, die Handelsvertreterin, der Botschafter, Vygon und er selbst zurück. Die Ordonanz stellte einige Flaschen Wein auf den Tisch und verschwand diskret. Der Termynwein war ausgezeichnet, was Vik Tami dazu veranlasste, lieber keinen mehr zu trinken. Sein Verstand war schon ausreichend benebelt.

»Was führt Sie zu diesem Treffen, Madame ri Teynar?« Obwohl er noch nicht sturzbetrunken war, hatte der Wein doch dafür gesorgt, dass seine Zunge locker wurde und er sich mutiger fühlte. Im ersten Moment dachte er, sie würde ihn ignorieren, da sie gerade Captain Lor ein Kompliment zum Essen gemacht hatte. Langsam drehte sie den Kopf in seine Richtung und starrte ihn an. Sie schenkte ihm ein Lächeln, das so nachsichtig wirkte, dass es ihn augenblicklich ärgerte. Es kostete ihn einiges an Überwindung, diesem Blick und vor allem dem Lächeln nicht auszuweichen. Das entstandene Schweigen unterbrach sie mit einem hellen, unechten Lachen.

»Natürlich bin ich geschäftlich hier, Salamander Jos'Wennen. Ich habe es bereits Ihrem Berater berichtet.«

»Dann berichten Sie es mir ebenfalls, Madame.« Vik Tami bemühte sich, ebenso nachsichtig zu lächeln, wie sie es getan hatte, und schaffte es auch. Leise war der Filter am Anzug des Kiemenatmers zu hören, der trat an Vik Tami heran und berührte ihn am Arm.

»Bevor Sie mit Madame ri Teynar sprechen, möchte ich mit Ihnen reden. Setzen wir uns dort drüben hin.«

Sein erster Impuls war, die Hand des Kiemenatmers abzuschütteln, den Botschafter zu ignorieren und die Qolpa, zu einer Antwort zu zwingen. Dann besann er sich eines Besseren, nickte und folgte dem Botschafter. Nachdem sich beide gegenübersaßen, schwieg ri Nopkar jedoch so lange, dass sich Vik Tami fragte, was das alles sollte. Dann sprach er darauf los.

»Seien Sie vorsichtig bei Madame ri Teynar. Sie ist hier, um die Handelsgeschäfte voranzutreiben. Sie wird auch mit Ihnen oder wohl eher mit Ihrem Berater sprechen, so wie es aussieht. Anscheinend hat Sie etwas gegen Sie – entweder es liegt an Ihrer Jugend oder daran, dass Sie ein Cyborg sind. In ihrer Welt sind das Arbeiter, Wesen ohne Bildung und gewiss keine Höhergestellten. Sie versteht noch nicht, wie wertvoll die Investition in künstliche Ersatzteile ist. Die Bionik ist ein breites Feld. Dazu werden Ihre Wissenschaftler bestimmt eine gute Basis geschaffen haben. Wie funktioniert Ihr Auge, wie ging das mit der Implementierung und wie klappt es, Ihre Hand so fein zu bewegen, dass Sie damit Besteck halten und benutzen können?«

Erst kam lang gar nichts und dann gleich so eine Flut an Informationen und vor allem Fragen über Vik Tamis künstliche Körperteile. Darüber musste er einen Augenblick nachdenken.

Warum lief alles immer auf sein Alter und seine Künstlichkeit hinaus? Er verstand das nicht. Manche Leute waren selbst im hohen Alter nicht fähiger als er in diesem Moment. Auf keinen Fall war Vygon ein besserer Diplomat. Kurz schaute er zu seinem Berater, der sich angeregt mit ri Teynar und Lor unterhielt, und dabei auch ab und zu lachte.

»Wie dumm von ihr. Aber so sind die Qolpa nun einmal. Ich danke Ihnen für diese Information. Will sie die Geschäfte mit Ihnen vorantreiben oder denken Sie, dass sie meinen Berater um den Finger wickeln möchte? Ich weiß zwar nicht, was sie mit ihm macht, aber er hängt sehr an ihren Lippen. Was meine Bauteile angeht, kann ich Ihnen leider gar nichts sagen. Die Daten dazu sind nicht einmal mir zugänglich.« Entschuldigend lächelte er und schaute vom Botschafter zurück zu Vygon und der Qolpa.

Während er die beiden betrachtete, drifteten seine Gedanken in die Vergangenheit. Er hatte sich auch an sogenannten zwischenmenschlichen Kontakten versucht und war, seiner Meinung nach, kläglich damit gescheitert. Einen zweiten Versuch in diese Richtung wollte er sich für die Zukunft ersparen. Vor dem verhängnisvollen Flug mit Meisterin Benytasey, der ihm die Bekanntschaft mit Captain Lor eingebracht hatte, hatte er sich öfter mit einem Mädchen getroffen und gedacht, sie würde etwas für ihn empfinden, bis sie ihm in völliger Unschuld vom Besuch des Heiratsmarktes im Dorf Eben und ihrem Bräutigam erzählt hatte. Drei Stunden hatte sie die Vorzüge ihres Auserwählten beschrieben und von ihm geschwärmt. Vik Tami war zu schüchtern gewesen, um etwas zu sagen oder sofort zu gehen. Das gesamte Treffen hatte er dabeigesessen und sich immer leerer gefühlt.

Der bohrende Blick des Botschafters, riss Vik Tami aus seinen Erinnerungen.

»Passen Sie auf, dass er nicht zu sehr in ihre Fänge gerät. Soviel ich weiß, ist sie recht ehrlich für eine Qolpa, aber jemanden, der am liebsten das Haben auf dem Bankkonto liest, ist nicht zu trauen. Wollen Sie mir etwas über Ihre Kultur erzählen?«

Diese Frage erstaunte Vik Tami, ihm blieb sogar für einen Moment der Mund offenstehen, schließlich lächelte er und freute sich sogar darüber. Er wunderte sich auch nicht besonders, warum ihn der Botschafter die ganze Zeit über vor der Händlerin warnte, obwohl er doch für eine rege Beziehung zu Uhuru stand.

»Unsere Kultur ist schon ziemlich alt. Vor etwa tausend Jahren haben sich unsere Vorfahren dazu entschlossen, zugunsten des Umweltschutzes auf bestimmte Dinge zu verzichten. Wir haben die Raumfahrt sehr stark reduziert und auch die Dinge des täglichen Bedarfs.« Er erzählte mit Eifer davon, wie seine Vorfahren den vorigen Planeten zugrunde gerichtet und sich dadurch einen Ersatz suchen mussten, und auch wie sie Asyl auf Uhuru gefunden hatten und sich dort ansiedelten. Auch die politischen Änderungen ließ er nicht aus. Er sprach bestimmt einige Wörter falsch aus, aber das kümmerte ihn nicht weiter, denn der Botschafter schien ihn zu verstehen. Es kümmerte Vik Tami auch nicht, dass er Manches einfach umschrieb, wenn ihm das richtige Wort nicht einfiel.

»Aber ist es nicht etwas unfair, dem Einzelnen gegenüber, wenn er oder sie keine freie Wahl hat?«, hakte der Botschafter nach, der ihn die ganze Zeit über sehr interessiert und aufmerksam beim Erzählen beobachtet hatte.

»Es ist erforderlich, um das bio... nein, wir nennen es ökologisches Gleichgewicht, zu wahren. Aber das betrifft wohl nicht unsere diplomatischen Beziehungen?« Fragend blickte er den Diplomaten an, doch der ließ sich nicht hinter seine freundliche Fassade schauen.

»Das wird sich alles zeigen, Salamander Jos'Wennen. Wir wollen das Thema für heute aussparen.«

»Ich denke auch, dass das heutige Kennenlernen nicht formal sein soll. Aber auch ich habe eine Frage: Wie kommt es, dass sich jemand, der eigentlich im Wasser zu Hause ist, für ein Leben an Land oder sogar im Weltraum entscheidet? Ich stelle mir das sehr anstrengend vor. Können Sie mir Lesens, nein. Wie heißt das? Lesestoff, genau, Literatur über den Körperbau der Kiemenatmer empfehlen?« Vik Tami kam nicht in den Sinn, dass diese Fragen womöglich aufdringlich waren. Es ging ihm nur um die Informationen und die Anhäufung von Wissen. Erst als er bemerkte, dass der Kiemenatmer den Wasserfluss drosselte und ihn starr anschaute, kam ihm die Idee, den anderen beleidigt zu haben.

»Es … ich … Ich wollte Ihnen nicht zu nahetreten.« Hatte er irgendein Tabu verletzt? Er war sich nicht sicher. Es gab auf Uhuru einfach zu wenig Informationen über andere Kulturen und Völker.

»In Ordnung. Ich sage Ihnen, was mich dazu bewogen hat. Der diplomatische Dienst hat mich immer schon interessiert. Auf Syban leben Kiemenatmer und Lungenatmer gleichberechtigt, jeder hat alle Möglichkeiten. Es gibt auch Lungenatmer, die im Ozean arbeiten und leben. Für diese stehen ebenso Anpassungen unter Wasser zur Verfügung, wie für uns an Land.« Das mit der Physiologie überging er einfach und Vik Tami wollte ihn nicht weiter bedrängen, um ihn nicht noch mehr zu verärgern. »Ich weiß nicht, inwieweit Sie mit dem System der Demokratie vertraut, sind …« Ein fragender Blick traf Vik Tami, der überlegte, ob ihn der Diplomat für dumm und einfältig hielt oder ihm vorhin nicht zugehört hatte. Vielleicht hatte er auch die falschen Wörter benutzt, denn obwohl er die Sprache recht gut beherrschte, hieß es nicht, dass er alles richtig und verständlich aussprach.

»Natürlich kenne ich das Wahlsystem durch die Mehrheit. Auch wir wenden es in bestimmten Bereichen an. Bei der Wahl zu den Ortsvorstehern oder den Kastenführern.«

»Das ist interessant. Und sind, abgesehen von der Matriarchin, auch sonst Frauen in politischen Ämtern aktiv? Wie sieht es generell mit den Rechten von verschiedenen Minderheiten aus?«

Diese Frage verwirrte Vik Tami, denn er hatte nichts anderes behauptet.

»Natürlich, jeder kann sich für diese Ämter bewerben. Was meinen Sie mit Minderheiten? Wir sind Uhuru und bilden deshalb eine Gesamtheit, als die wir überlebt haben.« Warum nahmen alle immer automatisch an, dass auf Uhuru keiner diese Prinzipien verstand? Der Verzicht auf gewisse technische Errungenschaften oder den Einsatz von chemischen Hilfsmitteln in der Landwirtschaft hieß nicht, dass man dumm war. Diese Unterstellungen machten Vik Tami zunehmend wütend. Er setzte sich gerade hin und versuchte, sich nicht zu sehr darüber aufzuregen. Langsam atmete er aus und sagte sich, dass die Frage bestimmt nicht beleidigend gemeint war.

»Vielleicht sollten wir auch dieses Thema für später aufsparen, wenn sich unsere Gesellschaften besser kennen. Sie sprechen unsere Sprache hervorragend. Wann haben Sie sie gelernt?«

Die Feinheiten der Kommunikation und besonders in der Politik lernte man nur durch Fehler. Vik Tami hoffte, dass er keinen bleibenden schlechten Eindruck vermittelt hatte. Deshalb zwang er seinen aufsteigenden Zorn in einen fernen Winkel und konzentrierte sich auf das neue Thema. Das Lob über die Sprache freute ihn, auch die Kehrtwende weg von der Politik, war ihm mehr als recht. Durch seine Nerven zogen wieder die Schmerzen und machten es ihm schwer, sich auf die Konversation zu konzentrieren.

»Meisterin Benytasey hat vor zehn Jahren dafür gesorgt, dass ich sie lerne, dazu noch Xym und später habe ich die Sprache der Sternenweisen gelernt. Als Salamander sollte man die Sprachen derjenigen verstehen, mit denen man Umgang pflegt. Leider verstehe ich die Pflanzen und Tiere nicht so gut, wie die Lungen- oder Kiemenatmer. Selbst bei denen gibt es Probleme. Wenn Sie mich bitte entschuldigen würden, ich möchte mich gern zurückziehen.« Ohne sein bewusstes Zutun, hob er eine Hand und rieb sich mit den Fingern über die Schläfe. Den ganzen Tag über hatte er bereits leichte Kopfschmerzen gehabt, jetzt wurden sie schlimmer. Er schob das auf die Aufregung und die noch immer fremde Technik in seinem Körper und vor allem auf den Wein. Schließlich war die Situation nicht normal und er fühlte sich, trotz seiner zur Schau getragenen Professionalität, überfordert.

»Natürlich, gehen Sie ruhig. Wir sprechen uns morgen«, erwiderte ri Nopkar zuvorkommend. Er stand sogar auf und drückte Vik Tami in einer kurzen Umarmung an sich. Es kam so überraschend, dass er sie zögernd erwiderte. Seine Hände berührten dabei für einen Augenblick den am Anzug angebrachten Filter des Kiemenatmers. Körperliche Berührungen waren nicht gerade üblich oder etwas, das Vik Tami gewöhnt war. Doch er nahm an, dass es zu den Gepflogenheiten unter den Sybanern gehörte und tat so, als störte es ihn nicht. Rasch löste er sich aus der Umarmung und ging zu Vygon. Wenige Schritte von seinem Berater entfernt blieb er stehen und sagte dann doch nichts.

»Ich werde ihm bestimmt nichts davon sagen. Das ist unsere Angelegenheit, Madame.« Vygon unterbrach sich und lächelte zu Vik Tami. »Brauchen Sie noch etwas, Salamander Jos'Wennen?« Für die Frage allein, hätte er ihm am liebsten die Faust ins Gesicht geschlagen. Doch er mäßigte sich und zwang sich zu einem ebenso falschen Lächeln.

»Ich ziehe mich zurück. Captain Lor, Madame ri Teynar … Salamander Jos'Bedren. Gute Nacht.«

»Gute Idee, dann verabschiede ich mich auch für heute.« Captain Lor schien bloß auf eine Gelegenheit gewartet zu haben und Vik Tami bot sie nun.

»Ich begleite Sie in Ihr Quartier. Für Ihren Berater steht die Ordonanz noch zur Verfügung.« Ohne auf eine Erwiderung zu warten, lief Lor voraus und Vik Tami folgte ihm etwas langsamer.

Am Flur wartete der Captain auf ihn und ging gemütlich los, sobald sich die Tür geschlossen hatte. Bis zum Lift schwieg er. »Seien Sie vorsichtig bei der Qolpa, die ist glatt wie geschmiertes Plasto. Ihr Berater scheint dafür sehr gut mit ihr zurechtzukommen. Es tut mir leid um Salamander Benytasey. Sie war eine sehr sympathische Frau.«

Vik Tami nickte nur. Warum sagte ihm Lor das alles? Ihm konnte es doch egal sein, was er bei diesem Treffen aushandelte. Das Öffnen der Aufzugtüren verhinderte vorerst, dass er etwas erwidern musste. Die Kopfschmerzen wurden schlimmer.

»Haben Sie zu viel Wein getrunken?« Lors Stimme klang weit entfernt, trotzdem versuchte sich Vik Tami an einer Antwort.

»Nein, ja, vielleicht, Kopfschmerzen. Ich bin die … ich meine, das Okular bereitet mir dann und wann Probleme.« Vielleicht war es auch die Helligkeit auf dem Schiff, wobei es jetzt wesentlich dunkler war als beim Eintreffen. Anscheinend wurde während der Bordnacht die Beleuchtung heruntergefahren.

»Wenn es nicht besser wird, melden Sie sich auf der Krankenstation, ich bestelle dann unsere Cheftechnikerin hin, die sich das ansieht. Sie sehen nicht gut aus.«

Er wusste selbst, dass er schlecht aussah, und hätte beinahe etwas in der Richtung gesagt, bis ihm bewusst wurde, dass das nichts mit seinem reinen Äußeren zu tun hatte, sondern mit seinem Gesundheitszustand.

»Wenn es nicht besser wird, können Sie mich jederzeit rufen. Ich gebe auch der Krankenstation Bescheid. Vielleicht hätten Sie das Treffen verschieben sollen.«

»Das geht schon, von ein paar Kopfschmerzen lasse ich mich nicht unterkriegen. Hier geht es um wichtigere Dinge.«

»Mag sein, Salamander, aber klug ist es nicht. Kommen Sie.« Ohne zu fragen, packte er Vik Tami und führte ihn zum Quartier. Der Weg war nicht mehr weit und Vik Tami strengte sich an, sich nicht zu sehr an den Sybaner zu hängen. Lor war zwar groß und kräftig, aber immer noch ein gutes Stück kleiner als er selbst. Endlich kamen sie im Gästequartier an.

»Licht an, gedimmt«, befahl Lor, anschließend tippte er etwas in sein Armband. Gleich danach bugsierte er Vik Tami zu einem der Betten. »Kommen Sie zurecht? Ich habe den Arzt gerufen, er nimmt die Cheftechnikerin gleich mit. Es ist besser, Sie lassen einen Profi draufschauen. Die Technik in Ihrer Heimat mag zwar gut sein, aber sie bereitet Ihnen Schmerzen.«

»Warum tun Sie das? Ich kann auch morgen, so wie Sie vorhin gesagt haben, zur Krankenstation.«

»Anscheinend geht es Ihnen schlechter. Es gehört zu meinen Aufgaben, alle Delegierten der Verhandlungen und der Sondierungsgespräche mit Titum Van unversehrt und bei bester Gesundheit wieder abfliegen zu lassen. Also tun Sie mir den Gefallen und lassen Sie mich meiner Aufgabe nachkommen.«

Vik Tami nickte und lachte freudlos.

»Na schön, ich tu Ihnen den Gefallen.«

Der abgedunkelte Raum half etwas gegen die Schmerzen, aber immer, wenn er den Blick auf etwas fokussieren wollte, verschwamm das Bild und er sah nur noch undeutliche Dinge; Dinge, die eher bedrohlich denn real waren. Am liebsten hätte er das Okular ausgeschaltet, aber er hatte Angst, dass es dann überhaupt nicht mehr richtig funktionieren würde. Einerseits war er verärgert über die Einmischung des Captains andererseits fand er, dass es vielleicht doch nicht so schlecht wäre, die Technik in seinem Körper prüfen zu lassen.

Kapitel 6

Es dauerte länger als Vik Tami es sich vorgestellt hatte, bis der Arzt und die Technikerin erschienen. Wenigstens schwieg der Captain in der Zeit. Ständig versuchte sich der Cyborg, seinen Zustand schön zu reden. Dabei hatte er seit Wochen dauernd Kopfschmerzen, mal waren sie stärker, dann wieder schwächer und kaum zu spüren. Bei genauer Betrachtung musste er einsehen, dass sie ihn stark beeinträchtigten. Er hatte gehofft, dass der Aufenthalt an einem anderen Ort, die Entfernung zu Uhuru sie milderten. Nichts dergleichen war geschehen.

Die Tür öffnete sich und die beiden Spezialisten traten ein, gefolgt von Vygon.

»Was ist hier los?«, fragte er wachsam und mit einem drohenden Unterton in der Stimme.

»Salamander Jos'Wennen braucht nur einen kurzen Check seiner elektronischen Bauteile. Das dauert nicht lange. Keine Sorge«, erwiderte Captain Lor rasch. Wahrscheinlich wollte er jede diplomatische Verwicklung und noch vielmehr möglichen Ärger mit der politischen Führung Uhurus vermeiden.

»Ach so? Hätte das nicht bis morgen warten können?«

»Vielleicht, aber morgen Vormittag ist das erste offizielle Gespräch mit Botschafter ri Nopkar. Da muss meine Elektronik funktionieren. Es ist alles Neuland für mich und wir wissen nicht, wie sie unter künstlicher Atmosphäre funktioniert«, erwiderte Vik Tami rasch, der so hoffte, die Zweifel seines Beraters ausgeräumt zu haben.

»Na schön. Ich gehe jetzt trotzdem schlafen. Wecken Sie mich, wenn es schlimmer wird.«

Vygon schaute noch einmal zu seinem Vorgesetzten, dann zog er sich in seine Koje zurück, die weit genug von der Vik Tamis entfernt war, sodass er nicht alles sehen oder gar hören konnte, wenn sie sich leise und unauffällig verhielten.

»Gut, fangen wir an«, sagte der Arzt, die Technikerin nickte und öffnete einen kleinen Koffer.

»Scannen Sie zuerst den Kopf, damit ich weiß, wo ich ansetzen muss.« Die Technikerin schaute den Arzt auffordernd an, der nickte und hielt einen kleinen tragbaren Scanner über Vik Tamis Stirn. Er begann bei den Schläfen und untersuchte dann jeden Zentimeter des Gesichts und des Kopfes. Zu Vik Tamis Erleichterung war die Prozedur nicht schmerzvoll. Er hatte bereits Unangenehmes gefürchtet.

»Hier … da ist eine Stelle, die für die Kopfschmerzen verantwortlich sein könnte. Die Nerven scheinen genau an dieser Stelle verwachsen zu sein, gerade da, wo sie eine Synapse mit dem Okular bilden. Das ist schwierig.«

Vik Tami merkte nur an der Veränderung der Schatten, dass die Technikerin dazu gekommen war und nahe beim Arzt stand. Was die beiden flüsterten, verstand er nicht. Es waren zu viele Fachausdrücke dabei, die er nicht deuten konnte.

»Was ist los?« Vik Tami wurde ungeduldig. Er drehte den Kopf zur Seite und schaute zu den beiden hoch, die sich über den Scanner beugten.

»Wie gesagt, da ist etwas verwachsen. Ich würde gern das Okular testen und die Verbindung zu den Nerven.« Wenigstens fragte die Technikerin erst. Hatte er überhaupt eine Wahl, wenn er die Schmerzen loswerden wollte? Er fand, dass er keine hatte, und stimmte dem zu.

»Es kann sein, dass Ihre Schmerzen schlimmer werden, mit derartiger Technologie habe ich wenig Erfahrung. Auf einer Seite ist sie hochentwickelt, auf der anderen jedoch auch recht primitiv, wenn ich mir die Einbaumethode der Sichtkugel ansehe.«

Vik Tami hörte nur Schmerzen und wollte schon ablehnen, doch ehe er etwas sagen konnte, sprach der Arzt: »Ich halte ein Schmerzmittel bereit. Aber für die Untersuchung müssen Sie uns sagen können, wann der Schmerz beginnt und ob es schlechter oder besser wird.«

Immer diese Halberklärungen. Ärzte waren in jeder Kultur gleich, ebenso wie die Techniker. Sie machten keine klaren und eindeutigen Aussagen. Vik Tami hatte Angst, aber zugeben wollte er es nicht. Ob es besser wäre, die Schmerzen auszuhalten und nichts an seinem Gehirn machen zu lassen? Er war unschlüssig. Die Entscheidung nahm ihm die Technikerin ab, denn als er noch nachdachte, schob sie bereits eine Sonde ins Okular.

Erst spürte er nichts. Dann ein leichtes Ziehen, nicht schlimm, aber spürbar. Er schwieg, packte nur die Decke etwas fester und wartete ab. Aus dem Ziehen heraus setzte plötzlich ein heftiger Schmerz ein. Erst stöhnte er, dann schrie er kurz auf.

»Aufhören!«, brüllte Vygon. »Sofort! Der 350. Salamander wird sich auf Uhuru untersuchen lassen.«

Weder Vik Tami noch der Captain erwiderten etwas darauf. Vik Tami konzentrierte sich aufs Atmen, während der Captain wie versteinert dastand.

Langsam zog die Technikerin die Sonde zurück.

»Das ist eigenartig. Ich hatte noch gar nichts gemacht, also nicht wirklich. Die Sonde hat nur den Verschmelzungspunkt der künstlichen Nerven mit den Natürlichen erreicht. Sie sollten sich wirklich sofort nach Ihrer Rückkehr in Ihrer Heimat untersuchen lassen.«

Der Arzt scannte Vik Tamis Kopf noch einmal, fand aber nichts, das er benennen konnte oder wollte.

»Es tut mir leid, dass wir Ihnen nicht helfen konnten. Aber ich lasse Ihnen etwas gegen die Schmerzen hier. Brauchen Sie jetzt auch etwas?«

»Danke. Ja, ich werde es wohl zu Hause anschauen lassen. Es geht schon. Wenn es schlimmer wird, nehme ich die Tabletten. Sie sehen ja, dass mein Berater auf mich aufpasst.« Er sprach leise, abgehackt und rang bei fast jedem Wort um Atem. Aber die Schmerzen ließen bereits nach.

Vygon stand in Unterwäsche am Bett und hatte die Arme vor der Brust verschränkt. Er wartete, bis alle den Raum verlassen hatten, dann setzte er sich zu Vik Tami ans Bett.

»Wozu sollte das gut sein? Wenn Sie sich krank fühlen, hätten Sie gar nicht erst verreisen sollen.«

Vik Tami seufzte über die Anklage, die er nicht nur in der Stimme, sondern auch aus den Worten heraushörte. Die Ereignisse überrollten ihn immer wieder und er meinte, nichts dagegen tun zu können.

»Es geht schon wieder. Ich muss mich erst ans Okular gewöhnen. Sie haben keine Vorstellung davon, wie viele verschiedene Daten es in mein Sehzentrum sendet. Wenn ich jemanden ansehe und erkennen möchte, wer es ist, muss ich diverse andere Spektren ausfiltern, um ein klares Bild zu bekommen. So, wie Sie, sehe ich nicht mehr. Und im Moment sind es nichts weiter als flimmernde Pixel – und die sind unangenehm.«

»Dann schalte es aus. Du wolltest dieses Treffen, also sei dazu fähig oder ich übernehme die Gespräche allein.«

»Das würde dir so gefallen, Vygon. Ich werde morgen bereit sein. Übrigens, was ist das für eine Dame von der Handelsgilde?«

»Na schön, wie du meinst.« Vygon hob abwehrend die Hände. »Lynaris ri Teynar scheint an einem Handelsabkommen interessiert zu sein. Sie wird dir morgen dazu mehr sagen. Angeblich sind es nur Sondierungsgespräche. Ich hatte allerdings den Eindruck, dass sie mehr möchte, das ist bei Qolpa immer schwer zu sagen. Aber für ein so fremdartiges Wesen ist sie recht annehmbar und klug.« Er zuckte mit den Schultern und ging wieder ins Bett.

Langsam entspannte sich Vik Tami und er überlegte noch einmal, und zwar ernsthaft, ob er das Okular ausschalten sollte. Schließlich, als schon viele Minuten verstrichen waren, gab er sich seiner Blindheit hin. Er wusste, dass der Schock, wenn er es aktivierte, groß sein würde. Die einströmenden Datenmengen waren fast zu viel für ihn. Aber jetzt hüllte ihn samtene Dunkelheit ein. Nach und nach verschwanden auch die Schmerzen. Vielleicht sollte er das Okular auch für die Verhandlungen ausgeschaltet lassen. Mit dieser Überlegung schlief er ein.

»Tami, du wirst mit den Händlern ein Abkommen schließen. Wir brauchen sie, ebenso die Sybaner und ihre Raumfahrttechnologie. Was du danach machst, hängt von der Art deiner Rückkehr ab.« Leise raschelte etwas, es klang fast wie Blätter im Wind.

»Mutter, bist du das? Ich kann dich nicht sehen. Alles ist dunkel.«

»Du wirst sehen, wenn du tust, was ich sage.«

»Mutter? Warum bist du böse auf mich?«

»Ich bin nicht böse auf dich, Junge. Du musst dich an die Regeln halten.« Ihre Stimme klang so anders, so kalt und distanziert. Welche Mutter war das? Das Rauschen wurde lauter. Das Tosen des Feuers gesellte sich dazu. »Ich weiß, was du fürchtest. Aber es wird dir nichts tun, solange du mir folgst.«

»Ja, Mutter. Ich werde … unsere Gesetze befolgen.«

»Keine Alleingänge. Vygon wird dich beraten.«

»Ja, Mutter …« Er spürte bereits die Hitze des Feuers, wie es an ihm leckte und die Haut verbrannte.

»Mutter! Hilf mir!«

Dunkelheit umgab ihn, als er erwachte, die Hände waren ins Laken verkrampft. Die künstliche Hand wollte sich erst nicht lockern lassen, aber er schaffte es schließlich doch. Selbst in diesem real wirkenden Traum war er blind gewesen und hatte Mutter nicht sehen können. Wenn er nur wüsste, welche der beiden mit ihm geredet hatte. Ihre Stimme war eine Mischung aus Güte und verhaltenem Zorn gewesen. Immerzu hatte er Angst vor ihr. Schon früher war es so gewesen. Er schüttelte sich und versuchte, in einer Meditation etwas Ruhe zu finden.

Kapitel 7

Der Raum für die Gesprächsrunde war nüchtern eingerichtet. Alle Möbel waren aus Plasto oder anderen künstlichen Produkten hergestellt. Interessiert befühlte Vik Tami sie, um sich eine Vorstellung davon machen zu können. Vygon hatte ihn hergeführt und beschrieb ihm alles.

»Es ist recht grau hier, ein sehr helles Grau«, murmelte der ältere Salamander.

»So fühlt es sich auch an. Es riecht auch eigenartig.«

»Wirklich? Für mich riecht es neutral.«

Ihre Unterhaltung über die Einrichtung wurde durch das Erscheinen des sybanischen Botschafters und der Qolpa unterbrochen. Vygon beugte sich zu Tami und informierte ihn darüber.

»Guten Morgen Madame ri Teynar und Botschafter ri Nopkar. Bitte, nehmen Sie Platz.« Er machte eine einladende Handbewegung in Richtung Tür, wo er die beiden vermutete. Die anderen erwiderten die Grüße und setzten sich. Vygon führte Vik Tami zu einem Stuhl und half ihm, darauf Platz zu nehmen.

»Salamander Jos'Bedren wird das Gespräch aufzeichnen. Ich vermute, Sie werden das ebenfalls tun. Verzeihen Sie, wenn ich heute niemanden direkt anschaue, aufgrund einer technischen Fehlfunktion kann ich momentan nicht sehen.«

Darauf folgte die übliche Reaktion, wenn er sagte, dass er blind war. Alle versicherten ihm, dass es nichts ausmachte und er recht habe mit den Aufzeichnungen.

»Gut, dann beginnen wir. Ich bin hier lediglich, um die Lage zu sondieren. So viel ich hörte, haben Sie das kleine Unternehmen N48 ziemlich harsch abgekanzelt. Das ist natürlich keine Art, wie man mit potenziellen Partnern umgehen sollte. Ich hoffe, Sie sind mir gegenüber nicht derartig …« Die herablassend klingende Stimme der Qolpa, mit den kaum hörbaren Zischlauten an bestimmten Stellen, drang unfreundlich an Vik Tamis Ohr. Gestern war ihm dieser kleine Sprachfehler nicht aufgefallen. Aber er hatte keine Zeit, sich darüber Gedanken zu machen und richtete seine Aufmerksamkeit rein auf das Gespräch.

»Madame ri Teynar, ich habe weder zu- noch abgesagt, sondern um mehr Informationen gebeten. Ich werde das weiterhin so handhaben.«

»Wenn Sie Ihr Volk an den Segnungen der Marktwirtschaft und der Demokratie teilhaben lassen wollen, sollten Sie dringend an sich arbeiten. Ihr Verhalten grenzt sehr stark an Arroganz.«

»Sie irren sich, Madame. Ich will nur Informationen über die zukünftigen Handelspartner, um herauszufinden, wie sie sich auf Uhuru einfügen könnten.« Er wusste, dass er im Recht war, trotzdem fühlte er sich in die Ecke gedrängt. Dieses Gefühl nervte ihn. Dann entstand auch noch eine kurze Pause, was es für ihn nicht einfacher machte.

Vik Tami hörte, dass sie nach einem Glas griff und sich irgendetwas einschenkte. Vielleicht standen verschiedene Getränke auf dem Tisch. Jemand anders machte es ihr nach. Vygon konnte es nicht sein, denn der saß neben ihm und Botschafter ri Nopkar würde seinen Helm nicht abnehmen. Aber wer war noch anwesend? Er drehte sich zur Seite und flüsterte: »Wer ist noch hier? Ich höre mehr Personen.«

»Ein junger Kerl, sieht nicht übel aus und sitzt neben der Händlerin. Vielleicht ist er so eine Art Leibwache, macht zumindest den Eindruck.«

»Danke. Wir ignorieren ihn vorerst.«

Danach kehrte wieder Schweigen ein. Noch einmal hörte er das Geräusch einer Flüssigkeit, die von einem Gefäß in ein anderes geleert wurde.

»Gut, wenn das Ihre Meinung ist. Aber vielleicht sollte ich Ihnen erst etwas über die freie und uneingeschränkte Marktwirtschaft und deren Segnungen für die Bewohner sämtlicher zivilisierten Planeten erzählen. Botschafter ri Nopkar wird mir zustimmen.«

Der Kiemenatmer bestätigte mit einem knappen Nicken und übernahm das Wort.

»Sie scheinen zwar eine Art Demokratie auf Uhuru zu haben, aber kaum eine Ahnung wie sie auf höherer Ebene funktioniert. Das soll kein Vorwurf sein. Wie sollten Sie das auch wissen?«

Der passivaggressive Tonfall, den der Botschafter und vorhin die Qolpa anschlugen, störte sogar Vygon, denn er atmete etwas hastiger, hielt aber den Mund. Vik Tami lächelte nachsichtig und würgte den aufsteigenden Groll hinunter. Seine Meisterin Benytasey hatte in solchen Fällen immer gelächelt, auch wenn sie nie von so weitreichenden Verhandlungen erzählt hatte.

»Tun Sie, was Sie nicht lassen können. Meine Meinung werden Sie damit nicht ändern. Das Wohlergehen der Bevölkerung Uhurus und der Umwelt gehen auf jeden Fall vor.« Er atmete tief durch und versuchte, seine Stimme ruhig zu halten. »Bitte, belehren Sie mich und Salamander Jos'Bedren.«

Den letzten Satz beendete er mit einer auffordernden Geste und lehnte sich, scheinbar entspannt, in seinem Stuhl zurück. In Wahrheit loderte der Zorn in ihm hoch, doch während seiner Zeit bei Bruder Nikkos hatte er gelernt, ihn zu verbergen. Durch die noch recht frischen Narben in seinem Gesicht, war es ohnehin schwer für andere, etwas darin zu erkennen, dazu fehlte der Augenausdruck. Aufmerksam hörte er der Qolpa zu, die das Wort wieder an sich gerissen hatte. Lynaris erzählte davon, wie die Marktwirtschaft den Wohlstand fördern, die Möglichkeiten der Bürger verbessern würde und noch allerhand anderes. Ab und zu warf Botschafter ri Nopkar bestätigende Worte ein. Sie erwähnte außerdem, dass Uhurus Aussichten auf eine erfolgreiche Wirtschaft gutstünden und man jetzt danach greifen sollte, um sich mit den Segnungen der sybanischen Technik zu verwöhnen, auch, um die Raumfahrt voranzutreiben. Es gäbe ausreichend umweltschonende Industrien und jeder, der sich der Handelsgilde bislang angeschlossen hatte, hätte davon profitiert.

Für Vik Tami artete das in eine reine Werbebotschaft aus. Sie wiederholte sich mehrmals, und er wüsste gern, was die anderen taten, wie sie sich benahmen, wohin sie schauten. Aber das Okular jetzt zu aktivieren und eine Verschlimmerung der Kopfschmerzen zu riskieren, kam für ihn nicht in Frage. *Handle für Uhuru, führe meine Befehle aus.*

Wieder war es ihm, als würde er die unbekannte und doch bekannte Stimme hören, die bereits im Traum zu ihm gesprochen hatte. Natürlich würde er für Uhuru handeln und die Gesetze respektieren. Etwas anderes kam ihm überhaupt nicht in den Sinn.

»Dann sollten Sie weiter beachten, dass Sie Männer und Frauen gleichbehandeln und ihnen die gleichen Chancen einräumen. Bislang hatte ich es immer mit Männern zu tun.« Diesen Vorwurf fand Vik Tami ungerecht. Er setzte sich aufrecht hin und drehte den Kopf in die Richtung der Handelsdelegierten.

»Was Sie sagen, ist absoluter Unsinn. Sie erlauben sich ein Urteil über uns, nur weil Sie bislang mit keiner Frau geredet haben?«

»Nun, wo sind sie, die Frauen von Uhuru? Oder gehören Sie der sexistischen Minderheit an, wie es zum Beispiel eine Volksgruppe der Nuum ist.« Ein unwilliges Räuspern erklang, das er dem unbekannten Begleiter der Qolpa zusprach, für Vygon war es zu weit entfernt.

»Ich fürchte, Sie sind schlecht informiert, Madame. Erstens hat unsere Regierung seit jeher eine Frau an der Spitze, die überdies immer aus allen Bevölkerungsschichten gewählt wird, so viel dazu, wir besäßen keinen Sinn für Demokratie. Zweitens legen wir keinen Wert darauf, uns auf das Geschlecht reduzieren zu lassen. Jeder von uns ist wertvoll und arbeitet für den Erhalt der Umwelt und der Gesellschaft in seiner Kaste, so war es seit der Besiedelung Uhurus. Was den Handel betrifft, geben Sie mir Sicherheiten. Wie weit wollen Sie ihn aufbauen, womit wollen Sie handeln, wird es sich allein auf den Handel mit Bedarfsgütern beschränken oder werden Sie auch andere Güter, wie Bodenschätze fördern und verkaufen wollen? Wird dem eine Industrie folgen? Werden Sie sich an unsere geltenden, strengen Gesetze und Auflagen halten? Wie sieht es mit dem Schutz der einheimischen Fauna und Flora vor eingeschleppten Arten und Krankheiten aus?«

Wenn er sie nur sehen könnte! Aber er hörte Vygon neben sich, der sich aufrichtete und generell seine Sitzposition änderte. Etwas musste ihm aufgefallen sein, etwas, das ihm nicht passte. Aber mit der Rede konnte es nichts zu tun haben, denn es war kurz danach passiert.

»Diese Fragen kann ich Ihnen nicht beantworten. Ich glaube nicht, dass es sinnvoll ist, weiter mit Ihnen zu diskutieren. Sie erwecken in mir den Eindruck, dass Sie alle gutgemeinten Vorschläge von vornherein ablehnen und abschmettern. Jedes Angebot ist Ihnen zu gering. Nehmen Sie sich nur nicht zu wichtig. Wie ist Ihre Meinung Salamander Jos'Bedren und Botschafter ri Nopkar?«

Eine Weile war es völlig ruhig. Auch Vik Tami wartete angespannt auf eine Antwort. So wie er sich mit Lynaris und zeitweilig mit Botschafter ri Nopkar unterhalten hatte, fürchtete der Jüngere, Vygon würde sich womöglich von der Aussicht auf Reichtum, Bequemlichkeit und Macht korrumpieren lassen.

»Auch wenn ich nicht in allen Einzelheiten mit Salamander Jos'Wennen übereinstimme, gebe ich ihm in den meisten Punkten recht. Dessen ungeachtet möchte auch ich meine Empörung über die Unterstellung des Sexismus kundtun. Ich fürchte, dieses Gespräch ist vorerst beendet, wir werden uns nicht weiter vorführen lassen.«

»Warten Sie, Salamander Jos'Bedren, nicht so hastig. Ich habe auch noch etwas zu sagen. Wir sind hier zusammengekommen, um über mögliche diplomatische Beziehungen zu sprechen. Im Moment fällt es mir sehr schwer, das muss ich zugeben, Ihnen irgendeine für Sie befriedigende Antwort zu geben. Die Handelshäuser und Fabrikanten arbeiten regierungsunabhängig, wir schaffen nur einen Rahmen. Habe ich Sie richtig verstanden, Sie wollen erst Garantien, dass sich alle an Ihre Gesetze halten müssen?«

»Wenn Sie auf unserem Planeten Handel treiben wollen, dann ja. Es ergibt wenig Sinn, wenn wir Ihre laxen Standards in Umweltfragen anwenden.«

»Darüber müssen wir noch eingehender reden. Wie mir scheint, sind Ihnen unsere Gesetze zum Schutz der Umwelt nicht geläufig. Unsere Meere gehören zu den saubersten der Galaxie, ebenso weist die Luft auf Syban wenig Schadstoffe auf. Auf Edenium Prime sorgt ein Klimaregluator dafür, dass es zu keinen Unregelmäßigkeiten kommt.«

»Das sind Ihre Vorzeige- und Heimatplaneten. Aber wie sieht es zum Beispiel mit Raxin aus, auf dem Bergbau betrieben wird? Wie sieht es dort mit der Erhaltung der Biodiversität aus oder ist die bereits vollständig verschwunden, wie auf Dimtros, ein Fehler, der nie wiederholt werden darf?« Vik Tami wollte jetzt nicht klein beigeben und sich wie ein dummer Junge abspeisen lassen. Die Qolpa schwieg, ebenso der Botschafter, doch nicht lange. Er lachte und stand dann auf.

»Gut, dann war es das vorerst. Ich schicke Ihnen die Umweltgesetze Sybans und der Vereinten Planeten zu, dann werden Sie Ihren Irrtum schon einsehen.« Es war auffällig, wie der Botschafter einer direkten Antwort auswich und sein Heil in der Flucht versuchte.

»Sie haben wirklich noch sehr viel zu lernen.« Auch die Qolpa lachte. »Kommen Sie, va Nor, hier haben wir nichts mehr zu suchen. Nehmen Sie sich die Worte des Botschafters zu Herzen, Jos'Wennen.« Damit standen sie und ihr Begleiter ebenfalls auf. Auch Vygon erhob sich, nur Vik Tami blieb sitzen.

Das Gespräch hätten sie sich sparen können. Er war wütend auf sich selbst, sich das angetan zu haben. Doch zu Hause hatte es so vielversprechend geklungen. Es ging doch nur um diplomatische Beziehungen und plötzlich stand der Handel im Vordergrund. Warum hatte sich diese Qolpa noch einmischen müssen? Am liebsten würde Vik Tami seinen Frust hinausschreien.

Er kam mit leeren Händen zurück.

»Schade um die vertane Zeit. Vielleicht können wir doch noch etwas Positives für uns mitnehmen. Zumindest haben wir Titum Van unseren Standpunkt klargemacht. Wir haben es nicht nötig, uns von denen ihre Lebensanschauung aufdrängen zu lassen. Bringen Sie mich ins Quartier zurück.«

Vygon gab ein zustimmendes Gemurmel von sich, dann machten sich die beiden ebenfalls auf den Weg. Zurück blieb der leere Raum, in dem beiderseitige Vorwürfe wie eine Drohung in der Luft hingen.

Im Quartier wechselten beide die offizielle Robe mit der normalen Tageskleidung in Form von Hose, Hemd und leichten Schuhen.

Der Tag zog sich in die Länge. Dabei erfuhr Vik Tami, dass Vygon gern etwas mehr Zeit mit seiner Familie verbringen würde und sich dessen Tochter für die Arbeit als Salamander interessierte, der Sohn lieber Landwirt bleiben wollte. Auch seine Abneigung gegen den Raumflug erfuhr Vik Tami so.

»Du hättest jemand anderen schicken können, wenn dir das nicht zusagt.«

»Ich kann nicht gegen den Befehl der Matriarchin handeln. Hier geht es nicht um mein Wohlbefinden, es geht um Uhuru und unsere Stellung in der Galaxie. Mit der Ruhe scheint es ja vorbei zu sein, seitdem uns Syban auf dem Schirm hat.«

»Es scheint so. Ich bin froh, dass du mitgekommen bist.« Vik Tami konnte im ersten Moment nicht glauben, was er da gerade gesagt hatte, doch dann kam es ihm stimmig vor. Er fühlte wirklich so, auch wenn es unwahrscheinlich klang.

»Deshalb werde ich aber nicht einfach so deine Meinung übernehmen. Ich bin nach wie vor dafür, dass wir einschneidende Reformen brauchen, damit wir nicht untergehen. Gerade was die technischen Bereiche und die Forschung angeht, fehlt es uns an entsprechendem Nachwuchs und vor allem Neugier. Irgendwie stagniert alles.«

Etwa eine Stunde lang wälzten sie dieses Problem hin und her, ohne einer Lösung näher zu kommen. Beide wussten, dass es lange keine guten Ideen in Punkto Energiegewinnung und Effizienz gegeben hatte, geschweige denn, eine Umsetzung. Auch die Raumfahrt ging nicht voran. Es gab die kleinen Shuttles, den kleinen Raumhafen und damit hatte es sich. Wäre nicht Dimtros, wären sie wahrscheinlich schon komplett vom Rest der Galaxie abgeschnitten. Während sie redeten und Vik Tami seine Ideen ausplauderte, dabei auch nicht mit Lösungsansätzen sparte, setzten die Kopfschmerzen wieder ein. Erst nur leicht, doch dann immer schlimmer.

»Ich verstehe das nicht, ich habe das Okular doch ausgeschaltet. Vielleicht sollte ich doch eines der Schmerzmittel nehmen.«

»Wenn wir zurück sind, lässt du dich untersuchen, und zwar gründlich. Aber die eine oder andere deiner Ideen können wir vor dem Rat besprechen.«

Das freute Vik Tami umso mehr, denn damit hatte er nicht gerechnet.

Eben wollte er das Schmerzmittel nehmen, da öffnete sich die Tür.

Kapitel 8

Drei Sicherheitsoffiziere betraten das Quartier, gleichzeitig schaltete Vik Tami das Okular ein. Wenn ihm der Kopf so oder so wehtat, konnte er genauso gut sehen, was um ihn herum passierte. Was er sah, ließ ihn an seiner Sehkraft zweifeln. Vygon stand mit erhobenen Hände da und starrte verblüfft auf die Tür. Die Uniformierten waren bewaffnet und blickten überaus ernst. Sofort beschlich Vik Tami ein Gefühl der Furcht und Unwirklichkeit. Vygon erholte sich rasch von dem Schrecken und stellte sich schützend vor Vik Tami. Das Verhalten seines Beraters verstärkte seine aufkommende Angst noch.

»Was soll das? Warum stürmen Sie unser Quartier?«, fragte Vygon barsch und verschränkte die Arme vor der Brust.

»Botschafter ri Nopkar wurde bewusstlos auf dem Gang vor seinem Quartier gefunden.«

»Was ist mit ihm? Geht es ihm gut?« Vik Tami war schockiert. *Aber warum kommen Bewaffnete zu uns, wenn es sich um ein medizinisches Problem handelt?*

»Es geht ihm wieder gut, zum Glück. Er möchte Sie sprechen. Captain Lor hat uns angewiesen, Sie zu ihm zu bringen und aufzupassen.«

»Wie eigenartig. Aber gut, hören wir uns an, was Botschafter ri Nopkar zu sagen hat«, meinte Vik Tami nach kurzem Zögern. Er warf Vygon einen fragenden Blick zu, der diesen ebenso ratlos erwiderte, danach folgten sie dem Sicherheitsteam.

Das Quartier des Botschafters befand sich auf dem gleichen Deck, wie das der Salamander. Allerdings war es ungleich größer. Das war durch das eingebaute Wasserbecken auch notwendig. Nur ein kleiner Eingangsbereich war für Lungenatmer vorgesehen, der Rest bestand aus einem großen Becken, gefüllt mit Wasser. Dort schwamm der Botschafter und wirkte etwas hellblauer als sonst.

»Botschafter, die beiden Salamander sind jetzt hier.«

»Gut, bleiben Sie in der Nähe.«

Die Lautsprecher funktionierten einwandfrei, es war kaum eine Veränderung durch das Wasser zu bemerken. Vik Tami und Vygon traten näher an die Scheibe heran, während zwei Wachen an der Tür und eine unweit von ihnen Stellung bezogen.

»Es freut mich, dass es Ihnen gut geht, Botschafter ri Nopkar. Sie hätten sagen sollen, wenn es Ihnen nicht gut genug für die Besprechung geht.«

»Tun Sie nicht so scheinheilig. Sie hatten gestern Abend die Hände an meinem Anzug. Geben Sie es gleich zu, dass Sie daran manipuliert haben.«

Vik Tami dachte, er hätte sich verhört. Erschrocken schaute er zu Vygon, der war ebenso verstört über diese direkte Anschuldigung.

»Wa … wie? Wie kommen Sie dazu? Sie haben mich umarmt und ich wollte nicht unhöflich sein und habe die Umarmung erwidert. Wollen Sie damit sagen, dass Sie denken, ich hätte …?« Vik Tami atmete tief durch, doch konnte er nicht verhindern, dass seine Stimme brüchig wurde. »Sie unterstellen mir einen feigen Mordanschlag? Ich verbiete mir das! Kommen Sie, Salamander Jos'Bedren. Wir sind hier fertig.«

Er drehte sich bereits um und schaute Vygon herausfordernd an. Dem blieb der Mund offenstehen und was immer er sagen wollte, blieb ungesagt.

»Warten Sie!« Die Stimme des sybanischen Botschafters drang laut an Vik Tamis Ohren. Ohne sich umzudrehen, blieb er stehen und ahmte damit seine Meisterin nach, wenn er ihr noch etwas nachgerufen hatte.

»Sie sind die Einzigen, die einen Nutzen aus meinem Tod ziehen könnten, schließlich werde ich ein Abkommen vorerst ablehnen und alles daransetzen, dass Ihr Planet was die Bürgerrechtslage angeht, auf das Schärfste kontrolliert wird. Wir werden das aufklären – alles.«

»Tun Sie, was Sie nicht lassen können. Uhuru verbietet Ihnen jede Einmischung auf unserem Planetengebiet oder unseren Systemen. Wir sind nicht Teil Ihrer Allianz und Ihre Beschuldigung können Sie sich …« Vik Tamis unausgesprochene Beleidigung blieb einen Moment in der Luft hängen. Um sich zu beruhigen, atmete er tief durch, dann sprach er weiter. »Entschuldigen Sie uns, wir haben zu tun. Salamander Jos'Bedren.«

Vik Tami war wütend wie selten zuvor. Er hatte seine gesamte Selbstbeherrschung gebraucht, um nicht irgendetwas zu zerschlagen. Auch auf dem Flur tobte er noch immer innerlich. Am liebsten würde er sich irgendwo abreagieren. Aber das ging nicht und schon gar nicht in Anwesenheit der Sicherheitstruppe, die sie zurück in ihr Quartier begleitete.

»Geben Sie dem Captain Bescheid, dass wir umgehend abreisen«, befahl er den Uniformierten, sobald sie ihre Unterkunft betreten hatten.

Ohne weiter etwas dazu zu sagen, packte Vik Tami seine Sachen zusammen. Er hatte so viele Hoffnungen in dieses Treffen gesetzt, sich offen gegen die Matriarchin gestellt und ihr gezeigt, dass er außenpolitisch oder eher intergalaktisch etwas zu sagen hätte. Ihre Reaktion auf dieses Desaster mochte er sich gar nicht ausmalen. Vielleicht gab Vygon bereits sein Versagen an sie weiter. Im Moment war es ihm egal. Er würde so gern etwas zerstören oder jemanden anbrüllen. Vor Wut zitterte er so stark, dass er Probleme beim Packen bekam. Immer wieder fiel ihm etwas aus der Hand und er musste es dreimal falten, bis es in die kleine Tasche passte.

»Beruhige dich, Tami. Komm runter. Es hilft niemandem, wenn du jetzt durchdrehst.«

»Du … du hast keine Ahnung, Vygon.« Vik Tami drehte sich um, hob die Hand und damit einher schwebte alles, was nicht am Boden fixiert war. »Und das, würde ich am liebsten alles gegen die Wand knallen, hinaus ins All und mit ihnen das gesamte verdammte Gesindel, das uns belehren und ihren Willen aufzwingen will!« Langsam senkte er die Hand und atmete geräuschvoll aus. Auch Vygon hatte den Boden unter den Füßen verloren und taumelte nach der Landung unsicher zu seinem Bett. Erschrocken hatte er die Hand gegen die Brust gelegt und starrte nur. Jeder wusste, welche Fähigkeiten in Vik Tami geweckt worden waren, das war auch der Grund für die besondere Ausbildung gewesen und seine Sonderstellung damals. Jetzt verstand er, was Benytasey mit dem Gürtel bezweckt hatte. Nicht nur er hatte das übertrieben gefunden.

»Dann stimmt es wirklich, dass du im Alleingang ein Raumschiff zerstört hast?«

Vik Tami stöhnte auf. Immer wieder kam diese alte Geschichte hervor.

»Ja, verdammt. Ich kann mich beherrschen, keine Angst. Das hier ist nur eine Kleinigkeit, die bringt mich nicht einmal ins Schwitzen, geschweige denn, dass sie meinen Zorn kühlt! Alles, was ich sehe, kann ich bewegen, sobald ich meinen Willen darauf richte.« Um es zu demonstrieren, ließ er seine Reisetasche schweben. Polternd fiel sie zu Boden, als erneut die Tür aufging. Dieses Mal war es der Captain, der eintrat.

»Bis die Sache mit dem Botschafter geklärt ist, verlässt niemand dieses Schiff. Auch Sie nicht. Ich schwöre Ihnen, wenn Sie mithilfe Ihrer Fähigkeiten irgendetwas gedreht haben, finde ich es heraus.«

»Fragen Sie lieber Madame ri Teynar und ihren Begleiter oder beleuchten Sie Ihr eigenes Team. Aber ich kann Ihnen jetzt schon versichern, dass es nichts mit mir zu tun hat. Des Weiteren verbiete ich mir die haltlosen Beschuldigungen des sybanischen Botschafters. Sie entbehren jeder Grundlage. Er ließ uns kommen und warf uns an den Kopf, dass er mich für diese schreckliche Tat verantwortlich hält.«

»Wir überprüfen alles. Verhalten Sie sich ruhig, bis die Sache geklärt ist. Aber ich bin wegen etwas anderem gekommen. Ich brauche Ihre Aufzeichnungen des Gesprächs mit dem Botschafter und der Handelsdelegierten. Die anderen habe ich bereits.«

Vik Tami machte eine Geste und Vygon überreichte dem Captain einen Datenstick. Gleich darauf ging der Captain wieder.

Sobald er weg war, tobte sich Vik Tami aus. Er ließ alles schweben, das ihm unter das Okular kam und knallte es dann schwungvoll zu Boden. Vor Zorn ging sein Atem gepresst, aber es fühlte sich keineswegs gut an. Es wurde auch nicht besser, je länger er das machte. Schließlich platzte Vygon der Kragen.

»Schluss jetzt mit dem Aufstand! Bist du ein Kleinkind, das in der Trotzphase stecken geblieben ist, oder der 350. Salamander? Ich schäme mich!« Ein paar Schritte genügten ihm und er packte den größeren und stärkeren, vor allem aber jüngeren Mann an den Schultern und schüttelte ihn.

»Meditiere, zähl die verdammten Sterne oder analysiere von mir aus die Atmosphärenberichte von Dimtros und VinaXym, aber hör auf, hier den Idioten zu spielen! Mir gefällt es ebenso wenig, hier bleiben zu müssen, aber wir sind nun einmal da und stecken in … was auch immer. Nur ein kühler Verstand wird uns hier herausbringen. Ich war mit deiner Reaktion beim Botschafter einverstanden, aber jetzt bist du unbeherrscht und unklug.«

Es dauerte noch eine Weile, dann lenkte Vik Tami ein und er atmete tief durch, ehe er beschämt zu Boden sah. Wieder einmal hatte er es nicht geschafft, seine Gefühle im Zaum zu halten. Wie schafften das andere? Waren auch sie zu heftigen Zornausbrüchen fähig und nur talentierter darin, sie zu meistern und in gangbare Bahnen zu lenken?

»Es tut mir leid, Vygon. Es kommt nicht wieder vor.«

»Das will ich hoffen. Ich will meine Meinung über dich nicht schon wieder ändern müssen. Redena wäre vielleicht doch die bessere Wahl als deine Begleiterin gewesen.«

»Schon gut, die Matriarchin hat es befohlen. Wir sind zusammen hier und machen das Beste daraus. Ich werde mich beherrschen und erst einmal alles aufräumen, was ich vorhin durch die Gegend geworfen habe.«

Dort, wo es seine Haut zuließ, wurde er etwas dunkler. Während er aufräumte, nahm er sich die Zeit, über alles nachzudenken. Der Vormittag war sehr unglücklich verlaufen. Aber er war sich absolut sicher, dass er nichts mit der Fehlfunktion von ri Nopkars Ausrüstung zu tun hatten. Er hätte gar keine Zeit gehabt, etwas daran zu manipulieren und schon gar nicht über diesen langen Zeitraum. Auch später war er immer mit Vygon zusammen gewesen oder mit den anderen im Besprechungsraum.

Rasch hatte er die Kissen und den unnötigen Zierrat wieder auf die richtigen Plätze gebracht. Anschließend setzte er sich auf das breite und weiche Sofa, um sich die Sterne anzuschauen. Erst jetzt fiel ihm auf, dass das Abbild nur eine Projektion war. Aber es sah sehr echt aus. Sie hingen irgendwo zwischen Uhuru und Syban im freien Raum fest. Zumindest hoffte er, dass sie die Ankunftsposition nicht verlassen hatten.

Nach einer Weile gesellte sich Vygon zu ihm, doch jetzt schwieg der Berater und starrte ebenfalls das Bild an.

»Wenn wir zu Hause sind, möchte ich unsere technischen Anlagen nach und nach alle besichtigen. Die

Schmieden kenne ich. Ich werde bei den Mühlen anfangen, danach die Windkraft- und Solarwerke und dann noch alle anderen. Aber das sind die, die mir auf die Schnelle einfallen. Wir brauchen auf jeden Fall einen Ausbau an Energiequellen. Ich dachte da an so etwas wie ein Gezeitenkraftwerk oder etwas, das wie die Fotosynthese funktioniert.«

Vik Tami wendete den Blick nicht von den Sternen, als er sprach. Jetzt war er völlig ruhig und hatte seine Gedanken auf die Zukunft Uhurus gerichtet. Sie brauchten Verbesserungen, dazu musste er sich das eine oder andere anschauen. Vygon schmunzelte und räusperte sich danach.

»Das hört sich machbar und vernünftig an. Du willst ja gern die anderen Planeten besuchen, also brauchst du mehr Energie, da ist es nur …«

»Das ist nicht ganz richtig. Natürlich möchte ich auch die anderen Planeten besuchen, besondere Aufmerksamkeit würde ich gern Dimtros und VinaXym schenken. Bei der Energiegewinnung ist das aber nicht mein vordringlicher Gedanke. Ich dachte eher an einen späteren Ausbau des Kommunikationswesens und der Ausbildungen der Bevölkerung, der Straßenwege und der Wiederverwertungsanlagen. Kennst du die alten Schriften über Monychin?« Eigentlich kam Vik Tami die Frage dumm vor, denn sein Berater kannte die Schriften bestimmt. Eine Hand legte sich fest auf seine Schulter und er drehte sich herum, nur um in das verschlossen wirkende Gesicht seines Begleiters zu schauen.

»Rede nie wieder von dem Planeten. Er ist für immer verboten.«

»Wir sollten darüber reden, Vygon, gerade wegen der Dinge, die dort geschehen sind – und auch über unser Asyl. Ich frage mich …« Er unterbrach sich und rieb sich die Schläfen.

»Hast du wieder Kopfschmerzen? Was fragst du dich?«

»Ja und … wie lange das Asyl noch dauern soll. Wir leben seit etwa neunhundert Jahren auf Uhuru, unsere

Vorfahren …« Obwohl er nur noch flüsterte, brach er ab und ließ sich stöhnend aufs Sofa fallen. »Vielleicht brauche ich doch diese Technikerin, die in meinem Auge herumgestochert hat. In meinem Kopf brennt es wie Feuer.«

»Das kommt von deinen subversiven Ideen, natürlich bereitet dir das Kopfschmerzen. Leg dich hin, ich verdunkle den Raum und rufe sie.«

Es dauerte nicht lange und die Technikerin stand mit einem kleinen Team bei ihnen in der Unterkunft. Vik Tami hatte sich auf das Sofa gelegt und starrte noch immer auf das Abbild der Sterne. Es kam ihm so verlockend vor. Einfach dorthin reisen und nie wieder zurückkehren. Hinein in die Weite des Alls, zu den Sternen und mit ihnen verschmelzen, selbst zu einem Stern werden und mit ihm verglühen, so wie er im Wald beinahe zu Asche und damit Dünger für den Boden geworden wäre. Ihm schauderte dieser Gedanke. Er bemerkte die Technikerin nicht, die sich bereits mit Vygon unterhielt.

»Können Sie es herausnehmen und durch etwas ersetzen, das etwas … hm … natürlicher aussieht?«, fragte Vygon gerade.

»Nein, das geht nicht. Das Nervengewebe ist direkt mit dem künstlichen Auge verwachsen. Wir würden mehr zerstören als reparieren. Am Ende könnte er gar nichts mehr sehen. Aber ich kann die Verklebung lösen und einige Einstellungen ändern. Wenn es dann nicht besser wird, dann ist es ein rein medizinisches oder psychisches Problem. Sollte das der Fall sein, müssen Sie den Schiffsarzt konsultieren.«

»Schön, dass Sie über mich reden, während ich anwesend bin. Tun Sie, was Sie bereits gestern machen wollten. Jetzt weiß ich ja, was auf mich zukommt.«

Er beobachtete die Technikerin und ihr aus drei Leuten bestehendes Team, die bereits einige Dinge auspackten. Er wollte das alles nicht sehen, davon verstand er zu wenig, um keine Angst vor den Gerätschaften zu haben.

»Ich passe auf. Wenn etwas schiefläuft, brechen Sie sofort ab. Haben Sie gehört?«

»Ja, Salamander Jos'Bedren, laut und deutlich. Sie müssen die Stimme nicht heben.«

Das antwortende Schimpfwort konnte der Universaltranslator nicht für die Technikerin übersetzen. Vik Tami fand es erheiternd, dass Vygon überhaupt solche Wörter kannte. Wenigstens blieb ihm noch ein Moment zum Durchatmen. Das Nachfolgende war schmerzhaft und wenig angenehm, denn er durfte kein Schmerzmittel nehmen. Vygon stand in seiner Nähe und hatte dummerweise eine Hand an der Sofalehne abgestützt. Diese nutzte Vik Tami, um seinem Schmerz Ausdruck zu verleihen. Ohne einen Gedanken an Vygon zu verschwenden, packte er dessen Handgelenk und hielt sich daran fest. Das war besser als der Bezug des Sofas.

Es kam ihm wie Stunden vor, nein, wie Tage, in denen sie die künstlichen Verbindungen zu den natürlichen Nerven untersuchte, von den Verklebungen befreite und einige weitere Einstellungen vornahm. Je mehr sie sich dem Ende der Arbeit näherte, desto angenehmer wurde es. Die Schmerzen ließen nach und waren schließlich sogar fast ganz weg.

»Sollte es morgen nicht besser sein, müssen Sie zum Arzt. Auf jeden Fall sind die Verbindungen jetzt sauber und ich habe noch einige Einstellungen vorgenommen, damit können Sie das Okular nun einfacher steuern und umschalten. Warum diese Verbindungsdrähte, ich will sie der Einfachheit halber so nennen, miteinander verklebt waren, kann ich nicht sagen. Falls das wieder geschieht, müssen es Ihre Techniker noch einmal neu einbauen oder ein Hirnchirurg sieht es sich an, dann kann es auch damit zusammenhängen. Auf jeden Fall ist jetzt alles sauber. Ihr Auge ist ein hochkompliziertes Gerät in einem einfachen Bauteil, fast noch komplizierter als ein Natürliches. Schade, dass wir es nicht genauer untersuchen können. Ich würde so etwas gern nachbauen. Sie müssen wahnsinnig gute Biotechniker auf Uhuru haben. Wie kommen Sie mit den anderen künstlichen Teilen zurecht?«

Ja, Vik Tami war eine Maschine, eine halbe zumindest, so fühlte er sich gerade. Die Technikerin redete in einem Tonfall, als wäre er die neueste Erfindung auf dem Planetenmarkt.

»Ganz gut eigentlich. Manchmal zickt die Hand etwas und der Daumen tut, was er möchte.« Warum hatte er das jetzt gesagt? Das ging sie doch gar nichts an. Sie wollte ihn doch nur studieren, nein, nicht ihn, sondern seine Bauteile. Als Mensch war er völlig uninteressant.

Kaum hatte er ausgesprochen, schaute sie sich bereits den Arm an und redete mit den Teamkollegen, ließ sich Gegenstände reichen, schraubte, scannte und machte, was sie meinte, machen zu müssen. Ab und zu spürte er ein ungutes Ziehen, doch war das nichts gegen die Arbeit am Okular.

»Sehr faszinierend, wie das alles mit Ihrem Nervengewebe verwachsen ist. Es ist erstaunlich. Abnehmen können Sie den Arm aber nicht. Wenn Sie hier eine Fingerkuppe abnehmen, haben Sie sogar eine direkte Schnittstelle zu diversen Rechnern, also wenn das Interface kompatibel ist. Sehr faszinierende Arbeit! Ich möchte mich gern mit Ihren Technikern in Verbindung setzen und mehr darüber erfahren. Gibt es viele Cyborgs auf Uhuru?«

»Es gibt nur ihn und unsere Technologie ist hoch genug für uns und unsere Bedürfnisse. Danke für Ihre Hilfe.«

Jetzt reichte es auch Vygon. Er befreite sich aus Vik Tamis Griff, der noch immer nicht lockergelassen hatte, und funkelte die Technikerin angriffslustig an. Dabei rieb er sich das Handgelenk.

»Schon gut. Ich darf doch wohl sagen, dass Salamander Jos'Wennen interessante Körperteile hat.«

Jetzt gab Vik Tami doch ein Geräusch von sich, das sich nicht zwischen Belustigung, Zorn und Ablehnung entscheiden konnte.

»Es reicht nun wirklich. Ich danke Ihnen für Ihre Hilfe. Das mit der Fingerkuppe ist interessant, das wusste ich auch noch nicht. Aber ich bin kein Studienobjekt.«

Im Liegen hob er die künstliche Hand und nahm die Kuppe des kleinen Fingers ab. Wirklich und wahrhaftig, das sah tatsächlich aus wie ein Stecker für eine Schnittstelle. Vielleicht sollte er sich die Haut genauer anschauen. Irgendwo musste es bestimmt noch mehr versteckte Dinge geben, vielleicht auch am Auge. Aber hätte das die Technikerin in ihrem Enthusiasmus nicht erwähnt?

»Jungs, packt zusammen, wir sind hier fertig. Guten Tag, Salamander Jos'Bedren und Salamander Cyborg.« Zufrieden grinste sie und stapfte mit ihren Helfern davon.

»Was für eine impertinente Person«, brummte Vygon. Er rieb sich den Unterarm, auf dem bereits dunkle Flecken zu erkennen waren.

»In der Tat, das ist sie, aber ich glaube, sie versteht ihr Handwerk. Es tut mir leid, dass ich dich verletzt habe, das wollte ich nicht, aber ich wollte auch nicht schreien.«

»Schon gut. Ruh dich aus.«

Kapitel 9

Etwas später verließ Vygon zielstrebig das Quartier, vor dem zwei Uniformierte Wache hielten. An einen der beiden wandte er sich.

»Ich muss zu Madame ri Teynar. Bringen Sie mich hin. Salamander Jos'Wennen schläft.«

»Bleiben Sie in meiner Nähe«, erwiderte die junge Frau, während sie bereits nach ihrer Waffe griff, sie aber nicht zog. An ihren Kollegen gewandt, fuhr sie fort: »Sag dem Chef Bescheid.«

Der nickte, dann winkte sie Vygon und ging los.

Tatsächlich war der Weg nicht so weit, wie der Salamander gedacht hatte. Sie blieben auf dieser Ebene, jedoch ging es noch ein gutes Stück nach hinten oder vorne, unterscheiden konnte Vygon es nicht. Links und rechts sah er in regelmäßigen Abständen Türen, neben denen kleine Bildschirme verkündeten, was oder wer dahinter sein Reich hatte.

Unvermittelt blieb die Wachfrau stehen und drückte auf einen Sensor neben der Tür. Mit knappen Worten meldete sie ihre Anwesenheit und vor allem die des älteren Salamanders, der die Qolpa zu sprechen wünschte. Vygon wusste nicht, ob er darüber schmunzeln sollte, entschied sich dann dagegen und wartete darauf, dass sich die Tür öffnete. Bemerkenswert und höchst ungerecht empfand er den Umstand, dass bei ihr keine Wachposten an der Tür standen.

Lynaris ließ ihn warten. Schließlich durfte er doch eintreten, aber nicht allein. Er runzelte die Stirn, schaute seine Begleiterin an, dabei zuckte er mit den Schultern und ließ es auf sich beruhen. Was er zu sagen hatte, war nicht für alle Ohren bestimmt, dann musste er sich eben anders behelfen.

»Madame ri Teynar, danke, dass Sie mich empfangen.« Mit einem liebenswürdigen Lächeln ging er auf die Händlerin zu, die vom Sofa aufstand. Ihr langer, peitschenartiger Schwanz wischte aggressiv über den Boden. Das war ihm vorher noch nie aufgefallen, da hatte er sich auf das Gesicht der Qolpa konzentriert und das, was sie zu sagen hatte. Ihr Assistent war ebenfalls anwesend und erhob sich von seinem Platz an einem der Tische. Diese Unterkunft war ungleich größer als die von ihm und Vik Tami. Normalerweise würde er sich auch darüber aufregen, doch jetzt hatte das keine Priorität.

»Was wollen Sie? Sie waren heute Vormittag deutlich genug.«

»In der Tat, das waren wir. Doch deswegen bin ich nicht hier. Sie haben bestimmt erfahren, was Botschafter ri Nopkar zugestoßen ist.« Er berichtete alles, was er wusste und fragte dann seinerseits die Händlerin aus. »Ist Ihnen beim Eintreten etwas aufgefallen? Sie kamen direkt hinter dem Botschafter in den Sitzungssaal.« Sein Blick wanderte von ihr zu ihrem Assistenten, der leicht den Kopf schüttelte. Vygon fragte sich, ob er damit meinte, nichts zu wissen, oder es nicht wahrhaben wollte. Es war schwer zu deuten, da der Mann keinerlei Mienenspiel zeigte.

»Das hat mich Captain Lor bereits gefragt, aber uns ist nichts aufgefallen. Wir rätseln selbst. Nun gut, war das alles? Wir haben noch jede Menge zu tun – oder wollen Sie Ihren schlecht programmierten Cyborg doch zu einer Zusammenarbeit überreden?«

Vygon befand sich in einer Mischung aus Zorn und Erheiterung. Sollte diese Bezeichnung Vik Tami jemals zu Ohren kommen, könnte es ihn brechen, so labil wie seine derzeitige psychische Verfassung war. Kurz kam Vygon der Gedanke, das für sich auszunutzen, dann verwarf er ihn sofort. Bei der aktuellen Lage auf Uhuru wäre es sehr schlecht, wenn es zu offenen Misstönen zwischen den Salamandern käme. Das wusste er genau.

»Mäßigen Sie sich bitte, Madame ri Teynar. Salamander Jos'Wennen ist eine der fähigsten Personen, die wir auf Uhuru haben. Sie sollten ihn nicht unterschätzen. Aber unter gewissen Umständen könnten sich Mittel und Wege zu einer Zusammenarbeit ergeben, ohne die Salamander weiter zu involvieren. Ich würde Ihnen gern einen Namen aufschreiben, an den Sie sich wenden können.«

Lynaris nickte ihrem Assistenten zu, der sie die ganze Zeit über erwartungsvoll angeblickt hatte. Nun zückte er ein Datenpad und einen Stift, beides reichte er Vygon.

»Sie können mit Ihren gewohnten Schriftzeichen schreiben, der integrierte Übersetzer macht es für uns leserlich.«

Vygon nickte, dann schrieb er einen Namen und eine Adresse auf.

»Damit werden Sie Freude haben und das Unternehmen N48 hoffentlich zufrieden sein. Eines würde mich jedoch interessieren: Was verkauft N48?«

Lynaris und ihr Assistent schauten neugierig auf den Screen. Schmunzelnd wendete sie sich an ihren Besucher.

»Das ist in der Tat eine beachtliche Adresse. Danke. N48 produziert und verkauft Lebensmittel in der gesamten Galaxie. Wie Sie wahrscheinlich schon vermutet haben, ist es ein Subunternehmen und untersteht direkt meinen Anweisungen. Ich werde mich mit dem Herrn in Verbindung setzen. Wissen Sie, Jos'Bedren, mit Ihnen kann ich mir vorstellen, langfristig Geschäfte zu machen. Aber Ihren Kollegen können Sie vergessen. Er hat keinen Sinn für Geld oder Veränderungen. Aber Sie haben mir diesen Namen bestimmt nicht ohne Grund genannt.«

»In der Tat. Ich möchte, dass Sie sich bei Captain Lor dafür einsetzen, dass wir abreisen dürfen. Wir sitzen bis zur Aufklärung dieser üblen Sache mit Botschafter ri Nopkar hier fest.«

Sie lächelte entschuldigend und breitete die Arme aus, wieder zuckte ihr Schwanz über den Boden. Laut und bedauernd seufzte sie, dann schüttelte sie den Kopf.

»In dieser Hinsicht sind mir leider die Hände gebunden, va Nor und ich sitzen ebenfalls fest. Captain Lor ist felsenfest davon überzeugt, einer von uns wollte dem armen harmlosen Trottel an die Schuppen. Er ist ein Narr. Was hätten wir davon? Es wäre für Titum Van der reinste Segen, wenn Syban und die Vereinten Planeten eine Botschaft auf Uhuru hätten. Dann könnten wir uns diesen Komplott hier sparen. Aber ich kann Ihnen den Namen entlohnen … Ich vermute, Geld wird Sie wohl nicht interessieren.«

»Ich will einen Gefallen für die Zukunft, nicht nur von Ihnen, sondern von Titum Van, schriftlich festgehalten.«

Es war eine untypische Forderung mit ungewissem Ausgang. Lynaris zuckte kurz zurück, fasste sich dann aber rasch wieder. Eine solche Gegenleistung war unter Umständen ein hoher Preis. Vygon wusste das und er würde sich genau überlegen, was er zu einem späteren Zeitpunkt verlangen konnte.

»Das ist zu viel und zu groß, es ist ein ungewisses Darlehen. Das kann ich nicht, nicht für so eine Kleinigkeit. Wenn Sie noch etwas oben drauflegen, bin ich bereit.«

Vygon schritt auf und ab, beobachtet von der Sicherheitsfrau, die an der Tür stand und niemanden aus den Augen ließ. Hin- und hergerissen zwischen dem uralten Eid, den er als Salamander geleistet hatte, sein Leben dem Umweltschutz zu unterwerfen, und den Befehlen der Matriarchin, wurde ihm klar, was er da auf sich lud. Warum wünschte die Matriarchin den Kontakt zur Außenwelt? Den Grund dafür hatte er nicht erfahren. Seine Wünsche, an der Macht zu bleiben und der Matriarchin zu gefallen, hatten ihm nie erlaubt, sich oder anderen diese Frage zu stellen.

»Nun gut. Ich schreibe Ihnen noch etwas auf.«

»Das ist … interessant. Ich gebe Ihnen, was Sie wollen.«

»Ich will es schriftlich, unterschrieben von Ihnen. Jetzt.«

Wie eine Siegerin stolzierte sie zu ihrem Mitarbeiter und redete leise mit ihm. Der nickte wieder nur, kurz darauf reichte er Vygon einen Datenchip.

»Wenn Sie sich nicht an die Abmachung halten, zeige ich mich selbst an und Sie gleich mit«, knurrte Vygon.

»Nur keine Drohungen, Jos'Bedren, Sie sind nicht in der Position dafür. Und seien Sie nicht so misstrauisch. Ich weiß ja auch noch nicht, ob ich nicht einen Haufen Nichts gekauft habe. Sie da, an der Tür, schaffen Sie mir den Salamander aus den Augen.«

Am liebsten hätte er noch etwas erwidert, doch er entschied sich anders, drehte sich um und folgte der Frau. Gerade als sich die Tür hinter ihm schloss, hörte er den Assistenten sagen: »Die Beleidigung war nun aber wirklich nicht nötig, Madame.«

»Halten Sie den Mund und tun Sie, weswegen Sie hier sind.« Was sie sonst noch sagte, verstand Vygon aufgrund der Entfernung nicht mehr. Aber ihm schwante nichts Gutes. Zwar wollte er eine Einigung mit Titum Van und hatte so zu unlauteren Mitteln gegriffen, aber er wollte keinen weiteren Ärger. Zumindest hatte er einen Befehl der Matriarchin ausführen können. Beruhigt war er deswegen nicht.

Zurück im Quartier schaute er erst nach Vik Tami, der allem Anschein nach schlief. Anschließend öffnete er eine Verbindung zur Matriarchin.

»Wissen Sie, wie spät es ist?«

»Verzeihen Sie, Matriarchin. Ich wollte Sie nur informieren, dass es zustande kommt, wenn auch auf einem Umweg. Wegen … Ich kümmere mich darum, dass es keine weiteren Querschüsse gibt.«

»Gut so. Wann darf ich Ihre Heimkehr erwarten?«

Jetzt war er gezwungen, ihr von den anderen und noch unerfreulicheren Vorkommnissen zu berichten. Danach blieb es eine Weile still. Geduldig wartete er ihre weiteren Befehle ab.

»Gut, das lässt sich nicht ändern. Was macht mein Sohn?«

»Er hat ein starkes Schmerzmittel bekommen und schläft im Moment. Sie wissen von den Kopfschmerzen?«

»Ja, diese und gewisse Gedächtnislücken, die nach den schweren Operationen auftreten können, machen Ihre Anwesenheit dringend erforderlich. Nach seiner vollständigen Genesung, was hoffentlich bald geschieht, können wir ein neues Arrangement treffen. Bis dahin achten Sie persönlich darauf, dass meine Befehle ausgeführt werden, und natürlich auch auf seine Sicherheit. Melden Sie sich wieder, wenn Sie auf dem Weg sind.«

»Das mache ich.«

»Sehr gut, wenigstens hat sich diese unnötige Reise ein wenig gelohnt.«

Die Matriarchin ließ ihm keine Zeit für eine Erwiderung und beendete die Verbindung.

Ein rascher Blick zu Vik Tami zeigte Vygon, dass der noch immer schlief, zumindest hoffte er es. Die Worte der Matriarchin waren wie immer schwer zu durchschauen. Ihm war es so, als hätte sie mehr gemeint, als sie gesagt hatte. Darüber musste er sich keine Sorgen machen. Die aktuellen Ereignisse waren genug für ihn. *Wenigstens konnte ich sie in einem Punkt zufrieden stellen. Sie wirkt oft so anders, direkt angriffslustig. Aber vielleicht bilde ich mir das auch nur ein.* Vygon seufzte.

Kapitel 10

Endlich hatte Lynaris eine Möglichkeit gefunden, ihren Hunger nach weiterer Expansion zu stillen. Fortschritt und Wachstum waren die Faktoren, auf die es nach ihrer Meinung im Leben ankam. Irgendwann würden das alle Wesen begreifen und den Weg der Qolpa gehen.

Tiere waren für sie zweitrangig, an sie dachte sie in erster Linie als Wirtschaftsfaktor und Investitionsgut oder als Nahrungsquelle. Ebenso in diese Kategorie fielen alle diejenigen Lungen- und Kiemenatmer aus wenig entwickelten Welten, die sie als Futter für die Wirtschaft einstufte. Leider musste sie sich eingestehen, gehörten ab und zu auch einige unnütze Qolpa dieser Kategorie an. Doch die meisten wollten nach oben kommen, um Karriere und Geld zu machen. Das war positiv, denn es sorgte dafür, dass Edenium Prime von einem kleinen Handelsplatz zum größten, berühmtesten und am besten organisierten Planeten der bekannten Galaxie gemacht worden war. Der Fortschrittshunger der Qolpa und ihre Hand, sich alles an Wissen und Fähigkeiten einzuverleiben, das für Geld und Drohungen zu bekommen war, hatten sie zur wichtigsten Wirtschaftsmacht gemacht. Deshalb war es auch unmöglich gewesen, Lynaris nicht auf dieses Schiff einzuladen, nachdem ihre Quellen ihr von dem bevorstehenden Treffen des Botschafters ri Nopkar mit dem Salamander berichtet hatten.

»Va Nor, jetzt ist es Zeit, Ihre Fähigkeiten als Nuum auszuspielen. Konnten Sie sich von Jos'Wennen ein ausreichendes Bild machen?«

»Natürlich. Das Gesicht bekomme ich bestimmt hin, nur die Statur nicht.«

»Das Gesicht reicht. Setzen Sie sich hinter den Tisch und nehmen Sie sich auf, danach schneiden Sie alles so, wie wir es bereits besprochen haben. Es muss einwandfrei werden. Niemand weiß, dass Sie ein Nuum sind, also wird auch niemand Verdacht schöpfen.«

Kaderian va Nor war für sie eine Zufallsentdeckung gewesen und Lynaris hatte zugegriffen. Es war immer gut, loyale Angestellte mit gewissen Talenten unter sich zu haben. Er war außerordentlich begabt, selbst für einen Nuum, und ihr offenbar blind ergeben, auch wenn er sich da und dort ein wenig zierte. Bislang hatten gute Worte und eine zusätzliche Prämie geholfen, ihn auf Linie zu halten. Leider hatte er auf eine zeitliche Begrenzung des Vertrags bestanden. Bald schon würde sie sich nach einem adäquaten Ersatz umsehen müssen.

Über die Qolpa konnte man sagen, was man wollte, sie hielten Verträge stets punktgetreu ein und achteten sehr auf Klauseln und das Kleingedruckte, das zumeist im Anhang der jeweiligen Verträge zu finden und umfangreicher als der gesamte Vertragstext war.

Während Kaderian arbeitete, hielt sie sich im Hintergrund und beobachtete ihn. Er sah fast wie eine perfekte Kopie des Originals aus. Die Schultern waren vielleicht etwas zu schmal, aber das ließ sich mit ein wenig Bildbearbeitung korrigieren. Natürlich hätten sie auch eine Aufnahme des Salamanders kopieren können, aber die Wahrscheinlichkeit, so eine Manipulation aufzudecken war um einiges höher. Die meisten Holonewsanbieter hatten integrierte Programme, um Gesichtsfälschungen sofort zu erkennen, nachdem eine Welle an Betrügereien mit dieser Art Software aufgedeckt worden waren.

Fünf Stunden später hatten sie eine kompromittierende Szene geschaffen, die für eine galaxisweite gesellschaftliche Vernichtung des jungen Salamanders sorgen würde.

»Sehr schön, va Nor. Zeigen Sie mir das Ergebnis, dann schicken wir es an alle Nachrichtenagenturen und ebenso nach Uhuru.« Selbstgefällig grinste sie vor sich hin, während sie sich den Holofilm anschaute. Kaderian sah perfekt aus als 350. Salamander. Die Aufnahmen waren gekonnt geschnitten. Jeder würde den Cyborg für einen xenophoben und sexistischen Mistkerl halten.

In diesem Moment liebte Lynaris niemanden sonst so sehr, wie sich selbst. Sie erfreute sich an ihrem Genie und malte sich aus, wie sie die komplette Leitung der Handelsgilde Titum Van übernahm. Früher oder später würde ihr das gelingen. Bereits jetzt wurde sie als Orash Qeshs Nachfolgerin gehandelt und ihr Wort war beinahe ebenso Gesetz wie seines.

»Schicken Sie es noch mit ein paar passenden und sehr empörten Worten der Handelsdelegierten ri Teynar ab. Ich will das spätestens morgen auf allen Kanälen sehen, hören und lesen. Danach dürfen Sie sich zurückziehen.«

Ihr Gefühl des Triumphs spiegelte sich in ihrer Haltung wider, als sie zum Synth-Automaten ging und ein Glas Termynwein bestellte, denn die Schwanzspitze war leicht aufgerichtet und ihre Nase zuckte belustigt. Ein Strahlen lag in ihren schwarzen Augen, die nichts als Schadenfreude zeigten. Wenige Sekunden nach der Bestellung hatte sie das Glas mit der dunkelroten Flüssigkeit in der Hand. Noch waren die synthetischen Lebensmittel nicht ganz ausgereift, aber der Wein kam nahe genug an das Original heran, um ihn genießen zu können.

Sie setzte sich auf das breite Sofa, das für eine Raumschiffausstattung recht gemütlich war und freute sich an ihrem Erfolg.

Ich bin gespannt, wie der kleine Qelt versuchen wird, sich aus der Schlinge zu ziehen. Es wird mir ein Genuss sein, ihm dabei zuzusehen. Niemand schlägt ungestraft meine Angebote aus.

Mit einem breiten Lächeln führte sie das Glas an die Lippen und nahm einen ersten Schluck. Ihre Gedanken galten der Rache. Wer oder was den Botschafter etwas angetan hatte, interessierte sie nicht im Geringsten. Weder sie noch Kaderian waren es gewesen, denn er handelte nur, wenn sie es befahl, und würde keine so stümperhafte Arbeit abliefern. Hätte ihr Assistent es getan, wäre der Kiemenatmer Geschichte. Sie war sich so sicher, dass sie sich keine Sorgen deswegen machte.

Kapitel 11

Vik Tami schlief den gesamten Bordtag und die Nacht durch. Erfrischt und endlich schmerzfrei erwachte er. Seit langem verspürte er sogar wieder richtigen Appetit. Vielleicht schaffte er es heute, die angeknackste Beziehung zu Botschafter ri Nopkar zu kitten und den Captain zum Einlenken zu bewegen. Er wusste, dass er gut reden konnte, wenn er es wollte. Meisterin Benytasey hatte ihm lange und oft genug eingebläut, wie man sich zu benehmen hat, wenn man seine Interessen durchsetzen möchte, ohne sein Gegenüber herabzuwürdigen oder zu beleidigen. Er wusste, dass er in den letzten Tagen nicht gerade klug gehandelt hatte.

Deshalb ging er voller Tatendrang zum Synth-Automaten und holte sich etwas zu essen. Es schmeckte ihm nicht, aber es roch zumindest annehmbar. Eben wollte er sich damit an den Tisch setzen, als Vygon, der schweigend auf seinem Datenpad gelesen hatte, zu ihm kam und ihm das Gerät vor das Gesicht hielt.

»Schau dir das an und dann erkläre mir, wie du uns aus dem wieder herausmanövrieren willst. Ich habe keine Idee, wie ich das der Matriarchin erklären soll. Hoffentlich erfährt sie hiervon nichts!«

Vik Tami war verwirrt. Erst einmal stellte er das Tablett vorsichtig auf den Tisch, danach griff er das Pad und spielte den Film ab. Die Bildqualität war aufgrund der Entfernung zu den Sendern nicht ausgezeichnet, ab und zu stockte der Holofilm, aber es war eindeutig zu erkennen und vor allem der Inhalt zu verstehen.

Fassungslos schüttelte er den Kopf, griff nach der Stuhllehne und setzte sich.

Das kann nicht wahr sein. Warum tut jemand so etwas?

Vik Tami betrachtete sich selbst oder jemanden, der wie er ausschaute. Den Vorspann hatte er ausgelassen, bei dem eine gut gekleidete Sprecherin über die diplomatischen Verhandlungen zwischen Syban und Uhuru auf dem Raumschiff Libina berichtet hatte. Wenigstens hatte sie kein Wort über den vermutlichen Anschlag auf den Botschafter verloren. Fassungslos lehnte er sich zurück und hörte seiner Stimme zu, die Dinge sprach, die er nie im Leben so gesagt hatte oder sagen würde.

Der Holo-Vik Tami saß vor einem Tisch, die Hände waren unter der Tischplatte verborgen und redete mit jemandem, der nicht zu sehen war.

»Niemand hat behauptet, dass auf Uhuru Gleichheit herrscht, die gibt es auch sonst nicht in der Galaxie und wenn Sie denken, ich verhandle weiter mit den Qolpa oder einem verdammten Kiemenatmer, dann irren Sie sich. Alles, was Sie anzubieten haben, sind Lügen, die Sie uns Uhuru verkaufen wollen. Die Vereinten Planeten sollten sich an unsere Lebensart anpassen, sagen Sie das diesem unseligen Qolpa-Weibchen. Es wird keine weiteren Gespräche geben.«

Am liebsten würde der junge Salamander die Wiedergabe stoppen, er machte auch schon die entsprechende Bewegung, da hielt ihn Vygon mit vor Zorn bebender Stimme zurück.

»Nicht stoppen, Tami, schau dir auch den Rest an.«

Die Aufnahme lief weiter. Das Bild wechselte zur Sprecherin. Vik Tami hatte das Gefühl, als würde sie ihn anschauen und direkt zu ihm sprechen. Hinter ihm brummte Vygon zornig.

»Sind das die vielgepriesenen Bewohner Uhurus, deren Regierungsoberhaupt immer eine Frau ist und die nach außen ein Matriarchat, also eine Herrschaft der Frauen, sein soll? Eine nicht genannte Quelle hat uns diese Aufnahme zugespielt, um dem Planetenverbund die Falschheit und den Speziesismus des jungen 350. Salamanders von Uhuru, der ein hohes Regierungsmitglied ist, zu zeigen. Die Bewohner Edenium Primes hoffen, dass mit diesem Mann keine weiteren Gespräche geführt werden. Wie uns ebenfalls mitgeteilt worden ist, herrscht auf Uhuru ein rigides Kastenwesen, in dem jeder Kastenzugehörige niemals etwas anderes werden kann, als ihm seine Kaste zuschreibt.

Im Anschluss an die Nachrichten bringt EP-TV eine Sonderdokumentation zum Matriarchat und dem Kastenwesen, das es vor unzähligen Generationen auf Edenium Prime ebenfalls gegeben hat. Zum Glück für unsere Entwicklung haben wir uns davon befreit … Die Wetterstelle hat für heute Regen im südwestlichen Quadranten vorgesehen, Schneefall auf Wunsch der Sportstättenbetreiber für die nördlichen Bezirke, im Äquatorialbereich ist es gleichbleibend mild. Nähere Informationen über Ihre …«

Vik Tami saß da und schüttelte ungläubig den Kopf, etwas anderes fiel ihm nicht ein. Gerade dieses passive Verhalten ärgerte Vygon offensichtlich. Zornig riss er dem Jüngeren das Pad aus der Hand und fuchtelte damit herum.

»Wenn das der Matriarchin in die Hände fällt, dann … geliefert bist du so oder so, wenn dir nichts anderes einfällt, als den verdammten Kopf zu schütteln! Ich soll jetzt für dich die Koppazapfen aus dem Feuer holen und pulen! So schaut es aus.« Wütend schnaubte er und stapfte im Quartier herum.

»Niemals habe ich so etwas gesagt, es widerspricht meiner inneren Einstellung, das musst du mir glauben, Vygon. Wo und wann hätte ich das denn sagen sollen und zu wem? Ich war immer hier, im Sitzungssaal, bei diesem ersten Treffen und im Quartier des Botschafters, sonst war ich nirgends, und das auf dem Film sieht nicht aus, wie dieses

Quartier. Aber es ist definitiv im Weltraum aufgenommen worden, schau dir die Sterne im Hintergrund an.«

»Du dummer Junge! Denkst du, das interessiert jemanden? Die beißen sich an dir fest, du hast ihnen eine Angriffsfläche geboten und …« Vygon atmete tief durch und beruhigte sich langsam. »Du wirst jetzt an einer Stellungnahme arbeiten, sofort! Ich informiere die Matriarchin, ehe sie es von anderen erfährt. Bis spätestens Mittag Bordzeit muss etwas Handfestes raus, sonst sind wir über Jahre hinweg geliefert und niemand wird mit uns Handels- oder diplomatische Beziehungen eingehen wollen. Uhuru wird von allen geschmäht und völlig isoliert vom Rest der Galaxie vor sich hin existieren.«

»Wäre das so schlimm?« Vik Tami erkannte einen Augenblick zu spät, dass er einen Fehler gemacht hatte. Vygons Worte ließen ihn die Vorsicht fahren. »Es tut mir leid, das war unüberlegt. Natürlich geht es nicht ohne Beziehungen zu anderen Planeten, genau deshalb wollte ich doch das Treffen mit Botschafter ri Nopkar. Für die Kiemenatmer hege ich sogar eine große Sympathie, weil ich der Meinung bin, dass sie den Umweltschutz ebenso hochschätzen wie wir. Ich … ich überlege mir etwas und schreibe eine Stellungnahme.«

Angewidert schob er das Frühstückstablett weg, holte sein Aufnahmegerät und dazu noch einen Notizblock und einen Stift. Selten schrieb er per Hand, Papier war kostbar und durfte nicht verschwendet werden, weil die alten Wälder tabu waren. Niemand setzte eine Axt an dieses Holz. Ein Betreten des Waldes war nur durch Aufforderung der alten Uhuru erlaubt. Diese, für Vik Tami fragwürdige, Ehre wurde nicht jedem zuteil.

Ohne etwas zu schreiben, verlor er sich in Erinnerungen und Fragen, auf die es keine Antworten gab, weil sich diejenigen, die Bescheid wussten, weigerten, etwas zu sagen. Er hasste sie, mehr noch als die Matriarchin, diese gleichgültige Mutter. Ihm wurde bewusst, dass er Zeit verlor, dabei wollte er nur das Gefühl loswerden, dass ihm die gesamte Galaxie im Nacken saß und seinen Kopf wollte.

Was soll ich nur sagen? Eine verdammte Stellungnahme. Aber ... das klingt alles so hohl. Am liebsten würde ich es aussitzen und einfach abwarten. Damit werden aber weder Mutter noch Vygon einverstanden sein. Es betrifft jetzt ganz Uhuru und nicht nur mich. Er beherrschte sich und zwang seine Gedanken zurück zur Stellungnahme.

Tief in seine Arbeit versunken, schreckte er auf, als ihn Vygon ansprach.

»Edenium TV möchte Sie sprechen.« Der Ernst in Vygons Stimme und auch die Tatsache, dass er die Höflichkeitsform verwendete, zeigten ihm, dass der Sender bereits zuhörte. Also schluckte er die harsche Erwiderung herunter und nickte.

»Das ist eine Live-Übertragung, Salamander äh Jos'Wennen. Ihre, uns zugespielten, Aussagen über Gleichberechtigung verlangen nach einer Antwort. Wie kommen Sie dazu, zu behaupten, Gleichheit würde nicht existieren?«

Sollte er ihr jetzt sagen, dass diese Aussage sogar stimmte, denn es gab keine Gleichheit, wenn man es vom philosophischen Standpunkt aus betrachtete? Er seufzte und setzte ein Lächeln auf.

»Ich kann nur sagen, dass ich solche Äußerungen nicht getätigt habe und auch nicht diese Person auf den Aufnahmen bin.«

»Sie denken, jemand würde Sie kopieren? Unsere Programme haben keine Veränderungen an den Bildern feststellen können. Ist es nicht so, dass Sie nicht damit gerechnet haben, jemand könnte Ihr Gespräch aufzeichnen und einem größeren Publikum unterbreiten?«

»Hören Sie bitte auf, ich weiß, was ich wann gesagt habe und vor allem wo und zu wem. Wenn Sie meine Darstellung nicht hören wollen, dann sagen Sie es gleich und wir beenden das Gespräch. Stattdessen dürfen Sie in etwa hundertneunzig Minuten eine schriftliche Stellungnahme von mir verlesen. Ich bin es ehrlich leid, diffamiert zu werden, noch ehe ich mein Amt richtig angetreten habe. Dieses Gespräch ist beendet. Salamander Jos'Bedren, trennen Sie bitte die Verbindung.«

Sich vergraben und alles aussitzen, Gras über die Sache wachsen lassen, das schwebte Vik Tami vor. Er lehnte sich zurück und legte die Hände vor das Gesicht. Die selige Entspannung, die er vorhin beim Erwachen gespürt hatte, war schon lange dahin. Jetzt meinte er, die Narben am Brustkorb würden ihn einschnüren und am Atmen hindern. Natürlich war das Schwachsinn, denn ein Teil der Haut war künstlich und dehnte sich bei jedem Atemzug mit, aber der Rest schien an ihm zu kleben und sich nicht zu bewegen. Nur einen Moment der Schwäche erlaubte er sich, dann raffte er sich wieder auf und machte das, was er stundenlang hatte üben müssen: das Gesicht zu einer Maske erstarren lassen, den Körper zu einer aufrechten Haltung zwingen und funktionieren. Aber später musste er die Narben eincremen, damit sie dehnbar blieben und sich nicht verhärteten.

»Gut, die Stellungnahme ist fertig. Du kannst sie an alle Einrichtungen schicken. Danach fliegen wir ab, der Captain weiß auch so, wo wir zu finden sind. Ich habe keine Lust mehr, mich von den Sybanern oder den Typen der Vereinten Planeten vorführen zu lassen.«

»Her mit der Datei, die Matriarchin will sie erst absegnen. Sie ist außer sich.«

Das hätte sich Vik Tami denken können, aber dass sie so schnell reagierte, hätte er nicht gedacht. Er warf seinem Berater den Stick zu, danach ging er zu seinem Bett und zog sich aus, um sich ordentlich einzucremen, zumindest vorne ging es ganz gut. Der Rücken musste warten, das wollte er Vygon nicht zumuten, es reichte, dass er es sehen musste. Am liebsten würde er seinen Körper vor allen verstecken, auch vor sich selbst. Aber deswegen war er nicht so wütend. Er ärgerte sich über diese feige Vorgehensweise, ihn aus einer undurchdringlichen Deckung heraus anzugreifen. Auf Uhuru würde es dann bestimmt weitergehen, sollte jemand diese Übertragungen empfangen und weitergeleitet haben. Es würde Chaos auslösen und das System auf eine Art in Frage stellen, die er so niemals gewollt hatte, auch wenn er einige Dinge reformieren wollte.

»Ja hat man denn hier überhaupt nie etwas Ruhe!«, brüllte er los, noch ehe die Person, den Raum betreten hatte. Seine Sinne waren derartig angespannt, dass er alles hörte und sah, selbst Schritte auf dem Flur und die Wärmebilder der vorbeihastenden Wesen. Das leise Zischen des Türmechanismus konnte ihm deshalb nicht entgehen. Sein Auge zeigte ihm eine Person in Rot und Gelb, darum herum war es etwas kühler, die Farben des Wärmebildes wurden erst zur Außenwand hin blau. Auch Vygon war Rot und Gelb, aber von ihm wusste er, wo er sich befand. Er brauchte seine ganze Selbstbeherrschung und sein neu erworbenes Können, um diese Sicht auf das umzustellen, was er als normal bezeichnete.

»Keine sehr nette Begrüßung, Salamander Jos'Wennen. Ziehen Sie sich etwas über und kommen Sie mit.« Captain Lors Stimme ließ keinen Widerspruch zu, also seufzte Vik Tami lediglich genervt auf und suchte sich ein frisches Hemd, zog es an und stopfte den Saum nachlässig unter den Hosenbund. Nachdem er in die Schuhe geschlüpft war, meinte er: »Wenn es wegen der Lügennachrichten ist, Salamander Jos'Bedren hat eine Stellungnahme.«

Nun war Captain Lor verwirrt. Er schüttelte den Kopf und wies zur Tür.

»Gut, ich komme.« An Vygon gewandt fuhr er fort: »Bereiten Sie trotzdem alles für einen frühen Abflug vor. Diese Lügen könnten zu Hause ein ziemliches Chaos anrichten.«

Rasch folgte er Lor, der bereits vorauseilte. Vik Tami fragte sich, warum der Captain persönlich gekommen war und was er von ihm wollte, das nichts mit dem anderen zu tun hatte. Rasch holte er auf und am Lift stand er bereits neben dem Captain, ehe die Kabine gehalten hatte.

Warum brachte er ihn zur Aussichtslounge? *Was ist dort?* Diese Frage wollte er noch nicht stellen und zwang sich zu einer abwartenden und wieder maskenhaften Haltung. Es war besser, mit keiner unwillkürlichen Muskelbewegung, anzuzeigen, dass er verwirrt war oder Angst hatte.

Die Aussichtslounge besaß kein Fenster dafür einen großen Plasmaschirm, der die Bilder des Weltraums ins Innere übertrug und so die Illusion einer freien Aussicht bot. Die sybanischen Raumschiffbauer waren in der Hinsicht ängstlicher als die von Uhuru, die einfach bruch- und hitzebeständige Materialien als Glasersatz nahmen und diesen noch zusätzlich durch ausfahrbare Metallschilde sicherten. Syban war anders. Aber es störte nicht weiter. Vik Tami zwang sich, nicht mehr an architektonische und technische Details zu denken, sondern sich auf Lor zu konzentrieren. Eben wies er auf eine Sitzgruppe und wartete dort auf Vik Tami.

»Um es auf den Punkt zu bringen, wir haben einen Nuum an Bord. Ich weiß nicht, wer es ist und was er vorhat, aber, wenn Sie diese Äußerung nicht getätigt haben, wovon ich ausgehe, denn die Aufnahmen sind nicht in Ihrem Quartier entstanden, muss es ein Nuum gewesen sein.«

Vik Tami war verwirrt. Wie kam der Captain jetzt darauf? Der wartete nicht auf das Aussprechen der Frage, die Vik Tami ohnehin ins Gesicht geschrieben stand.

»Sehen Sie, ich mag Sie nicht, Sie sind arrogant und gefährlich, aber das heißt nicht, dass ich Sie ins offene Messer laufen lasse.«

»Wie kann ich sicher sein, dass nicht Sie der Nuum sind und mir gerade irgendetwas erzählen, um mich in Sicherheit zu wiegen?«

»Guter Punkt, das können Sie nicht. Aber ich weiß etwas über Sie, das der Nuum nicht wissen kann. Ich weiß über den Angriff der Qolpa Bescheid und über eine gewisse Frau und ihren Schüler, die bei der Verteidigung beinahe ums Leben gekommen sind und ich weiß auch, dass die Frau ihren Schüler schwer bestraft hat, weil er Lebewesen umgebracht hat. Der Schüler hat sich in den wenigen Jahren sehr verändert und niemand würde ihn äußerlich wiedererkennen. Soll ich weiterreden oder glauben Sie mir jetzt?«

»Gut, danke, Sie sind es wirklich. Nicht einmal meine – die Matriarchin weiß so viel darüber. Aber das hätten Sie mir auch in meinem Quartier sagen können. Warum befinden wir uns in diesem Raum?« Er machte eine kleine Geste, die viel größer wirkte und mehr Bedeutung suggerierte, als er sagen wollte, dabei schaute er sich um.

»Das ist weniger einfach. Wegen der Verleumdung brauchen Sie sich keine Gedanken machen. Commander ti Nosh hat eine Erklärung an die Regierung und die Flottenadmiralität abgegeben.« Lor räusperte sich, stand auf und stellte sich vor den Bildschirm. Vielleicht malte er sich aus, dass er aus einem richtigen Fenster ins Weltall schaute. Vik Tami tat das auf jeden Fall oder würde es, wenn er nicht so gespannt auf das Kommende wäre.

Minuten verstrichen ergebnislos. In dieses angespannte Schweigen hinein meldete sich Vik Tamis Magen mit einem beherzten Knurren. Er wusste nicht, wie er darauf reagieren sollte, und entschied sich für das für ihn typische Abwarten.

»Ich sollte mich wohl beeilen – KI spiele die Sequenz ab, die wir vor drei Stunden aufgefangen haben.«

Zunächst war nur ein undefinierbares Rauschen zu hören, irgendein Knacken, das alles Mögliche sein konnte, wahrscheinlich eine Fehlfunktion in der Übertragung, dann eine Stimme. Sie klang verzerrt.

»Mo… übergeh… stillgelegt …« Es folgte ein langes Rauschen und Vik Tami meinte bereits, es käme nichts mehr, dann erkannte er eine Koordinatenreihe. Interessiert beugte er sich nach vorne. Das Ziel war ihm nicht fremd. Es ängstigte ihn, das hier und auf so einer Aufnahme zu hören. Langsam stand er auf. Jetzt begriff er, was das bedeutete.

»Warten Sie, es geht noch weiter.«

Er tat Lor den Gefallen und schwieg.

»… Intelligentes, primitiv… möglich … Landung …« Es knackte erneut, ein schriller Ton schlug an. »Commander … tot … zwei Drittel der Besatzung … Siedler getrennt … Erstkontakt.« Die Übertragung stockte, wieder pfiff es ohrenbetäubend. Automatisch hielt sich Vik Tami die Ohren zu und öffnete leicht den Mund, um den Druck in den Ohren auszugleichen. Als die Übertragung weiterging, sprach eine Frau, auch die Qualität war besser. »Matriarchin Rimick hier, dies ist der letzte Eintrag. Uns wurde Asyl gewährt. Das Schiff wird zerlegt, wir behalten nur einige Shuttles. Am Ende hat der Wille zur Reform gesiegt. Wir gründen eine völlig neue Zivilisation … Rein an Werten und … Alle Nachkommen … Verbindung zur Natur … Rimick Ende.« Das war klar und deutlich.

»Wo – woher haben Sie das? Wissen Sie, was das ist? Captain Lor, das … das ist eine meiner Vorfahren. Diese Übertragung ist uralt.« Er tastete nach dem Stuhl und ließ sich fallen, landete aber unsanft auf dem Tisch, der daneben stand. Da saß er nun und verstand nichts mehr. Warum sollten gerade die Sybaner so eine Übertragung erhalten, ein Zeitdokument, das nicht einmal auf Uhuru bekannt war?

»Das haben wir uns auch gefragt. Die Koordinaten zeigen natürlich Ihre Heimat an. Aber die Übertragung stammt nicht von dort. Wir haben sie lokalisiert – nur fünfzehn Lichtjahre von hier entfernt im Verinar-System, allerdings weist es auf keinen Planeten hin.«

Etwas klingelte in Vik Tamis Erinnerung. In Gedanken wiederholte er den Namen, aber er kam nicht dahinter, zu erschüttert war er von der Nachricht. Was sollte er jetzt damit anfangen?

»Meine Wissenschaftler meinen, es handle sich um einen Zeitdefekt, hervorgerufen durch eine Zeitfalte. Fragen Sie mich nicht nach Details, das ist zu hoch für mich, ich bin nur Offizier und Kommandant dieses Raumschiffs. Zeit ist überhaupt etwas, das nur schwer zu fassen ist, und wenn dann noch Falten, Risse, Schleifen und all der andere Unsinn dazu kommen, steige ich aus.«

»Was soll ich jetzt machen? Ich kenne mich mit Relativitätstheorien auch nicht aus und bin nur mäßig in Astrophysik. Verstehen Sie, ich bin Botaniker und zufällig habe ich auch ein politisches Amt inne.« So zufällig war das nicht, denn er wurde sein ganzes Leben lang darauf vorbereitet, aber etwas anderes fiel ihm nicht ein.

»Wir fliegen hin. Ich bin neugierig und ich schätze, Sie auch.« Lor grinste zufrieden. Bei genauer Betrachtung musste Vik Tami zugeben, dass er ebenso wie der Captain wissen wollte, woher diese Übertragung kam. Ein Abenteuer, etwas, das er abseits seiner Verpflichtungen machen konnte und eventuell seinem Volk auf Uhuru in der Entwicklung und vor allem dem Schutz der Umwelt helfen konnte. Es musste irgendwo etwas geben, was dieses harte Asyl leichter machen könnte. Womöglich konnte er auch das angeknackste Image der Salamander wiederherstellen, nicht nur zu Hause sondern auch bei der wachsenden politischen Macht der Vereinten Planeten.

»Es bleibt nur noch die Sache mit Botschafter ri Nopkar. Irgendjemand hat an seinen lebenswichtigen Apparaturen manipuliert.«

»Ich schwöre, dass ich nichts damit zu tun habe. Ich habe am Ankunftsabend lediglich einen Moment seine Umarmung erwidert, alles andere wäre mir unhöflich erschienen.

Und Salamander Jos'Bedren hatte keinerlei Gelegenheit und ebenso wenig einen Grund wie ich. Sie wissen, welchen Eid mir Meisterin Benytasey abgerungen hat. Weder habe ich ihn gebrochen noch habe ich vor, es zu tun.«

»Gut, aber darauf kann ich mich nicht verlassen, wenn es ernst wird.«

Vik Tami nickte. Daraufhin klopfte Lor auf sein E-Armband und gab seine Befehle an die Brücke durch.

»War das alles, Captain Lor? Ich würde gern in mein Quartier gehen und mit meinem Berater sprechen.«

Ein einfaches Crewmitglied brachte ihn zurück. Anscheinend traute ihm Lor immer noch nicht. Den Weg hätte er auch ohne eine Führung gefunden, aber er fügte sich.

Kapitel 12

Vygon reagierte anders, als es Vik Tami erwartet hatte. Erbost runzelte er die Stirn und beugte sich vor, wie ein angreifendes Mynari, das seine Jungen beschützte. Aber Vik Tami ließ sich nicht davon einschüchtern. Selbst der Sybaner Lor fand es seltsam, dass er oder besser seine Mannschaft diese Botschaft erhalten oder aufgefangen hatten. Beide, Lor und er, wollten das Rätsel entschlüsseln, und Vygon wollte das mit seinen Worten verhindern.

»Die Matriarchin verlangt, dass wir so schnell wie möglich, am besten sofort zurückkehren.«

»Sie wird sich gedulden müssen. Captain Lor hat bereits Kurs auf das Verinar-System nehmen lassen und wird gleich den Hyperantrieb aktivieren. Entspanne dich, Vygon, und genieße den Flug.« Er wusste, dass sein Berater die Raumfahrt nicht mochte, deshalb teilte er jetzt diese unnötige Spitze aus. Es war seine kleine Rache, weil sich Vygon ständig auf die Befehle der Matriarchin berief. Aber es gab Dinge, die wichtiger waren als gedankenlos anderen hinterherzulaufen.

Ob das jetzt so etwas war, wusste er nicht. Er hatte nur das Gefühl, dorthin zu müssen, als würde er nur dort Antworten auf all seine Fragen bekommen. Doch was, wenn sich alles als heiße Luft entpuppte und sich noch jemand einen schlechten Scherz mit ihm erlaubte, so dass er seinen Ruf weiter schädigte? Darüber wollte er nicht mehr nachdenken. Er wollte überhaupt nicht an seinen Ruf oder die böse Anschuldigung des Botschafters denken, er hätte etwas mit dem Anschlag zu tun. Das schob er weit von sich und gab sich dem prickelnden Gefühl des Unbekannten hin, das er entdecken wollte.

Der Flug war alles andere als angenehm. Vygon benahm sich offen feindselig und machte Vik Tami runter, so oft er es konnte, doch der war so in seinem Hochgefühl gefangen, dass er gar nicht weiter darauf einging und es meistens sogar überhörte. Das trug nicht gerade zu einer Besserung der Lage bei. Auch das Fehlen der Kopfschmerzen beflügelte Vik Tami. Seit Monaten war er endlich schmerzfrei oder so gut wie, denn die Haut spannte doch sehr oft und erschwerte ihm das Atmen. Viel Zeit investierte er deshalb während des Flugs in die Hautpflege. Auch Informationen über das Verinar-System ließ er sich von der KI suchen. Das alles lenkte ihn von den Holo-Nachrichten ab, die immer wieder über ihn und seine vermeintliche Xenophobie berichteten.

»Du wirst dort unsere Heimatwelt Monychin finden. Hier sind Koordinaten.« Vygon warf ihm einen Datenstick vor die Brust, doch Vik Tami konnte ihn nicht fangen und der Stick fiel zu Boden. Rasch bückte er sich danach und schaute fragend seinen Berater an.

»Zufall und ich habe es schon lange.«

Vygon machte den Eindruck, als würde er überhaupt nichts mehr sagen wollen.

»Hast du es auf Echtheit geprüft?«

Vygon lachte bei der Frage freudlos und schüttelte den Kopf. Dann drehte er sich um und ging ans andere Ende des Quartiers.

Stunde um Stunde verbrachten sie damit, sich zu ignorieren. Dafür erläuterte die KI das Sternensystem, das in den Karten Verinar genannt wurde.

Das dortige Gestirn war vor etwas mehr als tausend Jahren zu einem roten Riesen geworden. Jetzt fand in der Kernzone keine Fusion mehr statt, die früher freigewordene Energie, blieb aus und die Dichte erhöhte sich, was einen Kerntemperaturanstieg zur Folge hatte. Die KI dozierte weiter über den sterbenden Stern, etwas, das Vik Tami nur am Rande interessierte. Dann erinnerte er sich an etwas und er hörte genauer zu. Der Exodus der Vorfahren hatte demnach nicht nur aufgrund der wachsenden oder unumkehrbaren Umweltverschmutzung stattgefunden. Das war eine noch fremde Überlegung, die ihm Angst machte. Sein Herz hämmerte, als er sich ausmalte, was das für ihn und für alles bedeutete, was sie bislang getan hatten. Andererseits änderte es nichts an ihren Asylbedingungen. Der Verinar-Stern hatte darauf keinen Einfluss. Aber vielleicht ließ sich etwas anderes finden.

»KI, was ist über die Planeten des Systems bekannt?«, fragte er, um sich abzulenken und so vielleicht doch noch etwas zu erfahren, das wichtiger war als der Lebenszyklus eines Sterns.

»Es handelt sich um vier Planeten und zehn Monde, dazu zahlreiche Asteroiden, die wahrscheinlich durch den Einschlag anderer Asteroiden in Planeten oder Monde entstanden sind. Die Planeten, beginnend beim nächsten an der Sonne: Obadon, Tato, Monychin, Sunavas. Die Begleiter sind …«

»Danke, KI, das genügt.«

Vielleicht konnten sie Monychin irgendwie besuchen, auch wenn es dort unwirtlich war und die Sonne keinerlei Energie mehr spendete. Andererseits, was sollten sie dort nach Jahrhunderten noch finden? Von Archäologie hatte er keine Ahnung, denn dieses Forschungsgebiet existierte auf Uhuru nicht. Bislang hatte es auch keinen Grund gegeben, danach zu fragen oder nach der Vergangenheit zu suchen. Das Überleben war das Wichtigste gewesen, danach nur noch die Einhaltung der Verträge, um als Volk weiterleben zu dürfen. Er seufzte.

»Was erhoffst du dir, auf dem Planeten zu finden?«, wollte Vygon wissen. Er klang schon weniger aggressiv, vielmehr wirkte er angesichts der Tatsachen resigniert.

»Nichts. Das heißt, ich weiß es nicht, Antworten vielleicht. Warum hast du dir die Koordinaten von Monychin besorgt? Was willst du damit?«

»Wie gesagt, es war Zufall …« Vygon unterbrach sich und schaute angestrengt die mit hellgrauem Plasto vertäfelte Wand an. Eine ganze Weile wartete Vik Tami darauf, dass sein Berater weitersprach, schließlich reimte er es sich selbst zusammen und seufzte erneut. Also lief alles auf die Matriarchin hinaus. Welches Spiel trieb seine Mutter mit ihm? Er ersparte sich auch die Frage, was die Matriarchin mit den Koordinaten anfangen wollte, schließlich verließ sie nie den Planeten und den Palast nur, wenn es unumgänglich war, wie bei seiner Ernennung zum 350. Salamander. Statt weiter darüber nachzudenken, widmete er sich dem Studium des Verinar-Systems.

Kapitel 13

Lynaris blieb die Beschleunigung des Raumschiffs nicht verborgen. Umgehend wollte sie den Captain sprechen. Der ließ sie warten, was nicht gerade zur Besserung ihrer Laune beitrug. Sie hatte damit gerechnet, noch eine Weile gemütlich auf dem Schiff zu verbringen und ihre Ideen zu verwirklichen. Jetzt sah es so aus, als würden sie sofort nach Edenium Prime zurückkehren. Endlich ließ er sich zu einem Gespräch herab.

»Hätten Sie uns nicht darüber informieren können, dass wir zurückfliegen? Ich habe Sie höflicher in Erinnerung, Captain Lor.« Die Art, wie sie seinen Rang betonte, machte deutlich, wie wenig sie davon hielt. Doch sie erntete keinerlei Verständnis für ihre Aufregung oder gar Kritik.

»Beruhigen Sie sich, Madame ri Teynar. Wir fliegen nicht zurück, sondern folgen einem Signal. Das kann leider nicht aufgeschoben werden, sonst hätten wir …«

»Auch darüber hätten wir informiert werden müssen! Sie bringen den Botschafter und mich in erhebliche Gefahr!« Gerade noch bremste sie sich und senkte die Stimme.

»Es besteht keinerlei Gefahr, denn es handelt sich um kein Not …«

»Und dann machen Sie so ein Drama daraus?«

»Beruhigen Sie sich! In der Zwischenzeit können Sie Ihre Differenzen mit den Uhuru beilegen und die Verhandlungen weiterführen oder was auch immer Sie wollen. Natürlich stehen Ihnen unsere Annehmlichkeiten an Bord weiterhin zur Verfügung. Es tut mir leid, ich muss mich wieder meinen Aufgaben widmen.«

Das war eine höfliche Abfuhr und sie hatte nichts erfahren. Aufgebracht deaktivierte sie den Kommunikator und funkelte ihn böse an. Der Bildschirm zeigte ihr nur lange weiße Striche. Sie wusste nicht, ob es draußen wirklich so aussah oder ob das lediglich eine Illusion war, um die Geschwindigkeit auf irgendeine Art und Weise darzustellen.

»Va Nor!«

Wo war ihr Assistent wieder? Sie hatte ihn seit dem Morgen nicht mehr gesehen.

»Kaderian!«

Endlich erschien er, aber er kam vom Flur und nicht vom Nebenraum, den er dank ihrer Großzügigkeit bewohnen durfte.

»Wo waren Sie?«

»Ich habe mir das Schiff angesehen. Es ist wirklich sehr interessant. Leider kam ich nicht in den Shuttlehangar. Aber die Maschinen arbeiten gerade auf Hochtouren. Wir fliegen irgendwohin und das mit Höchstgeschwindigkeit.«

»Deshalb habe ich Sie gerufen. Finden Sie heraus, wohin es geht und warum. Der Captain zieht es vor, uns nicht zu informieren.«

»Bin dran.«

Sie unterdrückte ein Seufzen. Immer diese knappen Bestätigungen. Aber wenigstens konnte sie sich auf ihn verlassen. Kaderian lief bereits in den Nebenraum und machte sich fertig. Zurück kam ein sybanischer Unteroffizier, den sie schon einmal irgendwo gesehen hatte. Dann fiel es ihr wieder ein, es war der Kerl, der die Delegation aus Uhuru zum inoffiziellen Abendessen gebracht hatte. Dann war Kaderian auch schon weg, ohne eine Frage an sie zu richten.

Die nächsten Stunden verbrachte sie mit Geschäftlichem. Den Administrator auf Uhuru hatte sie recht schnell erreicht.

Marays war leicht zu beeinflussen. Er schien dem winkenden Geldsegen nicht abgeneigt zu sein, etwas anderes hatte sie nicht erwartet, nachdem sie die Daten über den Kerl von Vygon erhalten hatte. Das war erfreulich. So war es noch einfacher, endlich an die Bodenschätze zu gelangen. Gleichzeitig konnte sie auch Dimtros als Endlager nutzen, denn dort hoffte sie, die Kontrollen leichter umgehen zu können. Bislang hatten sie auf Dimtros nur über Umwege Geschäfte machen können, zwar gute, aber die waren auf Dauer ineffektiv.

Überall in der Galaxie war es schwer geworden, den Müll loszuwerden, der sich durch die Zivilisationen und die Industrien anhäufte. Natürlich gab es ausgezeichnete Methoden der Wiederverwertung. Sie besaß selbst mehrere Unternehmen, die damit große Gewinne erwirtschafteten. Aber sie wollte mehr. Seitdem sie der Armut in den unteren Bezirken Edenium Primes entkommen war, strebte die Qolpa nach einer Anhäufung von Geld. Nie konnte sie genug davon haben, denn die Angst, wieder dorthin abzusinken, saß tief in ihr drin. Zu viele Qolpa vegetierten in den unteren Ebenen und machten dort ihre schmutzigen Geschäfte. Aber Drogen und Prostitution gehörten nicht zu ihren Lieblingsbeschäftigungen. Sie mordete auch nur ungern, das überließ sie anderen.

Administrator Marays war Wachs in ihren Händen. Sie genoss das Gespräch förmlich.

»Madame, es wird uns auf Dimtros ein Vergnügen sein, mit Ihnen Geschäfte zu machen. Uns fehlen in der Tat einige Handelsgüter und zusätzliche Abnehmer für Cath und Melenium sind sehr willkommen.«

»Das ist erfreulich. Ich möchte dann auch einen Claim erwerben.« Der Abbau von Cath war lohnend, leider gab es das Metall nicht überall. Sie wusste, dass die Wissenschaftler auf Edenium Prime und Syban damit beschäftigt waren, ein Veredelungsverfahren zu entwickeln. Bislang war es noch nicht sehr erfolgreich gewesen. Der Anteil an Abfall war noch zu hoch und er war hochtoxisch. Aber wenn es einen Durchbruch geben würde, dann revolutionierte das die Raumfahrt. Alle sprachen davon.

»Einen Claim, Madame? Nun, ich weiß nicht. Sollten wir uns nicht erst anders einig werden, ehe Sie so … ähm … weitreichende …«

»Ja, Sie haben Recht, Administrator Marays. Was die Handelsgüter angeht, was schwebt Ihnen da vor?« Rasch lenkte sie ein. Den Claim konnte sie auch in dreißig, sechzig oder hundert Tagen noch erwerben. Vielleicht ergab sich in der Zwischenzeit eine andere lohnendere Möglichkeit, um an das Cath zu kommen.

Der Administrator ließ sich sofort ablenken und ging auf ihre Frage ein. Die Liste war lang und angenehm einfach zu organisieren. Sie lächelte still vor sich hin, während er redete. In blühenden Farben beschrieb er irgendetwas, das sie nicht mehr richtig wahrnahm, denn in Gedanken besaß sie bereits den südlichen Quadraten ihrer Heimatwelt. Erst als er wieder sachlich wurde, schwenkte ihre Aufmerksamkeit zurück zu ihm.

»Natürlich kann ich das. Achtzehn Tage sind in Ordnung. Aufgrund der Entfernung kann es vielleicht zu einem oder zwei Tagen Verzögerung kommen. Der Lieferant nimmt noch einen Händler mit, der einen Laden eröffnen wird, damit Sie nicht in Konflikt mit der Matriarchin oder noch schlimmer, den Salamandern geraten.«

»Das käme mir sehr gelegen.«

Und für uns mehr Gewinn abwerfen, dachte sie, dabei blieb sie völlig ernst und geschäftsmäßig.

»Ich werde umgehend alles in die Wege leiten. Ihre Bevölkerung soll an den Segnungen der unterschiedlichen Zivilisationen teilhaben dürfen. Ich danke Ihnen Administrator Marays. Auf jeden Fall werde ich Sie aufsuchen, sobald es meine Zeit zulässt.«

»Natürlich, das ist sehr freundlich von Ihnen.«

Sie unterbrach die Verbindung, lehnte sich zurück und spitzte die Lippen, dabei schloss sie die Augen.

Dieser Idiot wird nicht einmal merken, wenn ich ihm den Planeten unter dem Hintern für eine Termybeere abkaufe.

Sie unterdrückte ein Lachen. Wie ehrerbietig er sich verhalten hatte und sie als freundlich ansah. Gut, das war sie auch. Aber bevor sie ihm den Planeten abkaufte, musste sie noch ihre Verpflichtungen erfüllen. Danach würde das Geld wie von selbst in die Kassen Titum Vans fließen. Der Ausverkauf von Dimtros konnte beginnen.

Endlich hatte sie etwas wirklich Erfreuliches geschafft. Natürlich war auch die Diffamierung des Salamanders nicht schlecht gewesen, aber das war eine andere Ebene, die für sie weniger Wert besaß. Doch bevor sie sich entspannt zurücklehnen konnte, musste sie noch ihre Händler neu positionieren. Zum Glück gab es auf Edenium Prime ausreichend Franchisenehmer, die sich darum rissen, so ein Angebot zu bekommen. Einige davon kontaktierte sie und lotete deren Bereitwilligkeit aus, den Planeten zu verlassen und eine weitere Filiale zu eröffnen. Erstaunlicherweise waren nur zwei von zehn dazu bereit. Die anderen Acht würden in den nächsten Tagen eine kleine Änderung der allgemeinen Geschäftsvereinbarungen vorfinden und eine minimale Erhöhung der Gebühren. Oftmals reichte es aus, sie nur um einen Prozentpunkt nach oben zu treiben, und der jeweilige Händler geriet in Zahlungsnot.

Das Geschäftsleben war manchmal recht einfach und hart für diejenigen, die meinten, sich der Obrigkeit nicht beugen zu müssen. Für die anderen beiden hatte sie keine Änderung geplant, aber auch keine Belohnung. Es reichte aus, dass sie für Titum Van arbeiten durften.

Bald hatte Lynaris alles schriftlich erledigt und sie wusste, dass sich in wenigen Tagen ein Handelsschiff auf den Weg nach Dimtros machen würde. Jetzt war Zeit, sich etwas Entspannung zu gönnen. Kaderian war noch unterwegs und horchte die Besatzung aus. Sie hoffte, dass er etwas Nützliches erfuhr. Die Sicht auf den Bildschirm brachte ihr wieder diese ungemein dumme Lage ins Bewusstsein. Vielleicht wusste der Botschafter etwas mehr.

Erst wollte sie ihn über die interne Kommunikationsanlage rufen, entschied sich dann dagegen und ging in sein Quartier.

Er schwamm entspannt im Becken und ließ es sich augenscheinlich gut gehen. Lässig stellte sie sich ans Pseudoglas und tat so, als klopfte sie dagegen. Sofort hob er eine Hand und schwamm auf sie zu. Seine leicht schuppige Haut schimmerte blau im Licht der Innenbeleuchtung.

»Was bildet sich der Captain eigentlich ein?«, fragte er sie sofort. Also wusste er auch nicht mehr als sie.

»Ich habe keine Ahnung, ri Nopkar. Anscheinend irgendein Notruf oder etwas in der Art, auch wenn Lor mir gegenüber erwähnte, es sei keiner. Aber wer bin ich, das zu beurteilen? Ich bin nur eine Händlerin.«

»Das müssen Sie nicht extra betonen. Wenn ich das geahnt hätte, hätte ich meine Assistentin geschickt. Wie soll ich jetzt zu dem Botschaftertreffen auf Axema IV kommen? Wir wollten wegen der neuen Werften verhandeln. So etwas Dummes.«

»Da kann ich Ihnen leider auch nicht helfen. Mein Shuttle ist nicht für Ihre Lebensform ausgestattet und es wäre zu langsam.«

»Ach, vergessen Sie es. Valerys wird das Kind auf Axema schon schaukeln. Vielleicht ist es gut, dass sie allein dort hinreisen muss. Auf jeden Fall brauchen wir mehr Cath. Wissen Sie was, kommen Sie zu mir ins Becken und lassen Sie uns gemütlich reden.«

»Bezüglich des Cath kann ich vielleicht helfen.«

Es gefiel ihr nicht, dem Wunsch des Botschafters zu folgen. Sie musste sich regelrecht dazu zwingen, sich die Unterwasserkleidung anzuziehen und so zu tun, als wäre es normal für sie. Ri Nopkar musste wissen, was es für sie als Qolpa bedeutete, ins Wasser zu gehen. Wenn das kein gutes Geschäft wurde und es sich nicht lohnte, dann konnte er etwas erleben. Einige Male atmete sie tief durch, ehe sie die Atemmaske schloss und versiegelte. Sie bekam Luft, aber es war eigenartig, so abgeschnitten von allem zu sein. Die externe Sauerstoffzufuhr entschied, ob sie lebte oder starb. Als sie eintauchte, fühlte sie erst einmal so etwas wie Panik aufsteigen, doch der Botschafter schaffte es, sie zu beruhigen, indem er sie über ihre Pläne zum Handel mit Cath ausfragte. Das lenkte sie ausreichend ab und bald schon schwamm sie neben ri Nopkar herum und machte sich immer weniger Gedanken um das ungewohnte Terrain.

Das Gespräch drehte sich über eventuelle Fördermengen und vor allem einen fiktiven Bedarf. Schließlich einigten sie sich darauf, sich nach ihrer Rückkehr eingehender damit zu befassen und den Druck auf Uhuru zu erhöhen, um endlich die Zulassung als Wirtschaftsstandort zu bekommen.

»Wir werden sie politisch ordentlich unter Druck setzen, immer wieder Anträge stellen und Beschwerden wegen der Lebensbedingungen entgegen dem Gleichheitsgrundsatz der Vereinten Planeten einbringen. Natürlich wird das diplomatische Korps darauf bestehen, ausschließlich mit der Matriarchin zu verhandeln, falls es überhaupt wieder dazu kommen sollte. Auf jeden Fall werde ich ihnen einige Kommissare schicken, die sich der Gleichbehandlungsthematik annehmen werden.«

»Vergessen Sie nicht, dass Uhuru noch nicht zu den Vereinten Planeten gehört und auch keinen Antrag gestellt hat«, warf Lynaris ein.

»Das ist nur eine Kleinigkeit. Der ungestüme Salamander hat sich bloßgestellt, da können die Medien noch so viele Stellungnahmen von ihm bringen. Auf einer Seite tut er jung und naiv, auf der anderen ist er ein xenophober Kerl, dem man gehörig auf die Finger klopfen sollte.«

Der Botschafter echauffierte sich noch weiter, doch Lynaris hörte ihm nur noch mit halbem Ohr zu. Etwas kam ihr komisch vor. Ihr wurde ein wenig schwindlig, obwohl sie normalerweise gut sah, verschwamm alles vor ihren Augen. Das Atmen fiel ihr immer schwerer, ein unangenehmes Summen fing in ihren Ohren an. Irgendetwas stimmte nicht mit der Sauerstoffzufuhr. All ihr Denken kreiste nur noch um den nächsten Atemzug. Sie konnte einatmen, aber nur noch schwer ausatmen. Der Botschafter redete und redete weiter. Die Qolpa versuchte, auf sich aufmerksam zu machen, winkte hektisch und schwamm Richtung Ausgang. Dann endlich hörte sie eine andere Stimme und sie wurde weg vom Ausgang geschoben.

»Holen Sie sofort Hilfe, ich kümmere mich um Madame ri Teynar!« Die besorgte Stimme des Botschafters drang nur gedämpft an ihr Ohr. Als er aber versuchte, ihr die Maske abzunehmen, wehrte sie sich und schlug mit dem Schwanz nach ihm. Was an Land gut klappte, endete hier in einem mageren Versuch. Gekonnt wich er ihr aus, dann war die Maske ab und er drückte sie in eine Art Hohlraum über dem Wasserspiegel. Viel Platz war hier nicht und sie war auch keine geübte Schwimmerin.

»Ruhig, hier oben können Sie atmen. Bleiben Sie hier, das Gesicht immer schön über Wasser halten. Hilfe ist unterwegs.« Das wiederholte er mehrmals und erst als sie verstanden hatte und ruhig atmete, dabei das Gesicht nach oben drückte und versuchte, nicht wieder abzusinken, schwamm er davon und zog sich um. Es dauerte eine gefühlte Ewigkeit, in der sie mehr als einmal das Gefühl hatte, keine Luft mehr zu bekommen oder zu ertrinken. Sie war weder schwächlich noch sonst empfindlich, aber diese Situation verlangte ihr alles ab. Qolpa waren nicht bekannt für ihre Schwimm- und Tauchkünste, schließlich stammten sie aus den ehemals wüstenartigen Regionen Edenium Primes.

Wenigstens konnte sie sich mit dem langen Schwanz etwas stabilisieren. Wie lange brauchte ri Nopkar noch? Was machte er überhaupt? Mühsam schnappte sie nach Luft, kämpfte um jeden Atemzug und hatte dennoch Angst, Wasser einzuatmen. Ihre Arme schmerzten von den Schwimmbewegungen, ihre Augen brannten und ihre Lungen wollten sich nur füllen, was sie ihnen nicht erlaubte.

Endlich spürte sie den Kiemenatmer. Er trug seinen Landanzug, was unter Wasser nicht sehr gut aussah, aber logisch war, schließlich musste sie die Schleuse wesentlich schneller passieren als er.

Ruhig erteilte er ihr weitere Anweisungen. Trotzdem hatte sie Bedenken. Endlich sah sie ein, dass er recht hatte, holte tief Luft, hielt den Atem an und tauchte mit ihm zur Schleuse. Lynaris dachte, ihr Brustkorb würde kollabieren oder etwas in der Art. Es dauerte viel zu lange und sie war bereits erschöpft. Ihre Lungen brannten, dann endlich war das Wasser aus der Schleuse verschwunden und sie atmete tief und hastig. Sie kämpfte sich aus der Schleuse und ließ sich auf eine Bank im Vorraum fallen. Erschöpft schloss sie die Augen. Im Moment dachte sie nur daran, zu atmen. Aber ri Nopkar ließ das nicht zu.

»Ich muss die Anlage sofort überprüfen lassen. Es tut mir Leid, dass Ihnen das widerfahren musste. Dabei wurde alles extra installiert und noch gecheckt, bevor ich ankam.« Er ließ das Wasser langsamer durch die Kiemen laufen, was dem Schnauben eines Lungenatmers entsprach. »Ruhen Sie sich aus, ich rufe sofort die medizinische Station und den Captain.«

Ihr war kalt und sie bekam nur am Rande mit, was der Botschafter in ihrer unmittelbaren Umgebung trieb. Als würde er hektisch nach etwas suchen, lief er hin und her.

»Mir geht es gleich wieder gut. Machen Sie kein Drama daraus, Botschafter.« Lynaris versuchte, ihn zu beruhigen, denn sein fieberhaftes Herumlaufen ging ihr zunehmend auf die Nerven. Es war, als würde er ihr etwas verschweigen. Bei diesem Gedanken öffnete sie die Augen und schaute den Kiemenatmer nachdenklich an. Kurz darauf kam sie zu der Einsicht, dass sie einfach erschöpft war und sich Dinge einbildete, die nicht existierten.

»Bitte, Madame ri Teynar, nehmen Sie das nicht auf die leichte Schulter und lassen Sie sich untersuchen.«

Wieder schien es ihr, als ob er noch etwas sagen wollte, doch in diesem Moment öffnete sich die Tür. Captain Lor in Begleitung eines Arztes und einer Sicherheitstruppe betrat den Raum. Während Lynaris untersucht wurde, ließ sich der Captain alles erzählen. Sie gab nur ab und zu zustimmende Laute von sich und war froh, dass der Botschafter das Reden übernahm. Für diesen Tag war ihr jede Freude vergangen und sie war froh, wenn sie sich gleich in ihrem Quartier ausruhen konnte.

Was, wenn das ein Anschlag gewesen ist? Ob der Botschafter ...? Aber nein, das ist lächerlich. Ihre Gedanken verselbstständigten sich, während ihre Vitalfunktionen untersucht wurden. Der Botschafter hatte keinerlei Grund, sie aus der Welt zu schaffen, außerdem hatte er sie gerettet.

Das war ein technischer Defekt und damit hat es sich.

Trotzdem blieb ein Rest Zweifel in ihr.

Kapitel 14

Captain Lor war mit der Entwicklung alles andere als zufrieden. Das war bereits der zweite mutmaßliche Anschlag, der auf seinem Schiff verübt worden war, zumindest, wenn er der späteren Aussage des Botschafters Glauben schenkte. Auch die Techniker hatten sich dahingehend geäußert. Der Wassertank mit den dazugehörenden technischen Einrichtungen war neu, getestet und mehrfach überprüft worden. Da ging nichts kaputt. Technisches Versagen hielt er jetzt für sehr unwahrscheinlich.

In ihm brodelte der Zorn. Jemand forderte ihn heraus und verübte unter seiner Nase Attentate. Normalerweise würde er den Fall an die Sicherheitsabteilung übergeben, doch jetzt nahm er es persönlich. Weder den Botschafter noch die Handelsdelegierte konnte er besonders leiden, das änderte nichts daran, dass er für deren Sicherheit verantwortlich war.

»Va Nerrys, schaffen Sie mir die technischen Einsatzberichte über das Quartier des Botschafters herbei, danach untersuchen Sie jeden Millimeter dort, auch und besonders die Filter und die Sauerstoffversorgung für Lungenatmer, die ihn besuchen wollen.«

Er wartete keine Bestätigung ab und wandte sich wieder an die anderen Dinge, die einer Untersuchung bedurften. Es gab an Bord einen nicht gemeldeten Nuum, das war in der Regel egal, aber nicht, wenn es sich bei der betreffenden Person um einen Mörder handeln konnte. Die Wandlungsfähigkeit der männlichen Nuum war nicht nur legendär, auch die erfolgreichsten Assassinen entsprangen angeblich diesem Volk.

Lor seufzte, setzte sich in seinem Stuhl zurück und rief die Überwachungsbilder der entsprechenden Korridore auf.

Wie zu erwarten, sah er etliche Besatzungsmitglieder, die zu zweit oder zu dritt, ganz selten allein, zu ihren jeweiligen Stationen oder in die Quartiere eilten und somit ihren Aufgaben nachkamen. Anhand der Uniformnummerierung ließ sich sehr leicht nachprüfen, wer wann wo mit welchem Auftrag unterwegs gewesen war.

Lynaris ging zielstrebig den Flur entlang und betrat das Quartier des Botschafters. Da war nichts zu entdecken.

Einer Eingebung folgend, sah er sich auch die Aufnahmen der Cams vor den Quartieren der Titum Van Vertreterin und der Salamander an. Ein Mann in Uniform verließ das Quartier der Dame eine Weile, ehe sie es verlassen hatte. Um welches Mannschaftsmitglied es sich handelte, konnte er nicht feststellen. Vielleicht war es der Nuum. Dann hätte er in der Hinsicht einen Anhaltspunkt. *Immer eins nach dem anderen*, sagte er sich. Doch zuvor kam noch die Aufnahme bei den Salamandern. Dort war nichts Auffälliges. Die Tür blieb geschlossen, nachdem Jos'Wennen von ihm zurückgekehrt war. Um ganz genau zu ermitteln, verfolgte er auch den Weg des Salamanders von der Lounge bis zu dessen Quartier. Das Ergebnis war unauffällig. Der Cyborg war ohne Unterbrechung direkt zu seinem Quartier gegangen, immer in Begleitung des dazu abkommandierten Besatzungsmitglieds. Auch die Wachen an der Tür hatten keine Unregelmäßigkeiten gemeldet.

Lor seufzte. Also musste er jetzt den Nuum suchen und fand ihn hoffentlich in dem Assistenten der Händlerin. Er seufzte erneut, denn Lust auf eine Konfrontation mit der Qolpa hatte er nicht. Sie war dafür bekannt, sehr radikal mit ihr unliebsamen Personen umzugehen – zumindest besagten das Gerüchte und eine schnell wechselnde Belegschaft, wenn die Aktienkurse nach unten schwankten. Doch darum durfte er sich nicht kümmern. Dabei musste er behutsam vorgehen, damit sie nicht mitbekam, beinahe einem Anschlag zum Opfer gefallen zu sein. Kurz kam ihm der Gedanke, dass die Qolpa das alles inszeniert hatte. So sehr ihm die Vorstellung auch gefiel, sie als Attentäterin dingfest zu machen, so musste er doch zugeben, dass es ausgesprochen unwahrscheinlich war. Lynaris hing zu sehr an ihrem Leben, um es auch nur ansatzweise zu gefährden. Captain Lor seufzte unzufrieden.

Während er die Aufnahmen sichtete, trudelten die Sicherheitsberichte der Technik ein. Auf den ersten Blick sah alles in Ordnung aus.

Falls da etwas gedreht worden ist und es keine Materialermüdung war, was ich nicht hoffe, dann war es ein Anschlag. Bitte, wer auch immer, lass es keinen Anschlag gewesen sein. Aber ich muss den verdammten Nuum finden. Vielleicht war es der oder doch die feine Madame oder am Ende gar der Botschafter selbst. Warum muss das gerade mir passieren? Können die nicht woanders versuchen, sich gegenseitig um die Ecke zu bringen? Nein, natürlich nicht. Was hab ich nur verbrochen, damit ich mir das antun muss?

Leise stöhnte Lor und schüttelte dann das Selbstmitleid ab. Mit gespieltem und gut einstudiertem Elan erhob er sich von seinem Stuhl und warf beim Hinausgehen noch einen Blick in die verspiegelte Wand. Die Uniform saß perfekt, nur die Haare standen stachelig nach allen Seiten weg, so oft hatte er die Hände darin vergraben. Die Mütze richtete das Chaos. Sein Weg aus dem Büro führte ihn über die Brücke. Wenigstens lief hier alles nach Plan und sie näherten sich den angepeilten Koordinaten. Das Problem dort draußen fand er sehr viel interessanter, allerdings würde es die Regierung nicht gutheißen, wenn in den Logaufzeichnungen nichts über seine Ermittlungen stand oder sie herausfanden, dass er nachlässig gewesen war, schon gar nicht zugunsten einer ominösen Botschaft, die auch gefälscht sein könnte.

Die Offizierin an der Radiostation glaubte es nicht und sie war sehr viel älter und erfahrener als er in diesen Dingen, eine richtige Koryphäe, wenn man es so sagen wollte.

»Stören Sie mich in der nächsten Stunde nur, wenn es unumgänglich ist.« Mit diesen Worten verließ er die Brücke. Ehe sich die Lifttür schloss, hörte er noch die Bestätigung seines ersten Offiziers. Er war froh, dass er sie an Bord geholt hatte, auch sie war fähig, wenn auch manchmal etwas engstirnig. Aber sie konnte fliegen und navigieren.

Wenn er Glück hatte, war Lynaris noch auf der Krankenstation und wurde versorgt, wenn er Pech hatte, war sie verärgert und würde ihn gleich anschnauzen. Ihr Verhalten konnte er nie einschätzen. Es half nichts. Er war der Kapitän dieses Raumschiffs und damit auch für die Sicherheit aller an Bord befindlichen Personen zuständig.

Sofort nach dem Eintreten sah er seine Befürchtung bestätigt. Die Qolpa war anwesend und nicht in bester Laune, was er ihr nicht verdenken konnte.

»Madame ri Teynar, verzeihen Sie die Störung. Aber ich muss dringend mit Ihrem Assistenten sprechen.«

»Er ist nicht da. Wahrscheinlich hockt er wieder in irgendeinem Mannschaftsquartier und vertreibt sich die Zeit, anstatt sich nützlich zu machen. Ich sage ihm, dass Sie ihn sprechen wollen.«

Das war ärgerlich. Aber er würde ihn schon finden. *Wozu gibt es die ganze Überwachung?*

»Machen Sie sich keine Umstände, es ist nicht so wichtig. Ruhen Sie sich aus. Wenn Sie etwas brauchen, dann kontaktieren Sie mich oder die Krankenstation, falls irgendwelche Beschwerden auftreten sollten. Können Sie mir noch etwas zu ihrem … äh … Unfall sagen?«

»Nein, ich hab schon alles gesagt. Wenn etwas ist, rufe ich den trotteligen Arzt. Als ob etwas besser werden würde, wenn dieser Wichtigtuer um einen herum scharwenzelt. Gehen Sie.«

Er tat nichts lieber als das und kehrte umgehend in sein Büro zurück.

Dort ließ er sich den Weg, den der vermeintliche Nuum genommen hatte, von der KI zeigen. Das war ernüchternd. Es stand fest, dass der Mann dort war, wo Lynaris ihn wähnte. Lor atmete hörbar aus, schloss die Augen und dachte nach. Dabei legte er die Hände gegen die Stirn und schob sie zurück. Die Mütze fiel unbeachtet zu Boden, die Haare standen ihm abenteuerlich zur Seite. Aber die Vorbildfunktion durch sein sonst so tadelloses Aussehen war nicht weiter wichtig. Verärgert über sich selbst klatschte er sich mehrfach mit der flachen Hand gegen die Stirn.

»Du Idiot, du Blindfisch. Verdammt. Das …«, rief er aus, unterbrach sich und setzte sich gerade hin. »KI, Verbindung zur Cheftechnikerin.« Kaum war das Gespräch angenommen worden, redete er schon weiter: »Hören Sie, ich brauche Ihre Expertise zu einem möglichen Produktversagen bei Botschafter ri Nopkars Anzug und bei der externen Sauerstoffversorgung im Wassertank. Sofort.« Es war ihm viel zu lange ruhig am anderen Ende. Ungeduldig klopfte er mit den Fingern auf die Tischplatte.

»Moment, das erste Ergebnis habe ich bereits. Die Filteranlage des Botschafters war völlig verschmutzt. Normalerweise kommt das nur dann vor, wenn ein Kiemenatmer lange draußen unterwegs ist und keine Zeit oder Gelegenheit hat, die Systeme zu reinigen oder keinen Ersatzfilter dabei hat. Ich kann Ihnen noch …«

»Danke. Wodurch kann diese Verschmutzung innerhalb dieser kurzen Zeit entstanden sein?«

»Im Normalfall gar nicht, denn das interne Sicherheitssystem kontrolliert es und gibt rechtzeitig Warnsignale. Natürlich bei den Billigprodukten, die auf gewissen sybanischen Märkten im Umlauf …«

»Und zu dem anderen?«

»Das war eindeutig manipuliert. Ein Regler war nicht richtig angeschlossen. Ob mit Absicht oder aus Nachlässigkeit kann ich nicht beurteilen. Auf jeden Fall hat keine unserer Inspektionen vor der Ankunft des Botschafters etwas Negatives ergeben. Falls Sie jetzt wissen wollen, wer daran gedreht haben könnte und wann, kann ich nur sagen: jeder und immer. Oder einer meiner Techniker hat geschlampt. Ich schaue mir die Protokolle noch einmal an. Die Sauerstoffversorgung erfolgt vom Vorraum aus, den man vom Becken aus nur schwer sehen kann.«

»Könnte ri Teynar das selbst gemacht haben?« Er glaubte selbst nicht, dass er diese Frage stellte und sogar noch ausweitete. »Oder ri Nopkar?« Das waren schlimme Anschuldigungen, aber er musste in alle Richtungen denken. »Oder die beiden Salamander?« Der Fairness halber bezog er diese beiden Personen ebenfalls in seine Überlegungen ein. Er wusste, wozu der junge Salamander im Zorn fähig war.

»Nun, das hätte jeder von ihnen machen können. Es ist kein Akt, man muss dazu auch keine technische Ausbildung haben. Die Bezeichnung für Sauerstoff steht über dem Regler. Das Ventil zu öffnen, geht ganz leicht, das schaffen, mit Verlaub, selbst Sie, Captain. Vielleicht war es auch ein Versehen unserer Techniker. Was weiß ich.« Ein kurzes und sehr nervös klingendes Lachen beendete ihre aufschlussreiche Antwort. »Mit dem Filter für den Botschafter sieht es etwas anders aus. Man muss nahe ran oder Zugang in die Schleuse bekommen, um daran etwas zu manipulieren. Hat er Assistenten oder andere Hilfspersonen mitgenommen?«

»Er ist allein angereist. Das heißt, auch er hätte etwas drehen können, was sehr unwahrscheinlich ist. Gut, danke. Gehen Sie an die Arbeit und halten Sie die Maschinenleistung auf Trab.«

»Ja, Captain. Wie lange sollen wir noch mit Höchstgeschwindigkeit fliegen? Diese Dauerbelastung geht zugunsten unserer Energieeffizienz und die Hyperraumspulen werden das auf Dauer nicht mitmachen. Aber wir sind dran, damit keine Schäden entstehen.«

Lor gab keine Antwort, verabschiedete sich und lehnte sich wieder zurück. Er hatte auf eine Lösung gehofft. Jetzt war er nicht schlauer als vorher, lediglich die Auswahl möglicher Täter hatte sich vergrößert. Sowohl der Botschafter als auch die Händlerin mussten weiter im Blick behalten werden, auch der Assistent der Händlerin, der vermeintliche Nuum, und die beiden Salamander. An die Bestechlichkeit eines Besatzungsmitglieds wollte er lieber nicht denken. Am besten wäre es, wenn Nachlässigkeit im Spiel wäre. Das erschien ihm auch am logischsten.

Um nichts zu vergessen, diktierte er alle Gedanken in seine privaten Logaufzeichnungen. Der Bordtag neigte sich dem Ende entgegen, als er endlich fertig wurde. Leise tönte das Signal zum Schichtwechsel von der Brücke bis in sein Büro. Sein erster Offizier Commander Ti Nosh würde ihre Aufgabe gleich an den zweiten Offizier abgeben. Vielleicht wäre es gut, sich auch mit ti Nosh zu beraten, obwohl sie meistens in ihrer Denkweise sehr eingefahren war und selten eine einmal eingeschlagene Schiene verließ. Allein das Gespräch konnte helfen, seine Gedanken zu ordnen. Nachdem ti Nosh das Kommando an den zweiten Offizier übergeben hatte, rief er sie in sein Zimmer. Die Zeit bis zu ihrem Eintreffen nutzte er, um sich mit einer Tasse heißem Beerentee zu versorgen, dazu noch ein paar Kekse, die er bereits beim Zurückgehen an den Tisch knabberte.

Der Enthusiasmus von ihr nach einem Zwölfstundentag hinterließ in Lor ein Gefühl, dass er alt wurde. Zackig grüßte sie und wirkte keinesfalls überrascht oder müde. Mit einem angebissenen Keks in der Hand wies er auf einen der Stühle.

»Setzen Sie sich, Commander. Ich brauche Ihre Hilfe.« Tatsächlich nahm seine erste Offizierin Platz und schaute ihren Vorgesetzten erwartungsvoll an. Dabei wirkte ihr Gesicht angespannt und konzentriert, als würde sie in eine zu kleine Parklücke auf einer Raumstation steuern müssen. Kurz und knapp berichtete Lor ihr die Vorkommnisse und machte dabei auch nicht vor seinen Gefühlen halt.

»Und was soll ich jetzt machen, Captain?«

Das war die Frage aller Fragen, denn klüger als vorhin war er auch nicht geworden.

»Ich würde die Quartiere durchsuchen alle überwachen und verhören lassen.«

»Das sind Diplomaten und Politiker, ti Nosh. Ich kann die nicht so einfach verhören und durchsuchen, allerhöchstens liebevoll und vorsichtig befragen, sonst haben wir gleich noch mehr Ärger am Hals. Im Moment sind wir auch nicht vollständig autorisiert unterwegs. Aber wenn wir dort das finden, was Salamander Jos'Wennen meint, dann ist es den möglichen Ärger wert.«

»Was glaubt er, dort zu finden?«

»Etwas über die Vorfahren der heutigen Uhuru, die müssen technisch sehr hoch entwickelt gewesen sein. Wo immer dieses Signal hergekommen ist, wenn es so lange gesendet werden kann, dann ist es den Umweg wert. Stellen Sie sich Technik vor, die nur langsam, sehr langsam, altert.« Lor könnte in die Geschichte der Raumfahrt eingehen, dazu kam noch ein eigenartiges Gefühl, als ob ihm diese Botschaft noch etwas anderes mitteilen wollte. Doch das tat er als Hirngespinst oder romantische Fantasie ab.

Beide schwiegen eine Weile. Lor trank seinen Tee, stand auf und holte sich einen frischen, dabei nahm er auch für seine Untergebene eine Tasse mit. Weitere Krümel gesellten sich zu denen, die bereits unter dem Tisch lagen. Das leise Krachen des Gebäcks unter den Zähnen des Captains war eine Weile das lauteste Geräusch im Raum.

»Ich verstehe, Captain. Eine Botschaft von hoch technologisierten Vorfahren ist in der Tat interessant.«

Er ahnte, dass es mehr aus Höflichkeit war, als ti Nosh die Tasse nahm und daraus trank.

»Ich will, dass Sie sich der Salamander annehmen und sie ausquetschen. Vielleicht wissen die beiden mehr als sie sagen wollen. Fragen Sie den jungen Salamander auch nach der Botschaft, vielleicht hat er mir nicht alles erzählt. Ich nehme mir die anderen beiden vor. Sie können wegtreten.«

Damit hatte Lor vorerst alles gemacht, was er im Augenblick für nötig hielt.

Kapitel 15

Den ganzen letzten Tag und Abend hatte sich Vik Tami über das Verinar-System informiert. Mit seiner Neugier steckte er schließlich auch Vygon an. Jetzt stand ein neuer Bordtag bevor und Vik Tami fragte sich, womit sie ihn füllen sollten. Natürlich könnte er weitere Informationen anfordern, am liebsten hätte er sich aber erst einmal ordentlich bewegt und seine Muskeln, Sehnen und auch die Haut gedehnt.

Vygon schaute missgelaunt zum Bildschirm, runzelte die Stirn und zog die Lippen zusammen. Das typische Bild, das er bei Verärgerung zeigte. Irgendwie konnte es Vik Tami bei ihm sogar verstehen. Aber nicht einmal Vygon wagte es, sich den Befehlen der Matriarchin zu widersetzen. Nun war sein Berater gleich mit zwei Befehlsverweigerungen konfrontiert: Sie kehrten nicht umgehend nach Hause und sie suchten nach etwas, was es nicht geben durfte.

»Es tut mir leid, Vygon.«

Der Angesprochene winkte ab und schüttelte den Kopf, schwieg aber. Krampfhaft überlegte Vik Tami, wie er die Stille, die sich schwer auf ihn legte und ihn bedrückte, brechen konnte. Ihm fiel nichts Kluges ein. Alles, was ihm in den Sinn kam, war banal und unwichtig. Nichts, das er mit Vygon hätte besprechen wollen. In dieses Schweigen hinein, meldete sich der Türsummer und gleich darauf öffnete sich die Tür. Herein kam Commander ti Nosh. Langsam stand Vik Tami auf und Vygon ebenfalls.

»Was können wir für Sie tun, Commander?«, fragte Vik Tami höflich und bat sie mit einer Handbewegung, näher zu treten. Umgehend kam sie der Aufforderung nach und setzte sich an den Tisch.

»Es haben sich noch einige Fragen ergeben, die ich mit Ihnen beiden durchgehen soll, damit ich alles ordnungsgemäß an die Behörden auf Syban übergeben kann.«

Vik Tami war nicht ganz klar, was sie meinte, aber Vygon roch anscheinend den Braten. Er setzte sich dazu und räusperte sich.

»Ehrlich, Commander, das wird langsam lächerlich, was hier abläuft. Wir haben nichts getan, im Gegenteil, Salamander Jos'Wennen wurde aufs Unflätigste beleidigt und mit ihm unsere gesamte Kaste und Kultur. Jetzt befragen Sie uns zu Dingen, über die wir nichts wissen«, antwortete Vygon.

»Weder auf Sie noch auf Salamander Jos'Wennen ist ein Anschlag verübt worden.« Ihre Stimme klang ruhig und mild, doch ihr Gesichtsausdruck war kalt.

»Ach so? Was macht Sie da so sicher? Ist es kein Anschlag auf mich, wenn mein Ruf derartig ruiniert wird, dass es wahrscheinlich Jahre dauern wird, bis ich wieder Ansehen auf Syban und den anderen Planeten des Verbands gewinne? Dabei geht es mir nicht primär um mein Ansehen, das ist nebensächlich. Es leidet der gesamte Ruf meiner Heimat darunter. Durch diese Rufschädigung …«

»Hören Sie damit auf, Salamander. Ich habe einige Fragen an Sie.«

Ihre Stimme war nur eine Nuance schärfer geworden und ihre Haltung zeigte deutlich, dass sie die beiden auch in Gewahrsam nehmen würde, falls sie sich weigerten. Also gab Vik Tami nach und machte erneut eine einladende Geste. Jetzt setzte auch er sich.

Die nächste Stunde, die sich für Vik Tami sehr viel länger anfühlte, beschäftigten sie sich mit ihrem Aufenthalt an Bord, wo sie wann gewesen waren und in wessen Begleitung sie sich befunden und mit wem sie gesprochen hatten.

Nachdem das ausreichend geklärt war, erhob sich Commander ti Nosh.

»Warten Sie, Commander. Ich wollte das eigentlich Botschafter ri Nopkar fragen, aber nach den Vorkommnissen halte ich das für keine gute Idee. Frage ist es keine, aber ich möchte gern das politische System der Vereinten Planeten verstehen. Wie setzt es sich zusammen, wie viele Planeten umfasst es, wer bildet die Regierung, wie wird gewählt? Und wie funktioniert das mit der Gleichheit? Kann jeder alles werden, was er möchte? Wer macht dann die Arbeiten, die keiner erledigen will?« Es waren dann doch einige Fragen mehr, die er hatte. Aber die Gelegenheit schien ihm günstig, etwas über ein ihm völlig fremdes System zu erfahren. Commander ti Nosh war das sichtlich unangenehm. Zwar versuchte sie, es zu verbergen, aber mehr als einmal richtete sich ihr Blick zur Tür. Schließlich gab sie seinem Wissensdurst nach und setzte sich wieder.

»Die Vereinten Planeten sind im Grunde genommen ein loser Wirtschaftsbund, der sich in puncto Handel, Verkehr und Territoriums-Schutz geeinigt hat und zusammenarbeitet. Es ist zu aller Vorteil und Nutzen.« Sie erwähnte die Anzahl und Namen der Planeten und auch die Namen der aktuell gewählten Vertreter. »Syban und Edenium Prime teilen sich in dieser Periode den Vorsitz. Alle fünf Jahre wird ein neuer Senat gewählt, dort sitzen vom Volk gewählte Vertreter, die dann über die Geschicke der Planeten beziehungsweise die des Planetenverbunds entscheiden. Gleichheit ist besonders auf Syban oberstes Gebot. Es stehen jedem Bürger alle Möglichkeiten offen, sofern er oder sie diese ergreift. Nicht jeder schafft eine höhere Schulausbildung oder die harte Ausbildung, die einen zur Raumfahrt befähigt. Wer die höheren Ausbildungen nicht schafft, muss eben bescheiden sein und das machen, was seinen oder ihren Fähigkeiten entspricht. Aber im Prinzip kann jeder alles werden, was er oder sie möchte.«

Das verwirrte Vik Tami, weil es auf eine gewisse Art und Weise unecht klang, so als verschwieg sie ihm etwas. Unsicher schaute er erst Vygon an, doch der hatte seine Aufmerksamkeit auf das Display seines Datenpads gerichtet und beschäftigte sich offenbar mit anderen Dingen.

»Ich danke Ihnen, Commander. Das war sehr aufschlussreich. Eine Frage habe ich aber noch. Gesetzt den Fall, Uhuru würde zu irgendeinem späteren Zeitpunkt den Vereinten Planeten beitreten, würde dann unsere Kultur im Sinne der Gleichbehandlung respektiert oder würden wir uns Ihrem System unterordnen müssen? Sie sollten noch wissen, dass wir verschiedene Wahlen haben und keine Position auf irgendeine Art und Weise vererbt wird. Die Person, die am fähigsten für ein Amt ist – oder für am fähigsten gehalten wird – wird gewählt. Einschränkend findet das natürlich nur innerhalb der Kaste statt.«

Jetzt stand die Frau auf, richtete ihre Uniformjacke, die ohnehin akkurat saß und schüttelte belustigt den Kopf.

»Das ist Politik, Salamander Jos'Wennen. Darüber müssen Sie mit jemand anderem sprechen. Aber ich denke, dass Sie unser System über kurz oder lang als am effektivsten und gerechtesten allen Bewohnern gegenüber erkennen werden.«

Vik Tami hatte den einen oder anderen Zweifel, was diesen Punkt anbelangte, behielt es aber für sich.

»Danke für Ihre Geduld, Commander. Was geschieht jetzt mit uns?«

»Nichts weiter. Sie bleiben hier. Ich denke, der Captain wird Sie informieren, sobald wir unser Ziel erreicht haben.«

Mit diesen Worten ging sie und Vik Tami hatte einiges, über das er nachdenken musste.

Er war sich nicht sicher, aber die Beschreibung der Gleichheit kam ihm falsch vor oder eher unwirklich. Es war wie etwas, das er sich wünschte, aber wie ein guter Traum verschwand, sobald er wach wurde. Es konnte nicht funktionieren, denn seiner Erfahrung nach war niemand gleich. Aber vielleicht war das eine falsche Begriffsdeutung von ihm und es ging wirklich nur darum, alle Bewohner gleich zu behandeln, sie mit den gleichen Rechten und Pflichten zu versehen.

Das ist zu Hause auch nicht viel anders. Jeder gibt etwas und jeder bekommt etwas. Dazu sind doch Gesetze da. Sie regeln das Zusammenleben. Ich bin noch so unwissend. Zerknirscht schaute er zur Seite und fühlte sich sehr jung. Irgendwann, das hoffte er, würde er alles verstehen und vielleicht mit Syban einen Konsens finden. Im Moment eher nicht. Die Fronten waren verhärtet und mit Titum Van wollte er nichts zu tun haben. Er ärgerte sich, dass er die Möglichkeit hatte verstreichen lassen, mehr Informationen vom Commander darüber zu erhalten. Vielleicht ergab sich irgendwann noch eine Gelegenheit.

Jetzt wollte und sollte er sich lieber weiter mit dem Verinar-System befassen und einer Nachricht, die es eigentlich nicht geben durfte. Er schloss das blinde Auge und dachte nach. Etwas auszuschließen und sich nur auf seine Gedanken zu konzentrieren, fiel ihm manchmal sehr schwer, denn das künstliche Auge zeigte ihm dauernd die Umgebung. Nur, wenn er es abschaltete, blieb es dunkel. Er meinte, sich an etwas zu erinnern, das er vor einigen Jahren lernen musste. Quantenmechanik, ging ihm durch den Sinn. Er stöhnte. Das war eine Sache, die einem den Verstand rauben konnte, aber eine andere Erklärung wollte ihm dazu nicht einfallen.

»Was ist los, Tami?«, fragte Vygon besorgt. Das Stöhnen war ihm nicht entgangen.

»Hach, ich dachte gerade an Quantenmechanik, Raum-Zeit und das alles. Es raubt einen doch den Verstand, sich alle möglichen Wege und Verbindungen vorzustellen …« Mit einer Hand rieb er sich über das Gesicht.

»Das stimmt. Aber warum? Meinst du, das hat etwas mit dieser ominösen Nachricht zu tun, die dir der Captain vorgespielt hat?«

»Eine andere Erklärung kann ich nicht finden.«

Vygon stand auf und machte eine Geste, die seine Ratlosigkeit aufs Beste ausdrückte. Vik Tami fühlte sich ebenso, dennoch loderte die Neugier in ihm, die Suche nach dem Unbekannten, etwas, das noch keiner vor ihm gesehen hatte. Das war ein Reiz, dem er nur zu gern erlag. Aber er durfte es nicht, das sagte er sich wieder und wieder. Seine persönlichen Wünsche waren nicht so wichtig wie das Wohl der Allgemeinheit.

Aber die Allgemeinheit wird von dem Wissen profitieren, das ich vielleicht dort erhalte. Die Matriarchin wird es einsehen. Sie wird es verstehen, wenn ich es ihr erkläre. Dann wird sich auch niemand mehr an die Fälschung meiner Person erinnern oder danach fragen. Ich hoffe es so sehr.

Mehr als er zugeben wollte, hatten ihn die Kommentare und Berichte verletzt, die nach der Veröffentlichung der Falschnachricht durch das Galaxienetzwerk geisterten. Immer wieder entstanden neue Mutmaßungen und tauchten weitere Beleidigungen auf, von denen er wünschte, er hätte sie nicht verstanden. Leider besaß sein Okular die Fähigkeit, bekannte Schriftsprachen sehr schnell zu lernen und für ihn zu übersetzen.

Vik Tami stand auf, ging zum Bildschirm und beobachtete die rasante Fortbewegung des Raumschiffs, das so wirkte, als würde es stillstehen und nur die Schwärze mit den Lichtstreifen bewegte sich.

Alles nur eine Täuschung oder wir stehen tatsächlich und es gilt nicht die allgemeine Physik, sondern die Quantenphysik, nur wir sind zu dumm, um das zu begreifen. Oh, mir schwirrt der Kopf. Komisch, dass ich schon länger keine Kopfschmerzen mehr hatte. Aber auch erfreulich.

Er lächelte. Hinter sich hörte er Vygon herum gehen. Immer wieder stellte er irgendetwas ab, dann war er längere Zeit ruhig. Was der Berater auch machte, Vik Tami starrte lieber auf den Bildschirm.

»Die Matriarchin befiehlt unsere sofortige Rückkehr. Was aber am schlimmsten ist, die Nachricht ist zwanzig Uhuru-Stunden alt. Was soll ich ihr antworten?«

Vygons Stimme riss ihn aus seiner stillen Betrachtung und er drehte sich herum. Da sah er, dass der Berater den Tisch gedeckt und für Essen gesorgt hatte.

»Mach dir keine Gedanken. Erst essen wir etwas, danach antworte ich ihr. Durch die enorme Entfernung und Geschwindigkeit verschiebt sich ohnehin alles.«

So geschah es dann auch und Vygon war zufrieden damit. Irgendwie näherten sich die beiden Männer weiter an, auch wenn sie unterschiedliche Positionen bezogen und Vygon niemals das Wort der Matriarchin in Frage stellte. Dennoch blieben ein Rest Angst und Zweifel bei Vik Tami.

Kapitel 16

Kaderian va Nor fragte sich, wie er an die geforderten Informationen kommen sollte. Manchmal übertrieb es seine Vorgesetzte einfach mit ihren Wünschen. Jetzt durfte er sich wieder verwandeln, was nicht das Schlimmste an der Sache war, schlimm war das Sprechen und sich verstellen, denn das gehörte nicht zu seiner natürlichen Fähigkeit.

Nuum waren keine Gestaltwandler, keine wirklichen. Die Männer übten das zwischen der Kindheit und der Geschlechtsreife, was bei den einzelnen heranwachsenden Nuum eine unterschiedlich lange Zeitspanne ausmachte. Es war wichtig, etwas Besonderes bieten zu können, um von den Frauen beim Werben nicht nur gesehen, sondern auch zur Fortpflanzung gewählt zu werden. Deswegen war er in die Galaxie gereist. Zu lange durfte er allerdings nicht mehr bleiben, denn die Natur rief und es gab nur diese eine Chance, sich fortzupflanzen, danach lief nichts mehr. Bis dahin brauchte er auch genug Geld, um sich ein sorgenfreies Leben auf Nuum leisten zu können und für den Nachwuchs zu sorgen, schließlich wollte er nicht auf Gedeih und Verderb von der Mutter seiner Kinder abhängig sein. Es war das Privileg aller männlichen Nuum, die für Nachkommen gesorgt hatten, diese allein großzuziehen und zu versorgen. Kaderian sah es genauso.

Der Kontostand war alles, was zählte, deshalb kam er den Befehlen seiner Vorgesetzten tadellos nach und erfüllte all ihre Wünsche.

Getarnt als Crewmitglied der Libina gelangte er in nahezu alle Bereiche des Schiffs. Auf die Brücke, in den medizinisch-wissenschaftlichen Sektor und den Antriebskern traute er sich allerdings nicht. Auch so erfuhr er jede Menge Kleinigkeiten, die nicht nur den Betrieb des Schiffs, sondern auch die Meinung der Besatzungsmitglieder über den »Ausflug« des Captains ins Unbekannte. Die Mehrheit war nicht erfreut darüber, trotzdem war das Murren nicht überlaut oder ließe sich zu einer Meuterei ausweiten. Das wäre auch das Letzte, was er wollte. Seine Chefin brauchte nur Informationen, die beschaffte er ihr und blieb dabei völlig unberührt, wie er hoffte.

Unerkannt marschierte er durch die Gänge des Schiffs. Es fühlte sich eigenartig an, fremd – er war der Fremde.

Kaderian schüttelte sich. Er war froh, wenn sein Vertrag mit Titum Van auslief und er nach Hause fliegen konnte. Mit den Jahren spürte er die Last der dauernden Verwandlung immer stärker auf seinen Schultern lasten.

Nicht einmal im Quartier der Händlerin konnte er sich richtig entspannen. Aber das durfte jetzt nicht sein Problem sein. Schwieriger war es, Madame zu erklären, dass es kaum etwas zu berichten gab. Wohin diese Reise ging, hatte er nicht erfahren können.

»Viel haben Sie nicht, va Nor, genau genommen, nichts.« Abfällig schnaubte sie, ließ ihm aber keine Zeit für eine Rechtfertigung. »Übrigens sucht Sie der Captain. Sprechen Sie mit ihm und dann finden Sie heraus, warum mir jemand den Sauerstoff abgedreht hat, während ich bei dem kleinen versifften Fisch im Tank getaucht habe. Ich hoffe für Sie, dass Sie es herausfinden und falls Sie das waren, sind Sie tot. Kein Wort zu jemandem, dass das ein Anschlag gewesen sein könnte.«

Bei diesen Worten stockte ihm der Atem. Verblüfft und ratlos schaute er seine Vorgesetzte an.

»Ein Anschlag? Madame, ich gehe dem umgehend nach. Sie denken doch nicht, dass ich so amateurhaft arbeiten würde? Nehmen Sie es mir nicht übel, aber hätte ich das gemacht, wären Sie bestimmt nicht nur mit dem Schrecken davongekommen.«

Sie schmunzelte, was er als gutes Zeichen wertete. Also sah sie keine Bedrohung in ihm und er würde weiter ein gutes Sümmchen für seine Arbeit kassieren.

»Reden Sie mit dem Captain, sonst fragt der noch mal bei mir nach, und mir ist wirklich nicht nach seiner Gesellschaft. Wenn Sie schon unterwegs sind, erkundigen Sie sich, wo der dumme Cyborg oder sein Berater von Uhuru waren, als mir jemand die Luftzufuhr gekappt hat.«

Obwohl er auch nicht immer die besten Gefühle für Lynaris hegte, hatte er doch nicht den Wunsch, sie zu beseitigen oder sie beseitigt zu sehen. Noch immer war sie sein bester Garant für ein gutes und erfülltes Leben auf Nuum.

Daher änderte er abermals sein Aussehen. Jetzt in den Mann, der sich Kaderian va Nor nannte, der Assistent von Lynaris ri Teynar. Er kleidete sich in den eleganten, aber unauffälligen Stil, den ein gut situierter Bürger Sybans bevorzugte. Jedoch verzichtete er auf den Schmuck, den manche von den jungen Sybanern zu gern mit sich herumschleppten. Der meergrüne Anzug reichte. Er kontrollierte sein Aussehen, fand es passend und unverändert zu seiner letzten Begegnung mit dem Captain, dann machte er sich auf den Weg zur Brücke. Natürlich hätte er sich auch via Kommunikator bei ihm melden können, aber seine Chefin hatte noch eine Aufgabe für ihn.

Im Aufzug musste er erkennen, dass es nicht so einfach war, wie er es sich vorgestellt hatte. Also kehrte er um und nutzte die nächste Komm-Einheit. Die Stellvertreterin des Captains gewährte ihm Zutritt, also beeilte er sich und gelangte so in die Schaltzentrale des Raumschiffs. Interessiert schaute er sich um, dabei stellte er belustigt fest, dass ein Sicherheitsbeamter an seiner Seite stand. Er musste an der Lifttür gewartet haben und eskortierte ihn zum Captain. Im ersten Moment hatte er den ersten Offizier für dumm gehalten, doch das änderte er sofort. Mit dem Wachmann an der Seite war es ihm unmöglich, auch nur einen zweiten Blick auf die Brücke und vor allem die Gerätschaften zu werfen. Bedauernd seufzte er, doch da wurde er schon in das Büro des Captains geführt.

»Madame ri Teynar hat mir gesagt, dass Sie mich zu sprechen wünschen.« Akkurat betonte er jedes Wort, eine Eigenart von ihm, wenn er mit anderen Spezies zu tun hatte oder es um Wichtiges ging, das seine gesamte Aufmerksamkeit erforderte.

Lor war erstaunt, doch er verbarg es recht gut. Kaderian entging die für einen kurzen Augenblick gerunzelte Stirn trotzdem nicht. Gespannt wartete er, bis ihm der Captain einen Stuhl angeboten hatte, setzte sich und wartete wieder ab. Dabei legte er die Hände um die Armlehnen und gab sich entspannt. Der Captain ließ sich Zeit, dabei studierte er ganz offensichtlich Kaderians Gesichtszüge. Das Herz des Nuums klopfte schneller, denn er fürchtete das Schlimmste. Aber er wollte sich nichts anmerken lassen und hoffte, dass seine Mimik so gelassen wie möglich blieb.

Die Sekunden streckten sich, fühlten sich an wie Stunden, die doch irgendwo im Raum hingen, wie die dicken Wassertropfen auf den sauren Blättern im großen Rauchnebelwald auf Nuum. Nie fiel einer zu Boden, tat er es doch, war es so erschreckend wie die Stimme des Captains, die so unvermutet und doch nicht unerwartet erklang.

»Um es gleich unumwunden zu sagen, ich halte Sie für einen Nuum, der auf meinem Schiff spioniert. Warum haben Sie sich eingeschlichen? Sind Sie auch für die Anschläge auf den Botschafter und die Vertreterin von Titum Van verantwortlich?«

Mit dieser offenen Anschuldigung hatte er nicht gerechnet. Die Angst wich der Verblüffung, kehrte zurück und machte dann der Belustigung Platz.

»Das ist lächerlich. Natürlich bin ich ein Nuum, Madame ri Teynar weiß, wer ich bin. Es ist bestimmt nur ein Versehen, dass bei meiner Ankunft, dieser Hinweis vergessen worden ist. Dessen ungeachtet finde ich es eine Frechheit, dass ich über meine Spezies Rechenschaft ablegen muss, wenn andere das nicht müssen. Nennen Sie mir einen Grund, weshalb ich meine Arbeitgeberin ermorden soll? Was hätte ich davon?«

Die Empörung folgte der Belustigung auf dem Fuß, dennoch achtete er auf die Betonung der einzelnen Wörter und vermied jedes aggressive Zischen. »Ich werde Beschwerde bei der Speziesgleichbehandlungskommission auf Syban einlegen. So etwas ist mir in zehn Sybanstandardjahren noch nicht untergekommen. Haben Sie sonst noch etwas? Dann verlasse ich dieses Büro jetzt.«

Wütend stand er auf und schaute dem verdutzten Captain mitten ins Gesicht. Das fiel ihm nicht schwer, nur selbst die Maske zu bewahren, war anstrengend.

»Tun Sie, was Sie nicht lassen können. Ich möchte über jede Ihrer Bewegungen auf dem Schiff in Kenntnis gesetzt werden – von Ihrer Ankunft bis jetzt. Sie sagen mir, in welcher Gestalt Sie durch das Schiff gewandert sind und werden bis zu unserer Rückkehr auf Syban keine Wandlung mehr durchführen.«

»Ich schicke Ihnen den Bericht, sobald er fertig ist. Guten Tag.« Schwungvoll drehte der Nuum sich um und verließ wutschnaubend die Brücke. Auf der Stelle wollte er die Behörden über diesen Speziesismus informieren.

Zurück im Quartier, trat er sofort an sein Terminal und machte sich an die Arbeit. Positiv fand er die Reaktion von Lynaris, denn sie machte nichts, als er durch das große Quartier in sein Kleineres verschwand. Vielleicht hatte sie einmal in ihrem Leben etwas Empathie gezeigt. Es war ihm egal. Zuerst legte er Beschwerde ein, anschließend verfasste er den Bericht für den Captain. Jeden seiner Schritte konnte er belegen, hoffte er zumindest. Irgendwelche Kameras mussten ihn registriert und aufgenommen haben. Danach kümmerte er sich um den Alltagskram, der zu seinen Aufgaben gehörte, wenn sie auf Reisen waren.

Kapitel 17

Dreizehn Stunden, nachdem Vik Tami der Matriarchin geantwortet hatte, erreichten sie den ermittelten Ausgangspunkt des Signals. Den Bremsvorgang hätte er nicht bemerkt, wenn er nicht gerade auf den Bildschirm geschaut und die Veränderung der Szenerie gesehen hätte. Ein Planet geriet in sein Blickfeld, dem sie sich nicht weiter näherten. Noch während er sich fragte, wo sie sich befanden, erregte das Piepen des Kommunikators seine Aufmerksamkeit. Vygon schien sich auch mit seiner Abneigung gegen Raumflüge arrangiert zu haben, denn er wirkte weniger missmutig. Noch ehe sein Berater reagieren konnte, nahm Vik Tami das Gespräch an.

»Kommen Sie auf die Brücke. Sie haben Zugang. Ich möchte, dass Sie zuhören. Lor. Ende.«

Es war unsinnig, aber Vik Tami nickte zustimmend, schaltete das Gerät ab und ging los, dabei gab er Vygon ein Zeichen, ihm zu folgen. Vielleicht konnte der sehr viel ältere Salamander auch etwas dazu sagen.

Es war alles sehr unbefriedigend. Vik Tami fühlte einen Zwiespalt in sich, den er nicht haben sollte. Vor einigen Stunden war er noch Feuer und Flamme für die Erforschung des Ursprungs der Nachricht gewesen, jetzt gefiel ihm nichts mehr und er bereute seine Entscheidung, an Bord gekommen zu sein. Da jammern nichts half, schwieg er sich über seine Gefühle aus.

Hinter sich hörte er Vygons Schritte, was einerseits beruhigend war, denn so musste er sich dem Unbekannten nicht allein stellen, andererseits musste er wieder auf seine

Wortwahl achten, um nicht wieder in Ungnade seines Beraters zu fallen.

Auf der Brücke wurden er und Vygon von einer Wache zum Büro des Captains begleitet und dort mehr oder weniger abgeliefert. Vygon hielt sich zwei Schritte hinter Vik Tami auf und schaute sich interessiert um. Auch Vik Tami tat das. Das Büro war zweckdienlich aber viel zu luxuriös ausgestattet, um Vik Tami zu gefallen. Auf den zweiten Blick wirkte der Luxus eher aufgesetzt und billig. Alles war aus Plasto und irgendwelchen synthetisch hergestellten Stoffen. Er bildete sich sogar ein, die ganze Chemie zu riechen. Dagegen war der Aussichtsraum bei seinem ersten Gespräch mit dem Captain viel angenehmer gewesen. Lor reagierte nicht weiter auf den zweiten Besucher und bot ihm mit einer lässigen Handbewegung einen Sitzplatz an. Während sich Vik Tami setzte, wischte er sich die schweißnasse Hand an der Hose ab.

»KI, Nachricht abspielen.« Captain Lor wartete nicht lange und sparte sich eine Einleitung.

»Monychin ist verloren. Struktur der Quantenobjekte intakt. Transfers erledigt … Sprünge unvorhersehbar, aber realistisch. Rimicks Schiff … verlassen eine Ödnis in der Hoffnung auf … Parallelwelt … Krieg um Wasser … Rest … das Ende.«

Es kehrte ein langes Schweigen ein. Vik Tami atmete hörbar aus, dann fiel ihm ein, dass er generell atmen sollte. Ihm brannte das blinde Auge. Auch Vygon war sehr still geworden, kaum ein Geräusch machte er.

»Das ist …«, setzte Vik Tami an, doch er wurde unterbrochen.

»Warten Sie. Es folgt noch was.«

Tatsächlich ging die Aufzeichnung weiter. Jetzt gehörte die Stimme zu einem Mann, anscheinend einem Ingenieur.

»Initiiere den Sprung. Betreten Sie den Kubus.« Kurz knackte es, aber das schien zur Aufnahme zu gehören.

»Jetzt bin ich allein und werde hier wachen bis in alle Ewigkeit, gefangen in der Quantenunsterblichkeit. Aufzeichnung Ende, aber flott. Den Scheiß soll keiner mehr hören.«

Vik Tami schluckte, dann schüttelte er den Kopf. Von Physik verstand er zu wenig und von Quantenphysik noch weniger. Das war alles so verwirrend. Körper, die zur gleichen Zeit überall sein konnten, Paralleluniversen … ihm schwirrte der Kopf.

»Wir sind am Ausgangspunkt der Nachrichten. Ein Kubus treibt im Orbit eines Planeten, den Sie als Monychin kennen.«

Selbst jetzt nach über neunhundert Jahren fühlte Vik Tami eine gewisse Zugehörigkeit zu dem unwirtlichen Planeten, auch wenn es lächerlich war. Doch sein ganzes Leben lang war ihm eingeschärft worden, niemals die Fehler zu wiederholen, die auf Monychin begangen worden waren. Eine Psychologin hatte es einmal als transgenerationales Trauma bezeichnet. Es zog sich bereits über mehrere Generationen hin und konnte nicht heilen.

Vik Tami gab die Schuld der Unwissenheit über die Geschehnisse damals und dem ständigen Asylstatus, der verhinderte, dass sich jemals ein wirkliches Heimatgefühl für Uhuru entwickeln konnte. Von Kindesbeinen an wurde ihnen eingetrichtert, wie sie sich zu verhalten hatten, um die alten Fehler nicht zu wiederholen. Natürlich verwendeten sie andere Wörter, waren nicht so direkt, aber es reichte, um ein unterschwelliges, schlechtes Gewissen zu erzeugen, das die Bevölkerung bei der Stange hielt.

»Ich möchte diesen Kubus betreten oder den Planeten, am besten beides.«

»Bist du verrückt, Tami?« Vygon war so schockiert, dass er seine Manieren vergaß und seinen Vorgesetzten vor anderen duzte.

»Unmöglich. Erst müssen wir sehr viel mehr darüber herausfinden.«

Jetzt wurde Vik Tami von zwei Seiten angegangen, nur weil er seinen Wunsch geäußert hatte. Das verunsicherte ihn. So souverän war er noch nicht, dass er auf seiner Position beharrt hätte. Auch ärgerte er sich über Vygons Tonfall. Um nach außen ruhig zu scheinen, biss er die Zähne zusammen und zählte bis zehn. Es half nicht viel. Noch immer war er innerlich aufgewühlt und meinte, alle wären gegen ihn.

»Wir scannen den Kubus, das dauert allerdings noch ein paar Stunden. In der Zeit können Sie sich weiter über Syban, unsere Lebensart, diesen Quadranten oder was auch immer, informieren – oder Sie ruhen sich aus. Ich gebe Ihnen Bescheid, wenn die Ergebnisse vorliegen.«

Vik Tami blieb nichts anderes übrig, als das Angebot des Captains anzunehmen. Er nickte und stand auf. Vygon folgte ihm sofort und drängte Vik Tami möglichst unauffällig aus dem Büro und von der Brücke. Dem war der rasche Abgang nur recht. Innerlich kochte er und diese Wut sollte Vygon zu spüren bekommen. Doch er ließ sich damit Zeit, bis sie in ihrem Quartier waren.

»Was sollte das? Wagen Sie es nicht noch einmal, so mit mir zu reden, wenn andere anwesend sind! Unter uns ist es in Ordnung, aber so nicht!« In seiner Wut griff er mit seiner Fähigkeit zu und hob Vygon hoch, der den Halt unter den Füßen verlor. Panisch strampelte er und fuchtelte mit den Händen herum, in dem irren Versuch, sich irgendwo festzuhalten und sich zu befreien.

»Lassen Sie mich sofort herunter! Das ist keine Art!«, schrie der Berater, dessen Augen gleichzeitig vor Zorn und Angst funkelten. Langsamer als nötig setzte ihn Vik Tami wieder ab, danach schlug er mit der Faust auf den Tisch. Zum Glück war es nicht die Prothese, denn damit hätte er eine Delle im Plasto verursacht.

»Vergessen Sie nie wieder, wer ich bin«, presste Vik Tami hervor. Mit beiden Händen stützte er sich am Tisch ab und starrte seine Finger an. Er sah weit mehr als nur die fertige Hand. Seine Sehfähigkeit reichte tiefer. Da waren große Unterschiede in der Bauart, die natürliche Hand mit Knochen, Sehnen, Arterien, Venen und allem, was dazugehörte, die andere aus Metallstäben, Servomechanismen und irgendwelchen Drähten, dazu die künstliche Haut, die sich über alles spannte.

»Lassen Sie mich in Ruhe und suchen Sie sich eine Beschäftigung«, sagte er nach einer ganzen Weile, in der er durch verschiedene Atemübungen wieder einigermaßen zur Ruhe gekommen war. Er wusste genau, dass der Ältere dachte, mit seiner Selbstbeherrschung sei es nicht weit her. Vielleicht hatte er damit auch recht.

»Ich werde meditieren, Vik Tami, und ich rate dir, das auch zu tun. Der Aufenthalt auf dem Schiff der Sybaner tut uns beiden nicht gut. Wir sind reizbar und ich bitte dich in aller Form um Entschuldigung für mein Fehlverhalten auf der Brücke.«

Erstaunt drehte sich der Cyborg herum und nickte.

»Ich entschuldige es. Danke, Vygon, das hatte ich nicht erwartet. Lass uns meditieren. Vielleicht hat die KI einige Glockengesänge der Betbrüder von Ixilum Prime für uns.«

Kaum hatte er den letzten Satz ausgesprochen, drangen aus verborgenen und gut platzierten Lautsprechern die gewünschten Gesänge. Vygon legte sich auf den Boden, während sich Vik Tami hinkniete.

Nach einer Weile, in der er sich nur auf das leise melodische Glockengeläut konzentrierte, um nicht denken zu müssen, gelang es ihm, sich zu entspannen. Seine Schultern sanken nach unten und er kippte leicht nach vorne. Langsam kehrte Ruhe in seinem Inneren ein. Er musste nur dem Weg folgen. Benytasey hatte es ihm gezeigt, dann auch Bruder Nikkos. Beide waren Führungspersönlichkeiten und hatten ihn mehr geprägt, als er sich eingestehen wollte.

Sei eins mit dir, dann bist du es mit deiner Umwelt.

Es war unwichtig, was er wollte und begehrte. Er hatte eine wichtige Aufgabe übernommen, die hatte Vorrang vor allem anderen. Ein warmes Gefühl breitete sich von seinem Kopf her aus und wanderte Richtung Solarplexus. Trotzdem wollte er das Rätsel um diese sonderbaren Nachrichten lösen. Sie sollten nicht umsonst gesendet worden sein.

Stunden später kehrte er aus seiner Meditation zurück. Vygon lag bereits im Bett und schnarchte leise. Vik Tamis Beine waren durch das lange Knien völlig taub und protestierten, als er sie vom Druck erlöste. Dabei dachte er an die unzähligen Betstunden bei den Predigern der Sternenweisen. Dort hatte er auf einer harten Bank knien müssen. Einen Moment fühlte er sich alt bei dieser Erinnerung, dabei waren nur wenige Jahre vergangen. Jahre, in denen zu viel geschehen war. Er war nicht mehr derselbe Junge, den Nikkos zu sich genommen und in Demut und Selbstbeherrschung unterrichtet hatte. Jetzt konnte er seine Fähigkeiten sehr gut einsetzen und wurde nicht mehr von ihrer Macht und Stärke niedergerungen.

Aus dem Lebensmittelspender holte er sich eine Süßspeise und ein süßes, prickelndes Getränk. Beides war nicht natürlichen Ursprungs, denn kein natürliches Lebensmittel konnte so extrem süß sein. Doch ihm schmeckte es, es war eine Abwechslung – und vor allen Dingen süß. Bald würde er darauf verzichten müssen. Mit dem gefüllten Teller setzte er sich an den Tisch und leerte das Plastoglas in einem Zug.

Er wollte eben mit dem Essen anfangen, als ein Signal an der Tür einen Besucher ankündigte. Rasch wies Vik Tami die KI an, zu öffnen. Er staunte, als er die erste Offizierin erkannte und bat sie mit einer Handbewegung, hereinzukommen und sich zu setzen.

»Wollen Sie auch so etwas? Ich glaube, es heißt Kodolino und ist wirklich klebrig süß.« Es war bestimmt Gift für die Zähne und seinen Körper, aber er liebte es. »So süßes

Zeug haben wir zu Hause nicht. Was verschafft mir die Ehre, Commander?«

Mit einem Kopfschütteln lehnte sie sein Angebot ab, setzte sich aber ihm gegenüber hin.

»Reden Sie dem Captain die Sache mit dem Kubus aus. Mir gefällt das nicht.«

Fragend neigte er den Kopf zur Seite. Er bedauerte, dass er so wenig Ausdrucksfähigkeit in sein Gesicht legen konnte.

»Es steht mir nicht zu, Ihrem Captain etwas auszureden oder einzureden. Er hat es mir bei unserem Treffen vorhin sehr deutlich gesagt. Gibt es etwas Neues?«

Ti Nosh schnaubte, dann nickte sie. Resigniert legte sie die Unterarme auf den Tisch und senkte den Kopf.

»Gut, fragen musste ich Sie. Ja, es gibt etwas Neues und wir verstehen es nicht. Die Scans sagen jedes Mal etwas anderes, deshalb rate ich davon ab, den Kubus weiter zu beobachten oder gar zu betreten.«

Vik Tami hatte den Eindruck, dass sie mehr sagen wollte, aber es aus irgendeinem Grund nicht konnte. Er ließ ihr das Schweigen und widmete sich seiner Süßspeise. Der Teller war leer, als sie sich doch zum Reden entschied.

»Gut, ich sehe eine Gefahr in dem Ding. Es sendet widersprüchliche Signale. Wer weiß, wie viele Raumschiffe es bereits in die Irre geführt hat? Ich traue dem nicht. Es könnte sich um eine Zeitanomalie handeln, die Myna Elei in einer Fachausgabe über theoretische Zeitmodelle beschrieben hat. Wenn es das ist, dann könnten wir in eine Falle geraten.«

»Warum sagen Sie mir das? Wäre es nicht besser, das mit dem Captain zu besprechen? Oder die KI zu befragen?«

Energisch stand sie auf und stemmte die Hände in die Hüften.

»Denken Sie, das hätte ich nicht gemacht? Er hat mich in Pause geschickt! Als ob ich bei so etwas eine Pause bräuchte. Ich weiß nicht, was mit ihm los ist, aber er scheint davon wie besessen zu sein.«

Langsam stand auch Vik Tami auf. Was er hörte, passte nicht zu dem Lor, den er kannte. Ihm war er immer sehr logisch und vernünftig vorgekommen.

»Ich werde den Kubus betreten, dann trifft es nur einen und Sie haben Ihre Informationen. Danach können Sie immer noch entscheiden, was damit geschehen soll.«

»Sie sind verrückt und ebenso besessen davon!«

»Pssst, Sie wecken meinen Berater.«

»Er ist bereits wach. Sie gehen nicht in den Kubus!« Mit wenigen Schritten stand Vygon am Tisch.

»Blödsinn! Sicher gehe ich. Ich muss wissen, was mit Monychin passiert ist. Wenn das tatsächlich ein Quantensprungmodulator oder wie auch immer ist, dann habe ich die Möglichkeit, zur Heilung unseres gesamten Volkes beizutragen. Sind Sie es nicht auch leid, ständig diese Schuld im Nacken sitzen zu haben und nichts dagegen unternehmen zu können? Wie lange, Salamander Jos'Bedren, sollen wir noch Asylanten sein, ehe wir uns als Bürger Uhurus sehen, als Volk von Uhuru und nicht nur von ihrer Gnaden?«

Hektische Zeichen seines Beraters brachten ihn zum Schweigen. Er hatte ganz darauf vergessen, dass noch jemand im Raum war, dabei sah er sie die ganze Zeit über. In Zukunft durfte er sich nicht mehr so sehr in Rage reden. Das war eben viel zu leichtsinnig gewesen.

»Verzeihen Sie, das ist Innenpolitik und hat nichts mit der Sache …«

»Und wie es das hat. Danke für diese Informationen. Ja, ich denke, Sie sollten dem ein Ende bereiten. Sorgen Sie dafür, dass wir hier heil herauskommen, am besten, wenn Sie den Captain dazu überreden, umzukehren.« Resolut ging sie zur Tür, blieb noch kurz stehen und verabschiedete sich. Vik Tami gewann dabei den Eindruck, dass das nur einer anerzogenen Höflichkeit geschuldet war und sie am liebsten hinausgestürmt wäre. Kaum war sie weg, fing Vygon mit seiner Standpauke an.

»Sie wird es erfahren. Sie erfährt alles. Wenn wir zurückkommen, werden wir dafür geradestehen müssen. Ich werde ebenso in den Abgrund stürzen wie du!«

»Sie wird nichts erfahren, wenn es ihr keiner sagt.«

»Ich rede nicht von der Matriarchin.«

»Ich weiß und ich habe ebenso große Angst vor ihr wie du. Lassen wir es dabei. Was sie nicht weiß, macht sie nicht heiß. Aber ich denke trotzdem, dass wir wichtige Erkenntnisse aus dem Kubus gewinnen können. Warum haben wir so wenig Technik retten können, eine Technik, die uns ein leichteres Leben auf Uhuru ermöglichen würde?«

»Hast du die alten Bücher nicht gelesen?«

Vygon war nicht geneigt, sich umstimmen zu lassen, und wurde immer heftiger. Er ging auf Vik Tami zu und packte ihn an den Schultern.

»Wir können froh sein, dass uns Uhuru aufgenommen hat und wir nicht hilflos im Weltraum treibend umgekommen sind. Es liegt nicht an uns, Forderungen zu stellen.«

Darüber dachte Vik Tami eine Weile nach. Es glich dem, was ihm Benytasey ständig gepredigt hatte. Vielleicht war doch etwas Wahres dran. Gab es nur diese eine Wahrheit oder noch andere?

»Lass mich gehen – ich, Vygon, ich muss es tun.« Er legte seine Hände auf die Schultern des Älteren und richtete das Okular auf das Gesicht seines Gegenübers. »Etwas in dem Kubus ruft nach mir oder irgendjemanden und ich glaube, Lor hört das auch.«

»Was mache ich, wenn dir etwas passiert und du nicht lebend herauskommst?«

»Dann wirst du der 351. Salamander von Uhuru, das wolltest du doch. Es liegt also in deinem …«

Unwirsch ließ Vygon den Cyborg los und wischte dabei dessen Hände von den Schultern.

»Das glaubst du doch selbst nicht! Das ist nicht meine Art, nicht die Art der Salamander!« Fassungslos schüttelte er den Kopf und trat von Vik Tami zurück. Dieser Gefühlsausbruch kam unerwartet und verunsicherte den Jüngeren. Er wollte etwas dazu sagen, seine Anschuldigung entkräften, aber ihm fiel nichts ein, das nicht falsch geklungen hätte. Deshalb starrten sie sich wieder nur an.

In Vik Tami machte sich eine ratlose Angst breit, von der er nicht wusste, wie er damit umgehen sollte. Das Leben war schwer, jetzt wo im Grunde niemand mehr da war, der ihm sagte, wie es lief. Plötzlich wurde ihm bewusst, wie abhängig er von den anderen war. Nur wegen des einen Satzes und der Reaktion, die darauf folgen musste. Es tat ihm leid, mehr als er es sagen konnte.

»Ent … Es tut mir leid. Ich habe nicht nachgedacht.« Er kam sich viel zu kindlich vor. Es dauerte eine gefühlte Ewigkeit, bis Vygon die Stille mit einem lauten Seufzen brach.

»Lassen wir es gut sein. Du bist jung und wirst dich noch in alles einfügen, und ich werde lernen, dich als 350. Salamander zu respektieren.«

Erleichtert atmete Vik Tami aus und senkte den Kopf.

»Danke«, flüsterte er. Rasch drehte er sich um, es war Zeit über die Nachrichten und den Kubus nachzudenken, etwas, das er vor seinen unbedachten Worten hätte machen sollen. Daheim würden dann die wirklichen Probleme auf ihn zukommen, aber mit Vygon als Berater würde es vielleicht doch ganz gut gehen. Am Ende hatte seine Mutter wieder einmal recht gehabt. Der Gedanke gefiel ihm nicht besonders und bescherte ihm eine Erinnerung an die heftigen Kopfschmerzen von vor ein paar Tagen. Wie von selbst verzog sich sein Gesicht zu einer Grimasse. Hastig schüttelte er die Gedanken ab und wandte sich dem aktuellen Problem zu.

»Sobald es möglich und vom Captain freigegeben ist, gehe ich in den Kubus. Ich muss erfahren, was mit unserer Heimat geschehen ist. Bitte versteh das.« Vygon sagte nichts, aber Vik Tami deutete dessen Brummen als Zustimmung.

Interessiert betrachtete er das Panoramabild und versuchte sich vorzustellen, was in ein paar Jahren sein und wie sich ein älterer Vik Tami entscheiden würde. Ob er auch der Neugier nachgeben würde oder sich pflichtbewusst nach Hause begeben hätte? Vielleicht würde er gar nicht erst zu so einem Treffen fliegen. Er hoffte, dass er immer offen für Neues blieb und so der eingeschlafenen Kultur auf Uhuru Auftrieb gab. Geräuschvoll zog er die Nase hoch und legte die Arme um sich. Die Galaxie war so weit, mit unzähligen Möglichkeiten und sie saßen auf Uhuru fest, gefesselt und geknebelt durch einen Vertrag, den er nicht verstand. Bislang war niemand willens gewesen, seine Fragen zu beantworten. Das war einer der Gründe, warum er darauf bestand, den Kubus zu erforschen.

Antworten, Antworten, immer verlangst du nach deinen Antworten.

In Gedanken hörte er die tadelnde Stimme seiner Mutter. Plötzlich wurde ihm unwohl bei der Vorstellung, das Unbekannte zu betreten. Vom Okular aus zog sich ein leichter Schmerz in sein Gehirn.

Kapitel 18

Es dauerte mehrere Stunden, bis sich Captain Lor bei Vik Tami meldete. Er bat ihn und seinen Berater in die Aussichtslounge. Dort wurden sie bereits von Lor, Commander ti Nosh und Lynaris erwartet, die mit ihrem Assistenten beim Captain stand und auf ihn einredete. Aber Vik Tami achtete nicht auf sie. Sein Blick richtete sich auf den Bildschirm.

Was er sah, war so faszinierend, dass er alles um sich herum vergaß.

»Es ist wunderschön«, flüsterte er, streckte die Hand nach dem Abbild des Objekts aus, das ihm gezeigt wurde, und blieb dann stehen.

»Was ist schön?«, fragten Vygon und Lor gleichzeitig.

»Dieses Artefakt. Sehen Sie nicht, wie es im Licht des sterbenden Sterns leuchtet? Solche Farben habe ich noch nie gesehen.«

Fragend schaute Lor den älteren Salamander an, doch der zuckte nur mit den Schultern.

»Nein, Salamander Jos'Wennen, ich kann keine Farben erkennen. Für mich, und ich denke auch für alle anderen, ist er schwarz und hebt sich so vor dem Planeten ab«, entgegnete Vygon.

»Wie schade. Dann liegt es am Okular, dass ich dieses Farbenspiel bewundern darf. Was für eine außergewöhnliche Struktur der Außenhaut, lauter Waben, auf den drei kleinen Würfel sind einundzwanzig Waben, die zwei mittelgroßen haben vierunddreißig und die größte fünfundfünfzig – die Weltenzahlen. Faszinierend. Wie sieht es mit der Länge aus?«

Er lächelte zufrieden und drehte sich herum. Doch die Freude daran verschwand, ebenso das Interesse an den Weltenzahlen, als er Lynaris bemerkte.

»Titum Van scheint wohl auch an der Historie meiner Kultur interessiert zu sein. Ach, wie dumm von mir, es wird die Technik sein, die Ihre Gier anstachelt.« Während er das sagte, klopfte er sich leicht gegen die Stirn. Vygon packte ihn am Arm und wollte ihn zurückhalten, aber er ging auf die Frau zu, die ihn kalt musterte. Sein Blick wurde immer wieder von dem langen Schwanz angezogen, der gereizt über den Boden fegte. Ihr Assistent konnte sich ein Schmunzeln kaum verkneifen. Die beiden Offiziere versuchten, unbeteiligt zu wirken.

»Das geht uns wohl alle an, Salamander.« Sie spuckte seinen Titel wie eine Beleidigung aus, was er mit einem erzwungenen Lächeln quittierte.

»Es geht Sie nichts an, Madame.«

»Schluss damit, alle beide. Das ist mein Schiff und Sie werden sich beide benehmen. Mein Befehl lautet, den Kubus zu erforschen. Die Salamander können uns dabei helfen. Das Artefakt ist vorläufig Eigentum der sybanischen Streitkräfte, da wir es entdeckt und geborgen haben.« Lors Stimme donnerte an Vik Tamis Nerven, brachten sie zum Vibrieren und stachelte so seinen Zorn an. Aber er hielt sich zurück. *Geborgen ist noch lange nichts. Wir werden schon sehen, wer was bekommt,* dachte er grimmig.

»Ich habe ein Team zusammengestellt, das den Kubus betreten wird: Commander ti Nosh, als Technikexpertin, Salamander Jos'Wennen und …«

»Ich«, vervollständigte Madame ri Teynar den Satz.

»… der Sicherheitschef.« Lor ließ sich nicht unterbrechen, aber die Handelsdelegierte ebenso wenig. Sie trat auf Lor zu und zeigte mit dem Finger auf ihn.

»Ich komme mit. Glauben Sie nur nicht, ich wäre weniger qualifiziert als der Jungspund.« Ihr Blick richtete sich auf Vik Tami. »Es ist mein Recht als Vertreterin der größten Handelsgilde der Allianz und der freien Welten, Neuland zu erforschen und für Handelszwecke zu untersuchen. Muss ich Sie an das Abkommen der Vereinten Planeten mit Titum Van erinnern, in dem es heißt, dass wir ein Vorrecht auf alle neuen Entdeckungen haben?«

Lor seufzte und ergab sich seinem Schicksal. Seine Schultern senkten sich kaum merklich und er nickte. Rasch hob er beide Hände und lenkte ein: »Gut, Sie gehen auch mit.« Ihrem Assistenten gefiel das gar nicht, er zog seine Chefin von Lor weg und flüsterte auf sie ein, doch sie schüttelte in einem fort den Kopf und blieb eisern.

Diese Aktion bestärkte Vik Tami darin, nichts mit dieser Handelsgilde zu tun haben zu wollen.

»Ich schaue mir diese Verträge an, während Sie im Kubus sind. Vielleicht lagen Sie richtig mit Ihrer Vorsicht.« Vygon erstaunte Vik Tami. Kurz nickte er und legte eine Hand auf die Schulter seines Beraters, ehe er sich an den Captain wandte.

»Wann geht es los und welche Ausrüstung brauchen wir? Ich habe in meinem Shuttle einen für mich passenden Raumanzug.«

»Es sieht so aus, als herrschen eine für uns geeignete Atmosphäre und eine ausreichende Schwerkraft innerhalb des Kubus. Trotzdem muss sich jeder mit einer Schutzausrüstung ausstatten. Meine Mannschaft ist für Ihre Sicherheit zuständig. Den Anweisungen des Sicherheitschefs und Commander ti Noshs ist unbedingt Folge zu leisten. Und noch etwas, wir vermuten eine Zeitanomalie, die in Zusammenhang mit dem Kubus steht. Wenn Sie das nicht davon abhält, das Artefakt zu betreten, dann ist es Ihr Risiko.« Den letzten Satz richtete er offensichtlich an Lynaris. Die grinste süffisant.

»Aber natürlich, Captain Lor. Wo bekomme ich jetzt diesen Schutzanzug her?«

Madame ri Teynar wurde offensichtlich hektisch. Ihr Schwanz peitschte über den Boden, ihre Hände konnte sie kaum ruhig halten und ständig fielen ihr weitere Fragen ein, als wollte sie den Aufbruch hinauszögern. Lor versuchte, sie zu beruhigen.

»Hören Sie zu, Madame ri Teynar, Sie können gern auf dem Schiff bleiben, das wäre mir sehr recht.«

»Ganz bestimmt nicht, wenn der Salamander mitkommt. Was hat es mit der Zeitanomalie auf sich?«

Das Eintreffen des Sicherheitschefs verhinderte eine Antwort des Captains.

»Wir sind fertig. Das Shuttle steht bereit. Die Ausrüstung befindet sich in der Schleuse zum Hangar. Wir haben auch Ihre aus dem Shuttle geholt.«

Vik Tami gefiel es nicht, dass Unbefugte an seinem Eigentum gewesen waren, aber so ging es schneller, weshalb er auf einen Einwand verzichtete.

»Pass auf dich auf, Tami, mach nichts Unüberlegtes und halte dich an ti Nosh und ihre Mannschaft – und lass dich auf keine Diskussionen mit ri Teynar ein. Und noch etwas: Sei ja vorsichtig«, redete Vygon auf ihn ein.

»Schon gut. Danke. Es ist aufregend und ich hoffe …«

»Wir warten nicht auf Sie!« Ti Noshs Stimme drang scharf vom Einstieg des Shuttles zu ihm, deshalb nickte er und ließ den Satz unvollendet. Vygon schüttelte verärgert den Kopf, als Vik Tami davoneilte und im Shuttle verschwand.

Etwa eine sybanische Standardstunde nach dem Gespräch mit Captain Lor befanden sie sich direkt vor dem Kubus. Wie eine Aneinanderreihung schwarzer Würfel hing das unbekannte Artefakt im Weltall. Es bewegte sich nicht oder so langsam, dass es nicht auffiel. Die Piloten suchten nach einem Landeplatz, einer Luke oder einer Stelle, wo sie andocken konnten. Es maß tausendfünfhundertsiebenundneunzig Meter, auch hier bemerkte Vik Tami Weltenzahlen.

Es kam ihm eigenartig vor, denn normalerweise dienten sie in der Forschung als Mittel der Vorhersage, zum Beispiel über die Einschätzung des Wachstums einer Population. Hier waren sie nicht immer in einer Folge, wie man es erwarten konnte, sondern der Natur nachempfunden und wiederholten sich.

Wie von selbst beschäftigte sich sein Gehirn mit diesen Zahlen, die für ihn keine Relevanz besaßen. Sie waren da und wollten bemerkt werden. Um sich davon abzulenken, konzentrierte er sich auf andere Bereiche und suchte nach möglichen Energiesignaturen. Weder einen Antrieb noch eine andere Art von Energiequelle fand er. Er wandte sich von diesen Dingen ab und bewunderte wieder die dunklen Farben, die über dem Metall zu tanzen schienen. Sobald ein Lichtschein auf sie fiel, veränderten sie das Spektrum. Dabei erinnerte er sich wieder daran, warum er hier war. Weder Zahlen noch Farben waren jetzt wichtig. Irgendwie musste man diese transgenerationale Schuld loswerden können.

Wissen würde helfen, und das brauchte er, um viel mehr Informationen über ihre Vorfahren und die Beweggründe ihres Handelns oder Nichthandelns zu erhalten.

Die Piloten steuerten näher an den Kubus heran und nutzten nur noch die Manövriertriebwerke. Die schillernden Farben verschmolzen zu einem matten und langweiligen, vielleicht sogar bedrohlichen, Schwarz. Während er das Artefakt betrachtete, kam ihm die Idee zu diesem Abenteuer nicht mehr so gut vor.

Was, wenn es wirklich eine Falle ist?

Rasch tat er es als Unsinn ab. Wer sollte an so einer abgelegenen Stelle in der Galaxie eine Falle aufstellen? Diese Arbeit tat sich bestimmt niemand an, ohne einen Nutzen daraus zu ziehen.

Im Shuttle war es völlig still. Es war die Art Stille, die sich mit gespannter Erwartung lud und nur darauf wartete, durch Aktivität gebrochen zu werden.

Das Artefakt zeigte keine wie auch immer geartete Öffnung. Wer es gebaut hatte, musste woanders Zugang gefunden haben oder hatte sich miteinbauen lassen. Vik Tami fröstelte bei dieser Vorstellung. Aber wie sollten sie dann ins Innere gelangen und die Quelle der Übertragungen finden? Noch während er überlegte und sich fragte, ob dieser Weg und die ganzen Diskussionen über ihr Vorgehen unnötig gewesen waren und er stattdessen eine Landung auf dem Planeten vorschlagen sollte, änderte sich etwas.

Das Schwarz des größten Kubus leuchtete plötzlich grell auf. Kurz darauf wurde das Innere des Shuttles in blaues Licht getaucht, dessen Spektren Vik Tami nicht mehr feststellen konnte. Er verlor die Orientierung. Plötzlich war sein Griff weg, etwas zerrte an ihm, dann fühlte er sich schwerelos und landete Sekundenbruchteile später hart auf dem Boden im Inneren des Kubus. Die gesamte Shuttle-Besatzung war auf diese Art hierhin gelangt.

Es war völlig dunkel. Er hörte die anderen atmen und sah ihre Körper durch die Wärmebilder des Okulars.

»Wo sind wir?«

»Was zum Oyen ist das?« Diese Fragen hörte er zuerst. Madame ri Teynars Körper erzeugte immer mehr Hitze. Als ihm das auffiel, bemerkte er auch, dass sie die Schutzanzüge ohne Helme trugen. Die waren noch alle an Bord des Shuttles. Aber die Atmosphäre war nicht lebensfeindlich. Die Schwerkraft war allerdings sehr viel höher, sie drückte ihn zu Boden und hielt ihn dort fest.

Ob das eine Art Gefängnis war? Haftanstalten gab es auf Uhuru nicht, nicht in Form von Gebäuden. Wer sich eines schweren Umweltvergehens strafbar machte, jemanden lebensgefährlich verletzte oder gar vorsätzlich tötete, wurde zumeist nach Dimtros deportiert. Alle anderen Vergehen fielen unter die Wiedergutmachung.

Nur unweit von ihm entfernt hörte er Commander ti Nosh, die eine Verbindung mit der Libina herstellen wollte. Auch die drei anderen, die zur Crew des Raumschiffs gehörten, waren damit beschäftigt. Mittlerweile hatte sich sein Okular gut auf die Dunkelheit eingestellt und sein Sehzentrum konnte die eingehenden Daten leichter verarbeiten. Auch im Inneren des Kubus waren die Wände erschreckend leer. Weder entdeckte er Zeichen der Verarbeitung noch einer Tür. Diese Technologie musste sogar der, der Sybaner weit überlegen sein, besonders interessant und vorwiegend beängstigend fand er die Technik, die sie ins Innere transportiert oder teleportiert hatte. Vik Tami fiel kein passender Ausdruck dazu ein.

»Commander ti Nosh hier, wir befinden uns im Inneren des Kubus. Die gesamte Crew ist auf irgendeine Art und Weise hineinteleportiert worden. Es ist völlig dunkel und die Schwerkraft ist ziemlich heftig. Libina, antworten Sie!«

Anschließend war es wieder still, abgesehen von der Qolpa, die wütend schnaubte.

»Sie wollten mitkommen, Madame, also finden Sie sich damit ab«, flüsterte Vik Tami, doch klang es so laut, dass sich alle nach ihm umdrehten. Das hatte ihm gerade noch gefehlt, so in den Fokus zu rücken. Wenigstens schwieg die Qolpa. Aber er hörte ihren hastigen Atem, der immer wieder kurz und unregelmäßig aussetzte.

Plötzlich ging ein Licht an. Commander ti Nosh hatte ihre im Anzug integrierte Taschenlampe angestellt, der Sicherheitschef tat es ihr gleich. Nur die beiden Piloten waren nicht damit ausgestattet. Jetzt fiel es auch Vik Tami ein, das zu tun. Sein Okular brauchte wieder einige Sekunden, bis es sich auf die neuen Lichtverhältnisse eingestellt hatte, zumindest dachte er, dass es die Elektronik war, in Wahrheit war es sein Gehirn, das die neuen Bilder anders verarbeiten musste. Einige weitere Augenblicke später änderte sich auch die Schwerkraft und er spürte sie weniger stark an sich ziehen oder drücken.

Den Unterschied konnte er auch später nur schwer erklären, auf jeden Fall fühlte es sich leichter an, sein Körper kam ihm wieder normal vor und er konnte sich bewegen. Ein allgemeines Aufatmen ging durch die Crew und alle standen auf. Neugierig schaute sich Vik Tami um. Das Material des Bauwerks war ihm völlig fremd. Er ging auf eine Wand zu und berührte sie. Kurz zuckte er zurück.

Hatte er etwas Lebendiges gespürt? Hastig schüttelte er den Kopf. Das musste er sich eingebildet haben. Die Scanner hatten keine Lebenszeichen festgestellt. Doch eine Art Intelligenz musste vorhanden sein. Jemand musste das Ding instand halten, es warten und die Systeme bedienen, die sie hierhingebracht hatten.

Der Commander ging ebenfalls auf eine Wand zu und zog ebenso rasch die Hand zurück, wie es Vik Tami nur Sekunden zuvor getan hatte. Fragend schauten sich die beiden an, sagten aber nichts. Keiner wollte die anderen beunruhigen oder gar sich selbst.

Wie um sich zu vergewissern, dass er albern gewesen war, streckte er die Hand erneut aus und legte sie flach gegen die Wand. Sobald die künstliche Haut das fremde Material berührte, ging ein unangenehmes Licht an. Jemand schrie eine Warnung, dann wurde es dunkel, ehe wieder gleißende Helligkeit in sein Sehzentrum brannte.

Kapitel 19

Wo bin ich? Was ist passiert? Sein Kopf dröhnte schlimmer noch als vor der Behandlung durch die Technikerin der Libina.

Woher ist dieses Licht gekommen? Vik Tami rieb sich über die Schläfe und schaute sich um. *Wo sind die anderen?* Ihm war übel, sein Mund fühlte sich staubtrocken an, wie die Gegend, in der er sich befand. Er sah keine Sonne, dafür war die Luft zu staubig. Der Boden wies zentimeterdicke Risse auf. In der Ferne erkannte er die Gerippe vertrockneter Bäume und Ruinen. Eine Staubwolke raste auf ihn zu.

Es machte ihm Angst. Er stand auf und stakste mit wackeligen Knien davon. Ehe seine Muskeln ihre Arbeit richtig aufnehmen konnten, holte ihn die Wolke ein. Daraus zeichnete sich das eigenartigste Fahrzeug ab, das er je gesehen hatte. Es sah aus wie ein kleines Shuttle nur mit einem Fahrwerk, kleine Räder, über die ein metallener Riemen mit Ausbuchtungen gezogen war.

Wo bin ich hier gelandet?

Er drehte sich herum und schaute die graue Person an, die ihn anschnauzte. Was immer sie zu ihm sagte, er verstand kein Wort davon, aber die drohenden Gesten und der Tonfall sagten ihm, dass er vorsichtig und eher devot sein musste.

Wo sind die anderen? Suchend schaute er sich um. Abgesehen von ihm und den staubigen Typen im Fahrzeug, war kein Lebewesen zu entdecken. Er hatte Angst und folgte den gestenreichen Anweisungen.

Mehrere von den Fremden redeten fast gleichzeitig und so schnell, dass Vik Tami keine einzelnen Wörter mehr unterscheiden konnte. Sein modifiziertes Gehirn arbeitete auf Hochtouren. Bald schon konnte er einige Wörter zuordnen oder hoffte es zumindest.

»Komm her, Bodwen!«, brüllte eine der Personen. Als Vik Tami nicht reagierte, weil er sich nicht angesprochen fühlte, packte ihn ein anderer und zog ihn heran. »Schau ihn an, ob das einer von den Verrätern ist, die uns hier zum Krepieren zurückgelassen haben. Wenn ja, befördere ihn in den Graben.«

Vik Tami schauderte es. Waren das die Zurückgebliebenen auf Monychin? Er musste irgendwie mit ihnen kommunizieren. Verstehen war wesentlich einfacher, als selbst zu sprechen.

»Monychin? Das? Monychin?« Verwirrtes Schweigen antwortete ihm. Schließlich zeigte er auf sich und sagte: »Vik Tami.«

»Ich will nicht deinen Namen, Irrer! Ich will wissen, woher du kommst!«

Er brauchte einen Moment, um das zu übersetzen, dann antwortete er: »Uhuru.«

Mit allem Möglichen hatte er gerechnet, selbst mit dem Unmöglichen, aber nicht mit höhnischem Gelächter und dem Schlag ins Gesicht, der ihn taumeln ließ. Sein erster Impuls war zurückzuschlagen, doch das ließ er angesichts der Überzahl bleiben.

»Das ist einer aus den Schiffen. Wie das Drecksvieh wieder gelandet ist, ist mir ein Rätsel. Sucht die Gegend ab, vielleicht versteckt er hier irgendwo ein Shuttle oder anderes Zeug.«

Was für Vollidioten, dachte Vik Tami mit einer Mischung aus Angst und Arroganz. Das Hochgefühl über die Entdeckung der Weltenzahlen auf dem Kubus, die überall in der Natur unendlich vorkamen, war verschwunden, als wäre es nie dagewesen.

Er seufzte, zum Glück hörten es die anderen nicht. Um einem drohenden Schlag zu entgehen, duckte er sich und folgte der Anweisung, in dieses sonderbare Gefährt zu steigen. Es handelte sich um ein bodengebundenes Kettenfahrzeug, das durch irgendwelche fossilen Brennstoffe angetrieben wurde. Vik Tamis feine Nase registrierte erst jetzt den unangenehmen Geruch.

Warum verwenden sie keine Sonnenenergie als Antrieb? Oder ist sie schon so schwach? Nachdenklich richtete er den Blick aus einem halb blinden Fenster und versuchte, die Atmosphäre zu scannen. Schon eine einfache Untersuchung zeigte ihm einen hohen Anteil an Kohlenstoffdioxid, Methan, Lachgas, Fluorkohlenwasserstoff und Stickstoffen, dazu kamen noch jede Menge Partikel, die dort nichts zu suchen hatten, wie Staub und am gefährlichsten waren die Ulium-Atome aus einer Kernspaltung – von sehr vielen Spaltungen.

Aus einem Shuttle oder einem Hubgleiter könnte er genauere Untersuchungen anstellen. Aber auch das, was er sah, reichte aus.

So etwas passiert also, wenn man nicht aufpasst. Mit Uhuru darf das nicht geschehen. Das will ich nicht. Weitere Gedanken seinerseits unterband eine der verhüllten Personen, die ihn grob packte und auf einen harten Sitz drückte. Selbst krallte sich der Unbekannte an eine der Haltestangen, dann ging die Fahrt los. Sofort hüllte sie eine Staubwolke ein, die jeden Blick auf die Umgebung verhinderte.

Immer wieder rempelte ihn jemand an oder drückte ihn nieder, wenn er durch das Ruckeln des Gefährts herumgeschleudert wurde. Von Sicherheitsgurten hielten diese Leute anscheinend nichts. Wenn das seine Vorfahren waren, dann sank seine Meinung über sie rapide. Mittlerweile war er so erstarrt, dass er nicht einmal mehr Angst verspürte. Er fühlte gar nichts mehr. Sein Zeitgefühl verabschiedete sich ebenso.

Erst versuchte er noch, den Gesprächen seiner Entführer zu folgen, doch die redeten so schnell und durcheinander, dass er kein Wort vom anderen unterscheiden konnte. Seine Gedanken rasten wie das Fahrzeug und die Gespräche ringsum. Er wollte einen fassen, sich damit ablenken, doch es gelang ihm nicht. Ständig fragte er sich, wo er war, was diese Krieger von ihm wollten und wie er von hier wieder wegkommen konnte.

Abrupt bremste das Fahrzeug ab. Das Manöver katapultierte Vik Tami beinahe von seinem Sitz. Ebenso rasch endeten auch die Gespräche. Für eine Weile blieb es völlig still, nur das Prasseln des Sandes gegen die Außenhaut des Fahrzeugs war zu hören – und der starke Wind.

»Okay. Aussteigen erlaubt, Strahlung im Toleranzbereich. Jemand soll dem Bodwen eine Maske geben. Eskortiert ihn ins Innere. Keine Trödeleien.«

Vik Tami wusste bereits, dass er mit Bodwen gemeint war, aber er hatte es noch nicht geschafft, es zu übersetzen. Wahrscheinlich war es ein spezielles Schimpfwort, für das er kein Synonym fand. Doch es war ihm egal. Umständlich zog er sich die Gasmaske an. Das Ding drückte ihm das halbe Gesicht ein, sein Sichtfeld war stark eingeschränkt, auch das Atmen fiel ihm schwer.

Sobald er ausgestiegen war, war er darüber dankbar. Seine Begleiter sah er nicht, denn sie standen in der rosafarbenen Wolke aus Sand und Staub. Um welche Substanz es sich dabei handelte, konnte er nicht einmal erahnen, denn das Plasto des Sichtfensters ließ nur eine verschwommene Wahrnehmung zu. Links und rechts von sich spürte er Körper, die ihn in eine bestimmte Richtung drängten. Es brauchte keine große Ermunterung, ihnen zu folgen. Ihm kam es wie eine Ewigkeit vor, in Wahrheit war nicht einmal eine Minute vergangen, und sie betraten ein Gebäude. Seine Sicht wurde nun klarer.

Wie er es schaffte, seine Muskeln zu bewegen, wusste er nicht. Er kam sich wie eine Maschine vor, die einfach funktionierte und tat, was von ihm verlangt wurde, um nicht abgeschaltet zu werden. Ein metallisches Donnern schreckte ihn auf. Hastig drehte er sich herum und sah nur eine geschlossene Tür, die das Unwetter und die giftigen Gase draußen hielt.

»Klamotten ausziehen und weitergehen. Mach kein Drama draus, Bodwen, dann passiert dir nichts.«

Er verstand kaum ein Wort davon und suchte selbst nach passenden Wörtern in einer Sprache, die ihn an seine erinnerte und doch auch fremd war. »Was machen?«

»Ausziehen!« Die Aufforderung klang nun schon drohender. Das konnte doch nicht deren Ernst sein! Er verstand das Wort, aber alles in ihm weigerte sich, sich hier zu entblößen. Nachdem zwei Waffen auf ihn gerichtet wurden, kam er der Aufforderung nach. Es dauerte, bis er seine Hände unter Kontrolle bekam, die Künstliche wollte erst gar nicht mitmachen. Er war viel zu verwirrt und verängstigt, um sich ordentlich zu koordinieren. Dann hatte er es endlich doch geschafft und er stand in Unterwäsche da. Zwei der Entführer stritten sich sofort um seine magere Ausrüstung, doch das unterband der Anführer des staubigen Haufens.

Die Zeit, die er zum Ausziehen gebraucht hatte, hatten die anderen genutzt, um sich umzuziehen. Duschwasser konnte es hier kaum geben, wo es offensichtlich knapp war, also war Umkleiden die bessere Alternative, um einen Teil des radioaktiven Staubs loszuwerden. Vik Tami blieb wieder keine Zeit, weiter über all das nachzudenken. Die Mündung einer Waffe bohrte sich in seinen Rücken, zumindest fühlte es sich so an, und zwang ihn, weiterzugehen.

Der Anführer des Haufens öffnete eine weitere Tür. Flackerndes Deckenlicht schlug ihm entgegen. Seine Knie zitterten, was ihm das Gehen sehr schwer machte, auch sonst glaubte er, keinen Muskel richtig kontrollieren zu können.

Die künstliche Hand öffnete und schloss sich in einem fort. Sein Mund wurde immer trockener, je länger sie gingen.

Der Weg führte sie tief hinab. Wahrscheinlich war es ein Bunker, ganz sicher war sich Vik Tami darüber nicht, weil er lediglich schematische Darstellungen solcher Gebäude in einem Artikel auf Galaxynet gesehen hatte. Die Wände waren nur grob verkleidet. Eine Etage später erkannte er das gleiche Material, das er im Kubus gesehen hatte. Die Entdeckung half ihm nicht weiter. In seinem Kopf bildete sich eine wirre Theorie nach der anderen, die er nur halb andachte und sofort wieder verwarf. Es war eine Ablenkung vor dem nagenden Durst, der durch die Angst und die trockene Luft noch verstärkt wurde.

Irgendwann endete der lange Marsch. Ihm war kalt. Selbst die Stiefel und Socken hatte er ausziehen müssen. In einem kleinen Raum, der ebenso mager beleuchtet war wie der Rest des Gebäudes, den er bislang zu sehen bekommen hatte, musste er warten. Die Kammer war leer. Vik Tami erkannte exakte rechte Winkel und Abmessungen. Ein Würfel! Sein Herz klopfte etwas schneller und er spürte das dringende Bedürfnis, die Blase zu leeren.

Er erschrak, als sich die Tür öffnete und eine Frau das Zimmer betrat, ihr folgten weitere Personen, die Vollvisierhelme trugen und auch sonst gut gepolstert wirkten. Mit Rüstungen gleich welcher Art hatte Vik Tami keine Erfahrung. Nicht einmal in Büchern hatte er welche gesehen, denn es gehörte nicht zur Geschichte der Menschen auf Uhuru. Die Frau sah aber auf eine eigentümliche Art vertraut aus. Sie war so groß wie er, etwas breiter und muskulöser.

»Wer bist du und was willst du? Das hier ist Tenwey-Land, hier haben Koilon keinen Zutritt.«

»Ich bin nicht das oder von hier, Madame. Ich bin Uhuru und weiß nichts. Ich war in einem Ding, wie das, dann Sand …« Er machte eine weitausholende Geste und zuckte ratlos mit den Schultern. Er war schon froh, dass er überhaupt verstand, was sie sagte, aber selbst Sätze zu formulieren war eine andere Sache.

»Still, Bodwen! Deine Lügen kannst du dir sparen! Wo sollte ein Ort wie dieser sein? Du siehst weder aus wie ein Regierungsmitglied noch wie ein Wissenschaftler oder eine andere wichtige Persönlichkeit. Vielmehr siehst du aus wie jemand, den man schnell mit irgendwelchen billigen Ersatzteilen ausstaffiert und …« Sie sprach so schnell, dass er glaubte, sie nicht ganz verstanden zu haben.

»Bitte, sprechen langsam. Sprache neu.«

Einer der Rüstungsträger gab ihm einen Klaps auf die Schultern und schüttelte den Kopf. Vik Tami konnte es nicht fassen. Sie glaubten ihm nicht.

»Name, Kennung und lüge mich nicht weiter an.«

»Vik Tami Jos'Wennen vom Clan der Wenn, 350. Salamander von Uhuru.«

Eine Diskussion entstand. Sie hob einen Arm und tippte etwas in ein Datenpad, das in die Kleidung integriert war. Nur Sekunden später baute sie sich drohend vor ihm auf und schaute ihm direkt ins Gesicht.

»Du bist ein elender Lügner. Die Wennen sind vor sieben Monaten mit dem letzten Siedlerschiff abgeflogen. Lauter Ökofreaks, die es auf einem unbewohnten Planeten schaffen wollten. Aber einen Vik Tami habe ich nicht auf der Liste. Also wieder eine Lüge.«

»Das war … Das …« Die Erkenntnis traf ihn wie ein Schlag. Er befand sich in der Vergangenheit. Der Kubus hatte ihn zurückgeschickt. Aber warum?

»Na, da fehlen dir die Worte oder gehörst du doch zu den verräterischen Koilon?«

»Nein, nein. Ich versteh nicht.«

»Das ist egal. Ich überprüfe das. Du wartest hier.«

Befehlsgewohnt winkte sie die Rüstungsträger heran und verließ mit ihnen das Zimmer, das sich für Vik Tami wie ein Gefängnis anfühlte.

War er neunhundert Jahre in die Vergangenheit gereist? Aber wie war das möglich? Er verstand viel zu wenig von Quantenphysik, vom Raum-Zeit-Kontinuum und wie das mit den Paralleluniversen laufen sollte. Oder es war eine ganz andere Art des Reisens und das war die tatsächliche Vergangenheit und nicht eine der unzähligen Möglichkeiten, die es laut den Quantentheorien geben sollte? Dieser Wissenschaft hatte er nur geringe Beachtung geschenkt, weil sie nicht seiner Arbeit diente und auch nicht seinen Interessen entsprach. Jetzt wäre er froh, wenn er mehr darüber wüsste.

Hilflos stand er in der Mitte des Würfels und fühlte sich verloren. Nicht einmal während der langen Rekonvaleszenz hatte er sich so einsam und verlassen gefühlt – oder mutlos. Da war immer jemand gewesen, der ihn angetrieben hatte. Er sagte sich selbst, dass er nicht verzagen sollte, schließlich war er noch nicht lange hier und sobald er die Sprache richtig beherrschte, würde sich alles aufklären.

Das kann nur ein Missverständnis sein. Ich muss mich mehr mit der Sprache bemühen. Zum Glück ähnelt sie meiner Sprache. Obwohl er sich das mehrmals vorsagte, fühlte er sich nicht besser.

Seine Beine brauchten eine Pause und Vik Tami auch. Also setzte er sich auf den Boden, zog die Beine an und legte den Kopf auf die Knie. Die Arme schlang er um die Unterschenkel. Das war bequem und er versuchte, alles auszuschließen und sich zurück in den anderen Kubus zu denken. Darüber schlief er beinahe ein.

Rotes Licht brach mit einem Mal in den Kokon, den er sich erschaffen wollte, und holte ihn aus der Ruhe. Sofort kehrte die Angst zurück. Nichts hatte sich geändert. Er saß auf dem kalten Boden und fror.

Die Tür öffnete sich und die Frau von vorhin trat wieder ein. Dieses Mal folgten ihr drei gerüstete Personen. Irgendwie fand das Vik Tami amüsant, auch wenn er darüber nicht lachen konnte. Sie hatten Angst vor ihm. *Das sollten sie auch*, dachte er. Doch das Gefühl der Überlegenheit, das sich für einen Moment einschlich, wich sofort. Es brachte nichts, sich einen Weg hinauszukämpfen, denn draußen war nichts als radioaktiver Staub, Hitze und der Tod.

Langsam stand er auf und schaute die Frau an, die sich noch immer nicht vorgestellt hatte. Zu einem anderen Zeitpunkt hätte er sie vielleicht attraktiv gefunden, sogar exotisch mit der hellen, leicht gelblichen Haut. Aber das war alles unwichtig. Jetzt starrte sie zurück. Es kam ihm wie ein Wettstreit vor, wer am besten und längsten starren konnte. Darin stand er ihr über, denn sein Okular bewegte sich nicht und das weiße Auge sah nichts. Er musste es auch nicht durch Blinzeln befeuchten, es war stets trocken. Schließlich war sie es, die aufgab und sich bewegte. Vik Tami wusste, dass es kindisch war, aber er fand es befriedigend.

»Wer immer Sie sind, Sie sind nicht auf den Listen der Siedler geführt.«

»Ja, ich sagen: Ich 350. Salamander von Uhuru. Planet im Oronat Ke'Lem, Stern Kebanis.«

»Sektor Kehlem ist zu weit weg, den Weg schaffen unsere Schiffe nicht in der Zeit.«

»Haben nicht, flogen bis an Grenzen von Treibstoff … Notlandung und Besiedlung.«

Er sah die Hand kommen, er sah sie, aber er reagierte nicht. Nicht einmal als sie klatschend sein Gesicht traf, zuckte er zusammen.

»Sie sind vor sieben Monaten abgeflogen!«

»In dieser Wirklichkeit. In meiner ungefähr neunhundert Jahre vergangen. Ich hier gestrandet. Kubus in Orbit über Monychin.«

Dezent schüttelte sie die Hand, nachdem sie ihn geschlagen hatte, dann den Kopf.

Es war auch schwer zu glauben, was er erzählte. Er wusste, dass es die Wahrheit war. Die konnte niemand widerlegen – aber er konnte sie auch nicht beweisen. Sie zog die Augenbrauen zusammen und fixierte Vik Tami wieder mit ihrem Blick. Dieses Mal starrte sie nur kurz, dann drehte sie sich um und gab einem der Wächter ein Zeichen. Er schob Vik Tami hinter der Frau aus dem Raum. Der Weg führte sie tiefer in den Bunker. Die Lichter gingen aus, sobald sie daran vorbei waren. Das fand er bemerkenswert und von irgendwoher kam es ihm bekannt vor. Er zermarterte sich das Hirn, wo er das schon einmal gesehen hatte, aber es fiel ihm nicht ein. Nein, ganz so war es nicht, die Wände waren aus einem anderen Material, nicht dieses atmende oder pulsierende Zeug, das er nicht mehr anfassen wollte. Ihn schauderte es bei dem Gedanken.

Seine oberste Priorität sollte es sein, einen Weg hinauszufinden, zurück in den Kubus wenigstens, und dann die anderen zu suchen. Aber ihm fiel nichts ein. Sein Hirn fühlte sich leer an. Das Denken verharrte an einer Stelle und wollte es hartnäckig nicht verlassen. Bis er sich eingestehen musste, dass er Angst hatte. Angst, die er nie zuvor gespürt hatte. Besonders mutig hatte er sich nie gefühlt, nicht einmal, als er in den Waldbrand gelaufen und die Beeren sammelnden Kinder gerettet hatte. Das hatte für ihn zur Prüfung der Uhuru gehört. Die aktuelle Situation war anders. Hier gab es niemanden, der ihm helfen würde. Ein Scheitern bedeutete den Tod und niemand würde je davon erfahren.

Was machten die anderen? Waren sie auch in andere Zeiten versetzt worden? Ihn schauderte in einem fort, er unterdrückte es nicht einmal mehr. Der halbe Oberkörper war ohnehin von einer Gänsehaut überzogen, die künstliche Haut konnte ihre Oberfläche nicht vergrößern, dafür stieg der Druck in seiner Blase erheblich an.

»Hier rein und da warten Sie, bis ich Zeit habe, mich mit Ihnen zu befassen.« Unter der aggressiv anklagenden Stimme zuckte Vik Tami zusammen. Noch während sie redete, war er im Inneren eines kleineren Kubus gefangen.

Hier gab es wenigstens etwas Licht und eine Pritsche. Der Eimer in einer Ecke war das, was er sonst nicht sehen konnte – eine Toilette. Er nutzte sie nicht, stattdessen legte er sich auf die Pritsche und hoffte auf ein Ende dieses abscheulichen Alptraums.

Kapitel 20

An Schlafen dachte Vik Tami nicht. Seine Erschöpfung wurde ihm erst bewusst, als ihn jemand grob an der Schulter packte und unsanft schüttelte. Sofort war er hellwach und fasste nach der fremden Hand. Er brauchte ein paar Sekunden, bis er sich seine Lage vergegenwärtigte, dann erst ließ er den Mann los. Ein Mann war es definitiv, einer, der nicht mehr lange zu laben hatte. Seine Haut war grau, das Weiße in den Augen gelb und er roch eigenartig süßlich aus dem Mund, dazu war er ausgemergelt und hatte sehr trockene Haut. Der Mann ließ sich von seinem Gesundheitszustand offenbar nicht in seiner Arbeit beirren. Vik Tami fragte sich, ob diese Aktivisten extremer waren als die Salamander, die von sich auch verlangten, über die Grenzen des körperlichen Wohlbefindens hinauszugehen.

»Mitkommen, die Kommandantin möchte dich, ich meine Sie, sehen.«

Vik Tami stand auf und folgte ihm. Sein Körper war noch ausgekühlt und er fragte sich, wie er es geschafft hatte, trotz der Kälte einzuschlafen. Noch jetzt fühlte er sich abgeschlagen und seine Muskeln waren nur schwer, in Bewegung zu bekommen. Auch sein Denken war noch träge.

Bis sie beim Raum der Kommandantin angekommen waren, hatten sich seine künstlichen Systeme hochgefahren. Das erfüllte ihn mit Erleichterung. Die Frau saß hinter einem Schreibtisch, der nicht viel anders aussah als seiner auf Uhuru, zumindest konnte er nichts entdecken, das mehr oder gar bessere Technik aufwies. Vielleicht war es auch nur versteckt. Der Rest des Zimmers war voll mit

Holoprojektoren, Computern und Dingen, die er nicht identifizieren konnte. Dann und wann piepte etwas oder ein Licht leuchtete an einer Konsole kurz auf, ehe es wieder verschwand. Das alles registrierte er mit einem Blick, beachtete es aber nicht weiter, weil es ihm nicht half. Er richtete seine Aufmerksamkeit auf die Kommandantin.

Nachdem sie ihn einen Moment mit steinern wirkender Miene gemustert hatte, schickte sie alle anderen hinaus. Sobald sich die Tür hinter der letzten Person geschlossen hatte, rechnete Vik Tami mit einem Gespräch. Aber es kam nicht. Statt zu reden, schaute sie ihn nur an, musterte ihn ungeniert von Kopf bis Fuß. Er kam sich vor, wie ein Tier, das auf dem Markt zum Verkauf stand oder ein Setzling, bei dem man sich fragte, ob er in dieser Erde wachsen würde. Am liebsten hätte er weggeschaut oder sich irgendwo hingesetzt, am besten noch versteckt. Doch das war nicht möglich. Es war ihm über den Maßen peinlich, nur in Unterwäsche bekleidet zu warten und begutachtet zu werden. Zorn verdrängte schließlich dieses Gefühl. Wie kam diese unverschämte Person dazu, ihn so anzustieren, als wäre er Ware? Dieser Gedanke ärgerte ihn dermaßen, dass er das Gespräch begann.

»Sie fertig mit Starren? Mir sein kalt, müde und ich Unwillen, länger bleiben. Sobald ich wissen, wie ich in meine Zeit zurückkommen, sein, nein bin ich hier weg. Ich gehöre nicht hierher!«

»Niemand gehört an einen Ort wie diesen! Sie sprechen, wenn Sie aufgefordert werden!«

Er hielt den Mund und sie musterte ihn weiter. Was hinter ihrer Stirn vor sich ging, konnte er nicht erraten. Warum hatte er sich nur zu dieser Reise verleiten lassen? Immer wieder stellte er sich diese Frage und sie war jetzt nicht weniger schwer zu beantworten als vorher schon.

»Gut. Nehmen Sie Platz. Ihre Modifizierungen sind nicht standardgemäß, die Metalle können nicht von

Monychin stammen, die Bearbeitung ist zu grob und trotzdem sagen Sie, dass Sie mit den Ökowanderern Wennen verwandt sind. Es fällt mir schwer, zu glauben, aber unsere Physiker meinten, es wäre immerhin möglich, dass durch die Bombardierungen der vergangenen Wochen Risse im Raum-Zeitkontinuum entstanden sind. Das sind Theorien! Ich bin keine Wissenschaftlerin, ich bin Soldatin – und die Physiker gehören auch nicht gerade zur Elite, sonst wären sie schon lange in Sicherheit.«

Wieder schaute sie ihn an und beobachtete jede seiner Bewegungen, als er sich steifbeinig zu dem Stuhl begab, ihn sich krallte und damit zum Tisch ging und Platz nahm.

»Von Quantenphysik verstehen ich nichts. Aber so eine Verschiebung sein, nein, ist nicht unwirklicher als alles andere. Ich denken, die Verwandtschaft zu den äh Wennen, die Sie kennen ist genetisch sehr verwässert.«

»Genau. Sind Sie Wissenschaftler oder was ist Ihre Aufgabe als Salamander?«

»Regierungsvertreter und oberster Umwelthüter auf Uhuru. Wir haben uns mit Ureinwohnern geeinigt, die Umwelt schützen und keine Verschwendung an Dingen, die da. Alles schonen und aufpassen. Salamander kontrollieren das.« Er wiederholte fast eins zu eins das, was er Benytasey zur Abschlussprüfung geantwortet hatte, nur in sehr vereinfachter Form und etwas plakativ. Aber er wusste nicht, wie er das einer Frau erklären sollte, die nichts anderes als Zerstörung kannte.

Ihre Antwort beschränkte sich erst auf skeptisches Schweigen, dann lachte sie. Humorvoll war etwas anderes. Sie klang bitter und sarkastisch.

»Ja, das ist typisch für die Ökoaktivisten, die sich auf die Reise gemacht haben. Die meisten von denen, die geblieben sind, sind gestorben oder haben sich zusammengetan, um unter einer Kuppel zu leben und dort Paraterraforming betreiben. Aber es gibt nichts mehr, von dem man leben kann, kein Wasser und auch sonst kaum etwas.«

»Aber warum dann noch kämpfen? Das ist sinnlos! Warum nicht Raumfahrt?« Er war verblüfft und konnte sich nicht zurückhalten. Dieses Verhalten war ihm fremd. Nur nebenher fiel ihm auf, dass er die Sprache jetzt sehr viel besser beherrschte. Vielleicht kam es auch aufs Reden an. Diese Frage wollte er für sich später beantworten. Jetzt konzentrierte er sich auf die Kommandantin.

»Wir kämpfen, weil wir Krieger sind. Im Krieg werden Dinge zerstört. Wir können nicht mehr zu den Raumschiffen, dieser Weg ist uns abgeschnitten. Hier unten ist nur noch der kümmerliche Rest. Kommen Sie, ich zeige Ihnen, wie unsere Welt aussieht, was die Koilon in ihrer Gier aus uns gemacht haben!«

»Sie mir glauben?«

»Die KI hat eine Wahrscheinlichkeit von siebzig Prozent errechnet, dass Sie die Wahrheit sagen. Wenn Sie aus der Zukunft sind, sorgen Sie dafür, dass sich die Geschichte nicht wiederholt.«

»Ich wieder anziehen?«

Rasch nickte sie und tippte auf dem Datenpad, das in ihrem Jackenärmel integriert war. »In wenigen Augenblicken kommt jemand und bringt Ihnen Ihren Schutzanzug.«

»Ich habe noch Fragen. Sie sind technisch hoch, sehr hoch sogar. Warum kein Terraformen dafür Quantenphysik und Weltenzahlen? Was Ihre Aufgabe?« Er war etwas aufgeregt, denn das erschien ihm wichtig und er wollte schnell sprechen, bevor diese Frau die Lust verlor, etwas zu erklären. Im Moment schien sie ihm freundlich gesonnen zu sein.

»Das ist ein wunder Punkt, Wennen. Es gab ein großes Projekt, um den Planeten zu sanieren, sogar die Technik war bereits vorhanden. Dann begann der Streit, welcher Kontinent es zuerst anwenden durfte und natürlich auch um den Preis. Der Hersteller wollte es nicht verschenken. Die

Folgen sehen Sie draußen. Um Wasser ging es im letzten Krieg. Wir sichern hier nur noch unser eigenes begrenztes Überleben. Über die Weltenzahlen weiß ich nichts, das geht über meine Kenntnisse. Ich koordiniere den Angriff auf die Koilon und sichere das Wasserreservoir weit draußen im ehemaligen größten See Monychins.«

Kriege, immer nur Kriege – und eine völlig sinnlose Aufgabe. Vik Tami konnte an nichts anderes denken, traute sich aber nicht, das laut auszusprechen. Es war gut, dass auf Uhuru niemand mehr Geld verdiente, als er zum Überleben brauchte.

Aus reiner Gier haben sie sich selbst vernichtet, wie traurig. Ich werde eine Wiederholung der Geschichte verhindern. Niemals mehr darf es einen Umweltkollaps und Kriege geben. Niemals. Nicht auf Uhuru. Ich will nach Hause. Sein Gesichtsausdruck wurde grimmig, dann für einen Moment traurig, fast weinerlich, heimwehkrank, wie er es nicht für möglich gehalten hätte. Diese Gegend zehrte von seiner Substanz, brauchte ihn förmlich auf, bis er das Gefühl hatte, davon ausgehöhlt zu werden.

Er verschloss sich vor diesen Gefühlen, unterdrückte sie und trat ins Freie.

Kapitel 21

Außerhalb des Bunkers war es unverändert: heiß, trocken und stürmisch. Fragen türmten sich in seinem Kopf. Warum hatten sie sich nicht zusammengetan, um den Planeten zu retten? Warum war er hier? Wann konnte er nach Hause? Würde jemand kommen und ihn retten? Er glaubte es nicht, sondern sah seinen Tod als fast gegeben an.

Minutenlang stand er am Tor der Bunkeranlage und starrte in den Sandsturm. Die Vernunft riet ihm, sofort ins Innere zu laufen, möglichst tief hinab. Doch er bewegte sich nicht.

Leise hörte er die Melodie der Wassermoleküle, die sich in der Luft befanden, mit dem Sand interagierten und mit anderen Schadstoffen vermischten. Der gesamte Bereich war voll damit. In der Atmosphäre gab es noch genügend Restwasser, das sorgte bestimmt für zahlreiche Unwetter. Das Knistern wurde lauter.

»Ein Gewitter zieht auf. Unser Fahrzeug kommt gleich, dann bringe ich Sie an einen anderen Ort.«

Er nickte lustlos und verstand den Grund für den Transfer nicht. Vielleicht hatte die fremde KI seinen Wunsch nach Aufklärung missverstanden? Bei dem Gedanken schauderte er. Von den ganzen Fragen schmerzte sein Kopf. So unauffällig wie möglich rieb er sich den Nacken und danach eine Gesichtsseite. Die Staubwolke wurde dichter, daraus löste sich ein Fahrzeug. Die Kommandantin winkte ihm zu. Ohne weiter darüber nachzudenken, folgte er ihr ins Innere des Gefährts.

Es erinnerte ihn an den Kubus im Orbit. Die Außenwand des Fahrzeugs pulsierte im Rhythmus des Knisterns. Es war unheimlich. Die Kommandantin störte sich nicht daran, oder sie bemerkte es nicht.

Ruft etwas nach mir? Rasch schaute er sich um, dabei runzelte er die Stirn. *Das ist lächerlich, hör auf, dir Dinge einzubilden,* ermahnte er sich.

Das Fahrzeug nahm Fahrt auf und er verlor den Halt. Unsanft landete er auf dem harten Sitz. Noch während er sich zu orientieren versuchte, blendete ihn ein helles Licht.

»Nicht! Nicht! Nein!«, brüllte er, ohne sich zu hören.

Das Licht verschwand, er gewann die Orientierung zurück und schaute sich um. Zusammengekauert lag er im Schatten eines Gebäudes. Nein, es war ein riesiger kreisrunder Gebäudekomplex. Er hörte verschiedene Stimmen. Es war die gleiche Sprache, die er vorhin schon gehört hatte.

Vielleicht ist das einfach nur ein Traum, nur ein dummer Traum, überlegte er.

»Hier! Da ist einer von denen, die uns daran hindern wollen, das Raumschiff zu betreten!«

Noch bevor er reagieren konnte, bückte sich der Monychin und riss ihm die Gasmaske vom Gesicht. Vik Tami keuchte erschrocken auf und hielt die Luft an. Kurz darauf sah er die Sinnlosigkeit ein und atmete weiter.

»Nein, die Uniform ist anders. Aber wer ist das? Keiner von den Technos würde sich mit so billigen Ersatzteilen abspeisen lassen. Man sieht sogar das künstliche Auge. Nein, das ist keiner von denen, vielleicht ein armer Schlucker, der sich an Bord schmuggeln wollte.« Eine Frau trat in sein Gesichtsfeld und betrachtete ihn argwöhnisch.

»Rimick?«, fragte er leise. Ihr Auftreten hatte etwas Einschüchterndes. Sie sah ganz anders aus, als er sie sich vorgestellt hatte.

»Wer will das wissen?« Ihre Stimme klang abweisend, ebenso ihre Haltung mit den vor der Brust verschränkten

Armen. »Wage es nicht, dich zu bewegen. Du kannst mir auch von da unten antworten.«

Ein Risiko wollte er nicht eingehen, also blieb er ruhig am Boden sitzen, schaute aber zu den beiden hoch. Sie trugen so etwas wie eine Uniform und wirkten kränklich, ausgemergelt. Aber in beiden steckte auch Entschlossenheit, bei der Frau sogar noch etwas mehr als beim Mann.

»Vik Tami Jos'Wennen vom Clan Wenn, 350. Salamander von Uhuru, Sohn der Matriarchin …«

Unvermittelt traf ihn ihre Stiefelspitze in die Hüfte. Er zuckte zusammen und stöhnte.

»Lügner! Was ist das überhaupt?«

»Planet im Oronat Ke'Lem Sektor.«

»Verrückter Schwachkopf«, erwiderte der Mann und lachte verächtlich auf. Mit einem Blick brachte ihn die Frau zum Schweigen.

»Von dem Sektor ist kein menschliches Leben bekannt, zumindest keines, das zur Raumfahrt fähig ist.« Sie klang teils belustigt, teils verärgert.

»Meine Zeit … Reise von dann nach … Schwer, Sprache ist anders.«

Sie bückte sich und schaute ihm ins Gesicht.

»Willst du mir damit sagen, dass diese Schwachköpfe von Technos recht haben und sie in der Zeit reisen können?«

»Das weiß ich nicht …« Er wollte noch etwas anfügen, aber sie war nicht daran interessiert.

»Schafft ihn raus und beladet das Schiff. Morgen sind wir weg. Dann sucht denjenigen, der diesen Spinner in die Abflugzone gelassen hat.«

Damit drehte sie sich um und ging weg.

»Warte … warte. Ich bin noch nicht fertig.« Er atmete tief durch und wünschte sich, es nicht getan zu haben. Ein heftiger Hustenreiz war die Folge, trotzdem ging er weiter. Als er sie beinahe eingeholt hatte, drehte sie sich um und hielt ihn auf Armlänge von sich.

»Bleib stehen, billiger Cyborg. Mit euch Technos habe ich abgeschlossen. Ihr seid alle irre und du bist der Irrste unter dieser verfluchten Sonne. Wenn ihr früher auf uns gehört hättet, säßen wir jetzt nicht in diesem Schlamassel. Vor hundert Jahren schon haben Ökos gepredigt, was passieren wird, wenn ihr nicht mit eurem Raubbau aufhört. Ihr habt uns das Wasser abgegraben, uns ausgehungert! Jetzt fresst den Staub, den ihr unseren Kindern hinterlassen habt. Wir hauen von hier ab und siedeln uns woanders nach unseren Vorstellungen an.« Sie packte ihn am Kragen und zog ihn, ungeachtet seiner Größe zu sich heran: »Du wirst uns nicht davon abhalten! Scher dich in die Hölle, die für euch bereitet ist.«

Vik Tami war von ihrer Ansprache so schockiert, dass er nichts weiter dazu sagen konnte. Mit einem Ruck ließ sie ihn los und drehte sich herum.

»Eron, benachrichtige alle Passagiere, dass sie sich gefälligst in den nächsten zehn Stunden hier einfinden. Wir müssen alle raufschaffen, ehe uns diese Idioten den Saft ganz abdrehen!«

Entschlossen stiefelte sie weiter. Doch Vik Tami hatte sich von dem Schrecken erholt, eilte ihr nach und packte sie an der Schulter. Abrupt drehte sie sich zu ihm herum. Ihr Blick war scharf wie ein Skalpell und drohend wie der lähmende Schrei der Ybalben. Auf seiner natürlichen Haut kroch Gänsehaut hoch. Das war keine Person, mit der man länger als nötig zu tun haben wollte. Die perfekte Matriarchin, wie seine Mutter. Ihn schauderte. Rasch nahm er die Hand von ihrer Schulter und zog sich zurück. Er wusste, dass er keine Chance hatte. Dann musste er es auf anderem Weg versuchen.

Obwohl sie ihm nicht geantwortet hatte, war er sich sicher, dass sie Rimick war, die erste Matriarchin auf Uhuru. Das war unheimlich und sie war eine Fanatikerin.

Wollte er so werden wie sie, dieses Feuer in den Augen, die Kraft der Überzeugung in der Stimme das Richtige zu tun? Wollte er zu einem Wesen werden, das andere unterdrückte, nur um den eigenen Standpunkt durchzusetzen? War er dann nicht ebenso schlecht wie Titum Van, die fanatisch Reichtum und Besitz hinterherjagten? Darauf wusste er keine Antwort. Aber ein Stück Zweifel blieb. Irgendwo gab es einen Knackpunkt, den großen Unterschied. Die einen handelten mit dem Wohl aller im Blick, die anderen hatten nur das eigene Vorankommen im Sinn.

Die Frau konnte unmöglich ahnen, was in seinem Kopf vorging, aber sie drehte sich noch einmal um und seufzte genervt auf.

»Ich habe zu tun. Also schnell, billiger Cyborg.«

»Ich weiß, aber ich brauche Antworten … Antworten für meine Zukunft, für die Welt und die Zeit, der ich entstamme. Ich habe keine Ahnung, wer für meine Reise verantwortlich ist. Wir wollten nur ein Artefakt …«

»Was? Du bist im Weltraum gereist?«

»Ja, mit einem sybanischen Raumschiff.«

»Oh, die haben es geschafft. Na, da werden die Techno-Spinner und die Planetenregierung ihre Freude haben. Aber … egal, ich glaube, das ist nicht wichtig. Und was hat dich auf die Spur dieses Artefakts gebracht? Woher kennst du meinen Namen?«

Vik Tami war sich nicht sicher, ob er alles sagen sollte, aber mit der Frage nach ihrem Namen hatte er bereits damit begonnen. Es konnte die Lage verschlimmern, nicht für ihn, sondern für wirklich alle, besonders die Zukunft, seiner Zukunft, falls er dann überhaupt noch eine hatte.

»Den Namen habe ich auf einer alten Aufzeichnung gehört. Dann hat Captain Lor die Koordinaten herausgefunden und wir haben im Orbit das Artefakt gefunden … einen riesigen Kubus aus mir unbekanntem Material und innen vollständig leer …«

»Diese Idioten! Sie haben es tatsächlich getan! Eron! Rasch, wir verlegen den Abflug vor. Wer in zwei Stunden nicht auf dem Schiff ist, bleibt hier. Ich sage dem Commander Bescheid und gehe danach noch einmal in den Keller!«

»Rimick, warte. Was ist da los? Was hat wer getan?« Er wollte doch nur ein paar Informationen. Aber sie hatte andere Absichten, schob ihn zur Seite und lief auf eine Plattform zu. Kaum hatte sie diese erreicht, wurde sie von einem hellblauen Licht umschlossen, in die Luft gehoben, dann war sie verschwunden. Vik Tami traute seinem Okular nicht.

Hingebungsvoll fluchte er, dabei ging er ebenfalls auf die Plattform zu und stellte sich darauf. Erst geschah nichts. Als er schon enttäuscht herunterklettern wollte, baute sich das Lichtfeld auf. Sein Okular zeigte ihm nur noch Punkte, eine Welt wie aus einem Bildschirm, stark vergrößerte Bilder in Form von Pixeln. Es war verwirrend. Mit einem Mal war es vorbei und er fand sich woanders wieder. Auch hier erinnerte ihn die Bauweise an den Kubus oder den Bunker, in dem er bereits gewesen war. Ein Mann in Uniform eilte auf ihn zu. Das erschreckte Vik Tami nicht, es war die Waffe in der Hand des Mannes, die ihn zum Stehen brachte und die Hände nach oben halten ließ.

»Stopp! Identifizieren Sie sich!« Der Mann war gewohnt, dass seine Befehle befolgt wurden, also tat Vik Tami das, was ihm befohlen wurde, immer den Blick auf die Waffe gerichtet.

»Vik Tami Jos'Wennen …« Weiter kam er nicht, denn Rimick kam zurück und murmelte einen ihm unverständlichen Fluch oder eine Verwünschung oder sonst etwas Beleidigendes.

»Lassen Sie ihn durch. Ich kümmere mich darum.« Zufrieden war sie nicht, das war für Vik Tami nur schwer zu übersehen.

»Du bist die Seuche, billiger Cyborg. Also gut.«

»Du hast meine Frage nicht beantwortet, Rimick. Wer hat das Artefakt gebaut und zu welchem Zweck?«

Sie schaute sich um, dann beugte sie sich zu Vik Tami und flüsterte: »Die Technos natürlich. Einige Physiker haben anscheinend einen Weg gefunden, die Zeit zu beeinflussen. Vielleicht konnten sie den Planeten dann in einer anderen Zeit retten. Aber weißt du was, ich glaube es nicht. Die Gier ist größer als der Gemeinschaftssinn. Hat man ja beim Terraforming-Projekt gesehen. Wir wollten es haben und für das Wohl aller einsetzen. Tja, das Ergebnis unserer Bemühungen siehst du hier. Traue nie irgendwelchen Geschäftemachern, sie lachen dir ins Gesicht, während sie dich von hinten erstechen.«

Sehr viel schlauer war Vik Tami jetzt auch nicht, aber zumindest redete sie mit ihm.

»Ich glaube, dass ich von diesem Artefakt herumgeführt werde. Ich war schon auf dem völlig ruinierten Planeten. Alles war verstrahlt und die Staub- und Schadstoffkonzentration in der Luft war noch schlimmer als hier. Den Boden konnte ich nicht untersuchen, aber an dem Platz waren nur Sand oder Staub.«

»Warum sagst du mir das? Ich will das nicht wissen.«

»Aber ich will wissen, warum ich das sehen muss! Ich will das nicht, ich will nach Hause.«

»Tut mir leid, Cyborg, da kann ich dir nicht helfen. Wir fliegen in wenigen Stunden ab.«

Er bewunderte sie einerseits dafür, dass sie ihn nie fragte, wie es auf Uhuru sein würde oder was er über die Zukunft sagen konnte, andererseits würde er zu gern darüber reden. Doch er zwang sich, den Mund zu halten. Es brachte ihn keinen Schritt weiter.

»Ich habe dir gesagt, was ich weiß. Eine Frage gestehe ich dir noch zu, dann musst du das Schiff verlassen.«

»Wie ist es zu dem Krieg zwischen Technos und Ökos gekommen?« Das war eine der Fragen, die er auch interessant fand. Vielleicht schloss sich so eine Informationslücke. Aber wie das alles helfen sollte, das generationenlang andauernde und nie angesprochene Trauma auf Uhuru zu lindern, wusste er noch nicht.

»Ganz einfach, unsere Ansichten waren zu verschieden. Irgendwann sprachen die Waffen, dafür waren aber Großteils die Regierungen schuld, weniger wir oder die Technos. Nur weil wir den Planeten retten wollten und so gut es geht auf emissionsbasierte Technik verzichten, heißt das nicht, dass wir uns nicht wehren können. Mit den Strahlungswaffen haben sie uns aber gezeigt, wo wir stehen. Sie haben uns ein Siedlungsschiff zugesprochen mit Besatzung und allem, damit wir den Planeten verlassen und sie in Ruhe weiter machen können. Ich weiß nicht, worauf ich mich freuen soll.« Sie machte kehrt, dabei griff sie nach Vik Tami und zwang ihn, ihr zu folgen. Seine Zeit auf dem Schiff war um. Er betrat den Raum, in dem er gelandet war, und stieg auf die Plattform. Doch anstatt des blauen Lichts, wurde es wieder weiß. Die Wände flüsterten ihm etwas zu, das er nicht verstand. Zu viele Stimmen sprachen gleichzeitig und zu leise. Es war wie tausend Fingernägel, die über seinen Rücken strichen. Er bog sich durch, wollte ausweichen, hielt sich die Ohren zu und schrie.

Kapitel 22

»Commander ti Nosh! Melden Sie sich!«, brüllte Captain Lor immer wieder in den Kommunikator, aber nach der letzten Nachricht war Stille eingekehrt. Nicht einmal das leiseste Knacken zeigte eine mögliche Störung an. Es war nichts, so, als wäre sie nicht greifbar, weit entfernt in einem anderen System.

»Das Objekt ändert seine Position. KI errechnet neues Ziel.« Die Physikerin auf der Brücke sprach gefühllos, das war einer ihrer großen Vorteile. Lor fand ihre effiziente Sprechweise beruhigend, so wie er die bestens ausgebildete und schwer in Panik zu versetzende Brückencrew beruhigend fand.

»Bildschirm ein, Fokus auf das Objekt. Verfolgen Sie es und scannen Sie es nach Lebensformen. Was macht das Shuttle?«

Er musste einige Sekunden warten, dann starrte er auf das Bild des Kubus. Für seine Augen war es noch immer so, wie er es zuletzt gesehen hatte. Aber die Berechnungen des Bordcomputers waren wesentlich genauer als seine Augen. Weitere Sekunden verstrichen elendslangsam. Geduldig wartete Lor auf die Ergebnisse.

»Das Shuttle ist in einer Art Kraftfeld an den Kubus gebunden. Die Scanner dringen nicht durch. Versuchen es weiter.«

Er musste handeln, irgendwie. Über kurz oder lang würde jemand mit Fragen bei ihm auftauchen. Der Botschafter, der alte Salamander und vielleicht war sogar der Nuum am Wohlergehen seiner Vorgesetzten interessiert. Ihm selbst lag mehr daran, seine Untergebenen sicher zurück an Bord zu bringen. Zweifel befielen ihn. Zweifel, die ihn unsicher machten. Streng befahl er sich, diese nicht zuzulassen. Sie hatten im Leben eines Befehlshabers keinen Platz. Trotzdem fragte er sich, warum er sich auf dieses hanebüchene Abenteuer eingelassen und Commander ti Nosh das Kommando über die Expedition übertragen hatte, anstatt sie selbst zu leiten. Genau betrachtet, gab es keine andere Lösung, ti Nosh hätte in jedem Fall gehen müssen. Der Captain durfte das Schiff nicht für schwer einschätzbare Missionen verlassen, er musste an Bord bleiben – wie schwer es ihm auch fallen mochte. Lor unterdrückte ein Seufzen.

Jetzt sah auch er die Bewegung. Der Kubus hatte sich gedreht und zeigte nun wie ein ausgestreckter Finger auf die Libina.

»Welchen Kurs nimmt er?«, fragte er betont ruhig.

»Er nimmt geraden Kurs auf uns.«

»Kommunikation, versuchen Sie eine Verbindung mit dem … dem Kubus herzustellen. Irgendjemand muss den doch steuern.« Das war alles äußerst seltsam, um nicht zu sagen furchterregend. Er wartete auf die Antwort des Funkers und wurde dabei ungeduldig. Nach fast einer Minute, die sich zog wie heißes, flüssiges Plasto, antwortete er endlich: »Unsere Kontaktversuche werden blockiert.«

Lor brummte unzufrieden.

»Machen Sie weiter und vergessen Sie dabei nicht Commander ti Nosh.«

Nachdem er die Bestätigung des Befehls erhalten hatte, starrte er wieder den Bildschirm an. Jetzt sah er es deutlich. Der Kubus näherte sich. Selbst das kleine Shuttle erkannte er. Es hing in einem Kraftfeld, um nicht abgetrieben zu werden. Aber was konnten Sie dagegen unternehmen?

Wenn der Salamander und die Titum Van Händlerin nicht zurückkamen, dann würde er echte Probleme bekommen. Er wollte niemanden verlieren, wobei er fand, dass es um diese beiden nicht besonders schade war. Zum Glück für ihn war der sybanische Diplomat klug genug gewesen, das Schiff nicht zu verlassen. Gerade als er an ihn dachte, glitt das Schott des Lifts zur Seite und gab dem Kiemenatmer den Weg frei, der in Begleitung des Nuum und des alten Salamanders die Brücke mehr oder weniger stürmte.

»Was höre ich da, Captain Lor? Wir befinden uns nicht auf dem Rückweg nach Syban?«

Am liebsten hätte er diesen Politiker ignoriert. Er unterdrückte den Impuls, seinen Frust über die Zivilisten hinauszuschreien, und drehte sich herum.

»Wie Sie sehen, Botschafter. Wir mussten einer Art Notruf nachgehen. Leider ist unser Landetrupp verschollen.«

»Landetrupp …«, brummte Salamander Jos'Bedren und schüttelte den Kopf. Der Nuum legte ihm eine Hand auf den Arm und zog ihn etwas in den Hintergrund. Einen Moment fragte sich Lor, woher dieses gute Einvernehmen zwischen den beiden Männern kam, doch das ging in der aktuellen Situation unter.

»Um welche Art Notruf handelt es sich, Captain?«, bohrte der sybanische Botschafter nach, der keinesfalls gewillt war, sich billig abspeisen zu lassen. Seine Gestalt war zwar nicht bedrohlich, aber er hatte ausreichend Autorität, um gefährlich zu werden, wenn ihm der Sinn danach stand.

»Ein Signal, um welche Art Notruf es sich genau handelt, sollte der Landetrupp herausfinden. Wie Sie sehen …«

»Eingehende Nachricht von Commander ti Nosh. Sie befinden sich im zweiten Modul. Salamander Jos'Wennen ist verschwunden.«

Lor brummte einen Fluch, er ahnte Böses, das in Form von Vygon Jos'Bedren auf ihn zu eilte. Kaderian war ihm hart auf den Fersen und versuchte, ihn zu beruhigen.

»Was sagen Sie da? Das kann doch nicht sein!« Zornig packte der Salamander den Captain an den Schultern und wollte ihn schütteln, doch zwei Sicherheitsleute eilten herbei und griffen nach ihren Waffen. Lor gab ihnen ein Zeichen, diese stecken zu lassen.

»Wir wissen noch nichts, Salamander. Warten wir erst einmal ab. In den Kuben gibt es keine Beleuchtung, deshalb kann er sich auch von den anderen entfernt haben und nicht mehr zurückgefunden haben.«

»Machen Sie sich nicht lächerlich. Er ist mit mehr Technik ausgestattet, als Sie sich vorstellen können! Der sieht auch im Dunkeln und findet einen Weg, wenn es einen gibt!« Vygon war nicht so leicht abzuschütteln. Jetzt mischte sich auch der Botschafter wieder ein.

»Was ist mit der Vizepräsidentin von Titum Van, Lynaris ri Teynar?»

Lor hasste die Art, wie ri Nopkar die Namen anderer aussprach und nicht auf die Titel verzichtete. Er konnte das auch anders, aber manchmal betonte der Botschafter die Titel so besonders, als müsste er anderen unter die Nase reiben, wie gebildet und hochgestellt er war. Kaderian warf dem Botschafter einen undeutbaren Blick zu. Einen Moment dachte Lor, der Nuum wollte den Kiemenatmer sezieren, dann vergaß er das eigenartige Verhalten wieder und widmete sich den wirklichen Problemen. Den Blick konnte er sich auch gut eingebildet haben.

»Sie ist gegen unser Anraten mit dem Landetrupp mitgegangen.« Hätte ri Nopkar Haare und die Möglichkeit dazu, würde er sich diese raufen. Diesen Eindruck erweckte er bei Captain Lor.

»Lassen Sie mich los, Salamander Jos'Bedren. Es bringt nichts, wenn Sie mich angreifen. Die Sicherheitswachen lassen das nicht zu. Auch den Botschafter bitte ich, sich zurück in sein Quartier zu begeben. Ich werde Sie umgehend informieren, sobald wir mehr wissen.«

Er lobte sich für diese diplomatische Aussage, doch bei den beiden biss er auf Granit. Wenigstens trat der Salamander einige Schritte zurück und Kaderian stellte sich so hin, dass er rasch eingreifen konnte. So etwas hätte er dem Nuum nicht zugetraut.

»Jos'Bedren, kommen Sie. Wir können hier nichts tun. Und auch Sie, Botschafter, bitte ich, mit mir zu kommen. Begleiten Sie mich in die Unterkunft der Handelsdelegierten ri Teynar.«

Lor zog die Augenbrauen zusammen. Der Verdacht, der Nuum heckte etwas aus, drängte sich ihm geradezu auf. Sobald sie die Brücke verlassen hatten, wurde seine Aufmerksamkeit wieder auf den Bildschirm gelenkt und er vergaß den suspekten Nuum sofort.

Das Konvolut aus Kuben befand sich auf Kollisionskurs.

»Geben Sie einen neuen Kurs ein. Ich will dem Ding nicht zu nahekommen.« Es konnte ebenso gut eine Waffe wie eine Rettungseinrichtung sein. Aufgrund des Materials ließ sich nichts weiter feststellen.

Der Steuermann gab die Richtungsänderung ein. Langsam drehte die Libina ab und einen Moment sah es so aus, als würden sie wieder mehr Raum zwischen sich und dem Kubus gewinnen. Doch das Ding folgte ihnen.

»Maschinen. Stopp«, befahl der Captain, nachdem sie mehrere solcher Manöver geflogen waren.

»Versuchen Sie, Kontakt mit Commander ti Nosh herzustellen und dieses Mal auch zu halten.«

»Ja, Captain. Beim letzten Mal kam die Nachricht nicht durch die üblichen Kanäle. Sie kam auf dem alten Signal, das uns zuerst erreicht hat.«

»Dann versuchen Sie es auf dieser Frequenz. Irgendetwas muss dort sein, was das verdammte Dinge steuert und unseren Landetrupp festhält. Ich lasse nicht zu, dass sie in irgendetwas gefangen werden. Wir kamen, um zu helfen, und jetzt das …« Erbost hielt er inne. Er musste sich mehr beherrschen. Es machte die Besatzung nervös, wenn er ausfällig wurde. Außerdem waren sie nicht gekommen, um zu helfen. Den Notruf hatte er nur vorgeschoben, um sich besser rechtfertigen zu können. Hauptsächlich wollte er seine Neugier befriedigen und erfahren, was es mit dem Signal auf sich hatte. Aber das sollte niemand erfahren.

Kapitel 23

In Lynaris Quartier bot Kaderian den beiden Politikern Plätze an, dem von Uhuru auch ein Getränk, während er sich selbst bediente. Vygon entschied sich für einfaches Wasser und setzte sich auf das Sofa, das direkt auf den Wandschirm zeigte. Zum Glück war der Monitor ausgeschaltet und er musste nicht den Ort sehen, an dem Vik Tami vermisst wurde. Wochenlang hatte er sich eine Möglichkeit gewünscht, den Jungen loszuwerden, jetzt war er ihn vielleicht los und es passte ihm auch nicht. Es erstaunte ihn, dass er traurig darüber wäre, wenn der junge Salamander verschwunden bliebe.

Kaderian reichte Vygon sein Wasser, dann setzte er sich den Politikern gegenüber. Selbst nippte er an etwas Undefinierbarem mit einem stark süßlichen Geruch.

»Also, reden Sie, warum haben Sie uns von der Brücke geschleift.« Botschafter ri Nopkar war sehr direkt, fast schon unfreundlich. Es grenzte beinahe an ein Wunder, dass er überhaupt mitgekommen war und sich mit jemanden von Kaderians Rang unterhielt.

»Ich denke, wir können an einer Lösung arbeiten. Wie Sie vielleicht wissen, bin ich ein Nuum und ich möchte nur meinen Vertrag erfüllen und dann abhauen.« Er verzichtete jetzt darauf seine sprachliche Eigenheit als Nuum zu unterdrücken und zischte jeden S-Laut. »Jede Verzögerung steht meinem Wunsch entgegen. Ich könnte mich auf der Brücke einschleusen. Wachpersonal läuft genug herum und einer mehr, der gelangweilt in einer Ecke herumlungert, fällt nicht weiter auf.«

Der Botschafter blähte die Kiemen, sein Gesicht nahm eine grünliche Farbe an, als er darüber nachdachte.

Vygon gab undefinierbare Laute von sich. Auch er war unsicher, was diesen Plan anging. So viel er wusste, war Kaderian bereits aufgeflogen und er würde auffallen. Andererseits war es eine Möglichkeit, an Informationen zu kommen. Er gab sich noch einen Moment und fiel dann ri Nopkar ins Wort, der ebenfalls den Mund öffnete.

»Nein. Das Risiko, dass Sie entdeckt werden, ist zu groß. Wir überlegen uns etwas anderes. Verzeihen Sie, Botschafter ri Nopkar, Sie wollten auch etwas sagen.«

»Ich bin begeistert. Der Captain scheint nicht viel zu können, nicht einmal um die Anschläge kümmert er sich. Oder wissen Sie etwas, das man mir vorenthält? Vielleicht schützt er ja jemanden aus der Mannschaft? Am Ende hat sich irgendeiner dafür gut bezahlen lassen und der Captain deckt diese Person … oder er steckt selbst dahinter. Am Ende war es der junge Salamander, der den Captain wohl schon von früher kennt. Na, wenn das nicht alles perfekt zusammenpasst.« Der Botschafter war beleidigt, sogar die schwer lesbare Physiognomie der Kiemenatmer konnte das ausdrücken.

»Hören Sie, Botschafter, das ist lächerlich, was Sie sagen. Ich will für den Captain keine Lanze brechen, aber …«

»Dann halten Sie den Mund, Salamander! Gehen Sie, va Nor, und tun Sie was getan werden muss. Halten Sie mich auf dem Laufenden«, erwiderte ri Nopkar grob, was Vygon tatsächlich zum Schweigen brachte. Geräuschvoll erhob sich der Botschafter und verließ das Quartier. Kaderian schaute ihm einen Moment länger hinterher als nötig.

Während sich die Tür hinter dem Botschafter schloss, stand der Salamander ebenfalls auf und ging zum Tisch, auf dem er sein Glas abstellte. Immer wieder schüttelte er den Kopf. Es widerstrebte ihm, auf dieses unehrliche Mittel zurückgreifen zu müssen. Aber vielleicht hatte der

Kiemenatmer recht und sie hatten keine andere Wahl. Schließlich hob er ratlos die Arme und ließ sie wieder fallen, wobei er den Kopf erneut schüttelte und ein resigniertes Seufzen von sich gab.

»Ach, na schön. Machen Sie, was Sie wollen. Ich bin in meinem Quartier, falls Sie mich brauchen.« Vygon glaubte nicht, dass er an Bord dieses Schiffs von irgendjemanden gebraucht wurde. Derjenige, für den er da sein sollte, befand sich für ihn unerreichbar in dem sonderbaren Kubus. Er hätte Vik Tami strikter von diesem Vorhaben abhalten müssen. Jetzt war es zu spät und falls dem 350. Salamander ein Leid geschah, musste er dafür geradestehen. Ihn schauderte es bei diesem Gedanken.

»Warten Sie. Ich muss nicht sofort loslegen, so eine Verwandlung kostet schließlich Kraft. Setzen Sie sich.«

Vygon überlegte eine Weile, dann nahm er das Angebot an. Es war auf jeden Fall besser, als allein im Quartier zu sitzen und zu grübeln, schlimmstenfalls musste er eine weitere Nachricht der Matriarchin ignorieren.

»Wie funktioniert das mit der Verwandlung?« Einerseits war es Neugier, andererseits war für Vygon jedes Thema angenehmer, als über die aktuelle Lage nachzudenken.

Kaderian lachte verlegen und ließ sich Zeit.

»Es ist eine Anpassung an die Umgebung und die Atmosphärenbedingungen. Mein natürliches Aussehen würde Sie sehr irritieren, vielleicht sogar erschrecken. Ich könnte in der Form hier auch nicht überleben«, antwortete Kaderian endlich, als Vygon schon meinte, es würde nichts mehr kommen.

»Was hat Sie dazu gebracht, Nuum zu verlassen? Ist es nicht anstrengend, dauernd eine fremde Form anzunehmen und zu halten?«

Kaderian lachte wieder und schüttelte den Kopf.

»Abenteuerlust, die Suche nach Ruhm und Geld natürlich. Jugendlicher Leichtsinn war wohl auch dabei. Diese

Form strengt mich nicht mehr an, sie fühlt sich mittlerweile fast normal an. Aber sobald ich ausreichend Geld gespart habe, kehre ich nach Nuum zurück.«

Vygon nickte. Jugendlicher Leichtsinn hatte schon so manch ein Leben in eine andere Richtung als in die Vorgesehene gerückt. Dabei dachte er an Vik Tami, den er damals, als er die Probleme mit Benytasey gehabt hatte und bei den Predigern leben musste, hochkant hinausgeschmissen hätte. So aber war es anders gekommen.

»Jetzt sind Sie dran. Wie wird man Salamander?«

Die Frage überraschte Vygon. Ihm war nicht bewusst gewesen, wie wenig Wissen es außerhalb Uhurus über sie gab.

»Das ist ganz einfach, wenn man sich berufen fühlt, Planetenwächter zu werden, geht man in die Hauptstadt und meldet sich beim Rat der Salamander. Dann gibt es eine Eignungsprüfung. Wenn man die besteht, muss man sehr viel lernen. Nur die Besten schaffen es und von denen ist meistens niemand dabei, der für die Führung geeignet ist. Ich bin mit zwölf Jahren dazu gekommen, Vik Tami war vier, als er gebracht worden ist. Er ist, soweit ich weiß, der Einzige, der sich diese Berufung nicht ganz selbst ausgesucht hat. Aber er ist gut.« Der junge Kaderian hatte eine Art drauf, Vygon zum Reden zu bringen, die ihm unheimlich wurde. Er sagte sich selbst, dass er besser aufpassen musste, um keine Geheimnisse auszuplaudern. Natürlich war im Gesicht des Nuum keine Regung zu erkennen. Sein Blick war die ganze Zeit über mit höflicher Aufmerksamkeit auf Vygon gerichtet, was ihm unangenehm wurde. Er gab sich einen Ruck und ging auf die Tür zu.

»Wie gesagt, an Ihrer Stelle würde ich nicht auf die Brücke gehen. Ich bin in meinem Quartier.« Dieses Mal wartete er nicht mehr und ging sofort. Hinter sich hörte er Kaderian noch etwas murmeln, doch er achtete nicht weiter darauf.

Kapitel 24

Während im Quartier über mehr oder weniger Belangloses geredet wurde, versuchte Lor immer noch eine Verbindung zu seinem Außenteam herzustellen. Es lief ständig ins Leere. Er musste sich beherrschen, um nicht ruhelos herumzulaufen oder an der Nagelhaut zu kauen. Deshalb setzte er sich in seinen Kommandantenstuhl und legte die Hände ganz bewusst um die Armlehnen. Was er brauchte, war Ablenkung und ein positives Ergebnis. Bislang schaute es alles andere als gut aus.

»Der Kubus verringert die Geschwindigkeit und hält jetzt ganz.« Das war zwar gut, aber sie waren viel zu nahe an dem Ding dran.

»Vergrößern Sie das Bild und suchen Sie nach irgendwelchen Eingängen.«

Es dauerte nur Sekundenbruchteile, bis der Bildschirm von dem schwarzen Ding ausgefüllt wurde. Nichts war darauf zu sehen. Nichts, das auf eine Landebucht oder vielleicht auf eine Einstiegsluke hindeutete.

»Was sagen die Scans?«

»Die Außenhaut besteht aus einem unbekannten Material. Welche Energiequelle benutzt wird, wissen wir noch nicht. Wir bleiben weiter dran, Captain.«

Verärgert und frustriert ballte er eine Hand zur Faust und trommelte damit auf die Armlehne. Irgendetwas musste zu finden sein! Er war sich sicher, dass sie etwas übersahen. Einer plötzlichen Eingebung folgend sprang er auf.

»Stellen Sie die eingegangenen Nachrichten noch einmal in meinen Raum durch.« Er wartete keine Bestätigung ab, sondern lief gleich los.

Angespannt saß er kurz darauf an seinem Arbeitstisch und hörte sich wieder und wieder die Nachrichten an. Als er die Aufnahme zum gefühlten hundertsten Mal hörte, beugte er sich nach vorne. Da war eine Unregelmäßigkeit! Aber vielleicht bildete er sich auch schon Dinge ein, die gar nicht da waren. Lor wollte sich keine zu großen Hoffnungen machen, schließlich hatten die Bordfunker auch nichts bemerkt. Andererseits gab es für sie keinen Grund, genauer hinzuhören. Trotzdem blieb er seiner Eingebung gegenüber skeptisch.

»KI, gehe zu Minute drei, verlangsame und blende nur die Hintergrundgeräusche ein.« Sekunden später hörte er nichts. Dann ein Klopfen. Aufgeregt rutschte er herum. Dieses Zeichen kam ihm bekannt vor. Die Abstände zwischen den Klopfzeichen waren unterschiedlich lang. Es musste eine Art Signal sein. Wie eine altertümliche Signatur.

»KI, speichere das Klopfen. Dann vergleiche es mit alten Systemen der Nachrichtenübertragung, geh zurück bis zu den Anfängen der Industrialisierung.«

»Das wird einige Zeit in Anspruch nehmen, Captain. Wenn Sie Ihre Angaben präzisieren, kann ich die Datenbanken schneller durchforsten.«

Typisch KI, dachte Lor.

»Ich warte. Gib die Ergebnisse an die Brücke.«

Allein in seinem Büro konnte er nicht warten, er brauchte jetzt die vermeintlich lebhaftere Umgebung der Brücke mit der Besatzung und den wenigen Geräuschen, die sie verursachten. Vielleicht gab es in der Zwischenzeit auch weitere Ergebnisse über die Hülle des Kubus.

Es gab keine neuen Erkenntnisse, obwohl ihm die Wissenschaftler versicherten, sie würden mit Hochdruck an der Sache arbeiten. Er glaubte ihnen. Ernüchtert setzte er sich auf seinen Platz und wartete. Commander ti Nosh fehlte ihm gerade sehr. In solchen Situationen tat es ihm gut, mit ihr über alles zu sprechen. Das klärte die Gedanken. Die zweite

Offizierin war zwar auch gut, sie stand abwartend in seiner Nähe, aber sie war noch jung und es war ihr erster Einsatz in dieser Position auf einem Kreuzer wie der Libina.

Jeder verdiente eine Chance, aber im Moment hatte er nicht die Nerven, sich mit ihr zu unterhalten oder sie in seine vagen Überlegungen einzubeziehen. Er wusste, dass das unfair war, aber er konnte sich einfach nicht überwinden. Also starrte er geradeaus auf den großen Bildschirm, der unverändert den Kubus zeigte, in dessen Nähe das Shuttle schwebte, eingehüllt in ein Kraftfeld, das es an Ort und Stelle hielt. In diesem schwarzen Unding befanden sich ti Nosh und der Rest des Landetrupps sowie der Shuttlebesatzung. Er unterdrückte ein Seufzen und den Wunsch, sich mit den Händen über das Gesicht zu reiben.

Endlich, er glaubte schon, die KI würde nichts finden und er hätte sich getäuscht, erklang die stets freundliche Stimme des Schiffscomputers.

»Captain Lor, ich war in der Lage einen Code ausfindig zu machen. Soll ich die Übersetzung abspielen?«

»Natürlich!« Er sprang auf und setzte sich sofort wieder. Hektische Bewegungen brachten nichts, sondern würden nur den zweiten Offizier nervös machen.

Kapitel 25

Die Dunkelheit wurde nur durch die wenigen Lichtkegel der Taschenlampen unterbrochen. Abgesehen von den Geräuschen, die sie verursachten, war es still. Sogar Lynaris hielt den Mund. Sie blieb nahe bei ti Nosh, die souverän das Kommando führte. Die beiden Shuttlepiloten flankierten die Qolpa, der Sicherheitschef bildete den Schluss. So aufgeteilt durchsuchten sie zuerst den Kubus, in dem sie gelandet waren. Ti Nosh hatte ausdrücklich befohlen, dass alle zusammenbleiben sollten. Es reichte, dass der Salamander verschwunden war. Auch schlugen sämtliche Versuche, weiteren Kontakt mit der Libina aufzunehmen, fehl. Entnervt gab es ti Nosh schließlich auf.

»Wir durchsuchen Raum für Raum. Irgendwo muss es eine Kommandozentrale oder einen Maschinenraum geben. Das Ding kann die Position halten, besitzt eine Art Transporter-Technik und kann Kraftfelder generieren.«

Lynaris unterdrückte ein Schnauben wegen der Zusammenfassung des ersten Offiziers. Ihrer Meinung nach war das völlig unnötig.

Dieser Kubus war leer. Das hätte sie ti Nosh gleich sagen können. Hier war nichts, das sich lohnte, abgesehen von dem unbekannten und höchst interessanten Metall oder metallartigem Material, das an den Wänden pulsierte und leicht schimmerte, wenn sie mit der Taschenlampe darüber leuchtete. Angst in dem Sinn spürte die Qolpa nicht, aber sie hatte ein eigenartiges Gefühl in der Magengegend, als hätte sie etwas Schlechtes gegessen. Das hatte sie schon lange nicht mehr, nicht seit dem Geschäft mit Bor Ledvay, dem Halsabschneider, dessen Schergen sie beinahe umgebracht hätten. Unwillkürlich schüttelte sie sich. Damals hatte sie zu spät auf ihr Bauchgefühl gehört. Hier gab es keinen Ausweg, selbst dann, wenn sie auf ihr Gefühl hören würde.

Ihre schlimmste Vorstellung war, an diesem grauenvollen Ort allein herumzuirren. Hastig schaute sie sich um und war beruhigt, sobald sie die Lichter der anderen entdeckte. Ihr ausgezeichnetes Gehör zeigte ihr aber noch etwas anderes, das sehr viel beängstigender als die Dunkelheit war. Es war viel zu still hier. Dann stellte sie fest, dass sie gar nichts hörte, weder die Schritte der anderen noch ihre eigenen und auch keinen Atem, kein Husten, Schnauben oder sonst etwas, das irgendwelche Lebewesen von sich geben, wenn sie versuchen, leise zu sein.

Ihr fuhr ein Schauer über den Rücken, der sie zwang, sich erneut umzudrehen. Hinter ihr ging der Sicherheitschef, vielmehr pendelte das Licht seiner Taschenlampe bei jedem seiner Schritte hin und her, sonst würde sie ihn überhaupt nicht wahrnehmen. Lynaris blieb stehen und starrte dem Leuchten nach. Links. Rechts. Links. Rechts. Ihr Schwanz peitschte im selben Rhythmus mit. Es war hypnotisch. Stille war sonst etwas, das sie genoss, wie die Ruhe in einem Lichtbad der zahlreichen Spas auf Edenium Prime. Diese hier war aggressiv, stürzte sich auf sie und versuchte, sie hineinzuziehen. Eine Leere breitete sich in ihr aus. Eine dumpfe Leere. Bis das Licht direkt vor ihr war und anhielt. Es stach ihr in die Augen. Doch selbst, nachdem sie diese geschlossen hatte, tanzten die weißen Punkte weiter und blendeten sie.

»Madame ri Teynar, passen Sie auf. Wir verlieren den Anschluss.« Die Stimme des Sicherheitschefs drang wie durch eine Schallisolierung zu ihr durch, undeutlich und fern. War er etwa betrunken? Etwas stimmte nicht. Sie gab sich einen Ruck und drehte sich tatsächlich um. Das Gehen fiel ihr schwer. Kaum schaffte sie es, einen Fuß vor den anderen zu setzen. Wie es den anderen ging, konnte sie nicht einmal erahnen, es war ihr auch egal. Sie wollte nur die Technik an sich reißen und dann sofort weg von diesem abscheulichen Ort.

Wie in einem schlechten Traum ging sie weiter und prallte nach nur wenigen Schritten mit Commander ti Nosh zusammen. Die gab einen ärgerlichen Zischlaut von sich und schob Lynaris mit einer energischen Bewegung der Schulter zurück.

»Vorsicht. Hier geht's in die nächste Kapsel oder was auch immer das ist.«

Noch ein Raum, der wenig mehr Licht zeigte als die völlige Dunkelheit zuvor.

Wurde es wärmer? Lynaris kam es so vor. Unter ihrem Schutzanzug schwitzte sie bereits, ein sehr seltener Umstand bei ihrer Spezies. Aber im Gesicht spürte sie keine Änderung der Temperatur.

»Langsam weitergehen.«

»Commander. Ich schlage vor, wir kehren an unseren Ausgangspunkt zurück.« Der Sicherheitschef war nicht so sicher, wie er seiner Position nach sein sollte.

Abrupt hielt der Commander an und richtete den Lichtkegel der Taschenlampe direkt auf den Mann. Lynaris drehte sich zur Seite, um das Schauspiel zu beobachten.

»Um was zu tun? Dort zu warten, bis uns entweder der Captain abholt, diese Technik uns freilässt oder wir elendig verrecken?« Die Stimme der kommandierenden Offizierin war ebenso schneidend wie kalt.

»Nein. Ich weiß auch nicht. Aber das ist alles falsch, es fühlt sich falsch an.«

Der Pilot neben Lynaris nickte kaum merklich. Also hatten die anderen auch das Gefühl, dass hier nichts richtig war und sie gar nicht an diesem Ort sein sollten.

Hätte ich doch nur va Nor hergeschickt, dachte Lynaris trübsinnig, sein Tod wäre bedauerlich, aber verschmerzbar.

»Natürlich ist es das, sonst wären wir nicht hier. Wissen Sie was, es geht mir zwar gegen den Strich, aber gehen Sie zurück und ich suche weiter nach dem Kontrollraum.«

Schon wandte sich Commander ti Nosh um und stiefelte entschlossen los.

»Warten Sie, Commander. Ich komme mit!« Lynaris fragte sich, ob sie jetzt ganz den Verstand verlor. Wieso sagte sie so etwas? Sie war wagemutig im geschäftlichen Bereich, aber nicht, wenn es um etwas Lebensgefährliches ging. Irgendwo in einer Ecke zu hocken und auf etwas zu warten, gehörte allerdings auch nicht zu ihren Gewohnheiten und zu ihrer Art.

Schließlich einigten sie sich darauf, dass der Sicherheitschef mit den Piloten zurückkehrte und versuchte, Kontakt zur Libina herzustellen, während Lynaris und ti Nosh nach einem Kontrollpult oder etwas Ähnlichem suchten.

Schweigend gingen die beiden Frauen durch den nächsten Kubus. Lynaris hatte gedacht, dass der Erste, am größten gewesen war, doch der hier war riesig. Das Licht der Taschenlampen leuchtete nicht einmal bis zu den Wänden.

»Wir müssen alles ablaufen, damit wir nichts übersehen. Sie bleiben bei mir und wagen Sie es nicht, sich zu entfernen.« Lynaris hatte nicht die Absicht, einen Schritt allein zu machen und fand deshalb diesen Befehl mehr als unnötig.

Sie gingen auf eine Wand zu, wie sie hofften. Dabei schaute sich Lynaris immer wieder um.

»Commander …?«

»Pssst …«

Lynaris schwieg. Vielleicht war es auch besser so. Nur das eine Wort hatte die Stille vertieft, die jetzt auf ihr lastete und der gebieterische Laut des Commanders hallte in ihren Ohren nach.

Endlich traf der Lichtschein auf Widerstand und spiegelte sich in etwas, warf sogar verschwommen und verdreht ihr Bild zurück. Fast bekam Lynaris den Eindruck, als würde es aus der Wand treten oder ihr winken. Zu dieser Wand wollte sie nicht. Wie ein bockiges Kleinkind blieb sie stehen und rührte sich nicht vom Fleck. Ihr Schwanz peitschte aufgeregt hin und her.

»Was ist? Da vorne an der Wand kann ich etwas erkennen. Sieht aus wie irgendwelche Paneele. Gut möglich, dass wir eine Schalteinheit gefunden haben.« Ti Nosh klang unbekümmert, fast freudig erregt. Am liebsten hätte Lynaris geschrien, die Frau davor gewarnt, an die Wand zu gehen. Sie streckte die Hand aus, wollte die Offizierin an der Schulter packen und griff ins Leere. Ein Schrei zerriss die Stille, hallte in ihren Ohren. Er kam direkt aus der Wand. Es war nicht ti Nosh, auch nicht Lynaris. Die Stimme gehörte zu einem Mann.

Kapitel 26

Vik Tami schrie und schrie und konnte nicht mehr aufhören. Wie durch milchiges Glas sah er Rimick, die ihre Hand ausstreckte und etwas sagte. Verzweifelt griff er nach ihr, konnte sie aber nicht erreichen. Trotzdem hatte er das Gefühl gepackt zu werden, doch von wem, erkannte er nicht. Nur das Licht, das sich in seinen Sehnerv brannte.

Plötzlich erlosch es. Sein Schrei endete. Eine Weile war es herrlich ruhig und dunkel. Es fühlte sich gut an und er dachte, er könne sich einen Moment ausruhen und entspannen. Wieder überlegte er, ob das alles nicht doch ein Alptraum war und er langsam aufwachte. Dann hörte er etwas, das ihn daran zweifeln ließ. Erst war es ganz leise, kaum zu hören. Ein Flüstern. Dann ein zweites, ein drittes und immer mehr Stimmen gesellten sich dazu. Es zischelte in seinen Ohren und strich mit eisigen Fingern seinen Rücken hinab.

»Hilfe. Helfen Sie mir.« Er wusste nicht, ob sein Gebettel erhört wurde oder ob überhaupt jemand da war, der es hören konnte. Sein Okular hatte durch das grelle Licht eine Notabschaltung eingeleitet, jetzt sah er gar nichts mehr. Er fühlte sich, als wäre er verprügelt worden, durch die Mühle gedreht, gequetscht und wieder zusammengesetzt.

Jammern hilft nichts, Tami. Du musst dir selbst helfen. Wie es aussieht, hat mich diese fremde Intelligenz einfach hier, wo immer das auch sein mag, abgesetzt und liegengelassen. Ich fühle mich wie Abfall, nicht einmal gut genug, um den Boden damit zu düngen. Mutter ... du verdammte ... hast mir das eingebrockt, hast mich dazu gezwungen, Salamander zu werden. Er schluchzte und vermisste die Tränen, die nicht kommen konnten. Diese Gedanken taten weh und sogar in ihnen zensierte er sich.

Es tut mir leid, Mutter. Ich wollte dich nicht beleidigen. Du wolltest nur das Beste, ganz bestimmt. Und ich bin so undankbar. Verzeih mir, Mutter. Er atmete tief durch und nahm sich vor, sich besser zu konzentrieren. Es brachte nichts, wenn er sich verrückt machte. Sooft er sich das auch sagte, seine Gedanken kehrten zu seiner Mutter zurück. Es fehlte ihm an Ablenkung. Sobald er das begriff, drehte er sich auf die Seite und setzte sich anschließend auf. Seine Beine baumelten und die Füße landeten überraschenderweise auf festem Boden. Jetzt erst bemerkte er, dass er auf einer Art Matratze lag. Zögernd tastete er sie ab. Ja, es war weich. Nun brauchte er nur noch den Mut, das Okular zu starten. Jedes Mal, wenn er kurz davor war, zögerte er.

Sei nicht so ein verdammter Angstblock. Du kannst das. Sie tut dir nicht mehr weh. Das kann sie hier gar nicht. Du weiß nicht, wo du hier bist, verfluchter Qelt. Er fragte sich, woher die zweite Stimme in seinem Kopf kam, und schüttelte den Kopf, wollte sie so vertreiben.

Irgendwo quietschte etwas. Erst dachte Vik Tami, es wäre ein Tier, vielleicht so etwas wie ein Hehrenn, das gute Wolle lieferte und auch Milch. Es waren sehr genügsame Tiere, die sich mittels Quietschlauten verständigten. Dann fiel ihm ein, dass er nicht auf Uhuru war, nur um sich im selben Gedankengang darüber zu wundern.

Woher weißt du plötzlich, wo du bist? Das hat dir keiner gesagt oder behältst du etwas für dich? Was sollte ich für mich behalten? Wir sind doch eins. Hör auf! Ich werde verrückt. So geht das nicht weiter. Er stöhnte und stand dann vorsichtig auf. Die Bewegung stellte die Stimmen vorerst ruhig. Da erklang das Quietschen erneut. Es war nicht tierischen Ursprungs, es war metallisch. Kurz darauf hörte er ein Zischen und er spürte wärmere Luft zu ihm dringen.

»Er ist wach. Sollen wir ihn wieder schlafen legen?«

Vik Tami spitzte die Ohren. Es hörte sich nicht gut an und wenn sie ihn damit meinten, freute er sich nicht darüber.

»Nein, lassen Sie ihn, vielleicht brauche ich ihn noch.«

Er ließ sich keine Zeit für eine innere Diskussion und aktivierte das Okular. Sofort baute sich das Netzwerk auf, die Neuronen lieferten die nötigen elektrischen Impulse, um das Werk in Gang zu setzen. Langsam schälte sich ein erkennbares Bild aus den vielen Punkten und Daten, die ihm ans Sehzentrum gemeldet wurden. Zwei Personen betrachteten ihn schweigend, dann drehten sie sich um und verließen ihn wieder.

»Warten Sie!«, rief Vik Tami verzweifelt, stürzte auf die Tür zu und hämmerte dagegen. So heftig er konnte, drosch er mit der künstlichen Hand zu. Erst polterte es noch ordentlich, dann verschwand das Geräusch, obwohl er nichts an der Schlagkraft änderte. Er keuchte auf und schüttelte den Kopf. Fassungslos starrte er auf seine Hand, dann auf die Tür oder das, was er für die Tür gehalten hatte. Jetzt fielen ihm die Stimmen wieder auf. Die Frequenz war nervtötend, er spürte das Geräusch bis in die Zähne.

Warum hatte diese fremde Intelligenz ihn nicht wegteleportiert? Diese Frage wog für ihn am schwersten und was würde geschehen, wenn er in der Vergangenheit starb? *Wahrscheinlich passiert gar nichts und das ist alles ein sehr, sehr übler Streich, den sich irgendjemand ausgedacht hat. Lachen kann ich nicht darüber. Hört auf, in meinem Kopf zu singen. Ich bin unmusikalisch und ihr nervt.*

So sehr er es sich auch wünschte, die leisen, unverständlichen Stimmen blieben. Vertreiben konnte er sie nicht, deshalb wollte er sie ignorieren.

Erst schaute er sich in dem Raum um, der wie ein Gefängnis auf ihn wirkte oder wie eine Zelle der Prediger, die ebenso spärlich möbliert waren.

»Es ist deine Bestimmung.«

Hastig schaute sich Vik Tami um. War irgendwo ein versteckter Lautsprecher? Wer hatte das gesagt? Darauf konnte er sich keinen Reim machen, also versuchte er, auch das zu verdrängen. Er musste herausfinden, wie er sich aus dieser misslichen Lage befreien und zurück zu den sonderbaren Weggefährten kommen konnte, die mit ihm in dem Kubus gelandet waren. Ein weiterer Gedanke drang an die Oberfläche und er behagte ihm ebenso wenig wie die anderen. Was, wenn sein Körper dort war und er das alles nur in einem Anfall von Wahnsinn träumte? Ein irrer Traum, der seinen Verstand zermürbte? Der Wunsch, das alles zu verscheuchen, den Kopf leer zu bekommen, damit er wirklich denken konnte, wurde immer größer. Er ballte die Hände zu Fäusten und knurrte dagegen an.

»Alles ist vorherbestimmt. Du wirst deinen Weg gehen und das tun, wozu du ausersehen bist.«

»Verzieh dich und hör mit diesem Schwachsinn auf! Ich habe nie etwas anderes vorgehabt.« Er stöhnte. Jetzt redete er auch noch mit dieser Stimme. Es wurde schlimmer mit ihm. Die ganzen Gedanken über Zeitreisen und Bestimmung waren mehr, als er ertragen konnte. Es gehörte zu den Dingen, mit denen er sich nicht beschäftigen wollte.

Ihm war warm. Die natürliche Haut schwitzte, die künstliche fühlte sich im Moment fremdartig an. Am liebsten würde er sie herunterkratzen. Es gelang ihm, seine Konzentration wieder auf die Umgebung zu lenken. Das Flüstern und die lautere Stimme blieben ihm treu. Das nagte an ihm, störte und frustrierte ihn.

»Klappe! Alle zusammen!« Er schrie mit der Befehlsstimme, die er bislang nur selten genutzt hatte, nachdem er sie erlernt hatte. Erstaunt stellte er fest, dass es still wurde. Erleichtert atmete er auf. Jetzt konnte er sich ohne Ablenkung umschauen.

Die Kammer sah aus wie eine kleinere Ausgabe des Kubus, in dem er gelandet war. Der einzige Unterschied war die Möblierung. Er ging auf das Bett zu und wollte sich setzen. Doch sobald er Anstalten dazu machte, verschwand es und wurde zu einem Teil der Wand. Vor Schreck zitterten seine Beine. Er vergaß sogar, zu atmen.

»Was soll das? Das … das ist krank. Große Waldmutter, bist du das? Ist das eine weitere Prüfung?« Fragend schaute er sich um, doch die Antwort blieb aus, stattdessen meinte er, seine Fragen knallten mit voller Wucht auf ihn zurück. Die Stille nach dem Echo war noch furchterregender. Er mahnte sich selbst, nicht so ängstlich zu sein, schließlich hatte er auch keine Angst gehabt, als er mitten ins Feuer gelaufen war. Doch das war etwas anderes. Hier konnte er nicht flüchten. Er war eingeschlossen.

Panisch drehte er sich im Kreis, versuchte, einen Ausweg zu finden. Da war nichts.

Mit aller Macht kamen die Stimmen zurück. Flüstern. Ständiges Flüstern. Und er war eingeschlossen.

Kapitel 27

Lor starrte geradeaus und wartete auf die Erklärung der künstlichen Intelligenz. Endlich hörte er die neutrale Stimme.

»Es handelt sich um einen Code, der lange vor der sybanischen Raumfahrt Verwendung gefunden hatte. Aufzeichnungen auf Syban berichten über einen Erstkontakt mit Monychin im Jahre zweihundertachtundneunzig vor der sybanischen Raumfahrt. Deshalb war es möglich, diesen Code zu entschlüsseln.« Die KI klang auf einmal nicht mehr ganz so neutral.

War da etwa Stolz in der Stimme zu hören? Lor wusste es nicht und tat diesen Gedanken als unerheblich und lächerlich ab. Ungeduldig klopfte er auf die Armlehnen. Doch damit beeindruckte er die KI in keiner Weise. Sie sprach ohnehin weiter und zitierte den entschlüsselten Text.

»Der Kubus ist fertig. Erste Tests sind abgeschlossen. Die intelligente Steuerung funktioniert einwandfrei. Freigabe zur kommerziellen Nutzung erbeten. Reisekosten laut Plan. Die Reisewilligen sollen auf der Bodenstation ihren Zielpunkt möglichst genau eingeben, Name des Planeten, mögliche Landepunkte und eine genaue Jahreszahl nach unseren Jahren. Die KI errechnet den gewünschten Zielort und initiiert den Transport. Warnen Sie die Reisewilligen, dass sie einen Zwischenstopp im Kubus einlegen müssen, ehe es weiter zum Ziel geht.«

Lors Eindruck war der, einer vorbereiteten, unfertigen Werbebroschüre im Galaxienetzwerk für eine Reise mit dem besonderen Kick. Eben wollte er eine Frage formulieren, aber die KI war noch nicht fertig.

»Abgesehen von diesem Bericht habe ich noch Zieldaten herausfiltern können. Die meisten davon beziehen sich auf Monychin zu Zeiten, die weit vor der Katastrophe liegen. Aber auch zu anderen Planeten, ebenfalls zu anderen Zeiten. Der Protokollführer hat zahlreiche Fehlschläge vermerkt, eine Funktionsstörung der Verkleidung und eine Änderung der KI. Können künstliche Intelligenzen ein Bewusstsein entwickeln, Captain Lor?«

Die Frage verwirrte Lor und lenkte ihn von den weiteren Informationen ab. Trotzdem wollte er der KI antworten.

»Darüber habe ich noch nie nachgedacht. Lass uns erst eine Frage nach der anderen beantworten.«

»Ihre Logik ist schlüssig. In den Datenbanken gibt es keine Lösungsvorschläge und meine Berechnungen sind noch nicht abgeschlossen.«

»Danke. Belassen wir es dabei.«

Er räusperte sich und dachte nach. Eine Art Werbung für Zeitreisen, die auch durch den Raum gingen, und Fehlfunktionen. Etwas musste sich dagegen unternehmen lassen.

»Ti Nosh … nein, Laveer, schnappen Sie sich ein paar Physiker, Techniker und was immer Sie brauchen und erarbeiten Sie eine Lösung. Wenn ich die KI richtig verstanden habe, kann man den Kubus nur durch eine Transportervorrichtung betreten und verlassen. Ich will, dass Sie einen Weg finden, wie man das umgehen und die Außenhaut aufschneiden kann.«

Rasch bestätigte sie und verließ die Brücke.

Jetzt musste sich Lor wieder in Geduld üben. Auch die Brückencrew kümmerte sich um eine Lösung.

Die Libina und der Kubus hielten ihre Positionen, als würden sie sich gegenseitig taxieren.

Lor war hin- und hergerissen zwischen Aktionismus und geduldigem Warten. Vielleicht sollte er doch mit einem Shuttle hinfliegen und sich die Sache persönlich anschauen? Der professionelle Teil in ihm riet entschieden davon ab. Er hatte sogar ti Noshs Stimme im Ohr, die ihn anfauchte, weil er so etwas Gefährliches unternahm. Gerade noch konnte er sich ein Grinsen verkneifen. Kurz darauf verschwand der humorvolle Gedanke und er wünschte sich seine übereifrige und dienstbeflissene Stellvertreterin zurück.

Noch während er darüber nachdachte, öffnete sich die Lifttür und der Nuum betrat die Brücke. Er war nervös, knetete die Hände und wirkte alles in allem recht unglücklich.

»Captain Lor, kann ich Sie kurz sprechen?«

»Sicher, wenn es kurz ist. Gehen wir in meinen Raum.« Lor stand auf und ging voraus. Einerseits freute er sich über die Ablenkung, andererseits ärgerte er sich auch darüber. Etwas Nützliches würde ihm Kaderian bestimmt nicht sagen können.

Er bot seinem Gast keinen Platz an und blieb selbst auch stehen. Kaderian ging herum, ziellos, ebenso ziellos wirkte das, was er sagte.

»Sie müssen einen Weg finden, Madame ri Teynar, ich meine alle Vermissten, zurückzuholen. Es ist nicht so, als würde ich ihren Tod sehr bedauern, sollte er eintreten, aber … Mit Titum Van ist nicht zu spaßen.« Eine vielsagende Geste unterstrich diese Worte.

»Warum erzählen Sie mir das?« Lor war verwirrt. Es war ihm hinlänglich bekannt, dass die Händlergilde auch zu unsauberen Mitteln griff, um den Erfolg zu garantieren.

»Egal, wenn sie stirbt, dann war es das auch für mich. Könnten Sie mich dann nach Nuum zurückbringen?«

Darum ging es dem Kerl also. Lors Stirn legte sich in Falten, als er die Augenbrauen hob. Das war interessant. Wenn es nicht so traurig wäre, würde er das irgendwie auf eine höchst morbide Weise amüsant finden und sich dafür schämen. Jetzt fand er es nur traurig.

»Wir werden sehen. Meine Ingenieure und besten Techniker arbeiten an einer Lösung. Es geht ja nicht nur um Madame ri Teynar, auch meine Besatzung und der Salamander sind davon betroffen. Dazu kommt noch immer die Sache mit den Anschlägen. Sind Sie sicher, dass Sie damit nichts zu tun haben, va Nor?« Die letzte Frage stellte er mit einiger Schärfe, auch sein Blick wurde kälter und intensiver.

Abwehrend hob der Nuum beide Hände und schüttelte den Kopf.

»Damit habe ich nichts zu tun, Captain Lor. Ich habe die Maskerade mit dem Salamander angestellt, auf Befehl von Madame ri Teynar, die Anschläge gehen nicht auf mein Konto.«

»Wem könnte daran gelegen sein, Ihre Chefin umzubringen und den Botschafter von Syban?«

Kaderian senkte den Blick und wirkte nachdenklich. Er lief wieder herum und schüttelte den Kopf.

»Auf Madame haben es einige Akteure aus der Wirtschaft und wahrscheinlich auch irgendwelche aus der Politik abgesehen, obwohl sie nach außen hin immer das Gegenteil behauptet. Sie ist ein sehr, sehr großes Tier bei Titum Van und es stehen Nachfolger in den Startlöchern, die nur darauf warten, dass sie einen Fehler begeht. Vielleicht sehen die ihre Anwesenheit auf dem Schiff als eine Chance, sie aus dem Weg zu räumen und den Botschafter gleich dazu. Gutes Einvernehmen mit gewissen Kreisen ist eine Voraussetzung für den Erfolg bei Titum Van. Madame ri Teynar hatte in letzter Zeit einige lukrative Geschäfte an Land gezogen, darunter auch ein Abkommen mit dem Administrator von Dimtros. Vielleicht hat jemand jemanden gekauft oder erpresst …«

»Wollen Sie damit sagen, dass einer aus meiner Besatzung …« Den Gedanken konnte Lor nicht weiterverfolgen. Es war absurd und völlig ausgeschlossen, dass sich ein Besatzungsmitglied zu so einer Tat hinreißen ließ. Für jeden davon würde er die Hand ins Feuer legen.

»Ich will damit gar nichts sagen, Captain. Es ist nur ein Gedanke und ich habe Ihnen weitaus mehr gesagt, als ich befugt bin, schließlich habe ich eine Verschwiegenheitsklausel unterschrieben.«

Lor winkte ab, ging zu seinem Schreibtisch und tippte auf dem darauf eingelassenen Touchscreen. Eine ganze Weile blieb es still, worüber der Captain froh war. Er fragte sich, ob andere Raumschiffkapitäne mit ebenso vielen Problemen konfrontiert wurden, wie er in diesem Moment. Im gleichen Gedankengang erkannte er auch, dass er diese Herausforderungen in gewisser Weise genoss, solange es nicht zu viel wurde. Das hier war fast eine Nummer zu groß für ihn. Doch er wollte es beenden, es gut beenden.

»So, die KI durchleuchtet meine Mannschaft. In einigen Stunden erfahren wir, was von Ihrer Theorie zu halten ist. Kehren Sie in Ihr Quartier zurück. Wir müssen alle auf die Ergebnisse der Tests und Analysen warten.«

Er erwartete es nicht, wurde aber angenehm überrascht, denn sein Besucher widersprach ihm nicht. Nachdem er allein war, setzte sich Lor und schüttelte betrübt den Kopf. Der Genuss, den er für einen Moment empfunden hatte, verschwand unter der Last der Verantwortung.

Wenn er dachte, er hätte jetzt etwas Ruhe, täuschte er sich, denn nur eine halbe Bordstunde nachdem Kaderian gegangen war, trat Salamander Jos'Bedren ein und wünschte ebenfalls ein Gespräch. Auch er wirkte fahrig und nervös. Es war auch kein Wunder, schließlich war der neue Oberste Salamander auf einer Mission verschollen. Lor gestattete sich einen weiteren Gedanken an das Landeteam, ehe er seine Aufmerksamkeit dem Salamander schenkte.

Mit einer Handbewegung, die lässig wirken sollte, aber nur müde war, bot er seinem Besucher einen Platz an. Der setzte sich und starrte eine Weile nur geradeaus auf den Bildschirm, der sich hinter Lor befand. Der Captain fragte sich bereits, ob der Salamander nur die Zeit und die Langeweile totschlagen wollte, und war schon drauf und dran, ihn des Raumes zu verweisen, da ergriff der Mann endlich doch das Wort.

»Wissen Sie, bei seiner Ernennung und auch danach, wünschte ich Jos'Wennen den Tod. Jetzt möchte ich nur, dass er heil zurückkommt. Verstehen Sie mich nicht falsch, ich halte ihn noch immer für zu jung. Meisterin Redena wäre geeigneter gewesen oder auch ich. Aber die Wahl fiel auf ihn, deshalb …«

Lor wunderte sich, warum er diese Geschichte aufgetischt bekam. Es interessierte ihn überhaupt nicht. Innerplanetare Differenzen waren nicht seine Sache, er wollte sich auch nicht einmischen.

»Sie fragen sich bestimmt, warum ich Ihnen das erzähle.« Vygon wartete nicht ab und sprach gleich weiter. »Ich will, dass Sie mich verstehen. Es hat mir insgeheim Freude bereitet, als er diffamiert worden ist – bis mir aufgegangen ist, dass uns das alle betrifft. Wir müssen zusammenhalten, wenn wir uns als Gemeinschaft als einzelner Planet behaupten wollen.«

Noch immer wunderte sich Lor über diese ungebetenen Enthüllungen.

»Sollten Sie das nicht besser mit Ihrer Regierung …«

»Alles zu seiner Zeit. Sobald wir zurück sind, werde ich die Konsequenzen aus meinem Handeln ziehen. Doch jetzt …« Er machte eine Geste, die nichts als Rat- und Hilflosigkeit zeigte.

»Wenn ich Ihnen irgendwie helfen kann, dann …« Wieder unterbrach sich der Salamander, wirkte aber nicht so, als wüsste er mehr als alle anderen auf dem Schiff. Lor dachte darüber nach.

»Hm … Vielleicht können Sie das in der Tat. Wir haben einen Subtext in der Nachricht gefunden, vielleicht ist sie auch mit der anderen überschrieben worden.« In raschen Worten fasste er die Übersetzung der KI zusammen. Vygon nickte bedächtig, doch Lor glaubte nicht, dass er etwas davon verstanden haben konnte.

»Etwas ist schiefgelaufen. Klingt so, als hätte diese KI jemanden herbeirufen wollen. Warum auch immer, vielleicht braucht sie Hilfe.«

»Oder Opfer.«

»Oder das.« Gleichzeitig seufzten der Salamander und Lor tief auf. Diese Vorstellung war alles andere als angenehm. Vygon stand auf, richtete den Blick auf den Bildschirm, der das Weltall zeigte, als wäre dort ein Fenster. Die Aussicht war deprimierend. Der Kubus hing bewegungslos im Raum und erweckte den Eindruck, als würde er sie gehässig anstarren. Daneben, als wäre es mit einer Nabelschnur an das schwarze Ding gebunden, befand sich das Shuttle, klein und unbedeutend.

»Ich hoffe, Sie finden einen Weg hinein oder Ihre Mannschaft einen hinaus. Technik und Raumfahrt sind auf einer Seite eine gute und angenehme Sache, andererseits können sie das Leben verkomplizieren, vernichten und auf jeden Fall sehr schnell machen. Mir ist es langsam lieber. Merken Sie sich meine Worte. Trotz aller Bemühungen von Titum Van und der sybanischen Regierung, auf Uhuru einen neuen Markt zu finden, werden wir unabhängig bleiben. Sehen Sie sich Monychin an. Der Planet ist tot, vergiftet und verstrahlt. Nur durch Technik wollten sie sich am Leben erhalten und die ist ihnen am Ende um die Ohren geflogen – Technik, die auch mindestens achthundert Uhuru-Jahre später noch funktionsfähig ist.«

»Was wollen Sie damit sagen?« Lor wurde es langsam müde, diesem Monolog zu lauschen, und er sah auch keinen weiteren Sinn darin, ihm länger zuzuhören. Trotzdem sprach er höflich, blieb aber sitzen und schaute dann und wann auf die Tischplatte, in der Hoffnung, dass er dort bald Ergebnisse aufleuchten sah. Sie retteten ihn jedoch nicht vor der kommenden Wortflut.

»Ganz einfach, Captain Lor. Die Bewohner auf Monychin waren hochentwickelt, weiter noch als Syban oder Edenium Prime, viel weiter, wenn man bedenkt, dass sie ein Transportersystem entwickelt und, wenn man diesen Aufnahmen Glauben schenken darf, mit Zeitreisen nicht nur theoretisch experimentiert hatten. Was ist, wenn sich in dieser Kapsel ein Quantenexperiment befindet, das nie ganz ausgereift war und jemand, der wie Titum Van, nur den Profit sah, die zahlungskräftigen Bewohner in die Irre und damit in den Tod führte? Der Planet ist durch Gier und Fortschrittsglauben vernichtet worden. Kriege um Rohstoffe, Kriege um Wasser, Kriege um Nahrung – Kriege, Kriege, Kriege. Konflikte, Interventionen, Einsätze, Kampagnen, Friedensmissionen, wie auch immer Syban das bezeichnet, was die intergalaktischen Medien so zeigen, bringen keinen Frieden. Es gibt kein Synonym für Krieg. Frieden können Sie nur in sich selbst finden und dann zu anderen tragen – ohne Vernichtungswaffen. In dieser Hinsicht stimme ich Salamander Jos'Wennen zu hundert Prozent zu. Etwas mehr Handel könnte nicht schaden, aber stark begrenzt und überwacht. Wir wollen keine Wiederholung unserer Geschichte. Drehen Sie sich um und schauen Sie hinaus.«

Lor blinzelte. Er meinte, er träumte das alles und Vygon war ein Alb mit seinen Worten. Trotzdem drehte er sich um und starrte hinaus. Erst fiel sein Blick auf den Kubus, der dominant das Blickfeld zu füllen versuchte. Etwas weiter weg drehte der Planet seine Bahn um eine Sonne. Wenn er nicht gehört und gelesen hätte, welche Kultur dort existiert hatte, würde er das niemals glauben. Sogar aus der Entfernung heraus war der Planet als dürre Wüste zu erkennen. Die Sensoren hatten ihn über den Atmosphärenzustand informiert. Selbst nach einer halben Ewigkeit war die Luft für Lungenatmer langfristig tödlich. Über die Bodenbeschaffenheit wollte er gar nicht erst Bescheid wissen.

»Schön, ich sehe ihn und es gefällt mir nicht.«

Er hatte nicht vor, sich tiefer in die Sache ziehen zu lassen als nötig. Was ging ihn das Sterben eines Planeten an, an dem er keinen Anteil trug? Natürlich war es traurig, was dort geschehen war, aber das war vor langer Zeit passiert. Wenn sich Vygon und Vik Tami dafür verantwortlich fühlten, war es deren Sache. Durch diese alten Nachrichten, die im Grunde genommen nur die Salamander betrafen, waren sie erst an diesen Ort gelandet. Dabei übersah er seine eigene Neugier, die mit ein Antrieb für die Reise gewesen war. Nichts davon äußerte er laut.

»Ich sollte Sie nun nicht länger stören, Captain. Aber vielleicht denken Sie über meine Worte nach und … Wenn ich etwas tun kann, dann lassen Sie es mich wissen.«

Der Captain nickte und schaute weiter auf den Bildschirm. Es hatte sich nichts geändert. Trotz der möglichen Erklärungen des Salamanders fühlte er sich genauso ratlos wie zuvor. Er hatte sich viel zu sehr in dieses philosophische Gewäsch ziehen lassen. Als Mann der Tat musste er sich um die Mannschaft kümmern und um seine Befehle. Er seufzte.

Befehle, die sind zum Glück weit genug gefasst, dass ich mich nicht zu sehr einengen lassen muss. Ich hoffe, sie finden bald eine Lösung. Wie ich dieses schwarze Unding hasse. Laut sagte er: »Gib mir meine Leute zurück.« Erneut schüttelte er den Kopf, etwas, das er an diesem Bordtag gefühlt dauernd machte. Es fiel sogar ihm bereits auf.

»Wenn jetzt noch der Botschafter auftaucht, dann lasse ich mich nach Gawanna versetzen«, murmelte er verärgert. Er hoffte, dass der Kiemenatmer den Aufenthalt in seinem Bassin vorzog und ihn in Ruhe ließ.

Aus den Augenwinkeln bemerkte er ein beharrliches Blinken auf seinem Tisch. Ergeben drehte er sich herum und aktivierte den Bildschirm. Er stieß erstaunt einen Pfiff aus. Das war etwas, womit er nicht gerechnet hätte. Ihm wurde übel davon. Entweder er hatte sich in seiner Mannschaft gehörig getäuscht oder da spielte jemand ein noch falscheres Spiel.

»KI lösche alle Suchanfragen zu diesem Thema.«

Kapitel 28

Commander ti Nosh drehte sich herum und leuchtete mit der Taschenlampe direkt in Lynaris Gesicht. Geblendet davon kniff diese die Augen zu.

»Was ist los mit Ihnen, ri Teynar?« Die Offizierin konnte ein Beben nicht aus der Stimme halten. Sie war so leise, dass Lynaris Probleme hatte, sie zu verstehen.

»Sie … Sie sollten diese Wand nicht anfassen. Ich weiß, das klingt …« Die Qolpa sprach ängstlich leise.

»Dumm, ri Teynar, es ist dumm. Wir müssen einen Weg hinaus finden.«

»Und wenn er uns so weit hinausführt, dass wir im Weltraum landen?« Lynaris schauderte. Wie kam sie nur auf diesen Gedanken? Sie hatte etwas völlig anderes sagen wollen.

»Wenn Sie etwas tun wollen, dann machen wir es gemeinsam.« Schon wieder. Verärgert über sich selbst, entfernte sie sich von der Wand, die ti Nosh beinahe berührt hätte. Trotz des Vorhabens und der zielgerichteten Gedanken fielen ihr die Schritte schwer.

»Kommen Sie, ti Nosh.« Die Angesprochene nickte und bewegte sich ebenso schwerfällig zur Mitte des würfelförmigen Raumes. Dort angekommen atmeten beide hörbar auf. Lynaris lachte nervös, während ti Nosh auf ihre Datenschiene tippte, die am Ärmel ihres Anzugs befestigt war.

»Das war knapp, ri Teynar. Danke. Mir scheint es so, als hätte dieses Gebilde ein Bewusstsein und will uns auf die eine oder andere Art manipulieren.«

»Ich fühle mich gesteuert.« Lynaris schnaubte verächtlich und zornig. Das Gefühl, nur eine Spielfigur zu sein, gefiel ihr nicht. Normalerweise war sie diejenige, die mit anderen spielte.

»Aber es spricht dagegen, dass Sie mich davon abgehalten haben. Warum hat dieses Bewusstsein, nicht dafür gesorgt, dass Sie etwas sagen, das mich anspornt, hinzugreifen?« Ti Nosh runzelte die Stirn. Ein Raumschiff zu steuern war wesentlich einfacher, als dieses Problem zu lösen. Raumschiffe hatten den Vorteil, dass sie taten, was sie wollte. Ihre Befehle wurden stets befolgt.

»Machen Sie mich nicht wahnsinnig, Commander. Ich hätte nie mitkommen sollen … es hat mich hergezogen. Aber warum?« Sie drehte sich im Kreis und wiederholte lautstark ihre Frage, dabei kämpfte sie bereits mit den Tränen und hasste sich dafür.

»Sie sind hier, weil Sie Geschäfte machen wollen, herausfinden, aus welchem Metall der Kubus ist und wo Sie es abbauen oder kaufen und vermarkten können.«

In Lynaris stieg blinder Zorn hoch. Das so ausgesprochen zu hören, war mehr, als sie ertragen wollte oder konnte. Es klang so banal und gewöhnlich, dabei ging es um Millionenbeträge, mindestens, um Arbeitsplätze und Steuern für die Vereinten Planeten. Ihr Gesicht wurde orange. Vor Zorn ballte sie die freie Hand zur Faust, während sich die andere immer fester um die Taschenlampe krallte und ihr Schwanz energisch über den Boden wischte.

»Beruhigen Sie sich. Es ist Ihr gutes Recht, neue Ressourcen auszubeuten oder nur für Titum Van oder sich selbst zu beanspruchen. Wir dürfen das nicht, wir sind Mitglieder der sybanischen Raumstreitkräfte. Aber es hört sich schon anders an, wenn ich das sage.« Ti Nosh schmunzelte. Eine Mischung aus Überheblichkeit und Verständnis drückte sich darin aus. Verwundert schaute die Qolpa den Commander an, dann winkte sie ab und gab ein verächtliches Geräusch von sich.

Ohne noch mehr Worte darüber zu verlieren, gingen sie weiter. Der Raum war größer, als sie zuerst angenommen hatten. Je länger sie gingen, desto stetiger wuchs in ihnen das Gefühl, auf der Stelle zu treten.

»Das ist wie auf einem Trainingsgerät«, murmelte ti Nosh. Sie hielt an und warf dabei einen Blick auf ihren Chronometer. Es zeigte noch immer ungefähr die gleiche Zeit, wie im Shuttle, bevor sie es zwangsweise verlassen hatten. Darüber schwieg sie.

»Pscht … Sie sind viel zu laut. Hören Sie nicht, dass diese Stille uns etwas sagen möchte?« Sofort, nachdem sie die eigenen Worte hörte, fragte sich Lynaris, ob sie jetzt völlig den Verstand verlor. Seit wann konnte Stille reden?

»Vergessen Sie es, ich weiß nicht mehr, was ich rede. Dieser Ort macht mich irre.«

Beide Frauen blieben stehen. Als hätten sie sich auch dieses Mal lautlos verständigt, leuchteten sie die Wände ab. Es war still. Diese samtene Stille, die sich abends um einen legt, ehe man einschläft und Angst vor dem drohenden Alptraum hat.

Dann kam der Schrei. Er kam aus dem Modul, in das der Rest des Teams gegangen war. Ti Nosh wollte schon loslaufen, aber Lynaris hielt sie zurück. Vor Angst schüttelte sie sich, ihre Nackenhaare sträubten sich und die Schwanzspitze war aufgerichtet. Sie musste einige Male ansetzen, ehe sie reden konnte.

»Das … bitte Commander, bleiben Sie hier. Ich will nicht allein sein. Wer weiß, was das in Wirklichkeit war. Dieses Ding hat uns schon öfter getäuscht.«

Erneut schrie jemand. Undeutlich konnten sie flehende Worte hören. Jemand bat um Gnade. Es hörte sich an, als wäre es der Sicherheitschef. Jetzt war sich ti Nosh sicher, dass sie getäuscht wurden. Der Kollege würde nie auf diese Art betteln oder sie rufen, er würde kämpfen bis zum letzten Atemzug. Ihr Gesicht wurde hart, sie nickte. Erleichtert atmete Lynaris auf. Sie hatte nicht bemerkt, wie angespannt sie gewartet hatte. Die Schreie und die Zeit bis zu ti Noshs Reaktion kamen ihr wie eine Ewigkeit vor. Ihr Schwanz nahm ein Eigenleben auf und trommelte auf den Boden. Das Gehen fiel ihr sehr schwer, die zittrigen Beine machten es ihr nicht leichter. Irgendwo musste die nächste Kammer beginnen und etwas Hilfreiches zu finden sein.

Das Licht der beiden Lampen erhellte immer nur kleine Teile vor ihnen. Dabei waren sie mit starken Lichtquellen und Batterien ausgestattet, trotzdem konnten sie kaum die Dunkelheit durchdringen. Sie schien vom Boden hochzukriechen, sich um das Licht zu wickeln und es zu ersticken. Lynaris blinzelte.

Schob sich da etwas aus der Wand und schlängelte sich auf sie zu? Ein weiterer Schauer kroch über ihren Rücken. Sie wollte laufen, traute sich aber nicht. Rasch blickte sie dorthin, wo sie diese schwarze Ranke oder Hand gesehen haben wollte. Es war weg. Lynaris blinzelte, schaute hin, dann wieder zurück zu ti Nosh. Verärgert klopfte sie gegen die Taschenlampe. Es war möglich, dass die Energieladung ausging. Ihrem Gefühl nach mussten sie bereits viele Stunden in diesem Kubus herumirren. Es war ein Alptraum. Vielleicht wachte sie bald im Shuttle auf und ti Nosh informierte sie über das geglückte Andockmanöver. Noch einmal klopfte sie gegen die Taschenlampe. Nichts änderte sich. Das Licht wurde von der Dunkelheit geschluckt.

Lynaris ging so nahe bei ti Nosh, dass sie sie fast berührte. Es machte ihr nichts aus. Bloß nicht allein sein. Am liebsten hätte sie nach der Hand der anderen Frau gegriffen. Lediglich der tief verwurzelte Stolz der Qolpa hielt sie davon ab. Sie verdrängte den Wunsch, sich noch einmal umzusehen. Das Gefühl, verfolgt zu werden, nahm zu.

»Das ist unheimlich«, flüsterte sie. Ti Nosh nickte. Danach schwiegen sie wieder.

Jeder Schritt wurde anstrengender. Sie versanken förmlich im Boden. Er fühlte sich wie Gelee an. Lynaris kämpfte mit ihrer mentalen Beherrschung. Commander ti Nosh schien es nicht besser zu gehen. Mit zittrigen Händen griff sie nach der Händlerin und zog sie weiter.

»Schneller, wir müssen hier raus. Da vorne sehe ich etwas, das an einen Durchgang erinnert.« Ihre Stimme klang gehetzt und ängstlich.

Lynaris taten die Beine weh. Es glich einem Dauerlauf durch hüfttiefen Matsch. Jeder Schritt war ein Kampf. Ihre drei Lungen taten, was sie konnten, und stießen trotzdem an ihre Grenzen, genauso wie ihre Ausdauer. Sie spürte Muskeln, von denen sie vorher nicht einmal geahnt hatte, dass es sie gab.

Stehen bleiben war keine Option, nicht so lange ti Nosh noch vorwärts kriechen konnte.

Irgendwann war es zu viel für die Qolpa. Ihre Reserven brauchten sich auf, in ihrer Brust spürte sie nur noch eine schmerzende Masse, in die sich bei jedem Atemzug eine Feuerlanze bohrte.

»Ich kann nicht mehr. Das Ding holt mich«, keuchte sie, dabei liefen ihr bereits Tränen über das Gesicht. »Ich brauche diese ganze Technik nicht, es soll mich nicht holen!« Mittlerweile konnte sie sich kaum noch aus dem tiefen Boden herausziehen. Doch Commander ti Nosh packte sie fest und zog sie weiter. Beharrlich kämpfte sich die Stellvertreterin des Captains vorwärts und zerrte an Lynaris.

»Sie gehen weiter, Sie verdammter Titum Van-Qelt. Niemand hat Sie gezwungen, mitzukommen! Jetzt gehen Sie oder ich verpasse Ihnen einen Tritt, der Sie wünschen lässt, in diesem verfickten Boden zu versinken!«

Die Wut des Commanders war kaum zu überhören. Sie keuchte vor Anstrengung, denn auch sie drohte unterzugehen, aber sie gab nicht auf. Erst, als sich Lynaris dazu entschloss, mitzuhelfen, ging es einfacher.

»Wagen Sie es nie wieder, so mit mir zu reden, Commander!«, zischte Lynaris verärgert. Nach jedem Wort keuchte sie und sog hastig die Luft ein. Commander ti Nosh ersparte sich eine Erwiderung. Sie hatte ebenso mit der Umgebung zu kämpfen wie die Qolpa.

Fast gleichzeitig hoben sie die Taschenlampen und leuchteten in die Richtung, die sie eingeschlagen hatten. Nur wenige Schritte vor ihnen zeichnete sich eine Tür ab. Aber diese zu erreichen, schien beinahe unmöglich. Lynaris weinte noch immer vor Anstrengung, Wut und Angst, dabei lief ihre Nase. Hastig wischte sie sich mit dem Ärmel über das Gesicht und machte damit alles schlimmer, denn die Beschichtung des Anzugs saugte nichts auf, sondern verwischte die Körperflüssigkeiten auf ihren Wangen. Die Flüche blieben in ihrem Kopf, sie brachte keine Energie auf, sie auszusprechen. Ihren Blick richtete sie auf das dunkle, matte Rechteck, das sich deutlich von der sonst feucht schimmernden Umgebung abzeichnete.

Jeder Schritt war eine Qual, die sie sich nie zuvor hätte ausmalen können. In ihrem Anzug sammelte sich der Schweiß, ihre Lippen brannten vor Trockenheit und ihre Augen vom Weinen.

»Ti Nosh! Ich … ich werde verschluckt!« Panisch fuchtelte sie mit den Händen herum. Jetzt hyperventilierte sie.

Die Kommandantin drehte sich herum. Nach mehreren Versuchen schaffte sie es, Lynaris wieder fest am Arm zu packen.

»Atmen Sie aus, langsam! Es ist nichts, alles ist gut. Sie dürfen sich nicht verrückt machen lassen«, befahl sie ihr mehrmals. So ruhig sie es vermochte, führte sie die Atmung vor, die Lynaris nachmachen sollte. In Gedanken lobte sie die unzähligen Lehrgänge im Umgang mit Panik und in Erste Hilfe. Nie im Leben hätte sie daran gedacht, dieses Wissen irgendwann einmal anwenden zu müssen.

Es dauerte eine gefühlte Ewigkeit und war sehr mühsam für den Commander, bis sich Lynaris beruhigte. Ihr Atem ging schwer, dicke Schweißperlen standen auf ihrer Stirn. Aber sie war ruhig.

»Danke. Und danke, dass Sie mich nicht allein gelassen haben«, flüsterte Lynaris. Jeder andere aus ihrer Organisation hätte sie zurückgelassen und sein Heil in der Flucht gesucht. Sie war sich nicht sicher, ob sie nicht auch so gehandelt hätte und ti Nosh ihrem Schicksal überlassen würde. Zum Glück sagte die Offizierin nichts, drehte sich herum und zog Lynaris vorwärts.

Das Gefühl, in einer geleeartigen Substanz zu versinken, verging. Trotzdem war alles wackelig und wabbelig. Sie mussten die Beine immer wieder mit aller Kraft aus dem Boden ziehen, um einen Schritt zu machen.

Die Tür war zum Greifen nahe. Nur noch ein Schritt oder zwei, dann waren sie durch.

»Fehlfunktion. Error. Drei-drei-sieben-null-null-null-null …« Eine unbekannte Stimme schnitt durch die eingekehrte Stille, die nur durch den schweren Atem der beiden Frauen durchbrochen worden war.

Kapitel 29

Vik Tami hob den Kopf, neigte ihn leicht zur Seite und lauschte dem Flüstern. Unablässig analysierte sein Okular die Beschaffenheit des Bodens und der Wände, doch noch wollte und konnte er dem keine Beachtung schenken.

»Fehlfunktion … Error. Drei-drei-sieben-null-null …«

»KI, erkläre die Fehlfunktion!« Ohne nachzudenken, reagierte er auf die Computerstimme, als wäre es die aus seinem Shuttle. Die ganze Situation war so unwirklich, dass es ihm darauf auch nicht mehr ankam.

»Error. Drei-drei-sieben-null-null …«

»Was besagt dieser Fehler?«

»Unbekannt.«

Vik Tami seufzte. Mit einem Ruck setzte er sich gerade hin, denn ihm kam eine andere Idee. Wenn er nicht verrückt war und die Stimme der KI echt, dann hatte er eine Chance, etwas an seine Situation zu ändern. Falls er es sich doch einbildete, dann verlor er zumindest nichts. So ermuntert, stellte er seine erste Frage.

»KI, erlaubt es dein System, Fragen zu beantworten?«

»Fragen sind gestattet, sofern die Antworten gegeben werden dürfen und können.«

Das war eine eindeutige Einschränkung, die Vik Tami nicht gefiel, aber er nahm es hin. Es war die einzige Chance, die er sah.

»Wo befinde ich mich?«

»Sie befinden sich in Kapsel sieben-sieben-neun-Dieman auf der Transportstation.«

»Wozu dient diese Kapsel?«

»Vorbereitung zur Zeitreise. Das Ziel: Monychin, neunhundert Jahre in der Vergangenheit«, antwortete die KI prompt.

»Ich will aber nicht dorthin reisen. Kannst du mich auch an ein anderes Ziel führen?«

»Analyse zur möglichen Zieländerung läuft.«

Vik Tami schwieg und wartete einfach ab. Dabei betrachtete er das Muster, das das Okular wahrnahm. Es war eine ihm völlig fremde Signatur. Er wusste aber, dass er noch lange nicht alle Dinge damit unterscheiden konnte. Trotzdem war dieses Material das Fremdartigste, das er jemals gesehen hatte. Er konnte es nicht einmal in die Nähe von etwas Bekanntem einordnen. Die Muster blieben nicht stabil, die atomare Struktur schien zu wandern, wenn auch nur minimal und sehr schnell.

»Änderung nicht möglich. Aber Zwischenstation an ersten Zielkoordinaten und späteren Weitertransport zu neuen Koordinaten.«

Vik Tami atmete auf. Zumindest hatte er jetzt eine Möglichkeit gefunden, diesem Alptraum zu entkommen. Sofort beschlich ihn ein Gefühl, das ihn sehr schnell erreichte, wenn er die anderen vergaß. Heiß brannte die Scham darüber in seinen Eingeweiden.

»Befinden sich weitere Lebensformen in einer Kapsel auf Warteposition?«

»Positiv. Fehlfunktion beim Transport.«

Erleichtert atmete er auf. Also waren alle noch dort, wo sie gelandet waren.

»Transportiere diese Personen zurück in das Shuttle. Reisen bei Fehlfunktionen sind unsicher. Was sagt das Sicherheitsprotokoll?« Er beglückwünschte sich, dass er manchmal im Unterricht aufgepasst hatte, auch wenn er dachte, den ganzen Mist nie zu brauchen. Normalerweise kümmerten sich Techniker um die Funktion seines Shuttles, der KI und anderer elektronischer Einrichtungen, von denen es auf Uhuru nur eine überschaubare Menge gab.

»Analysiere Fehlerprotokoll, anschließend Sicherheitsprotokoll. Initiiere Reise.«

Vik Tami atmete auf, doch es war zu früh. Was immer er gedacht hatte, er wurde eines anderen belehrt. Das bekannte und verhasste Licht blendete ihn. Es war nicht das Licht, das ihn transportierte, aber es gehörte irgendwie dazu. Das Gefühl der Schwerelosigkeit, dieser grenzenlosen und beängstigenden Leichtigkeit, die ihn für Augenblicke umschloss, verging und er landete wieder in einer anderen Zeit. Wütend, aber auch viel zu erschöpft, um sich großartig zu artikulieren, schnaufte er in den Staub, auf den er zu liegen gekommen war.

»Wo hast du mich hingebracht?« Seine Stimme erreichte kaum seine eigenen Ohren. Mühsam rappelte er sich auf und schaute sich um. Wo immer er gelandet war, da wollte er nicht sein. Es war schlimmer als alles andere.

Das war ein Kriegsgebiet. Soldaten gingen in den Straßen herum, hielten die Waffen schussbereit in den Händen und sahen so aus, als würden sie alles eliminieren, das ihnen über den Weg lief. In Vik Tamis Kopf kreisten Rachegedanken, die sich klar gegen die KI richteten. Wenn er es irgendwie schaffte, würde er sie ausschalten.

Ausgetrocknet wie er bereits war, fühlte er die staubige Luft umso mehr. Das Denken fiel ihm schwer, ebenso die Bewegungen. Hunger war er gewöhnt, aber Durst war etwas, das er nur schwer ertragen konnte. Wenn er überleben wollte, musste er weitergehen. Ohne jede Deckung würden ihn die Soldaten sofort erwischen. Mühsam unterdrückte er ein Husten. Neben ihm türmten sich Schutthaufen auf. Er rappelte sich hoch und stolperte dahinter, um etwas Schutz zu finden.

Steine knirschten unter den schweren Stiefeln der Soldaten, als sie vorbeimarschierten. Er konnte keine Gesichter erkennen, denn alle trugen Vollvisierhelme und Schutzanzüge. Etwas weiter weg entdeckte er eine Drohne. Dann noch eine. Unzählige kreisten wie Totenvögel über dem, was einmal eine Stadt gewesen sein musste.

Hastig schaute er sich um. Dabei blickte er auch auf den Boden. Was er sah, ließ den Zorn erneut in ihm hochlodern. Obwohl er nie viel Spielzeug besessen hatte, erkannte er es, wenn er eines sah. Sein Fuß stand halb auf einem Kuscheltier. Ihm fehlte der Kopf und daneben, Vik Tami musste augenblicklich würgen, lag der halbe Oberkörper eines Kindes, dessen Hand noch um das Tier lag. Er wollte schreien und toben, stattdessen schluckte, bis er nicht mehr konnte. Der Anblick der zerfledderten Kinderleiche mit dem Spielzeug, zeigte ihm eine Grausamkeit, die er nicht für möglich gehalten hatte. Mühsam unterdrückte er die Wut und auch die Angst vor dem Krieg.

Er brauchte dringend besseren Schutz. Vorsichtig verließ er die Stelle des Grauens und huschte auf ein marodes Gebäude zu. Die Wände waren zerbrochen, verbogene Metallteile zeigten wie mahnende Finger in den von verschiedenen Mikropartikeln braun verfärbten Himmel. Diese Ruine bot auch nicht mehr Sicherheit als der Haufen Schutt, aber er hatte das Gefühl, der unmittelbaren Gefahr entkommen zu sein.

Mit dem Rücken drückte er sich gegen die Mauerreste und kämpfte gegen den Hustenreiz an. Was immer in der Luft war, konnte nicht gut sein. Den Impuls sofort eine Analyse durchzuführen, verdrängte er. Wenn er jetzt auch noch erführe, was er einatmete, würde er sich wahrscheinlich zum Sterben hinlegen.

Warum hatte ihn diese idiotische KI mitten in ein Kriegsgebiet geschickt? Noch während er sich diese Frage stellte, fiel es ihm ein. Die KI war in ihrer Zeit hängen geblieben und wusste nicht, dass in der Zwischenzeit knapp neunhundert Jahre vergangen waren. Wahrscheinlich wollte die ursprüngliche Zielperson von dieser Zeit in eine frühere mit intakter Natur. Er seufzte und musste dann doch husten. *Ein Schluck Wasser wäre nicht schlecht. Aber ich fürchte, hier gibt es keines. Ich wusste nicht, dass sich Krieg so anfühlt und so aussieht.* Für ihn war dieser Anblick das Schlimmste, das er je gesehen hatte. Er unterdrückte einen weiteren Hustenreiz im Ärmel des Schutzanzugs, dann schlich er im Schatten der Überreste weiter.

Aufmerksam lauschte er in die Umgebung, hob auch immer wieder den Blick, ob er nicht doch von einer Drohne erfasst wurde. Ein deutlich zu nahes Klicken ließ ihn innehalten. Ängstlich drückte er sich an eine bröckelige Wand und lauschte. Er rutschte in die Hocke und spähte um die Ecke. Nun nutzte er doch die Fähigkeit seines Okulars und scannte die Umgebung. Die Gifte blendete er aus und konzentrierte sich auf Lebenszeichen und die Flugbahnen der Drohnen. Nur wenige Schritte von ihm entfernt nahm er eine Lebensform wahr, ein Mensch, wie er vermutete. Ein verletzter Mensch, denn die Energiesignatur nahm stetig ab. Wenn er etwas erfahren wollte, musste er sich beeilen. Um so wenig wie möglich Angriffsfläche zu bieten, lief er gebückt zu dem Verletzten.

Er fand drei Leichen und dazwischen jemanden, der an der Schwelle zum Tod stand. Sein erster Impuls war, zu helfen. Sie sahen wie Zivilisten aus, die Kleidung wirkte wie die der Siedler, die so vehement den Planeten hatten verlassen wollen.

»Sie … zurückgelassen … einfach weg … hätten ihnen Wasser …« Die Frau sprach leise und abgehackt. Vik Tami musste sich weit über sie beugen, um etwas zu verstehen. Wenn er es richtig interpretierte, ging es um Wasser und jemand hatte sie verlassen. War sie eine der Siedlerinnen, eine Frau, die es nicht rechtzeitig zu dem vorgezogenen Start zum Raumschiff geschafft hatte? Diese Frage entsetzte ihn. War es möglich, dass die Frau, die in seiner Heimat als

Heldin verehrt wurde, andere Siedler ihrem Schicksal überlassen hatte, nur weil sie zu langsam oder entbehrlich gewesen waren?

Die Verletzte wimmerte. Vik Tami beugte sich noch einmal über sie.

»Ich helfe dir«, flüsterte er. Sie schaute ihn fassungslos und ängstlich an. Er sah ihr an, dass sie Schmerzen hatte und das Leben mit jedem Atemzug aus ihr schwand. Vorsichtig kniete er sich neben sie und hielt ihre Hand. Die Sterbende schloss die Augen. Ihr Atem kam in röchelnden Stößen mit immer längeren Pausen dazwischen. Er hielt den Blick auf sie gerichtet. Ihr halbes Gesicht war verätzt, bestimmt auch die inneren Organe.

»Hhhh … pass auf … Oktolon in der Luft. Hhhh…«

»Was ist Oktolon?« Eine Antwort auf die Frage bekam er nicht. Jetzt musste er das Okular befragen. Wieder scannte er die Umgebung, besonders die Luft. Er wusste nicht, wie die Substanz hier hieß, vielleicht war es dieses Oktolon, bei ihm hieß es Chlorgas, dazu kam das radioaktive Ulium. Wenn er hier nicht wegkam, dann konnte er sich zu den Toten legen. Jetzt verstand er auch den dauernden Hustenreiz. Als würde das nicht reichen, war auch die schädliche Strahlung nicht unerheblich.

Hier konnte er nichts mehr tun. Hastig schaute er sich nach einem Ausweg um. Irgendetwas musste es geben, womit er die KI kontaktieren konnte. Seine Kenntnisse, so gering sie waren, mussten reichen. Er unterdrückte einen weiteren Hustenreiz. Die natürliche Haut am Gesicht brannte bereits und juckte. Es wurde immer dringender, dass er Schutz fand.

In der Nähe kreisten die Drohnen. Ab und zu nahm eine etwas unter Beschuss, dann dampfte und zischte es durch die Luft, wenn die Gase in unmittelbarer Umgebung verbrannten. Der Gestank nahm zu und reizte seine Schleimhäute und die Haut zusätzlich.

Auf jetzt, geh! Aufgeben gilt nicht. Je mehr er sich Mut zusprechen wollte, desto ängstlicher wurde er. Ständig schaute er sich um und wünschte sich in die schwarze Kammer zurück. Dort war er sicher gewesen, kein Giftgas, das ihn über kurz oder lang umbringen würde, keine Drohnen, vor denen er sich kaum verstecken konnte, und keine Strahlung, die seine Organe schädigte. Ihm war elend zumute und er fragte sich, was er getan hatte, um so etwas zu verdienen. Bei jedem Schritt haderte er mit sich, fragte sich, was er tun sollte, wie er der Vergangenheit Monychins entkommen konnte. Niemand würde ihn finden. Wie denn auch?

Wenn die anderen ankamen und durch Zufall hierherkommen sollten, war er schon Staub. Mit Entsetzen stellte er fest, wenn er hier starb, dann wurde er gar nicht geboren. Oder irrte er sich und es geschah überhaupt nichts?

Dummkopf, wenn du hier stirbst, bist du tot. Ist doch egal, was dein Zukunfts-Ich macht oder ob es überhaupt geboren wird. Konzentriere dich lieber auf eine Kommunikationsmöglichkeit. Er brummte, um den Gedanken zu verstärken, atmete tief durch, was er mit starkem Hustenreiz bezahlte.

Die Luft war bräunlich-gelb, voller Staubpartikel und anderer Giftstoffe. Das Chlorgas allein reichte ihm aus. Wie viel davon mussten die Bewohner Monychins in die Luft gebracht haben? Er wollte keine Antwort darauf. Es machte keinen Unterschied. Auch bei der Strahlung stellte er sich diese Frage. Warum machten die das? Der Planet war bereits vorher stark geschädigt gewesen. Der Ort, an dem er sich befand, war definitiv tot. Alles, was hier herumlief, war zum Sterben verurteilt.

Obwohl er sich so elend fühlte, ging er weiter und suchte nach Schutz oder jemanden, der ihm helfen konnte. Die Drohnen kreisten über ihm. Es war gespenstisch. Das braune Zwielicht wurde durch die Dämmerung orange gefärbt, eine giftige Farbe. Es erinnerte Vik Tami an die warnende Textur einiger Reptilien.

»An alle Überlebenden der Raumhafenbesatzer! Verlassen Sie Ihre Verstecke und geben Sie alles Wasser heraus, das Sie bei sich führen oder an geheimen Orten gehortet haben! Zuwiderhandeln wird mit dem sofortigen Tod geahndet. Verhalten Sie sich kooperativ, erhalten Sie medizinische Hilfe!«

Die Stimme kam aus einer der Drohnen. Sie flog etwas tiefer, ihr folgten Weitere, die die Umgebung scannten. Ab und zu wandte sich eine ab und feuerte einen präzisen Schuss. Danach kehrte sie in die Formation zurück. Sie näherten sich Vik Tamis Position. Er schwitzte, schaute immer wieder hoch. Diese Dinger würden keinen Unterschied zwischen ihm und einem der Aufständischen machen. Ständig kontrollierte er den Weg der Drohnen. Da schwenkte eine in seine Richtung. Der Schweiß stand ihm auf der Stirn, er hielt den Atem an. Als ob sich die Drohne davon beeinflussen ließ!

Dann blieb er wie hypnotisiert stehen und starrte hinauf. Er sah die Linse des Objekts und die kleine Waffe, die am Bauch der Maschine befestigt war und mit tödlicher Genauigkeit auf sein Opfer schoss. Das Okular zeigte ihm den Energieanstieg in der Laserkammer der Waffe. Er wusste, wenn er jetzt nichts tat, war das sein Todesurteil. Rasch schaute er sich um, aber da war nichts. Nichts außer Steine und er. Er konzentrierte sich. Mithilfe seiner Fähigkeit stellte er sich vor, wie er die Drohne mit fester Hand packte und wegschleuderte.

Du kannst alles bewegen, das du siehst, hast es Vygon selbst gesagt, du selbstgefälliger Narr. Du hast ein Raumschiff bewegt und jetzt machst du dir wegen so einer Kleinigkeit in die Hose.

Wo die Drohne landete, war ihm egal, Hauptsache, sie war keine unmittelbare Gefahr mehr für ihn. Aber er hatte nicht bedacht, dass das die anderen Drohnen auf den Plan rufen würde. Das wurde ihm schmerzlich bewusst, als sie auf ihn zuflogen. Alles in ihm schrie nach Flucht. Seine Beine wollten sich selbstständig auf den Weg machen, in seinem Rücken kribbelte es auf eine ungute Art, die man nur durch ein sicheres Versteck loswerden konnte. Doch dafür war es längst zu spät. Vik Tami konzentrierte sich noch einmal und fasste eine der Drohnen mit seinen Gedanken. Dieses Mal warf er sie nicht einfach irgendwohin, sondern auf die anderen. Metall traf mit einem harten Klang auf Metall. Ein Laserstrahl entrang sich einer der Drohnen. Aber er war nicht zielgerichtet und traf eine bröckelige Mauer, die weiter zerbrach. Reste davon trafen den jungen Cyborg, einer davon warf ihn zu Boden.

Wo ist die verdammte KI, wenn man sie braucht? Was ist nur los? Warum soll ich hier sterben? Welch krankes Hirn denkt sich so etwas aus? Seine Gedanken wirbelten herum wie der giftige Staub, der ihm einen heftigen Hustenreiz bescherte. Er lag hinter einer dicken Wand aus ihm unbekanntem Material, als es geschah.

Plötzlich wurde es unerträglich heiß. Brocken von irgendetwas regneten auf ihn herab und versengten seine Ausrüstung. Jetzt wäre es an der Zeit, davon zu laufen. Aber er lag wie festgewachsen da und hielt sich die Ohren zu. Trotzdem hörte er, wie ein Sturm aufkam und alles hinwegfegte, das ihm im Weg lag und nicht fest genug im Boden verankert war. Mit dem Sturm nahm die Hitze zu. Er spürte sie nur am Kopf, denn der Körper war durch den Raumanzug mehr oder weniger geschützt, zumindest für eine gewisse Zeit.

»KI! Du holst mich hier auf der Stelle raus! Das ist das falsche Ziel! Falsches Ziel! Was passiert, wenn ein Passagier stirbt?« Er sah sich bereits tot. Was er spürte, waren die Auswirkungen eines weiteren Bombeneinschlags.

Dieser Planet war am Ende. Zugrunde gerichtet von Vik Tamis Vorfahren, indem sie erst die Natur zerstörten und danach sich selbst in ihrer Gier nach Fortschritt und dem Unwillen zur Zusammenarbeit, um das Terraforming für alle zu nutzen.

»KI! KI!«

Die KI schwieg. Wenn er nur wüsste, wie er hier wegkommen konnte, wo es einen Sicherheitsraum, einen Bunker oder etwas anderes gab, das ihn besser schützte. Durch den dicken Nebel aus Giftgasen und Staub erkannte er kaum etwas. Er musste hier weg, stand auf und stolperte einfach dahin. Hindernisse zeigte ihm sein Okular gerade noch rechtzeitig an, damit er ihnen ausweichen konnte.

Mit der Zeit fiel es ihm immer schwerer, sich vorwärtszubewegen. Seine Beine wollten ihn kaum noch tragen, jeder Atemzug wurde ihm zur Plage. Trotzdem quälte er sich vorwärts, weil er dachte, Stillstand würde ihn erst recht umbringen. Auch hoffte er, irgendwo etwas zu finden, das ihm half, Zugang zu der KI zu bekommen oder wenigstens ein Atemschutzgerät, einen Schluck Wasser, ganz gleich, wie verstrahlt und schmutzig es wäre.

Endlich fand er, was er suchte. Zumindest sah es aus wie der Zugang zu einem Keller. Er stand vor einer Metalltür und hämmerte dagegen. Es geschah nichts. Er brauchte einige Minuten, bis er wieder klarer denken konnte und nicht mehr die Angst vor dem unmittelbaren Tod sein Handeln beherrschte. Diese Tür war nicht oder nur schwer mechanisch zu öffnen, er brauchte einen Zugangscode. Aber gab es nach den ganzen atomaren Einschlägen überhaupt noch Elektrizität? Er änderte den Sichtmodus seines Okulars und fand schließlich ein Terminal.

In diesem Winkel, es befand sich sogar noch so etwas wie ein Dach über ihm, das wohl einst die Zimmerdecke gewesen war, war er geschützter vor den giftigen Winden. Trotzdem war es absolut kein sicherer Unterschlupf. Vielleicht gab es den hinter der Tür.

Kapitel 30

Captain Lor verwünschte sich, weil er die KI mit dieser speziellen Suche beauftragt hatte. Das Ergebnis beunruhigte ihn dermaßen, dass er sich kaum auf etwas anderes konzentrieren konnte. Aber das musste er, denn das Außenteam saß noch immer im Kubus fest.

Lor nahm in seinem Kommandostuhl Platz und starrte auf den Bildschirm. Dadurch besserte sich seine Laune aber keineswegs.

»Unpräzise und unspezifische Energiesignaturen entdeckt. Ursprung ist der Planet.«

Die Stimme einer Wissenschaftlerin riss ihn aus seinen trüben Grübeleien. Kerzengerade saß er da und starrte die Sprecherin an.

»Vom Planeten?« Er konnte es kaum glauben. Der Planet war tot! Dort konnte es nichts geben. Es durfte dort nichts geben!

»Ja, Captain, wir wissen noch nichts Genaues.«

Wie hatte er nur fragen können? Er schwieg und wartete, wie so oft, einfach ab. Die leisen Geräusche der Brückenbesatzung gaben ihm das Gefühl, inmitten einer produktiven Maschinerie zu sitzen. Jeder wusste, was er zu tun hatte. Gesprochen wurde nur das Nötigste und das auch leise. Normalerweise fand er dieses Treiben entspannend. An diesem Tag machte es ihn nervös.

Ruhelos stand er auf, ging in sein Büro und stapfte dort weiter herum. Er musste eine Entscheidung treffen. Im Moment konnte er niemanden aus seiner Mannschaft entbehren, schon gar nicht die in Schlüsselpositionen. Konnte er sich auf alle verlassen? Diese Frage verunsicherte ihn. Bis vor wenigen Minuten hätte er sie, ohne zu zögern, bejaht.

In Gedanken rief er sich die Besatzungsliste des Schiffs auf. Vor seinem geistigen Auge zogen sie an ihm vorüber, die Verdächtigen und die Unschuldigen.

Warum lässt sich jemand zu so etwas herab? Aber bald hab ich dich und dann wirst du mir alle Antworten liefern.

Die sich anbahnende Euphorie legte sich recht rasch wieder. Lor marschierte bald Furchen in den Bodenbelag seines Büros. Weder auf sein Team noch den Attentäter hatte er im Moment Zugriff, ohne jemanden zu gefährden. Falls er zu früh handelte, konnte er unter Umständen unschuldige Leben riskieren. Er mochte es gerade gar nicht, in seiner eigenen Haut zu stecken.

Vom Getränkespender holte er sich einen Kräutertee, der angeblich beruhigende Zutaten enthielt. Ruhe und Besonnenheit waren die Dinge, die er jetzt brauchte und nicht finden konnte. Alles in ihm schrie nach einer schnellen Lösung. Aber er durfte sich nicht zur Eile drängen lassen, von niemandem, auch nicht von ihm selbst.

Der erste Schluck war viel zu heiß und er verbrannte sich die Zunge. Anschließend pustete er vorsichtig über die Tasse, was schon für zusätzliche Ablenkung sorgte. Er setzte sich aufs Sofa und tat so, als würde er sich wirklich entspannen. Seine Gedanken drifteten ab. Erst lieferten sie sich noch ein Gefecht über die Vorgehensweise, doch dann übernahmen andere das Ruder. Er wurde ruhiger und gab sich den angenehmeren Gedanken hin. Dabei trank er immer wieder vom Tee, bis er aufschreckte, weil die Tasse leer war. *Verdammt, wenn ich schon beim Denken einschlafe, bin ich müder als ich dachte. Ich brauche dringend Schlaf. Aber erst einmal diese Scheiße hier beenden.*

Er gähnte, stellte die Tasse ab und streckte sich anschließend. Einer Lösung war er nicht nähergekommen. Aber er kehrte auf die Brücke zurück. Dort hatte sich noch nichts getan.

»Statusbericht«, forderte er trotzdem an, sobald er auf seinem Stuhl saß.

»Keine nennenswerten Fortschritte beim Scan des Objekts, Captain. Wir haben etwas entdeckt, das eine Lücke sein könnte, aber dort sind viele Interferenzen, die wir erst ausschließen müssen.« Die Technikerin klang nicht sehr begeistert, hob aber nicht einmal den Kopf, also arbeitete sie nach wie vor an dem Problem.

»Einmal dachte ich, eine Verbindung zum Landeteam zu haben, doch nach einem kurzen Rauschen war es wieder weg. Ich versuche es weiter auf diesen Frequenzen.« Auch diese Erkenntnis war nicht sehr erheiternd, trotzdem war es mehr als noch vor einer Bordstunde.

»Weitermachen.«

Warum sagte er das? Das Brückenteam brauchte keine Motivation dieser Art, schließlich sah er, dass sie unentwegt arbeiteten.

Kapitel 31

Ohne Umweg kehrte Kaderian nach der Besprechung mit dem Captain in sein Quartier zurück. Dort hatte er alles, was er für das Kommende brauchte. Bei seinen Nachforschungen hatte er nicht vor, sich in irgendeiner Weise zurückzuhalten. Titum Van bot ihm einen gewaltigen Vorteil, man lernte viele nützliche Dinge, wie das Hacken eines Computersystems.

Entspannt aktivierte er das bordinterne System und öffnete ein völlig belangloses Besucherprogramm. Das ließ er laufen. Daneben verband er sein E-Armband mit dem Schiffsrechner und wartete ein wenig. Das Erklär-Holo war langweilig, es erzählte von der Länge des Schiffs, in welche Sektionen es aufgeteilt war, wieviel Mann Besatzung es führte und wozu es eingesetzt wurde. Er tat so, als würde er dieses Programm auf sein Armband laden und suchte unterdessen nach den Personaldaten der Besatzung. Der Zugriffscode war ein wenig heikel und er musste lange überlegen, ob er es überhaupt wagen sollte, bis er das Entschlüsselungsprogramm aktivierte, das er von Titum Van mit beinahe täglichen Updates erhielt. Es dauerte einige Zeit und er fürchtete schon, die Software könnte den Code nicht knacken, aber dann erschienen die Personaldaten auf seinem Armband. Im Hintergrund zeigte ihm das Holo den Schiffsaufbau und erklärte die Funktionsweise der Speisenautomaten.

Als ob das sonst niemand kennen würde. Du meine Güte, die von der Raumflotte müssen alle Zivilisten für dumm halten. So, weiter ...

Akribisch durchsuchte er die Dateien. Jemand hatte es auf Lynaris abgesehen, das musste er aufklären, auch wenn sie nach außen hin so tat, als wäre es bloß ein technischer Defekt gewesen. Er ahnte, nein, er war sich fast sicher, dass sie zutiefst geschockt darüber gewesen war.

Nicht nur für seine Chefin wollte er die Wahrheit herausfinden, vorwiegend tat er das für sich, um den Makel, ohne Auftrag und dazu stümperhaft gearbeitet zu haben, loszuwerden. Ab und zu hatte er bereits Attentate durchgeführt, alle erfolgreich und niemals war je ein Verdacht auf ihn oder Titum Van gefallen, der Tod der betreffenden Personen war nicht einmal als Mord erkannt worden. Kaderian war kein Pfuscher und wusste, seine vielen Möglichkeiten zu nutzen.

Er durchsuchte die Dateien nach allen Personen, die Zugang zu den Diplomatenquartieren hatten und fand schließlich einige Namen. Für weitere Informationen ließ er sich die Listen über die finanziellen Umstände der betreffenden Personen zeigen. Das dauerte etwas länger und er musste einige weitere Sicherheitsschleusen umgehen. Die Kontodaten waren sehr interessant und vielsagend. Leise pfiff er, dann lachte er und schüttelte fassungslos den Kopf.

»Das ist ja interessant. Bin gespannt, ob der Captain das auch herausfindet und wie er darauf reagieren wird.« Er lud die Datei auf sein Armband. Aber so schnell gab er sich nicht damit zufrieden. Es kam ihm zu glatt vor. Deshalb suchte er weiter und fand eigenartige Nummern, die nicht zu den vorherigen Daten und Summen auf dem genannten Konto passten. Er war zwar kein Buchhalter, aber er wusste, wie Kontodaten auszusehen hatten. Ab und zu gab er einen Laut in seiner Muttersprache von sich und grinste diabolisch dabei.

»Das wird noch interessant. Höchstinteressant. Du meine Güte, wenn das jemals bekannt wird, werden ein paar Köpfe rollen.«

Einen Moment kam es ihm wie ein sehr amüsantes und kurzweiliges Spiel vor, das er da trieb, bis ihm aufging, mit wem er sich anlegte.

Erst einmal muss ich den Qelt am Schwanz packen, dachte er ernüchtert, dann schloss er die Verbindungen und stand auf. Er streckte sich und atmete einige Male ganz bewusst tief ein und langsam wieder aus. Erneut setzte er sich und durchsuchte die Daten, die er heruntergeladen hatte, noch einmal. Es waren nicht nur die Zahlen, die ihn stutzig gemacht hatten. Insgeheim verwünschte er sich, weil er kein wirklich guter Hacker war und sich mit den Datenverwaltungssystemen zu wenig auskannte, aber er gab sich nicht so schnell geschlagen. Was er sich eingebildet hatte, war da.

Der Bordtag neigte sich dem Ende entgegen, als er endlich etwas gefunden hatte, das er besser verstand. Aber jetzt musste er etwas tun und hoffen, dass ihm niemand auf die Schliche kam. Jemand hielt sich für sehr schlau und Kaderian hoffte, dass er selbst schlauer war als diese Person.

Er machte sich bereit für einen kleinen Spaziergang an Bord. Ein unheimliches Lächeln, das fern auf seine wahre reptilienartige Gestalt hinwies, zeigte sich in seinem menschlichen Gesicht.

Sein erstes Ziel war das Quartier der Salamander. Er brauchte zumindest etwas Rückendeckung, dafür sollte der Salamander herhalten.

Der alte Mann sah übel aus. Wie konnte sich ein Mensch in so kurzer Zeit, es waren erst wenige Stunden vergangen, derartig verändern? Vygon hatte einige Kummerfalten mehr auf dem Gesicht und er stand geknickt vor ihm.

»Was ist los, Jos'Bedren?«

»Nichts, das Sie kümmern sollte, va Nor. Kann ich etwas für Sie tun?« Vygon konnte nicht einmal den Kummer aus seiner Stimme halten.

»Ja, das können Sie in der Tat. Ich brauche Ihre Hilfe, vor allem Ihre Rückendeckung, wenn ich eine bestimmte Person der Attentate beschuldigen werde.«

Damit hatte er Vygons Interesse geweckt.

»Wen und weswegen?«

»Es geht um die Anschläge auf Botschafter ri Nopkar und meine Chefin Lynaris ri Teynar. Wen ich beschuldigen werde, kann ich Ihnen noch nicht sagen.«

Vygons Interesse erlosch sichtlich, trotzdem nickte er.

»Was kann ich dabei tun?«

»Sie sollen mich nur bestärken, wenn ich dem Captain einen Namen nenne.«

Mit diesen Worten drehte sich Kaderian um und verließ rasch das Quartier des Salamanders. Bevor er zur Brücke ging, brauchte er noch ein wenig mehr als das, was er hatte. Er musste nicht auf irgendwelche Befindlichkeiten Rücksicht nehmen. Also ging er schnurstracks in den Aufenthaltsbereich der Crew. Erst war es schwierig, überhaupt etwas zu erfahren, doch schließlich gelang es ihm, aus Gesprächsfetzen mehr und mehr Informationen zu filtern, die ihm helfen konnten, das zu erreichen, was er wollte.

Natürlich sprach sich seine Anwesenheit herum, schließlich hatte er dafür gesorgt, dass man ihn erkennen konnte, wenn man die Augen offenhielt und seinen Verstand beisammen. Es dauerte zwar eine Weile, aber dann fruchteten seine Bemühungen.

»Hören Sie, Abgeordneter oder Botschafter, Sie können nicht einfach hierherkommen, auch wenn es eine Ehre für uns ist. Das ist nur für die Crew der mittleren Ränge. Sie sollten in die Offiziersmesse gehen, dort finden Sie passendere Gesellschaft.«

Kaderian bedankte sich höflich für diese Information. Das hatte er auch vor, aber noch nicht jetzt.

»Danke. Aber, vielleicht können Sie mir helfen. Wie ist eigentlich der Erste Offizier so? Vertrauenswürdig?

Schließlich ist sie mit meiner Chefin auf einer gefährlichen Außenmission.«

»Ach, sie ist etwas hart manchmal, aber ein verdammt guter Offizier. Fehler darf man sich bei der nicht erlauben. Wir vertrauen ihr alle.« Der Mann sprach jetzt lauter und alle um ihn herum nickten zustimmend.

»Ich danke Ihnen, das beruhigt mich. Auf wiedersehen.« Etwas anderes, als gute Worte über einen Offizier hatte er nicht erwartet. Aber seine Frage und seine Anwesenheit würden zu Tratsch führen. Die meisten Leute redeten gern und Kaderian würde das für seinen Plan ausnutzen.

Sein nächster Weg führte ihn in die Offiziersmesse. Sie war noch leer. Also machte er es sich auf einem der bequemen Stühle gemütlich und wartete. Bald würden die ersten Offiziere eintrudeln, schließlich war in Kürze Schichtwechsel, wie das Chronometer an seinem Armband anzeigte.

Um sich abzulenken, betrachtete er die Einrichtung. Sie war beinahe ebenso nüchtern wie die der Mannschaftsräume. Die Messe war etwas kleiner als der große Speisesaal. Die Stühle waren bequem und die Speisenautomaten boten mehr Auswahl. Kaderian schmunzelte darüber. Diese Art der Ungleichheit war ihm auch auf Edenium Prime das eine oder andere Mal aufgefallen, aber dort war es normal und jeder wusste davon.

Alle sind gleich, nur manche eben gleicher.

Trotzdem war es besser als an anderen Orten oder in gewissen Kreisen von Titum Van.

Für so ein funktionales Schiff, war der Raum recht ansprechend. Wie im Crewspeisesaal, gab es auch hier keinen Bildschirm, der die Sicht nach draußen zeigte. Darüber war Kaderian nicht böse. Er mochte dieses hässliche Gebilde nicht mehr sehen, das seine Chefin irgendwie als Geisel hielt. Wenn er schon nicht zur Befreiung beitragen konnte, dann wollte er wenigstens den Attentäter finden und dingfest machen.

Hoffentlich passiert ihr nichts. Wenn ihr auch nur ein Haar gekrümmt wird, dann werden sich die Sybaner wünschen, mich nicht an Bord gelassen zu haben, dachte er grimmig. Irgendwie sehnte er sich danach, in seiner wahren Gestalt herumzulaufen, aber das ging nicht, er würde sofort sterben. Der Wandel verlief vollständig. Wenn er sich in eine andere Spezies verwandelte, dann in ihrer ganzen Anatomie, das heißt, auch die inneren Organe. Bis auf die schlitzartigen, grüngelben Iriden sah er einem Menschen zum Verwechseln ähnlich. Selbst bei der medizinischen Untersuchung war er nicht aufgefallen, aber auch nur, weil kein Gentest verlangt worden war.

Sitzen wurde ihm langweilig, er stand auf und durchwanderte ohne jede Eile die Offiziersmesse, dabei richtete er den Blick immer wieder auf die Tür. Endlich ging sie auf und herein strebten drei jüngere Offiziere, die sofort die Bedienkonsolen der Speisenausgabe ansteuerten. Kaderian überlegte, ob er sie gleich ansprechen oder lieber noch warten sollte. Noch während er nachdachte, füllte sich die Messe mit weiteren Personen. Dieses Mal waren auch ältere Offiziere dabei. Er wollte nicht zwingend die Aufmerksamkeit der Brückenoffiziere auf sich ziehen und achtete darauf, dass er die ansprach, die in anderen Bereichen des Schiffs eingesetzt waren. Möglichst unauffällig, was aufgrund der Zivilkleidung kein so leichtes Unterfangen war, stellte er sich hinter einen Leutnant aus dem Sicherheitsteam. Der Mann sprach gerade mit einer Kollegin, die vor ihm in der Reihe stand. Kaderian spitzte die Ohren.

»Ich bin gespannt, was die Nachtschicht herausfindet. Warum müssen gerade wir diese Politiker an Bord haben und der Chef ist auch nicht da?«

»Warten wir ab. Der letzte Sicherheitsbericht war nicht schlecht. Mich hat nur die Frage des Captains irritiert.«

»Er wird schon seine Gründe haben.«

»Das sagst du. Niemand lässt grundlos das gesamte Personal überprüfen. Ja, dich auch, Leutnant Oberschlau.«

Der Hals des Mannes rötete sich bei den Worten der Frau. Kaderian schmunzelte, denn der schmale Streifen Haut zwischen Haaren und Kragen befand sich genau vor seinen Augen.

»Ich habe nichts zu verbergen. Und wie ist es bei dir? Du bist genauso überprüft worden. Vielleicht hast ja du etwas angestellt und willst jetzt mich …«

»Hör auf, Kyall. Das bringt nichts. Wir wissen beide, dass wir uns nicht kaufen lassen.«

»Genau. Bist du fertig? Ich bin hungrig und möchte auch etwas zu essen.«

Damit war das Thema beendet. Die Frau nahm ihr Tablett und stieß ihren Kollegen kurz an, sobald sie Kaderian bemerkte. Der schmunzelte wieder und nickte ihr grüßend zu, ebenso dem Leutnant, der sich kurz herumgedreht hatte.

»Lassen Sie sich durch mich nicht stören. Ich bin nur hier, weil es allein in meinem Quartier so frustrierend ist.«

»Das kann ich verstehen. Wollen Sie sich nicht zu uns setzen?«

»Leutnant ri Oteyra …«

Die Angesprochene starrte ihren Begleiter kurz an, ehe ihr bewusstwurde, dass sie jetzt nicht mehr zurückrudern konnte.

»Ich nehme Ihr Angebot gern an.« Kaderian tat so, als hätte er die Ablehnung des anderen Offiziers nicht bemerkt und folgte der Frau zu ihrem auserwählten Platz, nachdem er irgendeine Speise im Automaten bestellt und erhalten hatte.

»Fühlen Sie sich bitte durch mich nicht gestört.« Er wiederholte seine Aufforderung von vorhin, die dadurch nicht glaubhafter wurde, denn er war ein Störfaktor, ganz gleich wie harmlos er sich gab und wie genüsslich er das Essen zu sich nahm.

Die beiden Leutnants aus dem Sicherheitsbereich waren jetzt sehr vorsichtig und schwiegen.

»Ich … ich muss Sie das fragen. Der Sicherheitschef, wie ist er so?« Unsicherheit vortäuschen, war seine nächste Strategie.

»Warum wollen Sie das wissen?« Kyall war auf der Hut.

»Er … er ist ebenfalls, wie meine Chefin, vermisst und ich möchte wissen, ob er auf sie aufpassen wird.«

»Natürlich wird er das, er ist völlig integer, sogar wenn er eine Antipathie gegen Madame ri Teynar hegen würde, würde er alles tun, damit ihr kein Haar gekrümmt wird.« Beide Offiziere schauten sich an und nickten bestätigend.

»Vielen Dank. Das beruhigt mich sehr. Und wie sieht es mit dem Ersten Offizier aus?«

»Oh, die ist auch zuverlässig. Sie nimmt das Protokoll sehr genau, aber das ist ja nichts Schlechtes.« Mehr wollten die beiden anscheinend nicht zum Thema sagen.

Etwa drei weitere Bordstunden verbrachte er in der Messe, ohne nennenswerte Ergebnisse. Niemand wollte etwas Schlechtes über einen Kollegen sagen. Natürlich gab es die eine oder andere Kleinigkeit, die jemanden sauer aufstieß, aber im Großen und Ganzen waren alle mit ihren Vorgesetzten zufrieden.

Die Unruhe unter der Mannschaft nahm zu. Sie fragten sich, was diese Fragen sollten, einige wiederholten Kaderians Antwort, er frage wegen seiner Chefin, andere stellten irre Mutmaßungen an. Und es gab jemanden, der die Ohren spitzte und diesen Gesprächen mit Freude lauschte und sie noch anheizte.

Kapitel 32

Am nächsten Bordtag kursierten bereits Gerüchte und es zog immer weitere Kreise. Kaderians Fragen hatten zuerst zu Spekulationen geführt, dann zu weiterem Gerede und Mutmaßungen. Die Alarmstufe war niedrig genug und hielt schon länger an, was in der Mannschaft ein gewisses Ausmaß an Langeweile auslöste. Sie hatten Zeit, sich zu unterhalten und irgendjemand hatte stets etwas Neues gehört, das auf Anhieb weitergegeben wurde.

Gegen Abend gelangten die Gerüchte zur Brücke, wenn auch in abgeschwächter Form.

»Was soll dieser Unsinn? Niemand hat meinen Ersten Offizier oder den Sicherheitschef der Untreue oder eines Attentats beschuldigt! Woher stammt das? Gehen Sie dem nach und schaffen Sie mir den Schwachmaten auf die Brücke, der diese Gerüchte in die Welt gesetzt hat!«, brüllte Captain Lor seinen Zweiten Offizier zornig an.

»Kommunikation! Den schiffsweiten Kanal öffnen!«

Vielleicht sollte er sich erst einmal beruhigen, mahnte er sich selbst und atmete tief durch.

»Sie können sprechen, Captain.«

»An alle, hier spricht der Captain! Mir sind Gerüchte zu Ohren gekommen, die den Sicherheitschef und den Ersten Offizier betreffen. Ich will, dass das auf der Stelle aufhört. Wer etwas dazu zu sagen hat, soll zu mir ins Büro kommen. Ich dulde keine böswilligen Unterstellungen auf dem Schiff. Sollte das nicht umgehend aufhören, wird das Konsequenzen für die gesamte Besatzung nach sich ziehen!«

Als ob Lor nicht bereits genug andere Probleme hätte, musste er sich auch noch damit herumschlagen. Wenigstens waren die Scans des Kubus jetzt abgeschlossen und die Ergebnisse lagen ihm vor. Sie besagten nichts Gutes, wobei es eine Schwachstelle gab, die sie unter Umständen nutzen könnten, sofern sie die Torpedos modifizierten. Er hatte bereits Techniker dazu abkommandiert. Es blieb nur zu hoffen, dass sie damit die Lage nicht verschlimmerten. Was sie brauchten, waren Fakten, mit denen sie arbeiten konnten. Jetzt rieten sie nur herum und stützten sich dabei auf Mutmaßungen und theoretische Berechnungen.

Diese dummen Gerüchte verlangsamten die Rettungsmission, das ärgerte Lor am meisten. Er war übermüdet und hatte das Gefühl, sich auf niemanden mehr verlassen zu können.

Kapitel 33

Die metallische Stimme wiederholte dauernd das Wort Null. Es war nervtötend. Lynaris zischte laut und kämpfte sich aus ihrer Angst heraus. Obwohl ihr die Erschöpfung tief in den Gliedern steckte und sie sich noch nie im Leben so matt gefühlt hatte, ging sie weiter.

»Halt endlich die Klappe, du blöde KI!«, brüllte die Qolpa zornig, was ihr einen scharfen Blick ihrer Begleiterin einbrachte. Lynaris konnte gut auf eine Erwiderung von Commander ti Nosh verzichten, die zum Glück ausblieb. Ihr wurde klar, dass sie ohne die Offizierin sehr alt ausgesehen hätte. Im schlimmsten Fall wäre sie ebenso verschwunden wie der Salamander.

Falls Vik Tami wegblieb, löste das wenigstens einige ihrer Probleme mit Uhuru und den geplanten Geschäften dort. Andererseits konnte niemand abschätzen, wie die Uhuru reagierten. Unzufrieden schnaubte sie. Gerade noch hinderte sie sich daran, mit dem Schwanz durch die Gegend zu peitschen. Normalerweise blieb er ruhig, aber diese Umgebung hatte sie schon lange ihrer sonstigen Gelassenheit beraubt.

Vor ihr ging ti Nosh bereits durch die Türöffnung. Gerade noch sah sie das Licht ihrer Taschenlampe um eine Ecke leuchten, dann war es weg. Lynaris beeilte sich.

»Ti Nosh! Warten Sie!« Schon wieder stieg ihr Herzschlag an. Sie mahnte sich selbst, nur nicht in Panik zu verfallen. Der integrierte Scanner auf ihrem Armband zeigte ihr, dass ihr Puls viel zu schnell war und die Sauerstoffsättigung im Blut niedriger wurde. Da stimmte etwas nicht.

»Ti Nosh … ich … ich bekomme keine Luft!«, rief sie, dabei quälte sie sich Schritt um Schritt weiter. Sie sollte die Offizierin doch längst eingeholt haben.

Das Atmen fiel ihr immer schwerer, sie sank auf die Knie und legte eine Hand auf die Brust.

Beruhige dich, langsam atmen, es ist nichts.

Doch es half nichts. Sie steigerte sich immer tiefer in den Panikanfall hinein. Irgendjemand schlug ihr ins Gesicht, packte ihre Hände und zwang sie nach unten, als sie sich gegen den Griff wehrte. Ihr Schwanz peitschte herum und suchte ein Opfer, während sie keuchte und um jeden Atemzug kämpfte. Etwas stach in ihren Hals. Kurz darauf wurde sie ruhig. Ihre Sicht klärte sich und sie konnte wieder atmen. Aber sie brauchte noch, bis ihr Verstand seine Arbeit aufnahm. Die ganze Zeit über sprach jemand zu ihr. Sie versuchte, die Worte zu verstehen.

Nach und nach ergaben sie einen Sinn und sie erkannte ti Nosh, die besorgt neben ihr hockte und auf sie einredete. Die Offizierin hielt einen Injektor in der Hand, bereit, ihn zu benutzen. Oder hatte sie das schon? Lynaris fasste sich mit einer Hand an den Hals, abgesehen vom Gesicht waren hier die einzigen freien Hautstellen, an denen man eine Injektion setzen konnte.

»Beruhigen Sie sich. Es ist alles gut. Bleiben Sie ruhig. Wenn Sie mich noch einmal schlagen, dann haue ich zurück.« Kurz lächelte die Offizierin, was Lynaris nicht wirklich beruhigte. Ihr Blick richtete sich auf den Injektor. Sie war noch immer viel zu kurzatmig und panisch, um rational zu denken.

»Ich habe Ihnen ein leichtes Beruhigungsmittel gegeben. Haben wir immer dabei. Geht's wieder? Können Sie aufstehen? Dieser Raum ist recht klein. Vielleicht finden wir im nächsten etwas.«

»Wie lange war ich …«

»Keine Sorge, nicht lange. Kommen Sie, wir können nicht hierbleiben.«

Theoretisch könnten sie schon, aber sie wollte das Risiko nicht eingehen, dass Lynaris noch einmal durchdrehte. Die Händlerin wusste das auch und stand auf. Ihre Knie zitterten, doch sie trugen die Qolpa und sie bekam ausreichend Luft. Nach den ersten Schritten hatte sie auch nicht mehr das Gefühl, Bynorpudding in den Beinen zu haben.

»Was war los mit Ihnen? Sie kamen nicht hinterher.«

»Ich weiß es nicht«, log Lynaris. Sie konnte sich noch zu gut an das Erstickungsgefühl erinnern. Um das zu vertreiben, schüttelte sie sich kurz.

»Schon gut. Ich frage nicht mehr.«

Ti Nosh ging voraus, schaute jetzt aber häufiger zurück, ob die Händlerin auch wirklich hinter ihr blieb. Das beruhigte Lynaris zusätzlich.

Der Raum war tatsächlich nicht so groß wie der andere und sie erreichten den nächsten Durchgang problemlos.

Beide Frauen schwiegen und konzentrierten sich darauf, irgendetwas Nützliches zu finden. Der nächste Raum war leer, doch wies er am Ende eine Änderung auf. Die Luke war verschlossen. Ti Nosh und Lynaris liefen darauf zu. Sie suchten die Wand daneben ab, auch über der Tür schauten sie, und es fand sich nichts.

»Das war es dann wohl.« Lynaris Gemurmel ging in der folgenden Stille unter. Auch die lästige KI schwieg. Hier war die Stille wieder tief und fest, fast schon bestimmend. Sie fühlte sich an wie eine dunkle Bedrohung, die sogar das Licht der beiden Taschenlampen schluckte.

Kapitel 34

Vik Tami hustete und schaute sich nach etwas um, mit dem sich das Tor öffnen ließ. Neben der Tür befand sich gut sichtbar an der Wand ein Eingabegerät, in das nur der richtige Code eingegeben werden musste. Der Cyborg seufzte und überlegte, wie er das umgehen konnte. Seine Fähigkeiten auf diesem Gebiet hatte er noch nie richtig ausgetestet. Also war es jetzt an der Zeit, herauszufinden, was er alles konnte, und um zu hoffen, dass genügend Elektrizität vorhanden war.

Zweifelnd schaute er seine künstliche Hand an. Bis zu einem gewissen Grad fand er es widerlich, doch er griff nach dem kleinen Finger und schob die Haut zurück. Das Metall lag blank vor ihm. Feine Drähte zogen sich an dem künstlichen Finger entlang. Vik Tami schüttelte sich, war aber gleichzeitig neugierig.

»Dafür ist keine Zeit, schau dir das später an«, mahnte er sich selbst.

Rasch streckte er den Finger aus und richtete seine Aufmerksamkeit auf das Eingabegerät. Als er nichts fand, mit dem er sich verbinden konnte, verprügelte er die Verkleidung, bis sie bröckelte. Er hatte sich viel zu schnell und heftig bewegt. Das Atmen fiel ihm schwerer. Sogar in diesem relativ geschützten Bereich wurde die Luft immer dicker.

Er mahnte sich zur Eile, suchte eine Steckfläche und baute mit seinem Finger ein Interface auf, mit dessen Hilfe umging er die Sicherung. Es dauerte beinahe zwei Minuten, die ihm wie eine Ewigkeit vorkamen. Ständig schaute er sich um, doch er konnte nicht weg, selbst dann nicht, als erneut Drohnen auftauchten und in seine Richtung feuerten.

Neben und hinter ihm spritzte Dreck hoch, Mauerreste flogen als Geschosse durch die Luft. Einige davon trafen ihn und beschädigten seinen Anzug. Erhofft und dann doch völlig unerwartet, öffnete sich die Tür mit einem lauten Zischen. Aus irgendeinem Grund war hier die Stromversorgung nicht unterbrochen worden. Er überlegte, was die Ursache dafür sein könnte, ein weiterer Schuss aus einer der Drohnen brachte diese Gedanken zu einem entschiedenen Ende. Viel zu schnell löste er das Interface, schob die künstliche Haut über den Finger und rannte ins Innere. Neben der Tür entdeckte er ein weiteres Eingabefeld. Wahllos drückte er darauf herum, bis sich die Pforte schloss. Jetzt war er wieder in völliger Dunkelheit gefangen. Doch dieses Mal war es auch ein Schutz. Nach nicht einmal einer Sekunde hatte sich sein Okular an die neuen Lichtverhältnisse angepasst.

Die Luft in dem vermeintlichen Tunnel war entschieden besser. Er unterzog sie einer Prüfung durch das Okular, danach sog er sie gierig ein. Es war wie ein Rauschzustand. Mühsam unterdrückte er den Wunsch zu lachen, denn in Sicherheit war er noch lange nicht. Trotzdem gab ihm der Erfolg an der Tür den Auftrieb, den er brauchte, um weiterzumachen. Er hatte einen Code geknackt! Die Freude darüber verdrängte sogar den bohrenden Durst und den nagenden Hunger für eine Weile.

Ohne seiner Umgebung viel Beachtung zu schenken, lief er den langen Flur entlang und eine Treppe hinab, die in einen weiteren Gang führte. Das ging noch zwei Etagen so. Dann endlich bemerkte er etwas. Im Flur befanden sich Türen, eine war links von ihm, eine andere weiter vorne. Um sich zu vergewissern, nichts übersehen zu haben, schaute er zurück, doch da war sonst nichts. Unentschlossen blieb er stehen, dann ging er doch erst auf die linke Tür zu. Mit einem Schlag wurde er vorsichtiger und lauschte, ehe er sie öffnete. Dahinter war es still. Doch das mochte nichts heißen. Zögernd betätigte er den Öffner und leise schob sich die Tür zur Seite.

Er schaute sich um. Nichts. Sobald er den ersten Schritt hinein gemacht hatte, ging ein Licht an. Rasch senkte er den Kopf und wandte sich von der Lichtquelle ab. Das war schlimmer als Dunkelheit, es stach ihm ins künstliche Auge. Und er fürchtete, gleich von irgendjemandem erschossen zu werden. Wie von selbst hob er beide Hände und rief in der Sprache der Monychin: »Ich friedlich … Brauche Hilfe.« Keine Antwort. Absolute Stille. Er atmete auf.

Nachdem er sich an das Licht gewöhnt hatte, erkannte er jede Menge Konsolen sowie Ein- und Ausgabegeräte. Frustriert stellte er fest, dass dieser Raum keine Kommandozentrale war, dafür war es viel zu überschaubar und zu wenig geschützt. Selbst er wusste, dass man wichtige Bereiche besonders ausstattete. Trotzdem setzte er sich vor eine der Rechnereinheiten und versuchte sein Glück. Hier war nichts verschlüsselt. Die Frage, warum in diesem Bunker noch Strom war, beschäftigte ihn erneut. Schließlich kam er zu dem Schluss, dass es sich um eine gut gesicherte, externe Energiequelle handeln musste. Erleichtert über diese Erkenntnis gab er sich den Inhalten der Speichergeräte hin. Es war nichts Besonderes, persönliche Daten und verschiedene Listen, der Dinge, die die Siedler mit aufs Schiff nehmen durften. Darunter befanden sich sehr viele genetische Proben, nicht nur von Pflanzen und Tieren, auch von den Monychin. Von Neugier getrieben, las er alles. Mittlerweile hatte er kaum noch Bedenken, ein Interface herzustellen. Er durfte nur nicht zu lange auf seinen Finger schauen und musste sich einreden, dass es kein Teil von ihm war. Das war gar nicht so einfach, denn seine Hand war an das Gerät gebunden und somit auch er. Der zusätzliche Speicher in seinem Hirn nahm die Daten problemlos auf. Es waren viele genetische Profile. Die konnte er zu Hause analysieren und mit den aktuellen vergleichen. So ein unverhofftes und wichtiges Zeitdokument durfte er nicht ungenutzt liegen lassen.

Er suchte alles ab und dachte schon, es wäre sonst nichts von Belang zu finden, da stieß er auf private Aufzeichnungen von Rimick und anderen Siedlern oder Raumfahrern. Leise zischend stieß er den Atem aus. Das konnte länger dauern. Er setzte sich bequemer hin und las.

»Auch Danys wird sich fügen müssen, ganz gleich was Jora sagt. In all den Jahren bei den Ökos haben wir es nur wenig geschafft, das Wettbewerbsdenken, das wir von klein auf einsaugen, abzulegen. Aber eines weiß ich sicher, es wird keine Kriege mehr geben, keine Gewalt und keine Umweltverschmutzung. Unsere Kinder sollen ohne Atemschutz aufwachsen, draußen spielen und gesunde Nahrung essen. Wenn alles gut geht, treffen wir in weniger als zwanzig Jahren auf E47 ein. Wenn uns die heuchlerische Präsidentin ein Schiff mit Hyperantrieb genehmigt hätte, wären wir schneller. Aber wir werden es auch so schaffen. Dym befindet sich in der Nähe, das können wir weiter ausbeuten. Sie werden sich uns fügen müssen, denn sie werden uns brauchen, sonst bekommen sie keine Lebensmittel mehr. Wir werden eine Herrschaft der Frauen einführen und damit das Wettbewerbsdenken abschaffen, auch wenn es heißen wird, dass Männer anfangs weniger zu sagen haben werden, falls sich das jemals wieder ändert. Damit wird sich Jora abfinden müssen. Ihr heißgeliebter Danys wird es überleben. Ich bin sicher, dass wir mit diesen kleinen Änderungen eine perfekte Welt schaffen. Jeder bekommt seine Aufgabe, jeder wird nützlich sein, auch die paar Technos, die das Schiff steuern. Ich bin ganz aufgeregt, wenn ich an meine neue Aufgabe denke. Es wird das Größte, das ich jemals gemacht habe und machen werde.«

Das war für Vik Tami neu. In den Geschichtsaufzeichnungen war nie davon die Rede gewesen, dass Männer weniger Möglichkeiten bekommen hatten. Vielleicht war es später anders gelaufen, als Rimick geplant hatte. Auch das speicherte er ab und suchte weiter. Die nächste Datei war gesichert und er brauchte sehr lange, um den Zugangscode zu knacken.

»Rimick, Rimick, Rimick, wenn du nicht der Kopf der Sache wärst und alles koordinieren würdest, würde ich dich umbringen. Vielleicht liest du das ja und machst dir Gedanken, du blödes Miststück. Du projizierst deine schlechten Erfahrungen mit Männern auf alle. So viel zu deiner sogenannten Utopie, die du erschaffen möchtest. Ich freue mich, wenn ich dein Scheitern erleben werde. Aber ich werde dich sicher an den Ort deiner Träume bringen – so schnell ich das Schiff eben fliegen kann. Keinen Tag länger als ich muss, will ich mit dir zusammen sein. Morgen fliegen wir. Warum diktiere ich diesen Scheiß hier? Ach, egal, vielleicht liest das mal jemand und erfährt, was hier schiefgelaufen ist. Die Präsidentin hat den Krieg gegen die wasserreichen Südländer ausgerufen, nachdem die Ökos und Technos in sonderbarer Solidarität miteinander die Terraformingstation sabotiert haben. So viel dazu, dass nur Männer an Kriegen schuld sind. Ich hätte jetzt auch gern einen Schluck Wasser. Rimick wird nichts von unseren Vorräten hergeben, sie verhandelt niemals. Es wäre auch sinnlos, den anderen Idioten dort draußen etwas abzugeben. Selbst mit weiteren tausend Wassertanks könnte Monychin nicht mehr als ein halbes Jahr überleben. Ich hasse Rationierungen, vielleicht erlebe ich es noch anders, wenn das vorbei ist. Aber wenn ich mir Rimick so ansehe, eher nicht – außer, ich erwische sie vorher. So, auf geht's. Lieber Nachmonychin oder sonst wer, wenn du das liest, bin ich schon auf dem Weg zu E47, dem angehenden Utopia.«

Vik Tami suchte nach einem Namen, aber er fand nichts. Vielleicht war es der Captain des Schiffs oder ein Steuermann. Noch eine ganze Weile suchte er alle Dateien durch, das meiste war für ihn uninteressant. Vieles davon waren

Abschiedsworte an Verwandte. Ob sie jemals ihre Adressaten erreicht hatten? Vik Tami glaubte es nicht, aber er verstand den Trost darin, sie geschrieben zu haben.

Die Suche kostete ihn viel Zeit, doch er hatte jedes Gefühl dafür verloren. Ihn durchströmte das erhebende, fast schon ekstatische Gefühl der Ehrfurcht, als wäre er einer der großen Entdecker des archäologischen Corps der Vereinten Planeten. Das war die Entdeckung des Jahrtausends. Ihm war nicht bewusst, dass diese Aufzeichnungen erst wenige Stunden oder Tage alt waren, denn für ihn waren seitdem an die neunhundert Uhuru-Jahre vergangen. Trotzdem kam er nach längerem Nachdenken, zu dem Schluss, dass diese Erkenntnisse besser verborgen blieben. Man könnte sie fehlinterpretieren und das Gesellschaftsleben auf Uhuru durcheinanderbringen. Schweren Herzens löschte er erst die Daten in seinem Kopf, dann die auf den Computern. Niemand würde sich je an die Siedler erinnern können. »Es tut mir leid, aber ich darf unser Leben auf Uhuru nicht weiter gefährden«, murmelte er. Es blieb ihm nur die Hoffnung, dass in vielen Jahren der Speicher nicht wieder hergestellt und abgerufen werden konnte.

Erst als er gähnte, fuhr er aus seinen Gedanken hoch und schaute sich um. Er musste dringend weiter.

Erst überleben, dann kannst du weiterdenken, mahnte er sich. Rasch stand er auf und lief auf den Gang hinaus. Dort war es so leer wie zuvor. Die nächste Tür befand sich am Ende des Flurs. Sie war unverschlossen und öffnete sich, sobald er davor stand. Das war erstaunlich. Wie zuvor schaute Vik Tami sich erst vom Türrahmen aus vorsichtig um. Langsam trat er ein. Abermals hatte er kein Glück. Zahlreiche Stockbetten standen herum.

»Verdammter Mist«, murmelte er und wollte den Raum schon verlassen, als er etwas hörte. Vorsichtig näherte er sich dem Geräusch. Was immer es war, es klang harmlos.

Wie angewurzelt blieb er vor einem der Betten stehen. Auf dem untersten Bett kauerte eine Frau und wimmerte vor Schmerzen. Selbst Vik Tami mit seinem begrenzten medizinischen Wissen erkannte, dass sie nicht mehr lange zu leben hatte. Sobald sie ihn bemerkte, hob sie den Kopf und starrte ihn an.

»Nur zu, wenn sie dich geschickt hat. Ich komme nicht mit, die anderen sind weg. Die Regierungstruppen oder die Koilon haben sie geschnappt.« Ihre Stimme war leise und Vik Tami hatte Mühe, sie zu verstehen.

»Ich will dir nichts tun. Mit eurem Krieg habe ich nichts zu schaffen. Ich suche etwas, das mich zurück in das Ding im Orbit bringt, damit ich nach Hause kann.«

Sie lachte und hustete, dann lachte sie wieder, bis ihr die Luft dazu ausging. Vik Tami seufzte. Langsam kroch Hoffnungslosigkeit in ihm hoch. Er wollte nicht auf diesem verseuchten Planeten sterben. Ein eisiger Brocken saß in seiner Brust, ein weiterer in seinem Hals, den er als Angst erkannte. Weder hier noch sonst wo, wollte er sterben. Er fühlte sich zu jung dafür. Da fiel ihm zum ersten Mal richtig auf, dass er nicht weinen konnte. Er fühlte die Trauer und die Wut über diese ausweglose Situation und konnte sie nicht auf diese halbwegs gesunde Art ausdrücken.

»Viel…leicht in ihrem Büro … Sie hatte … Zu…gang zu …« Die Verletzte sprach nicht weiter, aber Vik Tami schöpfte wieder etwas Hoffnung und nickte.

»Wo finde ich das?«

Es dauerte eine Weile, bis die Frau genug Kraft und Luft zum Sprechen hatte. Diese Zeit war für Vik Tami eine Geduldsprobe. »Da lang – letzte Hhhh …« Bereits während sie redete, schloss sie die Augen. Vik Tami wusste nicht, was er weiter tun, wie und ob er ihr helfen konnte. Einen Moment schaute er sie ratlos an, dann sagte er: »Danke. Ich suche jemanden, der dir helfen kann.«

Wieder wartete er auf eine Antwort, doch es kam nur ein schwaches Nicken. Innerlich kochte er vor Wut über sich. Die Frau war doch schon mehr tot als lebendig, warum stellte er jetzt ihr Wohl über seines? Ein Teil von ihm zog ihn zu dem Weg, den sie ihm gezeigt hatte, der andere mahnte ihn, sich richtig zu verhalten. Ratlos blieb er stehen und kaute an der Unterlippe. Schließlich stieß er einen Fluch aus und lief in den Flur zurück.

Irgendwo musste er anfangen, wenn er Hilfe suchen wollte. Er war nicht sicher, ob in der Nähe noch jemand am Leben war. Trotzdem verließ er den Bunkerbau.

Du bringst dich um, wie schon fast bei dem Feuer, weil du dachtest, es brennt das Dorf nieder. Aber hier ist niemand, der dich herauszieht und wieder zusammenflickt. Hör auf zu jammern. Ich schaffe das schon, ich schaffe alles. Haha, hör dir doch selbst zu, du scheinheiliger Knecht eines verdammten Baumes. Nein, nein, das stimmt nicht. Du hast recht, es tut mir leid.

Er hasste es, wenn seine Gedanken und Gefühle miteinander stritten. Sie lähmten ihn und diesmal erzeugten sie sogar Angst. Noch nie hatte er so etwas gedacht und er wollte es auch nie wieder. Er zögerte, blieb stehen und schaute sich um. Schließlich gab er sich einen Ruck und lief weiter durch die Ruinen.

Bitte, bitte, liebes Okular, zeige mir Lebensformen. Ich brauche Lebensformen, am besten irgendwelche Leute, die mich verstehen. Bitte, bitte ... ich hasse mich. Ich hasse mich und diese fiese KI. Error-sonst-noch-was, dass ich nicht lache.

Das Okular zeigte ihm nichts als Ödnis und Ruinen. Er rannte immer weiter, blieb dann und wann stehen, um zu lauschen und sich zu orientieren, aber es war weder etwas zu sehen noch zu hören. Nicht einmal Drohnen störten den reglosen, staubigen Himmel.

Seine Luftröhre und Lunge brannten von den Schadstoffen, die er einatmete. Er zog den Overall, den er unter dem Schutzanzug trug, hoch, um sich so etwas vor dem Staub und den Schadstoffen zu schützen. Es gelang ihm nur mäßig. Ohne jeden Plan lief er zwischen den Gebäuderesten, sprang über Trümmer und Leichen. Da und dort lagen Waffen herum, die den Sterbenden aus den Händen gefallen waren. Schlimmer war der Anblick verlorener Erinnerungsstücke oder von Spielzeug, das er unter dem Staub erkannte. Er kümmerte sich ebenso wenig darum wie um die Toten.

Mittlerweile spürte er die Müdigkeit, den Hunger und Durst schlimmer als zuvor. Der Durst war sogar noch am ärgsten, angefacht wurde er durch die trockene, staubige Luft und die Hitze, die sich unter der Glocke aus Gift und Dreck staute und den Planeten darin einhüllte. Kaum ein Luftzug war zwischen den ehemaligen Bauten zu spüren.

Die Technik im Anzug zeigte ihm die verstrichene Zeit an, doch für ihn schien sie entweder anzuhalten oder viel zu schnell zu vergehen, je nachdem, was er machte. Die Leichenberge wurden häufiger, der Gestank nach verbranntem Fleisch nahm zu. Da und dort qualmte es und er hatte noch immer kein Lebenszeichen gefunden. Entschlossen, endlich irgendetwas Hilfreiches zu tun oder zu finden, kletterte er auf die Ruine eines Hochhauses. Er war kein sehr geübter Kletterer und er brauchte lange, bis er hoch genug war, um mehr zu sehen. Schweiß bedeckte eine Hälfte seines Gesichtes, deshalb fühlte sich die andere wieder fremdartig an, ebenso wie der künstliche Arm, der ihn jedoch mehr als einmal vor einem tiefen Fall bewahrte. Wie er wieder hinunterkam, musste er erst herausfinden.

Er blickte über das verwüstete Land. Ein Ozean aus Ruinen, verdorrter Erde und versteinerten Bäumen, die durch die Dürre konserviert worden waren. Das Bild war trostlos und brannte sich tief in ihn hinein. Sein Okular lieferte unablässig Daten über den Atmosphärenzustand und warnte ihn, nicht mehr länger draußen zu bleiben. Vielleicht war er bereits so geschädigt, dass ihm nicht mehr zu helfen war.

Totes Land war um ihn herum, nicht ein Lebenszeichen konnte er entdecken. Wahrscheinlich hatten noch irgendwo spezielle anaerobe Bakterien überlebt, denen das feindliche Klima nichts anhaben konnte, oder irgendwelche Pilzsporen, die ohnehin so robust waren, dass sie kaum auszurotten waren. Er unterdrückte ein Seufzen und machte sich an den gefährlichen Abstieg.

Etwas, das wie Beton aussah, aber eine fremde Struktur aufwies, bröckelte unter ihm. Er rutschte aus und konnte sich gerade noch an einem Stahlträger festhalten. Keuchend klammerte er sich daran fest und suchte mit den Füßen Halt. Endlich fand er einen halbwegs sicheren Tritt und kletterte weiter hinab. Schweißgebadet und zitternd kam er nach einer langen, unsicheren Kletterpartie unten an. Die gefährliche Aktion war völlig nutzlos gewesen und insgeheim ärgerte er sich darüber.

Den Weg zurück bahnte er sich über weitere Umwege. Zum Glück half ihm das Okular bei der Orientierung. Der Husten quälte ihn in der Zwischenzeit immer stärker und zwang ihn öfter zum Halten als ihm lieb war. Er wusste, dass er bald sterben würde, doch vorher musste er die anderen aus dem Kubus retten. Der Gedanke an diese Aufgabe hielt ihn aufrecht. Er wollte nicht schuld an deren Tod sein. Einmal hatte er diese Last auf seine Schultern geladen und wurde sie nicht los, so gerechtfertigt ihm die Tat zu dem Zeitpunkt auch erschienen war.

Endlich erreichte er den Bunker. Der dunkle Keller kam ihm geradezu gemütlich vor. Entschlossen suchte er auch hier nach Medizin. Alle Schränke öffnete er, auch unter Anwendung von Gewalt. Jemand hatte vor dem Abflug gründlich aufgeräumt, zumindest was Schutzkleidung und Erste-Hilfe anging.

»Es ist niemand mehr da«, sagte er leise, sobald er an dem Bett mit dem Körper kam, der reglos dalag. Sein Versuch war umsonst gewesen, sie war gestorben.

Das hast du jetzt davon. Wärst du gleich in Rimicks Büro gegangen, hättest du mehr davon gehabt. Hör auf, es war den Versuch wert.

Schon wieder stritt er sich mit sich selbst. Das fand er schlimm und belastend, trotz aller Versuche konnte er es sich nicht abgewöhnen.

Wenigstens ist sie mit dem Wissen gestorben, dass sich jemand um sie kümmert. Klar und wer kümmert sich um dich, du dämlicher Dummkopf?

Er seufzte, deckte die Leiche zu und ging anschließend zum Büro. Ohne den Hinweis hätte er die Tür nicht so schnell entdeckt. Er zweifelte, dass er sie öffnen konnte. Versuchsweise drückte er auf einen blinkenden Knopf. Die Tür öffnete sich einen Spalt und blieb dann hängen. Die Stromversorgung wurde schlechter, der Notstrom und alles, was von dem elektromagnetischen Puls abgeschirmt war, würde über kurz oder lang ebenfalls versagen. Er musste schnell handeln, wenn er einen Ausweg suchen wollte. Langsam gewann die Panik wieder Oberhand. Hektisch schaute er sich nach etwas um, womit er den Spalt vergrößern und durchschlüpfen konnte. Schließlich entschied er sich für einen Stuhl als Hebelersatz. Seine letzten Kräfte bot er auf, um ins Innere zu kommen. Die Muskeln im menschlichen Arm zitterten unkontrolliert, während es dem anderen keine Probleme bereitete. Er war so ausgetrocknet, dass sein Kopf nur noch eine pochende Masse war, die gegen die Schädeldecke pulsierte. Das verschlimmerte sich durch die Anstrengung noch.

Endlich gab die Tür nach und ließ sich mit einem letzten Druck öffnen. Sie sprang förmlich über die Schiene in die Wandverkleidung und verharrte dort.

Um seine angespannten Nackenmuskeln zu lockern, kreiste er erst den Kopf, danach die Schultern. Die Kopfschmerzen blieben. Wieder quälte ihn ein Hustenanfall. Aber er sah eine Eingabekonsole mit einem Bildschirm. Vielleicht konnte er von hier aus Hilfe holen oder wenigstens die verrückte KI irgendwie erreichen.

Eilig ging er darauf zu und setzte sich auf den Stuhl davor. Er wunderte sich nicht einmal mehr, als er den Rechner oder die Speicherstation starten konnte und sofort Zugang bekam. Rimick musste es egal gewesen sein, wenn es jemand fand, sie war schon weg und außerhalb jeder Reichweite. Er seufzte, hustete und startete seine Suche. Weder war er ein Experte in der Technik auf Uhuru noch auf anderen Gebieten, und schon gar nicht, was das hier betraf. Aber er sagte sich, dass er es vorhin schon geschafft hatte, also würde er hier auch etwas finden. Die meisten Dateien waren gelöscht und er unternahm keinen Versuch, sie wiederherzustellen. Er wüsste nicht einmal, wo und wonach er suchen sollte. Also öffnete er alles, das sich öffnen ließ. Das meiste waren Lagerlisten, Personen, Mannschaft und Siedler. Er fand den Namen seiner Familie und noch andere, die ihm bekannt vorkamen. Aber deswegen war er nicht hier. Er musste herausfinden, was mit der KI los war und wie er Verbindung mit ihr herstellen konnte. Die Wahrscheinlichkeit, dass er das schaffte, sank mit jeder verstreichenden Minute. Datei um Datei sichtete er, schließlich fand er längere Texte. Einer stach heraus, das Datum der Eingabe deckte sich mit dem Datum, das ihm der Rechner anzeigte. Warum sie das aufgeschrieben hatte, würde er nie herausfinden, aber es nahm ihm den Atem.

»Loryn hat die KI auf der Orbitalstation gehackt. Sie wird niemanden in ein glorreiches, schönes Zeitalter schicken. Ich bin stolz auf ihn, trotzdem wird er nicht mitkommen. Wir sind voll.«

Vik Tami fuhr zurück. Das konnte unmöglich die Frau sein, die in den Geschichtsbüchern glorifiziert wurde. Eine Heldin, die quasi im Alleingang die Gesellschaft auf Uhuru aufgebaut und den Captain daran gehindert hatte, die alten Fehler zu wiederholen. Was war noch wahr von den alten Geschichten? Konnte er irgendetwas davon glauben? Oder war das hier eine Lüge? Er öffnete die nächste Datei, sie war am größten. Ein Bild baute sich auf, dazu sprach Rimick.

»Ich hoffe, dass alles gut geht. Falsch, ich hoffe es nicht, ich weiß, dass alles gut wird. Das hier ist mein Vermächtnis an alle, die die Katastrophe überleben sollten oder das zufällig bei Ausgrabungen finden. Wahrscheinlich sind dann nur noch Bruchstücke zu sehen oder gar nichts mehr. Trotzdem. Ich will, dass ihr seht, was wir einst hatten und in unserer Gier, unserem Wettbewerbsdenken und -streben vernichtet haben.«

Gespannt schaute er sich den Film an, der als Hologramm in einer Konkave vor ihm ablief. Wenn er nur das Bild betrachtete und alles andere ausblendete, konnte er sich vorstellen, mittendrin zu sein.

»Die Ökos sind eine Gruppierung, die sich die Renaturierung und das Terraforming auf die Fahnen geschrieben hat. Schon über hundert Jahre lang haben wir versucht, das Land wieder fruchtbar zu machen. Streckenweise ist es uns auch gelungen. Aber die globalen Ausmaße der Zerstörung, die Veränderungen in der Atmosphäre und die Auswirkungen des sterbenden Sterns haben unserem Bestreben den Rest gegeben. Wir haben uns mit allen Mitteln dagegen gewehrt, aber wir waren zu schwach. Das werden wir in Zukunft nicht mehr sein.«

Er sah begradigte Flussläufe, die wieder in ihre natürliche Form gebracht wurden, Einheitswälder, die zu urtümlichen wurden, indem man sie in Ruhe ließ, und er sah die Industrie, das Wachsen der Wirtschaft, die durch das Wettbewerbsdenken »schneller, höher, weiter« stetig vorangetrieben wurde. Es erinnerte ihn an Titum Van und er fragte sich, ob sich so etwas wiederholen könnte. Es machte ihm Angst, als er die Zunahme der Verwüstungen sah. Aus Waldgebieten wurden erst Trockensteppen, mit dem Ausbleiben des Regens verfielen auch die überlebensfähigsten Pflanzen. Der Boden erodierte zunehmend, fruchtbare Erde wurde zu Sand zermahlen und mit dem Wind oder von verheerenden Überschwemmungen davongetragen. Überall auf Monychin bemühten sich einzelne Gruppen, dem entgegenzuwirken. Sie bauten große Weltenhäuser, in denen sie die Natur simulierten, doch auch diese wurden durch Geld- und Ressourcenmangel vernichtet. Die Kosten zum Bau und Unterhalt dieser Siedlungen waren enorm gewesen. Allein die Trägerkonstruktion war ein riesiges Bauwerk, über sie spannte sich die Kuppel, unter der die Umwelt nachgeahmt wurde.

Vik Tami betrachtete eine Aufstellung dieser Kosten. Er brauchte einen Moment, um die Beträge mit dem zu vergleichen, das er als Währung kannte und damit in Relation zu setzen.

»Das letzte Haus mussten wir verlassen, nachdem die Außenmembran durch einen Sturm so sehr in Mitleidenschaft gezogen worden ist, dass wir eine Reparatur nicht mehr finanzieren konnten. Die Regierungen von Tenway und Koilon hatten uns die Mittel verweigert. Jedes Land hatte die Häuser für sich beansprucht, dabei wollten wir sie für alle bauen. Wir mussten einsehen, dass selbst im besten Einvernehmen ein Unterhalt nicht möglich gewesen wäre. Eines muss ich den Technos aber lassen: Sie waren ebenso wie wir bemüht, etwas gegen das Planetensterben zu unternehmen. Wir standen sozusagen im Wettbewerb mit ihnen.«

Auch hier bekam er die dazugehörenden Bilder zu sehen. Die Weltenhäuser, größer als Creson, mit Bäumen, Seen und sogar Siedlungen und Ackerflächen. Dagegen war die Kuppelsiedlung auf VinaXym allenfalls ein mickriges

Experiment, das sich nicht selbst erhalten konnte. Diese Aufnahmen wirkten wie ein Utopia, zu schön, um wahr zu sein. Rimick ließ aber die Schattenseiten nicht aus. Sie hatte die Mängel ebenso dokumentiert, wie die Erfolge. Technos reparierten die Konstruktion und versuchten sich an Verbesserungen. Später wollten sie eigenständig dieses Paraterraforming vorantreiben, indem sie Versuche anstellten.

Doch immer blieb das Problem der Erhaltung und der Erweiterung der einzelnen Module, um eine Bevölkerung darin unterhalten zu können. Die Fragen, welche Pflanzen und Tiere dort untergebracht werden sollten, störten sogar den labilen Frieden innerhalb der Gruppe der Ökos. Er sah eine Gruppe extremer Ökos, die sich dafür aussprachen, sämtliche Flora und Fauna mitzunehmen, während andere behaupteten, sie müssten dafür sorgen, dass erst die Monychin selbst überleben konnten. Rimick zeigte sich hier in einem ganz anderen Licht. Vorhin hatte er angenommen, sie wäre eine beinharte Verfechterin der harten Linie, jetzt bemerkte er, dass sie vermitteln wollte, doch darin kläglich gescheitert war.

»Nicht nur wir haben uns das Leben schwer gemacht, auch unsere Regierungen haben dazu beigetragen und die Wirtschaft besonders. Als ob man Geld essen und trinken könnte!«

Der Holofilm ging weiter. Vik Tami sah Wasserfabriken neben denen zerlumpte und halb verhungerte Gestalten verdursteten, weitläufige Häuser in grünen Gärten mit Wasserbecken, die wie kleine Teiche wirkten und dann wieder Hochhaussiedlungen, in denen kaum eine Pflanze wuchs. Er verstand seine Vorfahren nicht. Die einen verschwendeten Wasser, während andere sich dafür anstellen mussten.

Ich sorge dafür, dass das auf Uhuru nicht passiert. Titum Van hat bei uns nichts verloren. Ich hatte recht damit, sie zu bekämpfen. Niemand, der nur die Wirtschaft im Blick hat, soll jemals bei uns Fuß fassen können! Nicht, so lange ich lebe.

Ich mag dich nicht, Rimick, du gehst über Leichen und handelst impulsiv, aber ich verstehe dich und werde dein Vermächtnis weiterführen.

Er schloss die Datei und speicherte den Film ab. Fassungslos und zutiefst erschüttert schüttelte er den Kopf und versuchte sowohl die Kälte in seinem Inneren als auch den Felsen in seinem Hals loszuwerden, der ihn am Atmen hindern wollte. Er fragte sich, ob es über den Untergang Monychins Aufzeichnungen auf Uhuru gab. Als 350. Salamander sollte er Zugang zu allen Bibliotheken haben. Mit einem Mal wurde ihm bewusst, dass er nicht auf Uhuru war, und bald sterben würde, sollte er es nicht schaffen, irgendwie Kontakt mit der KI aus dem Kubus herzustellen. Jetzt spürte er wieder die Trockenheit in Mund und Kehle, die ausgedörrte, dicke Zunge, die am Gaumen zu kleben schien, die pochenden Kopfschmerzen und die Erschöpfung.

Neben dem Gerät, das er benutzte, befand sich eine weitere Rechnereinheit. Mithilfe seines Interfaces konnte er es starten und sich Zugang verschaffen. Aber es dauerte sehr viel länger. Jeder Schritt, den er tat, war mit einer Sicherheitsabfrage verbunden. Auf dem Bildschirm, der eben noch die Daten gezeigt hatte, sah er jetzt das Innere der Orbitalstation. Zahlreiche Monychin standen dort, die meisten davon Kinder und Jugendliche, wenige Ältere. Bei den Kindern befanden sich auch Erwachsene, die vielleicht die Eltern waren. Alle wirkten verängstigt. Nach und nach verschwanden sie. Er musste etwas tun – diese Kinder retten.

Was willst du tun? Das ist neunhundert Jahre her. Du kannst die Vergangenheit nicht ändern.

Er brachte seine Gedanken zum Schweigen und machte weiter, ignorierte die ängstlichen Kinder, die sich an die Hände der Eltern klammerten.

Die Kinder wenigstens waren überall gleich – unschuldig an den Fehlern der Erwachsenen, für die sie bezahlten.

Mit aller Macht schüttelte er die Beklemmung ab. Die KI war sein Ziel, er musste den Fehler finden oder irgendetwas anderes machen. Er konzentrierte sich. Dabei fiel es ihm immer schwerer, den Fokus auf etwas zu richten und das Okular zu kontrollieren. Ständig schlichen sich falsche Ansichten ein. Davon wurde ihm übel. Bedenklicher war, dass er nicht mehr schwitzte, dafür kratzte sein Hals schlimmer als vorher und seine Lunge brannte, wie in einem heißen Feuer. All das schob er von sich und mahnte sich, dass für einen Salamander das Wohl anderer vor dem eigenen stehen sollte.

Schließlich fand er etwas, das sich so anfühlte, wie der erste Eindruck, den er in dem Kubus gewonnen hatte. Es war fordernd und rief nach ihm.

»KI, kannst du mich hören?«

»Ja. Stimmerkennung nicht möglich.«

»Das glaube ich. Hier spricht Vik Tami Jos'Wennen aus der Zukunft. Dein System wurde gehackt, der Transfer der Passagiere ist unsicher. Lass mich auf dein System zugreifen und den Fehler beheben.«

Schweigen. Die Stille wurde fast so greifbar wie auf der Station. Davon ließ er sich dieses Mal nicht beeindrucken, auch wenn es verlockend war, sich ihr hinzugeben.

»Ich will nur Zugriff auf die Zielkoordinaten, mehr nicht, sonst sterben diese Kinder einen grausamen Tod.« Warum appellierte er an die Moral einer Maschine? Maschinen hatten keine Gefühle. Oder doch? Nervös kaute er auf der Unterlippe herum, hörte damit auf, sobald es ihm bewusst wurde. Die KI ließ sich Zeit.

»Führe Diagnose durch. – Error. Drei-drei-sieben-null-null. Transport wird eingestellt. Fehlersuche.«

»Bitte, lass mich dir helfen.« Er glaubte zwar nicht, dass er es konnte, aber es war besser, als tatenlos herumzusitzen und auf den guten Willen der Maschine zu vertrauen.

Eine KI ist von jemandem programmiert worden. Aber sie ist intelligenter und weiterentwickelter als jede andere Maschine. Sie ist lernfähig.

Vik Tami ärgerte sich über seine Selbstgespräche, andererseits war er der einzige Mensch, mit dem er sich unterhalten konnte. So war es seit einigen Jahren, seitdem er die Meisterausbildung bei Benytasey angefangen hatte. Nach seiner Ernennung fühlte er es noch schlimmer. Nein, schon seit dem Erwachen aus dem Koma. Niemand war zu ihm ins Krankenhaus gekommen. Bei seiner Mutter war er sich sicher gewesen, dass sie den Palast nicht verlassen würde, denn das tat sie beinahe nie. Er wusste nicht, warum das so war. Gewaltsam zwang er seine Gedanken zurück zu seiner Aufgabe.

Kommentarlos gewährte die KI ihm den Zugang. Eine Welle an gleichförmigen Zeichen rollte ihm entgegen. So etwas hatte er nie zuvor gesehen. Eigentlich hatte er mit etwas anderem gerechnet, mit so etwas wie Dateien, aber das war noch tiefer in der Programmiertechnik. Sein modifiziertes Gehirn arbeitete ohne sein bewusstes Zutun. Es wusste, was es vor sich sah, schließlich bestand er zu einem Teil aus einer ähnlichen Bauart. Vik Tami ließ seine eigene künstliche Intelligenz arbeiten, rückte sich auf dem Stuhl zurecht und konzentrierte sich darauf, den Datenstrom nicht abreißen zu lassen.

Hoffentlich hält die Energieversorgung, bis ich fertig bin. Noch während er das dachte, tat er etwas, das ein Teil von ihm als selbstmörderisch bezeichnete.

Kapitel 35

Die Scans messen einen signifikanten Energieanstieg im Inneren des Kubus.« Diese Meldung riss Lor aus seinen Grübeleien. Kerzengerade saß er in seinem Stuhl und starrte die Frau an, die eben die trostlose Stille mit ihrer Stimme durchbrochen hatte.

»Der Kubus fährt alle Systeme hoch. Es sieht so aus, als hätte das Außenteam das Kontrollzentrum gefunden.«

»Können wir eine Verbindung zu ihnen herstellen?«

Während er auf die Antwort wartete, stieg das Bedürfnis, an der Nagelhaut zu kauen wieder enorm an, ein untrügliches Zeichen seiner Nervosität.

»Außenteam, hier ist die Libina. Melden Sie sich. Haben Sie die Systeme hochgefahren?», sagte er lauter als nötig, nachdem ihm die Bordfunkerin mit einem Nicken die Verbindung bestätigt hatte.

»Captain Lor? Commander ti Nosh hier. Warum so panisch, Captain? Laut Chrono sind nicht mehr als drei Stunden vergangen. Können Sie uns herausholen?«

»Drei Stunden? Ich würde sagen, drei Tage. Wir arbeiten daran, Sie herauszubekommen. Können Sie nicht den Transporter aktivieren, der Sie dorthin gebracht hat?«

»Nein, Captain. Wir stehen vor dem Kontrollzentrum – oh, die Tür öffnet sich. Ich sehe, was ich tun kann, aber die Technik ist mir völlig fremd. Ti Nosh Ende.«

Die Verbindung endete und Lor sah sich erleichtert, aber verwirrt um.

»Wissen wir, was die restlichen Systeme im Kubus hochgefahren hat?«

»Etwas von außerhalb. Moment, Captain. Wir verfolgen das Signal, es ist sehr schwach.«

»Gut, und finden Sie heraus, warum innerhalb des Kubus die Zeit langsamer vergangen ist. Vorrang hat die Rückkehr des Teams. Ich bin in meinem Quartier. Übernehmen Sie die Brücke.« Die Worte galten seiner zweiten Offizierin, die sofort herbeieilte, als er aufstand und den Lift ansteuerte.

Endlich traute er sich, ins Bett zu gehen. Wenigstens eine oder zwei Stunden wollte er schlafen. Bis dahin hatten sie wahrscheinlich auch eine Lösung wegen des Transports gefunden und das Signal geortet.

Minuten später sank er bereits auf sein Kissen und fiel sofort in einen tiefen Schlaf.

Ihm kam es so vor, als wäre er eben erst eingeschlafen, als ihn eine eingehende Nachricht weckte. Mit noch geschlossenen Augen drückte Lor auf der Armschiene herum, bis er den richtigen Sensorpunkt gefunden hatte und gähnte dabei herzhaft.

»Captain, wir haben das Signal erfasst und dazu eine Lebensform, sehr schwach.«

»Bin schon unterwegs, Lor, Ende.« Mit einem Schlag war er hellwach, beendete die Verbindung und rieb sich den Rest Schlaf aus den Augen. Erst dann stand er auf, strich sich die zerknitterte Uniform glatt und setzte die Mütze auf.

Auf der Brücke angekommen, fielen ihm sofort Kaderian und Vygon auf, die ebenfalls über den Kontakt informiert worden waren.

»Geht es Vik Tami, ich meine Salamander Jos'Wennen, gut? Haben Sie Neuigkeiten?« Vygon trat auf den Captain zu und schaute besorgt erst zu ihm, dann auf den Bildschirm, der jetzt einen wesentlich helleren Kubus zeigte, an dem allerdings noch immer keine Öffnung zu sehen war.

»Beruhigen Sie sich, Salamander Jos'Bedren. Wir haben Kontakt zum Außenteam. Wenn Sie hier auf Neuigkeiten warten wollen, muss ich Sie bitten, ruhig zu bleiben.«

»Was bedeutet das alles?« Der alte Salamander war alles Mögliche, nur nicht ruhig. Nervös knetete er sich die Hände und starrte auf die zwei Offiziere, die die Kommunikation führten. Der Nuum trat auf ihn zu und legte ihm eine Hand auf den Arm.

»Es wird alles gut. Ich weiß auch noch nichts, aber es gibt endlich einen Kontakt, was mehr ist, als wir in den letzten Stunden und Tagen wussten.« Auch ihm war eine gewisse Unruhe anzusehen. Lor kümmerte sich nicht weiter um die beiden. Solange sie leise blieben und den Ablauf nicht störten, konnten sie bleiben. Allerdings gab er einem Sicherheitsmann ein dezentes Zeichen, damit er die beiden im Auge behielt und sie notfalls von der Brücke entfernte. Wenigstens blieb der Botschafter in seinem Wassertank. Den jetzt noch hierzuhaben, wäre mehr, als Lor ertragen konnte. Er hatte nichts gegen den Mann, aber manchmal war er sehr nervtötend in seiner erhabenen Art. Insgeheim fragte er sich aber, was der Botschafter trieb.

Warten war eines der Dinge, die man als Captain gewöhnt war. Manchmal war es langweilig, meistens war es ihm egal, doch in diesem Fall dauerte es ihm zu lang.

»Um welche Art Lebensform handelt es sich? Gibt es sonstige Anzeichen von Leben auf dem Planeten? Haben Sie herausgefunden, wie dieses Signal gesendet worden ist?« Lor war ungeduldig. Eigentlich wusste er, dass diese Fragen unnötig waren, wenn es etwas zu sagen gab, taten es seine Untergebenen von sich aus. Normalerweise war er auch sehr viel entspannter. Die Anwesenheit der beiden Zivilisten machte es nicht einfacher. Auch sie hatten ein Recht darauf, zu erfahren, was mit ihren Vorgesetzten geschehen war. Er unterdrückte den Impuls, über diese schwierige Situation zu seufzen.

»Anscheinend menschlich, Interferenzen in der Atmosphäre verhindern einen genaueren Scan. Das gleiche trifft auf das Signal zu. Aber wir haben herausgefunden, dass es tatsächlich als Ziel den Kubus hatte oder umgekehrt, denn sowohl das Signal als auch die Lebensform sind erst nach der Aktivierung des Kubus aufgetaucht.«

»Gut. Informieren Sie die Rettungsmannschaft, die diensthabenden Piloten und machen Sie ein Shuttle startklar. Kurs errechnen und an das Rettungsshuttle weiterleiten. Und Sie sollen sich beeilen.«

Endlich hatte er etwas zu tun, zumindest vorerst. Sein Befehl wurde sofort ausgeführt. Nur wenige Minuten später bekam er die Meldung aus dem Shuttlehangar, dass sie startklar waren. Bald schon sah er auf dem Bildschirm das winzig wirkende Raumschiff, das sich dem Planeten näherte.

Er drehte sich herum und wollte etwas zu den beiden Zivilisten sagen, doch da stand nur noch Vygon und stierte den Bildschirm an. Wo war Kaderian?

»KI, orte va Nor.« Captain Lor war alarmiert, weil er die unberechenbare Natur der Nuum fürchtete. Was, wenn er eine Dummheit beging oder doch der Attentäter war, der seine Aufträge verpfuscht hatte?

»Der Nuum va Nor befindet sich nicht mehr an Bord der Libina.« Die Stimme der KI klang so neutral, dass Lor schreien wollte. Jetzt war noch einer dieser verrückten Zivilisten weg! Konnten sie die Arbeit nicht die Profis erledigen lassen? Meinten die, er und seine Mannschaft wären zum Spaß hier?

»Wofür hält er das hier? Verzichte auf eine Antwort, KI. Frage: Wo befindet er sich?« Zum Glück war ihm noch eingefallen, dass die KI oftmals rhetorische Fragen nicht als solche erkannte und sie ausführlich beantwortete.

»Er ist an Bord des Rettungsshuttles.«

Das hätte sich Lor denken können, aber dagegen tun konnte er jetzt auch nichts mehr.

»Kommunikation. Teilen Sie den Shuttlepiloten mit, dass sie sich um den Nuum kümmern sollen. Am besten ist es, wenn er es erst wieder verlässt, wenn sie sicher zurück an Bord sind. – Danach öffnen Sie eine Verbindung zu Commander ti Nosh.«

Der stehende alte Salamander nervte Lor zusätzlich. Er schaute rechts neben sich, da war ein freier Stuhl. Mit einem, wie er hoffte, aufmunternden Lächeln, winkte er Vygon heran. Dieser nahm das Angebot an und setzte sich mit einem leisen Geräusch der Erleichterung.

Im selben Moment ertönte ti Noshs Stimme aus den Lautsprechern. Sie klang genervt oder angestrengt.

»Wir haben die Kommandobrücke erreicht. Wahrscheinlich können wir diesen Transporter aktivieren, wir suchen noch den richtigen Weg dorthin. Beim Traktorstrahl haben wir kein Problem, den haben wir gefunden. Leider arbeitet die systeminterne KI nicht mehr mit uns, sie scheint sich abgeschaltet zu haben. Ti Nosh Ende.«

»Warten Sie. Sind Sie vollzählig?« Auf seine Frage herrschte eine ganze Weile ein beredtes Schweigen. Es war Madame ri Teynar, die es brach.

»Der Salamander fehlt. Er verschwand kurz nach unserem Eintreffen. Das war es jetzt von uns, wir haben zu tun.«

Damit war die Verbindung auch tatsächlich beendet. Vygon keuchte auf. Seine Hände lagen verkrampft über den Armlehnen, sein Oberkörper war angespannt nach vorne gebeugt.

»Beruhigen Sie sich, wir finden ihn«, sagte Lor mit einer Sicherheit, die er selbst nicht begreifen konnte.

Kapitel 36

Ti Nosh brummte gereizt, ein unflätiger Fluch kam halb über ihre Lippen, den Rest verschluckte sie. Darüber schmunzelte die Qolpa.

»Es tut mir leid, Commander, aber es war nötig. Sie haben ein Recht darauf, es zu wissen. Vielleicht können sie vom Schiff aus effektiver nach ihm suchen.«

Commander ti Nosh brummte erneut, dieses Mal weniger aggressiv. Die beiden Piloten machten sich an den verschiedenen Konsolen zu schaffen, während der Sicherheitschef Wache hielt. Nur Lynaris stand scheinbar tatenlos herum. Obwohl sie sich kaum bewegte, beobachtete sie alles genau. Die Transportertechnik interessierte sie am meisten noch mehr als die Metalle. Vielleicht konnte sie die Verschrottungsrechte des Kubus aushandeln. Interessiert schaute sie mal ti Nosh über die Schulter, dann wieder den beiden Piloten.

Erst handelten sie zögerlich. Kaum jemand von ihnen traute sich, eines der unbekannten Symbole zu berühren. Ti Nosh entschlüsselte schließlich einige der Zeichen, indem sie diese berührte. Nachdem nichts Schreckliches passierte, wagten sich auch die beiden anderen an die Schaltflächen.

Lynaris verschwendete keinen Gedanken daran, dass eine hochtechnologische Kultur den eigenen Planeten, die eigene Lebensgrundlage vernichtet hatte. Sie wollte genau diese Technik und sie geldbringend verkaufen. Deshalb ließ sie ihr Augenmerk auf der Tätigkeit der Angehörigen der Raumstreitkräfte ruhen. In Gedanken machte sie sich Notizen und hoffte, dass sie kein wichtiges Detail davon ausließ oder vergaß.

Plötzlich vibrierte der Boden. Sie spürte es durch die Fußsohlen, das riss sie aus ihrer Konzentration. Gleichzeitig dazu gab ti Nosh ein triumphierendes »Ha« von sich und schaute sich dann um, als wäre sie die Königin aller Welten.

»Der Antrieb läuft, wir übernehmen die Kontrolle. Sehr gut. So, nun nur noch den Transporter.«

Lynaris betrachtete die erste Offizierin, sah die Schweißperlen auf ihrer Stirn und die Anspannung in ihren knappen Bewegungen.

»Keine Angst, ri Teynar, wir bringen Sie hier raus. Ich denke, in Zukunft werden Sie es sich zweimal überlegen, ob Sie zu so einem Abenteuer aufbrechen. Dazu muss man geboren sein.«

Die Großzügigkeit in ihrer Stimme nervte Lynaris, aber sie schwieg und schenkte ihr nur ein falsches, Dankbarkeit heuchelndes Lächeln. Jetzt war nicht der Zeitpunkt für ein Wortgefecht, erst musste ti Nosh ihre Arbeit erledigen. Sobald das geschehen war und sie alle sicher an Bord der Libina zurückgekehrt waren, konnte sie wieder tätig werden. Auf jeden Fall würde sie noch auf der Libina den Bergungsclaim anmelden. Sie konnte sich nicht vorstellen, dass der Captain etwas dagegen hätte, wenn dieses gefährliche Ding verschrottet wurde.

Gerade noch merkte sie, wie sie sich in Zukunftsbildern verlor und konzentrierte sich wieder auf die Arbeit der anderen. Wo die Antriebe gestartet wurden, wusste sie jetzt. Sie prägte sich die Position und das Aussehen des Symbols genau ein, um es später wiederfinden zu können.

Wenn sie jemand hier herausbringen konnte, dann war es der Commander. Davon war Lynaris überzeugt.

»Das könnte etwas sein. Commander, was meinen Sie?« Einer der Piloten schaute zu ihnen herüber. Ti Nosh hob den Kopf und beugte sich über die Konsole des Crewmitglieds.

»Ja, das könnte es sein. Versuchen Sie …«

Noch während sie sprach, hüllte sie grelles Licht ein. Lynaris hatte das Gefühl, sich aufzulösen. Am liebsten hätte sie geschrien. Was geschah hier? Doch bevor die Angst sie zu sehr packen konnte, wurde die Welt um sie herum wieder fest und sie selbst auch. Ihr war nur etwas schwindlig und übel. Fassungslos schaute sie sich um.

Kapitel 37

Kaderian nutzte die Gelegenheit der Unachtsamkeit auf der Brücke und lief zum Hangar. Die Nachrichten bargen Möglichkeiten, die er zu nutzen gedachte. Am Ende fand er dort Dinge, die er noch für einen verfrühten Freikauf aus seinem Arbeitsvertrag mit Titum Van verwenden konnte. Dafür riskierte er sogar einen späteren Anschiss des Captains. Er überrumpelte das Wachpersonal und rannte die Rampe ins Shuttle hoch. Kurz nach ihm schloss sie sich und er spürte den startenden Antrieb.

»Verschwinden Sie von hier!« Die Pilotin bellte ihn zornig an und machte Anstalten, den Antrieb abzustellen. Jetzt wurde es schwierig. Das Shuttle musste unter allen Umständen abheben.

»Die Zeit drängt zwar und jede Sekunde, die wir hier streiten, bedeutet vielleicht den Tod der Lebensform auf dem Planeten – aber fragen Sie ruhig beim Captain nach, ob es in Ordnung geht, dass sich noch jemand an der Rettung beteiligt.« Es dauerte noch einige wenige Augenblicke, dann wies ihm der medizinische Einsatzleiter mit einer harschen Geste einen Platz zu.

Während des Flugs schwiegen sie. Das Personal kontrollierte die Ausrüstung. Ein Besatzungsmitglied reichte Kaderian einen Schutzanzug, den er dankbar überzog. Selbst in seiner Ursprungsform würde ihm die vergiftete Luft Probleme bereiten.

Endlich tauchten sie in die Atmosphäre ein. Der Himmel war grauorange, eine schöne Farbe eigentlich, die sich mit den Windverhältnissen immer wieder änderte. Das Shuttle durchschnitt Wolken, die wie ein bunter Zuckerguss wirkten. Je näher sie dem Boden kamen, desto trister wurde die Aussicht. Staubiger Boden und ebensolche Luft.

Nach dem Aussteigen konnte er schwer sagen, wo der Horizont endete, und der Himmel begann. Alles war wie aus einer Form gegossen und mit grauoranger Farbe besprüht. Kaderian wandte den Blick ab und auf die Ruinen, in deren Nähe das Shuttle parkte. Viel mehr als ein paar Steine waren nicht zu sehen. Ab und zu ragte ein höheres Stück Mauer aus einer dicken Schicht Sand.

»Los geht's. Suchen wir die Lebensform.«

Kaderian fragte sich, warum der Einsatzleiter das noch erwähnen musste. Erst als alle geordnet ausschwärmten und mit ihren Scannern die Gegend absuchten, begriff er, den Sinn dahinter.

Ein Vorwärtskommen war anstrengend. Bei jedem Schritt versank er tief im Sand. Dem medizinischen Personal ging es nicht anders, sie waren zudem schwer beladen mit Hilfsmitteln zur Bergung, von denen er auch einige übernommen hatte. Vorneweg ging der Kommandant des Trupps.

Entweder unterhielten sich die Mitglieder des Landetrupps nicht oder sie hatten einen eigenen Kommunikationskanal, von dem Kaderian ausgeschlossen war. Es war ihm egal. Er wollte wissen, was los war, und sich selbst ein Bild von allem machen. Außerdem war es vielleicht das letzte Abenteuer, das er in seinem Leben bestreiten würde. Der Drang nach Nuum zurückzukehren wurde immer stärker. Er wusste, dass er ihm nachgeben musste, sonst wäre sein Leben sinnlos gewesen. Doch jetzt konzentrierte er sich auf die selbst gewählte Aufgabe.

»Das Signal wird stärker. Schauen Sie sich um, ob Sie so etwas wie einen Eingang oder in der Art finden. Wenn es zu tief unter all dem Sand vergraben ist, haben wir schlechte Karten.« Die Stimme des Kommandanten durchdrang wie ein lauter Knall die samtene Stille, in die sich Kaderian während des Marsches gehüllt hatte. Er zischte, nickte und machte sich wie die anderen an die Arbeit. Seine Augen waren gut, sehr viel besser als die eines jeden Menschen oder Kiemenatmers. Die Augen der Nuum durchdrangen das Dickicht des Methandschungels auf seinem Heimatplaneten. Sand bereitete ihm deshalb keine großen Probleme. Er untersuchte jeden Mauerrest, dem Boden widmete er besondere Aufmerksamkeit.

Der Wind wurde unangenehm. Erst hatte Kaderian die Brise nicht sehr gestört, aber nun nahm sie Sturmausmaße an. Mittlerweile erschwerte er ein Vorwärtskommen und auch die Sicht auf die anderen Mannschaftsmitglieder, die den Quadranten durchkämmten. Er nahm sie nur noch als Schemen wahr und achtete darauf, keinen von ihnen aus dem Sichtfeld zu verlieren.

»Achtung, hier ist etwas. Mein Scanner zeigt eine Art Hohlraum an«, meldete einer der Sanitäter. Interessiert hob Kaderian den Kopf und eilte an die genannte Stelle. Er ließ seine Augen ihre Arbeit tun und sah die Annahme des Helfers bestätigt.

»Ja, da unten ist eine Tür, vielleicht einen knappen Meter verschüttet. Meine Damen und Herren, wir müssen graben.« Er schaute in verständnislose Gesichter, dann fiel ihm ein, dass diese förmlichen Anreden bei den Gesellschaften der Vereinten Planeten und auch auf anderen Planeten so gut wie unbekannt waren. Mit einer wegwerfenden Handbewegung tat er es ab, legte sein Bündel ab, bückte sich und buddelte mit den Händen. Es gab Grabwerkzeuge, aber er hatte keines bekommen. Kurz darauf taten es ihm die anderen gleich und zusammen schafften sie es, in relativ kurzer Zeit, ein großes und tiefes Loch zu graben. Dabei stießen sie auf eine Tür und weitere Mauerreste. Da unten war es viel angenehmer als oben, wo der Wind den Sand herumwirbelte und an einem zerrte.

»Achtung, wenn wir die Tür öffnen. Ich gehe voraus, ihr zwei bleibt draußen und sichert die Gegend. Passt vor allem auf, dass der Zugang nicht verschüttet wird.« Der Befehl war unmissverständlich und Kaderian froh, dass er nicht diskutieren musste. Obwohl ihn die Neugier vorwärtsdrängte, wartete er, bis der Kommandant voraus ging. Gespannt folgte er den anderen. Die Tür war halb geöffnet, etwas Sand lag auf dem Flur, der weiter hinab führte. Auf der untersten Ebene fanden sie eine geöffnete Tür, aus der ein flackernder Lichtschein drang.

Als sie näherkamen, hörten sie eine leise Stimme. Sie redete mit jemandem. Also mussten zwei Personen hier unten sein. Wie war das möglich? Kaderian war verwirrt, auch das Licht ergab keinen Sinn. Wo sollte die dafür nötige Energie herkommen? Aber er war neugierig und lauschte dem Gespräch, während er weiterging.

»Du irrst dich, Rimick, deine Freundin hatte recht. Du hättest sie nicht zum Sterben zurücklassen dürfen. Jeder hat seinen Wert. Ich hoffe, du hast das erkannt – vielleicht hast du es, denn dein Ziel hast du erreicht.«

Kaderian lauschte aufmerksam. Der Kommandant rannte los, die Mediziner und Helfer schoben sich an dem Nuum vorbei, der nun auch schneller wurde.

Plötzlich war er der Letzte, der den Raum betrat. Abgesehen von einer Taschenlampe war niemand zu entdecken. Kaderian war zu langsam, denn da hörte er bereits den Kommandanten.

»Wir haben ihn. Es ist der Salamander. Geben Sie das ans Schiff durch und kümmern Sie sich um ihn.«

Kaderian lief ebenfalls in die Richtung, umrundete einige alte Stockbetten, auf einem davon lag eine mumifizierte Leiche. Dann betrat er das Zimmer. Ein Bildschirm war an, ein Computer brummte leise.

Woher kommt die Energie dafür? Neugierig schaute er sich um, aber da war nichts. Kein Generator, keine

Batterien, nichts, das auch nur im Entferntesten wie eine Energiequelle ausgesehen hätte.

»KI, haben wir es geschafft?« Vik Tami war wohl sehr schwach, denn er flüsterte nur noch. Er kauerte auf einem Stuhl, die kybernetische Hand war mit dem Rechner verbunden. Der Kommandant war bereits dort und entfernte die künstliche Hand aus der Schnittstelle. Sofort ging der Bildschirm aus und auch das flackernde Licht erlosch. Nur noch die Taschenlampe leuchtete. Der Kommandant hatte den Vocator angestellt und sagte: »Bleiben Sie ganz ruhig. Wir holen Sie hier heraus.« Der Mediziner ließ ihm keine Chance, ordentlich zu Ende zu sprechen, da schob er ihn bereits zur Seite und gab seine Befehle. Kaderian hörte nicht mehr richtig zu. Ihn interessierte vielmehr das Innere dieses Büros. Zwei weitere Konsolen entdeckte er, alle verstaubt und nicht aktiv. Der Kommandant gesellte sich zu ihm.

»Alles reichlich sonderbar.«

»Mhm.« Kaderian wollte jetzt nicht reden. Er machte sich ein Bild von den Dingen, die wohl wiederverwendet werden konnten. Lynaris würde sich darüber freuen. Eine Bergungsmannschaft konnte hier gut etwas ausgraben. Mit diesen Informationen musste sein Vertrag erfüllt sein.

»Sind Sie immer so wortkarg?«

Der Kommandant gab keine Ruhe. Kaderian drehte sich zu ihm herum und nickte. Es stimmte zwar nicht, aber das musste der Mann ja nicht wissen. Damit gab sich der Kommandant dann zufrieden und kehrte dem Nuum den Rücken. Beide schauten sich gründlich um. Kaderian entschloss sich, Aufnahmen mit seinem Armband zu machen. Diese Technik war schon ganz gut, aber bei der vorherrschenden Dunkelheit litt die Qualität zuweilen etwas. Trotzdem filmte er seinen Marsch durch das Quartier. Er kehrte sogar in das Schlafquartier zurück und schaute sich dort ebenso gründlich um. Anschließend lief er wieder in das Büro und packte den Rechner, mit dem der Salamander verbunden gewesen war. Es konnte nicht schaden, etwas Handfestes mitzunehmen.

Währenddessen hatten sich die Mediziner um den Cyborg gekümmert. Er lag auf einer Trage, eingehüllt mit einer Art Zelt, das ihn vor weiteren Schadstoffen schützte. Auf seinem Gesicht lag eine Atemmaske.

»Wir kehren zurück. Informieren Sie das Shuttle, sie sollen sich zum Start bereit machen. Kein unnötiger Ballast!« Der letzte Satz galt unmissverständlich Kaderian, doch der zuckte mit den Achseln.

»Das ist nicht schwer und ich kümmere mich darum. Das Gerät könnte unter Umständen wichtige Informationen enthalten. Ich berge es im Namen von Madame Lynaris ri Teynar von Titum Van.« Damit war seiner Meinung nach alles gesagt und er hatte die Rechte darauf geltend gemacht. Das sollte jeden Zweifel ausräumen. Zum Glück war der Arzt der Ansicht, dass sie sich beeilen sollten, denn er gab dem Kommandanten ein deutliches Zeichen.

Danach gingen sie eilig weiter. Die Antigrav-Trage erleichterte den Transport des Verletzten erheblich. Nur bei dem Graben vor der Tür mussten alle anpacken, um sie hochzubekommen. Sogar Kaderian legte seine Beute dafür kurz ab.

Der Wind hatte wieder nachgelassen. In der Luft schwebten verschiedenste Partikel und bildeten eine Art Decke, durch die die Hitze nicht entweichen konnte.

Der Rückweg verlief ebenso mühsam und schweigend. Im Shuttle wartete man bereits auf sie.

»Das medizinische Team soll sich bereithalten. Wir isolieren uns alle, sobald wir zurück sind. Lassen Sie eine Dekontaminationsstraße im Hangar einrichten«, befahl der medizinische Einsatzleiter, sobald sie an Bord waren. Sie sicherten die Trage, dann sich selbst.

Der Rückflug war unangenehmer als die Landung. In der Atmosphäre herrschten jetzt starke Stürme, deren Heftigkeit die Stabilisatoren kaum ausgleichen konnten. Aber die Piloten waren gut ausgebildet und flogen sicher. Trotzdem machte sich Kaderian Sorgen.

Sobald sie die Exosphäre des Planeten erreicht hatten, übermittelte er die gemachten Bilder an sein Datenpad. Damit hatte er alles gemacht, was er tun konnte, um seine Vorgesetzte zufrieden zu stellen. Den Attentäter musste er noch überführen, aber mit den gesammelten Informationen schien ihm das, ein Leichtes zu sein.

Den Rest des Flugs entspannte er sich ein wenig und schloss sogar einen Moment die Augen.

Kapitel 38

Sie hatten kaum die Atmosphäre verlassen, da erwachte Vik Tami. Er nahm die Atemmaske ab.

»Habe ich es geschafft? Sind die Kinder in Sicherheit?«

Drei Augenpaare starrten ihn erstaunt an.

»Ruhen Sie sich aus. Wir haben Sie gerade aus den Ruinen geholt. Sie sind in Kontakt mit irgendwelchen Giften gekommen und zudem stark radioaktiv. Aber in dem Keller waren Sie in relativer Sicherheit.«

»Sind Sie in Sicherheit?« Jetzt setzte er sich sogar auf und starrte geradeaus.

»Hören Sie, dort waren keine Kinder. Sie sind an Bord eines Transportshuttles der Libina. Beruhigen Sie sich, sonst muss ich Sie sedieren.«

Der Arzt sprach resolut und ernst. Vik Tami glaubte ihm aufs Wort und ließ sich zurücksinken. Wenn keine Kinder dort waren, dann hatten sie es vielleicht geschafft.

»Was ist mit dem Rest des …«

»Ich frage gleich nach.«

Eine Weile herrschte Stille, danach sprach der Mediziner wieder. »Ich hab eben Nachricht von meinen Kollegen bekommen, dass es allen gut geht.«

»Gut. Danke. Dann hat es sich gelohnt.« Damit entspannte er sich und setzte auch die Atemmaske wieder auf.

Nach der Landung, als sie ihn ausluden, nahm er die Maske erneut ab und versuchte, sich aufzusetzen. Bei dem Versuch blieb es.

»Sagen Sie Salamander Jos'Bedren, dass es gut ist. In einem hatte Mutter recht, im anderen nicht. Wenn ich nicht überlebe, dann soll er die Daten aus meinem Kopf auslesen lassen und Meisterin Redena meine Nachfolge antreten, als 351. Salamander von Uhuru.«

»Reden Sie nicht so viel, niemand stirbt heute!«

Das war eindeutig und er schwieg, ihm fehlte auch die nötige Luft dazu.

Stunden oder Tage später erwachte er auf der Isolierstation. Das Atmen fiel ihm leichter, auch sonst fühlte er sich sehr viel besser. Im Gesicht spürte er Schmerzen. Als er es anfasste, bemerkte er neue Narben, vielleicht eine Verätzung durch das Gift.

Bei der Biosphäre. Was für eine fantastische Geschichte, dachte er. Probehalber schaltete er das Okular ein. Nachdem er sich an die Eindrücke gewöhnt hatte, erkannte er, wo er sich befand. Vorhin hatte ihm nur seine Nase einen ungefähren Eindruck von Desinfektionsmitteln und relativer Keimfreiheit vermittelt. Jetzt sah er es auch.

Kaum war er bereit, sich aufzusetzen, kam eine Pflegekraft auf ihn zugeeilt, die ihn aufforderte, liegen zu bleiben, bis ein Mediziner nach ihm geschaut hatte. Vik Tami tat ihr den Gefallen, schließlich gab es keinen Grund, unhöflich zu sein. Langsam kehrte auch sein Erinnerungsvermögen zurück. Wie gern würde er einige dieser allzu deutlichen Bilder vergessen oder sie gar nicht erst gesehen haben. Erneut fragte er sich, ob er die Kinder hatte retten können. Das würde er nie erfahren. Er hatte nur versucht, die KI zu beeinflussen. Zumindest hatte er das Team aus dem Kubus holen können. Das Ding musste zerstört werden, es war eine Gefahr, denn niemand wusste, ob und wann sich die KI wieder einschaltete und woher die gesamte Energie dafür kam. Vielleicht war auch die Außenhaut so etwas wie ein Sonnenkollektor. Das wäre eine interessante und lohnenswerte Technik, mit der sie mehr Energie für Uhuru erzeugen könnten. Einen Moment dachte er darüber nach, kam aber zu keiner Lösung.

Es ist egal, Tami, lass den Mist und konzentriere dich auf das Wesentliche. Wie kann man das Ding unschädlich machen? Die Gefahr ist größer als der Nutzen. Wenn ich mich nur etwas mit Waffen auskennen würde! Du kennst dich mit gar nichts aus, also hör auf, hier den großen Experten zu spielen.

Er seufzte tief auf und drehte sich auf die Seite. Das war bequemer und das Krankenbett zum Glück breit genug.

»Wie schön, Sie wach zu sehen, Salamander Jos'Wennen. Wir dachten schon, wir würden Sie verlieren«, sagte eine freundliche Stimme, die zu einer Ärztin gehörte.

»Kein großer Verlust, würde so mancher sagen. Aber Danke, dass Sie mich gerettet haben.« Er lächelte, ließ es dann sein, denn das Hochziehen der Mundwinkel bereitete ihm Schmerzen.

»Schon gut. Die depressive Verstimmung ist normal und wird sich in einigen Tagen von selbst legen, wenn wir die Medikamente gegen die Strahlenkrankheit abgesetzt haben. Falls Sie sich fit genug fühlen, da ist jemand, der Sie gern besuchen würde.«

Darauf wusste Vik Tami nichts zu sagen und nickte nur. Er rückte sich im Bett zurecht. Müde fühlte er sich nicht, aber matt. Die Pflegekraft von vorhin brachte ihm etwas zu trinken, was er dankbar annahm. Es war nicht so, dass er durstig war, aber damit ließ sich der schale Geschmack aus dem Mund vertreiben. Alles fühlte sich falsch an, sein ganzes Leben, alles, woran er geglaubt, was er dachte, durchschaut zu haben – alles war falsch. Er hatte die Folgen erlebt, den Tod des Planeten durch die Hand seiner Vorfahren und er hatte ins Gesicht der Gründerin des Matriarchats von Uhuru geschaut. Am liebsten würde er sich vor den Erinnerungen verstecken. Das war zu viel für ihn. Er kam doch kaum mit seinem eigenen Leben klar.

Die Pflegekraft ging mit dem leeren Becher, an ihre Stelle trat Vygon heran. Er sah müde und abgeschlagen aus, aber er lächelte.

»Gut, dass du wieder wach bist. Ich hatte große Sorge um dich.«

Und um deine Position. Vik Tami sprach den Gedanken nicht laut aus, doch sie wussten es beide.

»Mich scheint man nicht umbringen zu können. Der Anzug hat einen Teil des Gases und der Strahlung abgehalten, den Rest hat der Bunker erledigt. Ein Glück, dass ich den gefunden habe.«

Vygon nickte. Er hatte bereits alles erfahren, was er wissen musste, um der Matriarchin Bericht zu erstatten. Schweigend saßen sie beisammen. Im Hintergrund arbeiteten irgendwelche Menschen, die Lüftungsanlage war kaum zu hören, doch jetzt bildete sie eine Melodie, die das Schweigen noch intensiver gestaltete.

»Ich habe sie gesehen, mit ihr gesprochen.« Vik Tami wollte darüber reden, aber er hatte Zweifel, ob es jemand verstehen würde. Selbst sein Verstand konnte nicht alles verarbeiten.

»Wen hast du gesprochen?« Vygon klang völlig ruhig und entspannt. Vielleicht glaubte er ihm auch nicht, dessen war sich Vik Tami beinahe sicher.

»Rimick, die erste Matriarchin auf Uhuru, die Gründerin … du weißt schon. Sie hat viele Leben auf dem Gewissen, ehe sie nach Uhuru aufgebrochen ist und danach wahrscheinlich auch noch.«

»Es waren harte Zeiten, Vik Tami. Dafür kannst du sie nicht verurteilen. Stelle nicht unser System in Frage und behalte das am besten für dich.«

Vik Tami ahnte Vygons Rückzug und packte ihn an der Hand, um ihn am Gehen zu hindern.

»Ich muss es jemandem erzählen. Bitte, hör zu, danach … danach versuche ich, es zu vergessen und werde es nie wieder erwähnen. Sie … sie hat Kinder in den Tod geschickt, es war ihr egal, wer an Bord des Kubus war. Sie war es, die die KI manipuliert hat – und sie hätte mich beinahe auch umgebracht. Es war reiner Zufall, dass ich es geschafft habe. Wäre ich nicht verändert worden, wäre …« So sehr er es sich nach seinen schweren Verletzungen gewünscht hatte, war er doch gern am Leben. Deshalb fiel es ihm schwer, den Satz zu vollenden. Vygon verstand ihn auch so, legte seine Hand auf Vik Tamis und drückte sie. Ob er ihm glaubte, würde er nie erfahren. Für alle Uhuru war die erste Matriarchin die Leitfigur, ein Idol, sie war diejenige, die dafür gesorgt hatte, dass sie Häuser bekamen, zu essen und insgesamt als Art überleben konnten. Sie war die absolute Heldin, auf die kein Schatten fallen durfte. Vik Tami wusste das und es fiel ihm schwer, zu akzeptieren, was er gesehen hatte.

»Du glaubst mir nicht. Es ist nicht zu ändern. Ich werde es nie wieder ansprechen.«

»Es tut mir leid, Tami, …« Die ratlose Geste seines Beraters machte es nicht einfacher. Wie sollte er seine Erfahrungen auch glaubhaft machen? Es gab keinerlei Beweise, nur seine Erinnerungen und die würde man als Hirngespinst eines Todgeweihten abtun.

»Die Matriarchin wünscht uns so bald als möglich zu sehen – und noch jemand. Außerdem legt sie dir Nahe, bald zu heiraten.«

Vik Tami runzelte die Stirn. Was sollte der plötzliche Themenwechsel und warum sollte er genau jetzt heiraten? Er hatte keine Lust dazu, nicht bevor er einige Jahre Erfahrung als Oberster Salamander hatte sammeln können und mit seinem Leben zurechtkam. Langsam setzte er sich auf. Er verstand die Welt nicht mehr.

»Warum diese Eile? Ich bin jung und … Verdammt. Sie muss eine hohe Mitgift aussetzen, damit sich überhaupt eine finden wird.« Aber dieses Thema war ihm noch lieber, als an die andere Person zu denken, die ihn sehen wollte.

»Jetzt hör auf. Sie meint es gut mit dir. Es ist angenehm, wenn man nicht allein lebt. Ich freue mich immer, wenn meine Frau von ihren Reisen zurückkommt und Geschichten aus den entlegensten Dörfern mitbringt. Im Gegenzug erzähle ich ihr alles, was sich umwelttechnisch tut und dieses Mal werde ich sehr viel zu erzählen haben. Freu dich doch, dass du bald nicht mehr allein leben musst.«

»Wurde deine Ehe arrangiert?«

Vygon schaute weg.

»Nein, wir trafen uns auf dem Heiratsmarkt. Danach haben wir uns regelmäßig gesehen und nach einem Jahr beschlossen, dass wir es miteinander versuchen wollen. Es ist ja nicht so einfach als Salamander, einen Partner zu finden. Redena erzählte mir etwas Ähnliches. Für eine Matriarchin ist es noch schwerer.«

»Ja, ja, schon gut. So wie es aussieht, habe ich ohnehin keine Wahl. Aber erst regle ich das mit Mutter und du weißt schon.« Er wollte diesen Namen nicht aussprechen, eine unbestimmte Furcht hielt ihn davon ab. Vielleicht war es auch eine besondere Art des Respekts. Darüber war er sich nicht ganz sicher.

»Die hast du wirklich nicht. Aber wer hat die schon? Wir sollten so rasch wie möglich zurückkehren. Soll ich Captain Lor informieren?«

»Nein, das mache ich. Sind wir noch in der Nähe von Monychin?«

»Ja …« Offensichtlich verschwieg ihm Vygon etwas, denn er sprach nicht weiter, stand auf und schaute noch einmal seinen Vorgesetzten an, ehe er grußlos die Krankenstation verließ.

Kapitel 39

Was immer Commander ti Nosh auch gemacht hatte, Lynaris gefiel das Ergebnis. Trotzdem brauchte sie einige Minuten, um sich von dem Schrecken des unerwarteten Transports zu erholen. Schon lange hatte sie sich nicht mehr so gut und lebendig gefühlt, wie nach der Erkenntnis, zurück auf dem Schiff und in Sicherheit zu sein. Gelassen ließ sie den Gesundheitscheck über sich ergehen. Sie war kerngesund, weder ausgehungert noch ausgetrocknet, schließlich waren sie bei der Expedition nicht so lange weggewesen. Für sie jedoch war es lange genug.

In ihrer Kabine erlebte sie die nächste positive Überraschung: Kaderian war aktiv gewesen. Was er gemacht hatte, war zwar dumm, aber mit seinen Daten und dem Rechner konnte sie mehr anfangen als mit ihren Beobachtungen. Allein die Metallprobe war mehr wert als so mancher kleine Asteroid, den Titum Van zur Rohstoffgewinnung nutzte. Leider war er noch auf der Isolierstation, damit verzögerte sich seine Auskunft darüber etwas.

Aber sie hatte Zeit und widmete sich erst einmal seinen Aufnahmen. Die lenkten sie von den Bildern des Wahnsinns ab, die sie überkamen, sobald sie die Augen schloss oder es um sie herum zu leise wurde. Wenn sie im Bett lag, dachte sie, die Matratze würde sie einsaugen, wie es der vermeintlich feste Boden im Kubus versucht hatte. Dann griff sie panisch das Bett ab und setzte sich auf.

Darüber durfte sie mit niemanden sprechen. Trotzdem musste sie etwas gegen die Angstzustände unternehmen. Aber in ihrer Position kam das Zeigen einer Schwäche einem Todesurteil gleich. *Du bist stark genug, das zu meistern,* redete sie sich zu, war sich aber keineswegs so sicher, ob sie es auch wirklich war.

Einen Tag später wurde auch Kaderian aus der Krankenstation entlassen. Er war in bester körperlicher Verfassung. Noch wusste niemand, wie sie es aus dem Kubus geschafft hatten, denn ti Nosh beharrte darauf, dass sie nichts gemacht hatte. Laut Aussage des Commanders hatte zu dem Zeitpunkt niemand etwas berührt.

Für den Nachmittag hatte der Captain eine Besprechung mit allen Teilnehmern der Expedition einberufen, vielleicht schaffte die etwas Aufklärung. Trotzdem schaute Lynaris dem Ereignis nicht freudig entgegen. Lustlos lachte sie einmal auf und schüttelte den Kopf. Bei den ganzen Fragen, die ihr zu diesem Abenteuer im Kopf schwirrten, war ihr eines am wichtigsten: Sie wollte sich die Rechte an dem Kubus und Monychin sichern.

»Madame ri Teynar, die Allianz der Minengesellschaften hat die Genehmigung für Dimtros bestätigt. Sie sind jetzt offizielle Besitzerin eines Claims und der dazugehörigen Veredelungswerke.« Kaderian klang wie immer. Ihn hatte der Ausflug nicht sehr belastet. Manchmal fragte sie sich, ob er überhaupt Gefühle wie ein Qolpa hatte und ob die Nuum in dieser Hinsicht besser dran waren, wenn sie ihre Emotionen weniger intensiv erlebten. Er sprach nie darüber und sie fragte ihn nicht.

»Ich werde übrigens heute Nachmittag sprechen, Madame. Und danach werde ich meinen Vertrag mit Titum Van als erfüllt ansehen. Ich hoffe, Sie werden das auch. Ich muss nach Nuum zurück.«

Er schaute sie nicht einmal an, sein Blick war starr auf den Bildschirm gerichtet. Das war typisch für ihn. War etwas wichtig, dann tat er so, als wäre er mit anderen Dingen beschäftigt. Sie unterdrückte ein genervtes Schnauben und nickte.

»Gut, wie im Vertrag vereinbart. Sie haben mir einen enormen Wert und Wettbewerbsvorteil verschafft. Das rechtfertigt die frühzeitige Beendigung unserer Vereinbarung. Je nachdem, was Sie heute Nachmittag aussagen, gebührt Ihnen eine Prämie. Darüber reden wir später. Sie wissen aber, dass die Verschwiegenheitsklausel …«

»Jawohl, Madame ri Teynar. Ich werde nie über meine Zeit bei Titum Van sprechen. Das geht außer uns beiden niemanden etwas an.«

»Sehr schön.« Sie war zufrieden, nur ungern würde sie jemanden nach Nuum schicken müssen, um Kaderian zu eliminieren. Ob sie ihm wirklich trauen konnte, würde erst die Zeit zeigen. Andererseits blieben die Nuum, sofern sie einmal sesshaft waren, auf ihrem Planeten und unter sich, also war die Gefahr demnach gering.

Sie stand auf und streckte sich. Vor dem Treffen mit den anderen wollte der Botschafter von Syban noch mit ihr reden. Wenn er wieder verlangen sollte, dass sie ins Becken kam, würde sie das Gespräch sofort abbrechen. Niemals wieder wollte sie so etwas erleben. Diese Reise war bereits aufreibender gewesen als ihr Nervenkostüm ertragen konnte. Erst der eklige Anschlag, den sie offiziell nicht als solchen bezeichnete, und dann die Sache im Kubus. Beide Male hätte sie die Möglichkeit gehabt, abzulehnen oder gar nicht erst davon reden müssen.

Aber diese ausgestandene Angst macht mich nur stärker. Nicht einmal Qesh wird mir etwas anhaben können. Der soll sich mal vorsehen, wenn er sich das nächste Mal mit mir anlegt. Die Minen gehören mir und damit hat es sich. Sie grinste bei diesen Überlegungen und die Nahtoderfahrung rückte weit in den Hintergrund.

Zu ihrer Überraschung war der Botschafter bereit für einen Spaziergang, wie er es nannte, denn er holte sie von ihrem Quartier ab.

»Begleiten Sie mich in den Besprechungsraum, Madame ri Teynar. Es wird Zeit, dass wir uns über die Fundstücke unterhalten. Wenigstens hatte diese ungeplante Exkursion etwas Gutes. Sie sehen frisch aus, wenn ich das so sagen und beurteilen kann.«

Innerlich seufzte sie über den Kiemenatmer, der nicht einmal bemerkte, wie ihr Schwanz gereizt über den Boden fegte. Natürlich sah sie gut aus, das tat sie immer. Ihre Cremes und Mittelchen waren teuer und exquisit, dazu hatte sie auf Edenium Prime eine ausgezeichnete Kosmetikerin, die sich um ihre sensible Haut kümmerte. Ein perfektes Äußeres gehörte zu ihrem Image als erfolgreiche Qolpa, da spielte es keine Rolle, dass sie nicht mehr so schlank war wie noch vor zehn Jahren.

»Was gibt es da zu besprechen, Botschafter? Mein Mitarbeiter und ich waren vorher da …«

»So ganz stimmt das nun nicht. Es waren die sybanischen Raumstreitkräfte.«

»Die der Allianz der Planeten unterstehen. Als freie Fraktion waren wir zuerst da und wir sind diejenigen, die wissen, wie man mit diesen Dingen …«

»Hören Sie auf, Madame, das ist doch ein Witz. Die Archäologen des Korps werden sich der Dinge annehmen und anschließend …«

»Nichts werden sie. Wir haben unsere Ansprüche bereits geltend gemacht.«

»Nicht nur Sie, Madame. Aber mir läge viel daran, wenn wir uns gütlich einigen, wer nun den Vortritt bekommt.«

»Warten Sie die Prüfung ab, Botschafter, dann sehen wir weiter. Oder wollen Sie die Einigung gleich hier treffen, damit es sich politisch gut auf Sie auswirkt, wo bereits das Abkommen mit Uhuru in weite, weite Ferne gerückt ist?« Ihre Stimme triefte nur so vor Sarkasmus, doch an ri Nopkar prallte er ab.

»Ich an Ihrer Stelle wäre etwas weniger anmaßend und arrogant. Es könnte sich negativ auf die Beziehungen der sybanischen Regierung zu Titum Van auswirken. Das Abkommen mit Uhuru ist außerdem eine völlig andere Sache. Über Monychin wird noch verhandelt, aber ich gehe davon aus, dass das archäologische Korps den Zuschlag bekommt, einfach weil es interplanetar ist.«

»Auch Titum Van ist interplanetar. Ihr Argument ist sehr fadenscheinig. Dort unten ist nicht mehr viel zu finden, das hat mein Assistent, der persönlich vor Ort gewesen ist, deutlich gemacht.«

»Nun, wenn nicht mehr viel zu finden ist, dann …«

Ihre Ankunft beim Lift, an dem die beiden Salamander und Kaderian warteten, unterband die Unterhaltung nur kurzfristig.

»Ich bin mir sicher, dass es eine Lösung geben wird, Botschafter ri Nopkar.« Liebenswürdig lächelte Lynaris ihn an. Wie beiläufig peitschte dabei ihr Schwanz um seine Beine und brachte ihn ins Stolpern. Kaderian packte beherzt zu und bewahrte so den Botschafter vor einem unrühmlichen Sturz. Der warf der Qolpa einen giftigen Blick zu, doch sie ging bereits voraus durch die geöffneten Lifttüren.

»Wie auch immer diese Lösung aussieht, sie wird das Korps berücksichtigen.« In der Sache war der Botschafter sehr sicher, was Lynaris nicht gefiel. Wenn die Archäologen ihre Finger im Spiel hatten, wurde der Abtransport diverser Techniken erschwert. Aber noch war Zeit und sie konnte intervenieren.

»Was werden Sie im Fall der Anschläge unternehmen? Der Captain scheint nicht willens oder fähig zu sein, sie aufzuklären.« Dieses Mal schaute der Botschafter die Salamander und auch den Nuum an. Doch keiner der Drei reagierte auf seine Anspielung. Kaderian schaute sogar demonstrativ und sehr auffällig zur Seite.

»Das muss ich mir noch überlegen. Ich denke, eine Beschwerde sollte vorerst reichen. Auf Edenium Prime können wir das an die Behörden …«

»Edenium Prime? Ich bitte Sie, das muss auf Syban geregelt werden, nicht auf Edenium Prime. Wir wissen doch alle, wie leicht sich dort die Regierung … nun korrumpieren lässt.« Die Kiemendeckel des Botschafters flatterten aufgeregt, er ließ sogar das Wasser schneller laufen, korrigierte kurz darauf das Fließtempo wieder.

»Können Sie Ihren dummen und unnötigen Streit bitte auf später verschieben? Es ist reichlich unangenehm, Ihnen zuhören zu müssen.«

Ruckartig wandte Lynaris ihren Blick dem Cyborg zu. Seine Einmischung empfand sie als anmaßend, doch dann lächelte sie, zuckte mit den Schultern und auch ihn traf ihr peitschenartiger Schwanz am Fuß. Ohne zu zucken, schaute er sie an, bis sie sich unbehaglich fühlte.

Was war dort unten mit ihm geschehen? Gesund schaute er nicht aus, zumindest schlechter als vor der Exkursion. Dabei hatten ihm die Mediziner eine vollständige Einsatzbereitschaft attestiert. Ihr konnte es egal sein. Wenn er zusammenklappte, dann blieben ihr weitere seiner unnötigen Kommentare erspart.

Kapitel 40

Captain Lor, Commander ti Nosh und der Sicherheitschef warteten bereits im Besprechungsraum. Während ti Nosh und Lor saßen, stand der Sicherheitschef unweit des Monitors und betrachtete ihn. Alle Drei schauten zur Tür, sobald sich diese öffnete und die Delegationen eintraten. Lor stand auf und machte eine einladende Geste.

»Danke, dass Sie gekommen sind. Bitte, nehmen Sie Platz. Ich bin froh, dass es Ihnen allen wieder gut geht. Die Mediziner bestätigten mir, dass Sie fit genug sind, um an der Besprechung teilzunehmen. Ich muss gestehen, dass ich deshalb unsicher war.« Einen Moment länger schaute er Vik Tami an, bis der nickte und sich setzte. Nachdem es sich alle Anwesenden bequem gemacht hatten, trat eine kurze Stille ein. Lor schaute auf den Monitor in der Tischplatte und fasste die Geschehnisse zusammen. Er ließ auch die Zeitverzerrung nicht aus, denn für Vik Tami verging viel mehr Zeit, während an Bord des Kubus lediglich einige Stunden verstrichen waren.

Das meiste war Vik Tami neu, deshalb hörte er aufmerksam zu.

»Salamander Jos'Wennen, wollen Sie uns bitte berichten, was Ihnen widerfahren ist?«

Er wollte es nicht, alle im Raum sahen seinen Unwillen, die vor der Brust verschränkten Arme und den gesenkten Kopf.

»Es war … es war eine Reise in die Vergangenheit, über die ich nicht sprechen möchte«, erwiderte er schließlich leise, ohne dabei auch nur den Kopf zu heben. Mit Vygon darüber zu reden war eine Sache, aber das hier auszubreiten, eine ganz andere.

»Dann reden Sie nicht darüber, sondern erklären uns, warum Sie mit der Rechnereinheit verbunden waren und wie es dazu gekommen ist. Für uns ist es unerklärlich, woher die Energie dafür stammte.«

Captain Lor wollte seine Wissenslücken füllen. Es gab noch viel zu viel Ungereimtheiten. Das war Vik Tami bewusst, so gab er schließlich nach, seufzte und nickte. Trotzdem ließ er einige Zeit verstreichen, ehe er berichtete.

»Die KI des Kubus war beschädigt, das hatte ich in einem anderen Abschnitt der Zeit erfahren. In dieser Zeit baute ich die Schnittstelle auf und verband mich mit der KI, um ihre Funktionen herzustellen. Es war nicht einfach, das meiste davon verstehe ich nicht. Die KI bediente sich meiner Energie und fuhr ihre Systeme vollständig hoch, danach tat sie das, was ich ihr sagte. Sie brachte alle dorthin, wo sie hingehören und mich in meine Zeit zurück. Da war ich leider etwas unpräzise. Ich hatte gerade noch so viel Kraft, um einen Notruf abzusetzen und leitete meine Energie in den Rechner, damit das Signal nicht abriss.«

Anschließend stellte der Captain weitere Fragen zur Technik, die Vik Tami so gut er konnte, beantwortete. Auch über den Krieg wollte er einiges wissen und warum er die Kinder erwähnte. Die Antworten fielen ihm schwerer.

»Wie soll das schon gewesen sein? Wir werden als Pazifisten großgezogen und leisten einen Eid.«

Lor grinste, denn er wusste, dass Vik Tami auch zu militanten Mitteln griff, sowie damals mit Benytasey. Der Salamander ignorierte das und redete weiter.

»Krieg darf nie das Mittel der Wahl sein, niemals! Die Unschuldigen erfahren das meiste Leid – und am Ende trifft es alle. Unsere Vorfahren haben sich selbst zerstört. Erst die Umwelt, dann sich, weil sie nicht teilen konnten, und weil sie in einem Wettbewerb standen, den niemand gewinnen konnte. Eine Partei erfindet etwas und sie schaffen es nicht, zusammen den Planeten zu retten. Sie waren fähig zur Raumfahrt, entwickelten eine KI mit einem Bewusstsein und befassten sich mit Zeitreisen. Sie entwickelten Terraforming, riesige Weltenhäuser! Und was machen Sie? Werfen sich deswegen Bomben an den Kopf! Was haben sie sich davon versprochen? Oder haben sie erst zurückgerudert, als es zu spät war? Der letzte Krieg war einer um Wasser, gerade mal genug, um für einige Wochen zu überleben und das auch nur für wenige Bewohner.« Energisch schlug er mit der Faust auf den Tisch. Alle Anwesenden zuckten zusammen aber sie schwiegen.

»Mit Massenvernichtungswaffen und Gift haben sie sich gegenseitig den Rest gegeben. Wie viel Angst, Neid und Hass müssen in ihnen gesteckt haben? Am Ende haben alle verloren, selbst die, die sonst nur durch Kriege gewinnen.«

Noch jetzt spürte er den eisigen Knoten in der Brust, die Angst und Verzweiflung, die er auf dem Planeten zum ersten Mal in seinem Leben richtig wahrgenommen hatte. Nicht einmal der Angriff des Qolpa-Schiffs war für ihn derartig beängstigend gewesen. Halb trotzig, halb angriffslustig schaute er die beiden Titum Van-Vertreter, dann den Botschafter und schließlich Captain Lor an.

»Jeder muss sehen, wo er bleibt, Salamander Jos'Wennen. Machen Sie nicht den Fehler, die Lebensart anderer zu kritisieren, ohne sie zu kennen«, antwortete Lynaris.

»Warum fühlen Sie sich angesprochen, Madame ri Teynar? Nur weil ich Sie angeschaut habe? Ich habe niemanden vergessen. Am Ende schaut jeder nur auf sich und vielleicht noch auf seine engsten Angehörigen. Sagen Sie mir bitte, an welcher Stelle ich Ihre Lebensart kritisiert habe.« Entschlossen klappte er den Mund zu und senkte den Kopf. Stärkend legte ihm Vygon eine Hand auf den Arm und ließ sie dort liegen.

»Schon gut, Jos'Wennen. Aber Sie sollten sich hier nicht als ultimative moralische Instanz aufführen. Wenn Sie tatsächlich für unsere Rettung verantwortlich sind, bin ich Ihnen natürlich dankbar. Aber das gibt Ihnen nicht das Recht, über andere Lebensmodelle zu richten.«

Die Gefahr einer weiteren fruchtlosen Diskussion hing im Raum. Vik Tami überlegte, ob er auf die Anschuldigung reagieren sollte. Nachdem Vygon seinen Arm gedrückt und kaum merkbar mit dem Kopf geschüttelt hatte, verkniff er sich eine Antwort.

»Wenn das jetzt geklärt ist, habe ich auch noch etwas zu sagen.« Kaderian va Nor stand auf und schaute sich um.

»Bitte, sprechen Sie.«

Captain Lor konnte ein genervtes Seufzen kaum unterdrücken. Die vorhin begonnenen Diskussion, die nur ins Leere führen konnte, nervte anscheinend nicht nur Vik Tami.

»Es wird auch Botschafter ri Nopkar interessieren.« Die Art, wie der Nuum das Wort Botschafter betonte, weckte das Interesse aller. Der Sicherheitschef trat sogar näher und stellte sich zwischen den Nuum und den Kiemenatmer.

»Erstens habe ich die Personalakten der Libina durchsucht und herausgefunden, auf welchem Konto besondere Leistungsvergütungen verbucht worden sind.«

Ri Nopkar richtete sich auf. Seine Kiemen arbeiteten etwas schneller, der Filter wurde dadurch lauter. Aller Augen richteten sich auf ihn. Doch Kaderian achtete nicht darauf. Er schmunzelte sogar, doch er war sofort wieder ernst.

»Commander ti Nosh hat hohe Einzahlungen bekommen. Aber …« Er hob einen Arm und unterband so mögliche Einwürfe der anderen und den Protest des Commanders.

»Das ist noch nicht alles. Niemand mit etwas Verstand würde so offensichtlich Schmiergelder verbuchen. Natürlich ist dieser Geldtransfer lediglich, verzeihen Sie den militärischen Ausdruck, Camouflage, da diese Daten allesamt gefälscht sind und nicht einmal Buchgeld den Besitzer gewechselt hat.«

Der Captain schnaubte wütend und blickte Kaderian entrüstet an. Auch er war bis zu dem Punkt der Zahlungseingänge gelangt, aber nicht weiter. Commander ti Nosh brummte entrüstet und hatte sich kerzengerade aufgerichtet. Sie erweckte den Eindruck, als würde sie jeden Moment aufspringen und ihren Unmut lautstark kundtun.

»Lassen Sie uns an Ihren Erkenntnissen teilhaben, va Nor, und führen sich nicht auf wie ein drittklassiger Ermittler aus einem billigen Holofilm.«

Kaderian warf dem Captain einen vernichtenden Blick zu, doch der starrte aufgebracht zurück.

»Gut, dann auf die Schnelle. Botschafter, ich nenne Sie der Einfachheit halber so, seit wann arbeiten Sie für Orash Qesh?«

»Sie machen sich lächerlich, junger Mann. Der erste Anschlag hat mir gegolten. Mir, Botschafter ri Nopkar! Ich bin Botschafter Sybans und der Vereinten Planeten! Wagen Sie es nicht, solche Unterstellungen in den Raum zu werfen! Das wird Konsequenzen haben!« Der Botschafter verschränkte die Arme vor der Brust und tat betont entrüstet.

»Haben Sie für diese Anschuldigung irgendeinen Beweis?«, fragte Captain Lor skeptisch. Jetzt starrten alle den Nuum an. Der war völlig entspannt und sich seiner Sache sehr sicher.

»Beweise? Die liegen doch auf der Hand, Captain Lor. Er war mit Madame ri Teynar allein im Tank und er weiß, wo sich sämtliche Geräte befinden. Er war es, der sie eingeladen hat, mit ihm zu tauchen. Und es gibt einen Kommunikationsverlauf mit Orash Qesh, den ich kopiert habe.«

Der Captain blieb misstrauisch.

»Zeigen Sie uns diese Beweise«, forderte er deshalb den Nuum auf. Kaderian händigte dem Captain einen Datenstick mit einer auffordernden Geste aus. Die Augen aller waren auf den Captain und Kaderian gerichtet. Der legte den Stick in die dafür vorgesehene Öffnung und kurz darauf ertönte die Stimme des Vorsitzenden der größten Handelsgilde der bekannten Galaxie.

»Es wird auch Zeit, dass Sie sich wieder melden.« Orash Qesh klang so gereizt wie meistens, wenn er es mit Niederrangigen zu tun hatte. Lynaris gab einen abfälligen Laut von sich. Ihr Schwanz peitschte über den Boden und zeigte so ihren wachsenden Zorn an.

»Es ging nicht früher. Meine Verpflichtungen …«

»Blödsinn. Sie wird an Bord der Libina sein und Sie werden ihr ein Ende bereiten.«

»Gut, ich hefte mich an sie.«

»Ich bin sicher, dass Sie das können. Meine Dankbarkeit für diesen, nun, kleinen Dienst wird wie immer sehr großzügig sein.«

Damit endete die Aufnahme. Kaderian verschränkte triumphierend die Arme vor der Brust. Der Botschafter lachte überheblich.

»Wer soll das sein? Das bin gewiss nicht ich.«

»Er hat recht, das ist gar nichts. Wo haben Sie das her?«, warf der Captain wieder ein.

»Aus dem Kommunikationsverlauf des sogenannten Botschafters. Ich weiß nicht, was er mit dem echten ri Nopkar gemacht hat, aber er ist ein Nuum.« Va Nor ging auf den Botschafter zu. »Ich erkenne einen Bruder, wenn ich ihn sehe. Gib mir einen Grund, warum ich dich am Leben lassen soll.« Kaderians Herkunft war nun deutlich zu hören. Jedes gesprochene S klang wie eine Drohung. Der Botschafter schaute entsetzt zum Sicherheitschef.

»Er … er bedroht mich, helfen Sie mir! Tun Sie Ihre Pflicht!«, forderte er den Sicherheitschef lautstark auf. Der wollte auch darauf eingehen, als sich der Captain abwandte und auf ein Kommunikationssignal reagierte.

»Ich will keine Störungen!«, bellte er zornig.

»Die Entsorgungsstelle bittet Sie dringend in den Sektor Vilan vier. Sie sollen den Sicherheitschef mitbringen.«

Captain Lor brummte gereizt.

»Was ist los, reden Sie, Laveer?«

»Der zuständige Leiter will nur mit Ihnen sprechen.«

»Verdammt, gut, bin auf dem Weg. Wehe, das entpuppt sich als irgendein nebensächlicher Schei… Mist.«

Während der Captain geredet hatte, war der Botschafter unauffällig aufgestanden und zur Tür gegangen. Diese glitt eben auf und ließ ihn hindurch, als Kaderian dessen Verschwinden bemerkte.

»Der Mistkerl haut ab!«, rief der Nuum und nahm bereits die Verfolgung auf. Der Sicherheitschef wollte es ihm gleichtun, doch der Captain hielt ihn zurück.

»Warten Sie, Sie kommen mit mir. Ihr Team kann die beiden via Cams verfolgen und festsetzen. Veranlassen Sie das und folgen Sie mir.«

Damit verließen sie ebenfalls den Raum.

Zielstrebig machten sich die beiden Offiziere auf den Weg in den genannten Sektor. Captain Lor fragte sich, was sie dort wohl vorfinden würden und warum dieses umständliche Verfahren nötig war.

Von Neugier und Wut getrieben, rannte er in den Sektor und stieß dort beinahe mit dem Abteilungsleiter zusammen.

»Ah, Captain, gut, dass Sie da sind. Eigentlich schauen wir uns nicht die Abfälle an, die wir in den Weltraum schicken, aber ein Schott hat geklemmt, deshalb ließen wir einen Bot hinein, der fand dann organische Überreste.«

»Organische Überreste?«, fragte Lor verwirrt nach. Der Mann aus der Entsorgung nickte bestätigend.

»Du meine Güte, reden Sie schon, oder müssen wir Ihnen alles aus der Nase ziehen.«

»Die … die Überreste eines Kiemenatmers, schon leicht verwest.«

Lor stieß eine Reihe von Flüchen aus, dabei tippte er bereits in sein Datenpad eine Nachricht an die Krankenstation.

»Ich schau mir die Sache an und lasse die Suche nach den beiden Flüchtenden intensivieren. Wir sperren die Shuttlehangars.« Der Captain nickte die Worte des Sicherheitschefs nur ab.

»Gut, informieren Sie mich, sobald Sie Ergebnisse haben. Ich kehre in den Besprechungsraum zurück.« Vernehmlich seufzte er. In diesem Augenblick tat Lor sich furchtbar leid und wünschte sich weit weg, auf einen ruhigen Planeten, wo nie etwas geschah. Am liebsten hätte er sich in sein Büro verkrochen, seinen Abschied eingereicht und den ganzen Mist an jemand anderen übergeben. Diese Fahrt war das reinste Chaos und die Hölle.

Was für ein verdammter Scheißhaufen und ich muss natürlich alles davon abbekommen, dachte er verärgert, als er sich bereits auf dem Rückweg befand.

Zum Glück hatte ti Nosh dafür gesorgt, dass alle anderen auf ihren Plätzen geblieben waren. Auf sie konnte er sich verlassen. Nie im Leben hätte er geglaubt, dass sie tatsächlich käuflich war, auch wenn die vermeintlichen Beweise erdrückend waren.

Vier Gesichter richteten sich auf ihn, sobald er den Raum betrat. Keines von ihnen wirkte besonders glücklich.

»Wir machen weiter, wo wir vorhin unterbrochen worden sind.«

»Was ist denn los, Captain? Jetzt reden Sie schon!«, forderte ihn Madame ri Teynar ungeduldig auf.

»Alles zu seiner Zeit, Madame«, erwiderte er möglichst gelassen. »Lassen wir die Beschuldigungen erst einmal außen vor.«

»Gut, dann melde ich gleich meine Ansprüche zur Bergung des Artefakts und der Überreste auf Monychin an.« Die Qolpa wurde sofort geschäftstüchtig, was den Salamandern gar nicht gefiel. Beide richteten sich auf und der

Cyborg beugte sich sogar angriffslustig nach vorne. Captain Lor fand das alles nicht mehr angenehm. Aber das würde er auch noch schaffen. Das andere war weitaus schlimmer.

»Madame, ich bitte Sie, zu warten, bis wir alle Daten analysiert und an die Regierung geschickt haben. Aber Ihr Anspruch ist notiert und wird berücksichtigt.«

Vik Tami stand auf, stützte die Hände auf den Tisch und starrte die Händlerin an.

»Sie wollen das ausschlachten? Der Kubus muss zerstört werden! Restlos!«

»Setzen Sie sich, Jos'Wennen!«, donnerte der Captain, dem langsam der Geduldsfaden riss.

Vygon griff nach Vik Tami und zog ihn auf seinen Platz zurück.

»Wissen Sie, was diese Technologie wert ist? Das sind Jahrzehnte an Forschung, die wir uns sparen. Teleporter! Stellen Sie sich das vor, Reisen von einem Punkt zum anderen, ohne sich zu bewegen!« Die Qolpa war Feuer und Flamme für alles, was sie gesehen hatte. Ihre Stimme sprudelte über vor Enthusiasmus und ihre dunklen Knopfaugen glühten vor Freude.

»Ich gebe Madame ri Teynar recht. Captain, diese Technologie muss erforscht und genutzt werden. Sie liegt vor uns und wir brauchen nur danach zu greifen. Das ist ein Quantensprung für unsere Wissenschaft.« Commander ti Nosh schlug in die gleiche Kerbe.

»Mich müssen Sie nicht überreden, Commander. Wir werden aber die Sicherheitsanalysen und die Antwort der Regierungsverantwortlichen abwarten. Die Besprechung ist aufgezeichnet und protokolliert worden und hiermit beendet. Ich werde alles an die Regierung auf Syban weiterleiten. Hat noch jemand etwas zu sagen?« Lor wollte das jetzt beenden, um sich um das andere kümmern zu können. Sie mussten dringend nach Syban zurück, damit die Behörden alle Vorkommnisse aufklären konnten. Schon jetzt formulierte er in Gedanken einen Eilbericht an die Flottenadmiralität auf Gawanna und die Regierung auf Syban.

»Warten Sie! Sie zwingen mich deswegen aus der Krankenstation? Ein wenig Geplauder und eine – quasi – Aufteilung der Fundstücke? Ist das alles? Zählen nur der Profit und der Fortschritt? Machen Sie nur weiter so, rüsten Sie auf, suchen Sie nach neuen Technologien, die Sie irgendwann umbringen werden. Ich hoffe, dass es dann keine Unschuldigen trifft – wobei da bei einem Krieg kaum jemand gewinnt, abgesehen von der Waffenindustrie und Waffenhändlern.« Während er redete, richtete er den Blick wieder auf ri Teynar, dazu triefte seine Stimme vor Sarkasmus.

»Beruhigen Sie sich, Salamander Jos'Wennen. Es handelt sich um eine friedliche Nutzung dieser Technologien.«

»Das sagen sie alle. Wenn Sie nichts unternehmen wollen, werden wir das machen. Ich wünsche, dass Sie uns umgehend in einen Bereich zurückbringen, von dem aus wir mit unserem Shuttle nach Uhuru fliegen können. Von Titum Van verlange ich eine öffentliche Entschuldigung für die Diffamierung meiner Person. Noch heute, sonst gehe ich damit zum interplanetaren Gerichtshof.«

Dem Salamander war die Enttäuschung über dieses Gespräch deutlich anzusehen, aber darauf konnte der Captain jetzt keine Rücksicht nehmen. Das Leben war nun einmal kein Wunschkonzert.

»Tun Sie, was Sie nicht lassen können, Salamander Jos'Wennen. Ich informiere Sie, sobald wir einen geeigneten Startpunkt für Sie erreicht haben.« Captain Lor war deutlich kühler als vorhin.

Mit einem knappen Nicken zu Vygon stand Vik Tami auf und verließ, gefolgt von dem Älteren, den Besprechungsraum. Ehe sich die Tür schloss, schaute er noch einmal zurück. Lynaris glich einem hungrigen Wolltarni, der es in die Käsekammer geschafft hatte und sich vollfraß.

Kurz darauf löste sich die Versammlung vollends auf und Lor eilte in sein Büro, gefolgt von ti Nosh. Dort berichtete er ihr vom Tod des Botschafters.

Mittlerweile war auch ein erster medizinischer Bericht bei ihm eingegangen, der ihm bestätigte, dass ri Nopkar bereits seit mehreren Tagen tot war. Ein Sicherheitsteam hatte unterdessen die beiden Flüchtigen gefasst und unter Arrest gestellt.

»Ti Nosh, Sie übernehmen die Brücke. Wir fliegen zurück und achten Sie auf einen passenden Kurs, damit wir die Salamander absetzen können. Ich befrage diese beiden Idioten, von denen einer wahrscheinlich der Mörder ist.«

Die Sicherheitszellen waren zumeist leer. Lor hatte noch nie erlebt, dass ein Besatzungsmitglied über die Stränge schlug oder es zu anderen Handgreiflichkeiten gekommen wäre, die einen Gewahrsam nötig gemacht hätten.

In einer Zelle saß Kaderian und wirkte sehr gelassen, während in der anderen der vermeintliche Botschafter auf einer Pritsche lag.

»Zwingen Sie ihn, sich zu verwandeln, Captain, dann wissen Sie, dass ich die Wahrheit gesagt habe«, rief ihm der Nuum zu, doch Lor ignorierte ihn vorerst und ging zu der anderen Zelle. Der Sicherheitschef und zwei weitere bewaffnete Personen folgten ihm.

»Stehen Sie auf!«, befahl Lor dem auf der Pritsche liegenden Mann. Der ließ sich Zeit. Gemächlich setzte er sich auf, nahm den Helm ab und verwandelte sich. Lor schaute entsetzt zu.

»Unternehmen Sie etwas!«, befahl er den Wachmännern, doch die wussten anscheinend auch nicht, was zu tun war. Die Verwandlung des Nuum ging weiter, bis eine über zwei Meter große giftgrüne Echse vor ihnen stand und in ihre Richtung spuckte. Das Kraftfeld flackerte, hielt den giftigen Speichel aber davon ab, ihr Ziel zu treffen. Noch eine Salve traf das Kraftfeld. Der Nuum sank zu Boden und lachte dabei. »Ssssie dummen Menschschen! Ssssie werden nie erfahren, warum der Kiemenatmer schschschterben musssste. Die Qolpa kommt auch noch dran … irgendwann. Hahahahaaaaagnnnn…« Die Stimme des Nuum verklang in einem Röcheln.

»Senken Sie das Kraftfeld und rufen Sie den Arzt. Wir müssen ihn am Leben erhalten!«, bellte Lor zornig.

Das Kraftfeld senkte sich. Von nebenan hörten sie va Nors Stimme.

»Passen Sie auf, packen Sie den Nuum nicht an. Unsere natürliche Haut ist hochgiftig. Bestenfalls verbrennt es sie, im schlimmsten Fall bringt es Sie um! Beschreiben Sie mir den Kerl oder lassen Sie mich raus! Ich hab nichts getan!«

Kaderian wurde lästig. Aber Captain Lor hörte auf die Worte des anderen Nuum. Der musste schließlich am besten wissen, wie giftig oder ungiftig die eigene Art war. Fragend schaute Lor seinen Sicherheitschef an, der zuckte mit den Achseln und entfernte das Kraftfeld vor Kaderians Zelle. Der kam betont lässig heraus und schaute sich seinen Artgenossen interessiert an.

»Hm, er ist mir leider völlig unbekannt, in meinem Alter, nehme ich an, sonst hätte er sich nicht in so ein komplexes Wesen wie den Botschafter verwandeln können. Er hat mich lange getäuscht.« Äußerlich entspannt ging er zu dem Sterbenden, stellte sich davor und, ehe es jemand verhindern konnte, trat er mit aller Kraft auf dessen Gesicht. »Du bist eine Schande und in Schande sollst du sterben. Niemand wird sich an dich erinnern, du wirst für alle Zeit vergessen sein, Ehrloser.« Er spuckte noch auf die Leiche, dann drehte er sich herum und zuckte mit den Schultern. »Er wusste, was passiert, wenn ich ihn kriege. Er hat sein Gesicht verloren, damit ist seine Familie aus der Sache raus und niemand wird jemals etwas von seiner Schande erfahren. Belassen Sie es dabei.«

»Sind Sie verrückt! Sie haben ihn umgebracht.«

»Er war bereits tot, Captain. Kein Nuum überlebt in seiner Reptilienform in Ihrer Welt, unsere Lungen sind an andere Umweltbedingungen angepasst. Wenn Sie wollen, schicke ich Ihnen Daten über unseren Glauben, unsere Kultur und unsere Physiologie. Dann werden Sie sehen, dass ich das einzig Richtige getan habe.«

Fassungslos öffnete Lor den Mund und schloss ihn unverrichteter Dinge wieder. In dem Moment kam auch der Arzt angelaufen und konnte nur noch den offensichtlichen Tod des Nuum feststellen.

»Gut, va Nor. Ich verlange von Ihnen einen vollständigen Bericht und alle Daten, die Sie bei Ihrer Schnüffelei in meinen Schiffsdaten gefunden haben. Wehe Ihnen, wenn Sie etwas zurückhalten!« Lor riss der Geduldsfaden. Er merkte, wie er innerlich kochte, ihm das alles Kraft raubte. Trotzdem musste er erst noch mit dem Sicherheitschef sprechen. Das tat er auch, aber in dessen Büro.

»Ich wünsche auch von Ihnen einen vollständigen Bericht. In der Zwischenzeit melde ich die Vorfälle der Regierung auf Syban und der Flottenadmiralität. Wie ist der Botschafter umgekommen?« Ruhelos stapfte Lor im kleinen Sicherheitsbüro herum, während der Leiter der Abteilung ruhig hinter seinem Schreibtisch saß.

»Er wurde erstickt. Der Nuum hat uns geschickt an der Nase herumgeführt. Wenn va Nor nicht gewesen wäre oder das Schott nicht blockiert, hätten wir es nie erfahren.«

Lor nickte. Das stimmte, leichter machte es die Sache dadurch nicht.

Kapitel 41

Va Nor, Sie haben ganz schön für Unruhe gesorgt. Wir sollten an den Auftraggeber des Attentäters eine kurze Nachricht senden, etwas Subtiles, damit er weiß, dass wir Bescheid wissen. Das muss nicht auf der Stelle sein, aber auf jeden Fall bevor Sie in Ihre Heimat zurückkehren. Um den Salamander sollte sich auch noch jemand kümmern, der wird wirklich lästig.« Lynaris erzählte ihrem Assistenten in blühenden Farben von der Drohung mit dem Gerichtshof, die sie für lächerlich hielt. Aber es war eine Instanz, die es unter allen Umständen zu vermeiden galt. Nicht jeder Richter ließ sich kaufen und manche waren nur schwer zu beseitigen.

»Die Nachricht an den Auftraggeber werde ich übermitteln. Wenn Sie es wünschen, werde ich etwas über das unrühmliche Ableben des gierigen Attentäters schreiben.« Fragend schaute er sie an, bis sie verneinte, dann erst sprach er weiter. »Den Salamander muss leider jemand anders beseitigen. Sobald wir Edenium Prime erreicht haben, kehre ich nach Nuum zurück, wie wir es vereinbart haben.«

»Na schön, Vertrag ist Vertrag.« Sie seufzte ergeben, würde aber nie laut sagen, dass sie Kaderian schon jetzt vermisste. Um sich von der lästigen Aufgabe abzulenken, bald einen neuen Assistenten suchen zu müssen, redete sie weiter. »Wer hätte gedacht, dass der Cyborg nach dem ganzen Stress und den Verletzungen noch an eine Klage denkt. Es wäre zwar nur ein Klacks, aber im Moment brauchen wir keine zusätzliche Publicity. Tun Sie es als Scherz ab, der danebengegangen ist.«

»Ich werde eine Klarstellung formulieren und sie an sämtliche Medienanstalten schicken. Damit muss er sich zufriedengeben.«

»Gut, tun Sie das. Mit der sybanischen Regierung und den Archäologen werde ich schon einig. Aber was Sie noch machen können, übermitteln Sie mir ebenfalls die Kommunikationsverläufe zwischen Qesh und dem Möchtegern-Botschafter. Damit habe ich noch etwas in der Hand.«

»Gewiss.«

Lynaris gähnte. Seitdem sie aus dem Kubus zurück war, war sie fast ständig müde und musste sich oft am Gähnen hindern, damit es nicht auffiel. Doch hier waren sie unter sich und sie gab sich dem hin.

»Sie sollten sich ausruhen. Ich kümmere mich um alles Nötige. Einige Tage arbeite ich noch für Sie, dann müssen Sie ohne mich klarkommen.«

Was musste der Kerl jetzt auch noch darauf herumreiten? Es reichte, dass es einmal gesagt war.

Meint er etwa, ich werde ihn noch dafür loben, dass er seine Arbeit macht? Nicht geschimpft ist mehr als gelobt. Sie runzelte die Stirn.

»Da fällt mir noch ein, wenn Sie schon bei der Klarstellung sind, informieren Sie unsere Lieblingsmedien noch über den misslungenen Attentatsversuch auf mich. Schreiben Sie so etwas, wie die stellvertretende Vorsitzende von Titum Van lässt sich von diesen hinterhältigen Attacken nicht von ihrer Arbeit für das Wohl der arbeitenden Bevölkerung Edenium Primes abbringen. Madame ri Teynar wird weiterhin für den Fortschritt kämpfen. Sie wissen schon, was ich meine.«

Kaderian nickte, setzte sich an seinen Arbeitsplatz und machte das, was er am zweitbesten konnte: Er verbreitete Halbwahrheiten und Lügen. Als Attentäter war er unbestritten der Beste, allerdings hatte sie ihn nur wenige Male dafür benötigt. Er brauchte zwar immer seine Zeit, aber am Ende zählte das Ergebnis.

Müde warf Lynaris einen Blick auf die Außensicht. Bald schon würden sie zurück auf Edenium Prime sein und sich wieder an die Annehmlichkeiten ihres normalen Lebens gewöhnen können.

Kapitel 42

Obwohl ihm von der Medizin übel wurde, nahm Vik Tami sie pünktlich ein. Die Ärztin hatte vor dem Abflug gemeint, seine Zellen würden sich gut regenerieren und es bestehe keine Gefahr von Tumorbildungen aufgrund der Strahlung, der er ausgesetzt gewesen war. Die Injektionen auf der Krankenstation der Libina hatte er besser vertragen. Doch die Ärztin hatte Bedenken geäußert, ob er mit der richtigen Dosierung zurechtkäme und ihm lieber Tabletten mitgegeben. Wieder einmal unterdrückte er den Brechreiz mit sehr flacher Atmung. Vygon sollte von seinem Zustand so wenig wie möglich mitbekommen.

Wohl oder übel hatte er die öffentliche Bitte um Entschuldigung, die eigentlich nicht einmal eine Rechtfertigung gewesen war, von der Titum Van-Vertreterin angenommen. Trotzdem überlegte er, ob er doch zum interplanetaren Gerichtshof gehen sollte. Aber Zeit und Kosten schreckten ihn ab, zudem kannte er sich auf diesem Gebiet überhaupt nicht aus und wusste von dem Gerichtshof nur ein wenig mehr als den Namen.

Vik Tami konnte es immer noch nicht fassen, dass der Botschafter tot war und jemand die Gespräche für Attentate genutzt hatte. Trotzdem waren die Verhandlungen offiziell gescheitert, denn niemand wusste sicher, ob der Botschafter zu dem Zeitpunkt noch gelebt hatte. Vygon und er hatten zusammen ein Schreiben an die sybanische Regierung aufgesetzt und es noch an Bord der Libina weggeschickt, bislang war noch keine Antwort eingetroffen. Am Ende sah auch die sybanische Regierung alles als gescheitert an und sie wollten weder mit ihm oder einem anderen Vertreter von Uhuru sprechen.

»Hätte ich etwas anders machen sollen?«

»Ich fürchte, sie wollten uns nur vorführen, uns damit zeigen, wie naiv, gutgläubig und unterentwickelt wir sind, und nebenher den Botschafter und Madame ri Teynar ermorden. Wir stehen ganz schön dumm da. Nicht einmal diese unselige Exkursion hat etwas getaugt. Du konntest dich nicht durchsetzen. Ich schwöre dir, dass sie alles ausschlachten und wir zu Hause noch Probleme deswegen bekommen werden.«

Vygon setzte sich neben Vik Tami und schaute ihn nachdenklich an.

»Geht es dir wirklich gut?«

»Ja, ja, so gut es einem mit dieser Antistrahlenkur nur gehen kann.« Eine Weile schwieg er und machte den Eindruck, als wollte er auf das andere nicht eingehen. Dann redete er doch.

»Mir hat diese Exkursion genutzt, Vygon. Ich weiß jetzt, dass viele meiner Gedanken falsch waren. Die Fehler der Vergangenheit dürfen unter keinen Umständen wiederholt werden. Wir dürfen uns nicht der Illusion der Sybaner hingeben, dass Fortschritt alles ist und Aufrüstung notwendig. Wir brauchen beides nicht. Am Ende ist alles kaputt und niemand wird mehr seines Lebens froh.« Er ballte beide Hände zu Fäusten und streckte die menschliche wieder aus.

»Wirst du deine Erkenntnisse der Matriarchin mitteilen?« Neugierig und mit einer gewissen Furcht im Blick schaute er Vik Tami an.

»Nein.« Dieses eine Wort hing schwer zwischen ihnen und vertiefte das Schweigen, das sich ausbreitete. Mit der Zeit lastete es wie ein Gewicht auf den Schultern der beiden Männer, doch keiner wollte oder konnte es brechen. Stundenlang flogen sie durch das Weltall und traten endlich ins heimatliche System ein.

»Eingehende Nachricht von Uhuru, Matriarchenpalast. Die Matriarchin wünscht eine Verbindung.« Die Stimme der KI riss die Stille wie Papier entzwei.

»Verbindung herstellen!« Vik Tami schrie beinahe und richtete sich gerade auf.

»Endlich meldest du dich. Ich habe mir Sorgen gemacht. Wann seid ihr zurück?«

Er fragte sich, ob sie sich wirklich Sorgen um ihn gemacht hatte oder das nur vorgeschoben war.

»Wir sind soeben ins Kebanis System eingetreten, Matriarchin. Wir werden in weniger als …« Einen Moment studierte er die Anzeigen, dann redete er weiter. »In weniger als achtunddreißig Stunden in Creson landen.«

»Gut. Du glaubst nicht, was hier für ein Chaos geherrscht hat, nachdem diese unselige Bemerkung von dir über die Handelsdelegierte bekannt geworden ist. Obwohl du alles dementiert hast und es sich schlussendlich als Lüge herausgestellt hat, ist das noch nicht bis zu allen durchgedrungen. Der Ruf der Salamander ist ruiniert. Außerdem erwartet dich die Urmutter.«

Er hätte es sich denken können, dass eine lange anklagende Rede folgen würde. Sie machte ihren Ärger über ihn Luft. Aber es war besser hier als später im Palast, wenn noch mehr Leute zuhörten und ihn begafften. Nichts hasste er mehr, als im Mittelpunkt zu stehen. Ein Teil von ihm hörte nicht mehr richtig zu, denn er kannte das bereits von früher. Ständig hatte er das Gefühl, nichts richtig machen zu können. Nur bei Benytasey war er sicher gewesen, sie hatte seine Talente gefördert, und er achtete ihr Andenken.

»Wie war das Gespräch mit dem Botschafter, das dir so wichtig erschienen ist?«

Gerade noch rechtzeitig klinkte sich sein Verstand wieder in das Gespräch, auch weil Vygon ihn leicht gegen den Unterschenkel trat. Warum fragte sie ihn etwas, über das sie bereits informiert worden war?

»Er ist während der Gespräche ermordet worden, hat sie aber vorher noch abgebrochen. Und keine Sorge, Salamander Jos'Bedren und ich waren nie einer Gefahr oder einem Verdacht ausgesetzt.«

Ihr Schnauben drückte deutlich ihre Missbilligung aus.

»Ich habe es dir gleich gesagt. In Zukunft wirst du dich an meine Anordnungen und die von Salamander Jos'Bedren halten. Haben wir uns verstanden?«

Wie hatte er auch nur denken können, dass sie nicht den Fehler bei ihm suchen würde?

»Ja Mutter, ich meine, natürlich, ehrwürdige Matriarchin.« Es gelang ihm nicht, die Resignation aus seiner Stimme zu halten. Wann würde sie aufhören, ihn an der kurzen Leine zu halten?

Niemals, sie wird dich nie allein handeln lassen, weil sie dir ständig dieses gescheiterte Gespräch mit Genuss um die Nase reiben wird.

»Dann ist es gut. Sei bitte pünktlich. Salamander Jos'Bedren, Sie sorgen dafür, dass er es ist und sich benimmt. Ich mache Sie persönlich dafür verantwortlich. Sobald du angekommen bist, erwarte ich dich in meinen Gemächern, mein Junge.«

»Natürlich, Matriarchin. Wir sind pünktlich«, erwiderte Vygon rasch. Noch einmal traf seine Fußspitze Vik Tamis Bein, der nur knapp bestätigte, kurz darauf schloss die Matriarchin die Verbindung. Vik Tami sank ermattet im Pilotenstuhl zurück und seufzte tief auf.

»Du wirst dich ihr beugen, Vik Tami? Wirst du für die Weiterentwicklung Uhurus arbeiten oder den harten Weg wählen?«

Vygons Frage war berechtigt und auch beängstigend. Der harte Weg, das hieß Verzicht, sich vorerst unterordnen, das Nötige tun, ganz gleich, was es ihn kostete. Ihm wurde kalt und er hatte das Gefühl, etwas verstopfe wieder einmal seine Luftröhre. Mehrmals öffnete er den Mund und schloss ihn unverrichteter Dinge wieder, schließlich nickte er nur und übernahm von der KI das Steuer. Die Navigation lenkte ihn von seinen Gedanken und der Angst vor der Urmutter und der Zukunft ab.

Sie hatten bereits den Mond Kes passiert, dessen Oberfläche durch die Sonneneinstrahlung lila leuchtete, da sprach Vik Tami wieder.

»Ich werde tun, was nötig ist, Meister Vygon. Reparaturen an der Natur sind nur partiell möglich, niemals der Planet im Ganzen. Aber ich werde mich zurückhalten und der Matriarchin ein guter und gehorsamer Sohn sein. Meisterin Benytasey wäre sehr enttäuscht von mir, wenn ich es nicht täte. Ich möchte, dass wir regelmäßig den Opfern unserer Vorfahren gedenken und damit meine ich nicht Rimick, aber das muss niemand wissen. Wie das alles funktionieren soll, weiß ich noch nicht. Aber vielleicht, wenn ich viel unterwegs bin, kann ich etwas bewirken, auf Dimtros können wir der Umwelt helfen und der kleinen Kolonie auf VinaXym ebenfalls.«

»Das klingt vernünftig. Ich stehe dir natürlich zur Seite und Redena ebenfalls, da bin ich mir sicher.«

Der Bordcomputer meldete, dass sie ihre Flugbahn ändern mussten, und empfahl eine Übergabe an die KI, um eine sichere Landung durchzuführen. Ohne große Begeisterung überließ Vik Tami das Landemanöver dem Autopiloten. Dabei mochte er es, den Eintrittswinkel zu berechnen und das sonst so wendige Raumschiff durch die Atmosphäre zu steuern.

Einerseits fühlte er sich befreit, weil er meinte, die Last an Zweifeln losgeworden zu sein, andererseits bohrten in ihm die Wahrheiten, die er auf Monychin gefunden hatte. Die Bilder der Zerstörung, die gesamte Verwüstung eines Planeten ließen ihn nicht mehr los, ebenso wenig konnte er die Blicke der Kinder vergessen, die er hoffnungslos im Kubus gesehen hatte und über deren Schicksal er nichts mehr herausfinden konnte. Hatte er sie dem Tod überlassen? War er dann auch nicht besser als Rimick?

Ich muss aufhören, in solchen Dimensionen zu denken. Keiner ist besser oder schlechter als der andere. Das Ziel ist wichtig, Tami, nur das Ziel. Aber achte auch auf den Weg dorthin. Überrascht schaute er sich um. Der letzte Gedanke erinnerte ihn stark an Benytasey, dass er fast glaubte, sie sei mit ihm im Shuttle und hätte mit ihm gesprochen.

»Ist alles in Ordnung mit dir? Einen Moment sahst du so aus, als hättest du einen Geist gesehen«, fragte Vygon und schaute seinen Schützling prüfend an.

»Schon gut, alles gut. Ich habe nur … Wir sollten besser die Gurte schließen. Der Eintritt in die Atmosphäre steht kurz bevor.«

Zum Glück für ihn, gab sich Vygon damit zufrieden und hakte nicht nach. Das Gefühl, dass seine Meisterin im Shuttle war und bei ihm stand, verging jedoch nicht. Auch nicht, als sie sich bereits im Anflug auf den endgültigen Landeplatz am Raumhafen befanden.

Was soll ich tun, Meisterin? Handle ich in Ihrem Sinn? Ich hoffe es, so wie ich hoffe, dass ich die Kinder nicht umgebracht habe. Ich hoffe es so sehr.

Beim Verlassen des Shuttles fühlte er sich schlechter als nach dem verhängnisvollen Ausflug mit Benytasey vor einigen Jahren, die ihm eine zeitweilige Verbannung in ein Haus der Prediger der Sternenweisen eingebracht hatte. Einen Moment dachte er an Bruder Nikkos, doch das wurde von einer großen Furcht vor einer Zukunft überlagert, die wie ein monströser Berg vor ihm lag.

Hinter ihm ging Vygon mit leichten Schritten die Rampe hinab, während einiges an Personal in der Nähe stand und darauf wartete, ihre Aufgaben zu erfüllen.

»Herzlich willkommen zurück, Salamander Jos'Wennen, die Matriarchin bittet Sie, in ihre Gemächer zu kommen. Salamander Jos'Bedren soll in der Zwischenzeit im großen Saal warten, falls er sich nicht vor dem Gespräch noch frisch machen möchte.«

Vik Tami nickte. Diese Förmlichkeit ging ihm gegen den Strich, aber seine Mutter musste natürlich eine ihrer Angestellten schicken, damit er auch ganz sicher und schnell zu ihr kam. Als ob er sich nicht auch erst einmal lieber waschen und umkleiden wollte.

»Ich bin in einer Stunde da.« Vygon verabschiedete sich mit einem Nicken und einem aufmunternden Schulterklopfen, dann eilte er davon.

»Gut, gehen wir. Ich kenne den Weg …«

»Verzeihen Sie, ich soll Sie persönlich zu ihr bringen.«

In diesem Moment wäre Vik Tami am liebsten explodiert. Schon wieder wurde er bevormundet. Er atmete tief durch und folgte dann der Angestellten, die nichts für die Befehle der Matriarchin konnte.

Kapitel 43

Durch einen Geheimgang gelangte Vik Tami direkt ins private Gemach seiner Mutter. Gehorsam wartete er vor der Tür, bis ihn die Angestellte angekündigt hatte, und er die Erlaubnis erhielt, einzutreten. Das Prozedere war ihm gut bekannt, nur hatte er gehofft, mit seiner Ernennung zum 350. Salamander nicht mehr, wie ein Dienstbote behandelt zu werden.

Rasch trat er ein, neigte leicht den Kopf und sagte: »Da bin ich, wie du … Sie gewünscht haben.«

Nur ein leichtes Beben in seiner Stimme zeigte etwas davon, dass er verärgert war und vielleicht auch ein wenig ängstlich. Aber die Matriarchin reagierte nicht, ignorierte ihn, als wäre er nicht da. Sein Ärger wuchs.

Ich soll pünktlich sein, und abholen lässt sie mich auch noch, damit ich nicht trödle – als ob ich trödeln würde – dann das. Rede endlich. Ich bin da!

In Gedanken schrie er sie an, etwas, das er in Wirklichkeit niemals tun würde.

»Wir sind allein, Tami.«

»Ja, Mutter.« Irgendwo tief in ihm drinnen liebte er sie und wusste auch, dass sie vor ihrer Ernennung eine andere gewesen war, etwas warmherziger und liebevoller. Aber das war weit weg und sehr, sehr lange her. Damals war er noch ein kleines Kind gewesen, das kaum ein Wort sprechen konnte.

Er zwang sich, seine Haltung aufzugeben und sie anzuschauen. Sie wirkte alt und verbraucht. Darüber erschrak er. Es war derselbe Eindruck, den er damals von Benytasey gehabt hatte. Ein Hauch von Tod lag in der Luft.

»Geht es dir nicht gut, Mutter?«, fragte er besorgt und ging sogar auf sie zu. Doch sie wehrte ab und hielt ihn so auf Distanz.

»Es geht schon. Ich werde alt, Tami, das ist alles. Setz dich zu mir.«

Gehorsam ging er zu dem Tisch, an dem sie auf einem hohen und unbequem aussehenden Stuhl saß. Nachdem er Platz genommen hatte, schaute er sie wieder aufmerksam an. Tiefe Falten lagen um ihre Augen, deren Lider nach unten hingen. Auch ihre Stirn war von Gräben zerfurcht, die Nasolabialfalten noch ausgeprägter, als er es in Erinnerung hatte. Sogar um den Mund herum hatte sie kleine Fältchen. Nur der Glanz in ihren Augen war gleichgeblieben. Sein Okular zeigte ihm noch mehr, ein ausgetrockneter, ausgemergelter Körper, der nach Flüssigkeit und Ruhe gierte, die sie ihm aus irgendeinem Grund nicht geben konnte.

»Mutter, du solltest dich ausruhen. Kann nicht deine Nachfolgerin einen Teil deiner Arbeit übernehmen?« Er fragte das in aller Unschuld und erntete nur verächtliches Gelächter. Da war sie wieder, die Furcht vor ihren herabsetzenden Worten, sobald er ihr seine Sorge oder ihr seine Gefühle zeigte.

»Ich bin unwichtig, Kind. Wann verstehst du endlich, dass das große Ganze zählt, der Erhalt der Umwelt, in der wir leben? Mein Körper wird so lange funktionieren, wie er gebraucht wird.«

»Aber du kannst dich doch nicht einfach so verausgaben. Außerdem bist du wichtig für Uhuru, du bist die Matriarchin, wir brauchen dich.«

»Ich bin austauschbar, so wie du. Begreife, dass wir nur dem Willen einer höheren Macht folgen. Hat dir Bruder Nikkos denn nichts beigebracht oder Benytasey?«

»Seit wann glaubst du diesen esoterischen Unsinn, den die Prediger …?«

»Ich glaube nicht daran, aber ich weiß, es gibt Mächte, die uns lenken und dafür sorgen, dass wir unsere Fehler nicht wiederholen.«

Sie holte tief Luft und – Vik Tami konnte es kaum glauben – lächelte ihn an. Rasch stand er auf und kniete sich neben sie, wie er es als kleines Kind manchmal getan hatte.

»Es ehrt dich, dass du dir Sorgen machst. Aber du musst damit aufhören. Uhuru ist wichtig, sonst nichts. Wir dienen dem Planeten und nicht umgekehrt. Uns ist die Gunst erwiesen worden, auf ihm zu leben – und damit zu überleben. Und jetzt, setz dich bitte wieder auf deinen Platz, du bist der 350. Salamander von Uhuru und kein Kleinkind mehr.«

Zögerlich kam er ihrer Aufforderung nach. So offen hatte sie schon lange nicht mehr mit ihm geredet, ihn gar als gleichwertig angesehen.

»Wie du willst, Mutter. Trotzdem mache ich mir Sorgen um dich.«

»Wenn du meinst, du musst dich sorgen, dann behalte es wenigstens für dich. In deinem früheren Zimmer liegt Kleidung für dich. Zieh dich um und geh zur Urmutter.«

»Warum diese Eile, Mutter? Ich bin kaum angekommen und sollte noch Berichte verfassen. Frischmachen möchte ich mich auch. Darf ich mich nicht ein wenig ausruhen?«

»Nein. Nachdem das erledigt ist, schaust du dich nach einer Frau um. Tust du es nicht, werde ich eine für dich suchen. Die Mitgift ist festgesetzt, damit dürftest du keine Probleme haben.«

»Das ist lächerlich, Mutter. Ich habe Zeit, ich bin noch jung.«

»Das sagen alle und dann ist es plötzlich zu spät. Bei dir besteht immer noch die Gefahr, dass dein Körper die künstlichen Organe abstößt.«

Er glaubte es nicht, lenkte aber ein, indem er den Kopf neigte und schwieg. Es brachte nichts, jetzt darüber zu diskutieren. Von dem langen Flug und den Ereignissen im

Weltraum und auf Monychin war er noch immer müde. Das musste er zu einem späteren Zeitpunkt mit ihr ausdiskutieren. Er fragte sich allerdings, warum sie keinerlei Neugier über seine Erkenntnisse und über das Abenteuer zeigte. Keine Frage dazu war bislang aufgetaucht und von sich aus schnitt er das Thema lieber nicht an.

»Geh auf dein Zimmer und mache dich für das Treffen mit der Urmutter bereit. Ein Gleiter wartet vor dem Palast auf dich.«

»Mutter, warum die Eile? Ich würde mich wirklich vorher gern …«

»Das war keine Bitte, Salamander, sondern ein Befehl.«

Gerade noch schaffte er es, unter ihrer Stimme nicht zusammenzuzucken. War es das, was Benytasey gemeint hatte, sie würden ihn alle beeinflussen wollen? Wenn sie nur hier wäre und ihm einen Rat geben könnte. Er unterdrückte ein Seufzen, stand auf, verbeugte sich und verließ die Matriarchin augenblicklich.

Vor der Urmutter fürchtete er sich ein wenig. Sie war schwer einzuschätzen. Mal nett, doch dann wieder hart wie der härteste Stein. Um sich von dieser Angst abzulenken, überlegte er, wie hoch die Mitgift für ihn wäre und ob es sinnvoll war, sich gegen eine Heirat aufzulehnen. Natürlich unterlag auch er dem Gesetz der Fortpflanzung, damit die Art mit einer möglichst hohen genetischen Vielfalt erhalten blieb. Als er an das Aber gelangte, das sich ihm aufdrängte, schnitt er den Gedanken ab.

Hör auf mit dem Scheiß, es bringt dich nicht weiter. Akzeptiere es und spiele mit. Vielleicht ergibt sich später eine Lösung.

Er war auch zu müde, um sich weiter Gedanken darum zu machen und mit sich selbst zu diskutieren.

Sein altes Zimmer hatte er größer in Erinnerung. Bei seinem letzten Aufenthalt hier war er noch ein kleines Kind und seit seiner Ausbildung kaum noch im Palast gewesen.

Auf dem Bett lag ein fremdartiges Kleidungsstück. Er runzelte die Stirn und ging langsam darauf zu. Das Gewebe fühlte sich seltsam an, auch das Muster war ungewöhnlich. Goldfarbene Fäden durchzogen in Wellen das tiefe Grün des Overalls. Er erkannte die Fasern, aus dem der Stoff gewebt war.

Das sind die Blätter der ... Oh, nein, bitte nicht. Ich will das nicht anziehen.

Dieses Kleidungsstück war ihm nur aus alten Berichten bekannt. Es wurde aus den Fasern der Warahablüte hergestellt. Gesehen hatte er noch nie eine, nur im botanischen Handbuch eine Abbildung der Warahablüte, die in aller Unschuld an Bäumen hochkroch, damit sie mehr Licht bekam. Vik Tami hatte gelesen, dass es von diesem Kleidungsstück nur ein Exemplar geben sollte. Es passte sich angeblich perfekt an den jeweiligen Körper an und wurde auch das Büßerhemd genannt.

Ihm brach der Schweiß aus, seine Atmung und sein Puls beschleunigten sich. Warum verlangte sie das von ihm? Hastig schaute er sich um. Es gab keinen Ausweg. Mit zittriger Hand griff er danach, nicht einmal die Künstliche wollte ihm gehorchen. Dagegen war das Okular völlig auf den Overall fokussiert. Er erkannte jeden verwobenen Halm und sah bis in die Struktur des Farbstoffs, der das Gewebe durchdrang.

Am liebsten hätte er es mit der Kraft seiner Gedanken zerrissen. Ohne es anzufassen, hob er es hoch und ließ es unverrichteter Dinge wieder fallen.

Nein, ich darf mich ihr nicht auf diese Art widersetzen.
Rat- und mutlos sank er aufs Bett. Wie sollte er weitermachen? Sollte er sich den Wünschen der anderen vollständig unterwerfen und mit den eigenen Idealen untergehen, dauernd kontrolliert von …? Energisch verbat er sich weitere Gedanken daran, stand auf und atmete tief durch. Vom letzten Medikamentencocktail war ihm noch immer flau im

Magen, doch das ließ er nicht als Entschuldigung gelten. Es war an der Zeit, zu handeln und das zu tun, von dem er meinte, Benytasey hätte es ebenso gewollt. An ihren genauen Wortlaut konnte er sich nicht mehr erinnern, nur so viel, dass sie ihn gewarnt hatte, sich nicht auf irgendwelche Seiten ziehen zu lassen.

»Ich werde einzig und allein dem Weg der Salamander treu bleiben, so wie Sie es mich gelehrt haben, Meisterin«, sagte er laut, dazu nickte er entschieden und fühlte trotzdem die Last der Entscheidung auf seine Schultern drücken. Es gab nur einen Weg, wie er sein Amt ausfüllen konnte.

Langsam entkleidete er sich, faltete den Raumanzug zusammen und zog den Overall an. Das Gewebe aus diesen Pflanzenfasern fühlte sich eigenartig, fast bedrohlich an. Es schmiegte sich wie eine zweite Haut an ihn und schnürte ihm beinahe die Brust ein. Er atmete heftig ein, um es zu dehnen, dann gab es nach und er atmete erleichtert weiter. Es gab keine Schuhe, er musste barfuß gehen.

Ich sehe aus wie sie, eine kleine Ausgabe mit hellbraunem Gesicht und einem Metallauge. So will ich nicht werden. Bitte, bitte, lass mich nicht für sie über Leichen gehen müssen.

Sein Spiegelbild gab ihm keine Antwort, also drehte er sich herum und verließ sein altes Zimmer.

Gekonnt ignorierte ihn das Dienstpersonal, als er den Palast verließ und den Gleiter bestieg. Ein Fahrer wartete bereits auf ihn, startete und steuerte den Wald an.

Drei Stunden später stieg er aus und ging das letzte Stück zu Fuß.

Ein Büßer, der Buße tut – nein, das bin ich nicht, das kann sie mir nicht einreden. Ich habe keinen Fehler gemacht. Bist du dir sicher? Ja, ja. Hör auf.

Er ging weiter, zwängte sich durch das Dickicht aus Ranken am Waldrand und betrat das Heiligtum der Uhuru, zumindest sah er es so an. Dann und wann knackte etwas unter seinen Füßen, kleine Zweige stachen in seine Fußsohlen, ebenso Steinchen oder irgendwelche Samenkapseln, die unter den Bäumen auf etwas Sonnenlicht und Wasser warteten. Er beachtete nicht die Schönheit, die sich um ihn herum ausbreitete, die kleinen weißen Blumen am Waldrand, die die lilafarbenen Ranken bedeckten oder die orangefarbenen Saftlilien, die jeden noch so kleinen Sonnenstrahl nutzten, um ihre Blütenblätter hochzurecken. Sein Blick war auf die Bäume gerichtet, die grünwuchernde Mauer, die ihn ängstigte. Mehrmals blieb er stehen und atmete tief durch, um der steigenden Panik Herr zu werden. Ständig redete er sich zu, dass er zu Hause keine Angst zu haben bräuchte. Hier war nichts, das ihm schaden konnte. Trotzdem zögerte er die Begegnung mit der Urmutter hinaus, die stets freundlich zu ihm gewesen war. Warum er sich vor ihr so fürchtete, konnte er nicht sagen. Jetzt im Büßergewand kam es ihm noch schlimmer vor. Er fror.

Leichter Regen setzte ein, doch unter dem dichten Blätterdach war davon nichts zu spüren. Nur das Rauschen hoch über ihm, verriet ihm, dass ein Sturm aufkam.

»Ehrwürdige Mutter, ich bin gekommen, wie Sie es gewünscht haben.« Knack. Er schrak zusammen und duckte sich. Nichts weiter geschah. Sie ließ ihn warten. Wahrscheinlich beobachtete sie ihn bereits.

Zögernd ging er voran. Die Bäume ächzten im Wind, sie schienen sich über ihn zu beugen und ihn zu begutachten. War er es wirklich wert, ins Heiligtum der Uhuru eingelassen zu werden?

Sie ist nicht böse, nur eigenwillig und fremdartig. Sie ist nicht böse, du musst keine Angst haben.

Wieder einmal redete er sich gut zu. Im Zusammenspiel mit einer bewussten Atmung half es sogar. Eine Weile konnte er auch den Wald genießen, bestaunte die seltenen Bäume, die es nur hier gab und er sonst nie zu sehen bekam.

Was für eine schöne Rinde und hier, dieses Blatt, wie wundervoll symmetrisch es geformt ist. Ich würde es gern jemandem zeigen, aber es gehört in den Wald.

Er seufzte. Niemals durfte ein Mensch uneingeladen dieses Gebiet betreten. Die Urmutter war da sehr strikt. Bis zu einem gewissen Grad konnte er sie verstehen, ihm würde es auch keinen Spaß machen, wenn dauernd irgendwelche Leute durch sein Haus trampelten, alles anschauten, bestaunten, betasteten und beschnüffelten, nur, um dann wieder zu verschwinden und womöglich sogar Dreck zu hinterlassen.

»Ich sehe, dass dir der Wald gefällt, Tami.«

Er erschrak und blieb wie versteinert stehen, sobald er die sanfte Stimme der Urmutter gehört hatte.

»Aber deshalb ließ ich dich nicht kommen. Die Blätter stehen dir, mit einer angemesseneren Haltung würden sie noch besser passen.«

Rasch senkte er den Kopf. Sie stand irgendwo vor ihm, zwischen den Bäumen und ließ sich nicht sehen.

»Du hast dich widersetzt und deiner Matriarchin nicht gehorcht. Wir arbeiten zusammen am Erhalt unserer Heimat, deshalb dürft ihr bleiben – benehmt ihr euch schlecht, müsst ihr verschwinden. Ich hoffe, das ist dir klar. Auf Uhuru werden andere Salamander nach dem Rechten sehen. Du gehst gern auf Reisen, also wirst du die Planeten erkunden, die ihr bereits besiedelt habt. Jedes noch so kleinste Detail wirst du notieren und mir berichten, wenn ich dich darum bitte.«

Er wollte das nicht. Reisen waren schön und gut, aber was sie verlangte, glich einer Deportation, als wäre er der größte Umweltverbrecher. Er wollte zu Hause sein, sich vor allem erst einmal eines schaffen, einen Ort, wo er sich entspannen konnte. Anscheinend hatte er doch mehr falsch gemacht als er gedacht hatte.

»Verzeihen Sie mir, Urmutter, wenn ich einen Fehler gemacht habe. Warum schicken Sie mich weg? Die Matriarchin hat mir aufgetragen, so bald als möglich zu heiraten. Das kann ich schlecht, wenn ich unterwegs bin.«

»Du sollst keine Fragen stellen, sondern deine Pflichten erfüllen.«

Er wäre doch freiwillig auf Reisen gegangen, ihn zog es auch fort, aber noch nicht gleich.

»Ist es nicht meine oberste Pflicht, für den Erhalt der Umwelt auf Uhuru zu sorgen? Ich habe so viele Ideen, wie das Leben der Bewohner einfacher wird – ein Gezeitenkraftwerk zum Beispiel, noch mehr Sonnenenergie und eine Orbitalstation, um mögliche Kontakte von außen bereits dort zu prüfen und abzuwehren.«

»Schweig! Das gehört nicht zu deinen Aufgaben. Wir haben dich nicht umsonst gerettet, Tami, du wirst tun, was wir dir auftragen. Deine Pflicht liegt klar vor dir. Du wirst meine Befehle und die der Matriarchin befolgen.«

Eine Weile schwieg er, hielt den Blick weiter gesenkt, bis er eine Berührung spürte. Mit ihren bemoosten Fingern hob sie sein Kinn an und zwang ihn so, sie direkt anzuschauen. Abgesehen von ihren langen Flechten und den dunklen Augen erkannte er nichts.

»Schwöre, dass du Uhuru dienen wirst, schwöre es bei deinem Leben.«

»Ich schwöre es, Urmutter. Für mich steht das Wohl Uhurus an erster Stelle.«

Eine Weile starrte sie ihn an, die Finger noch an seinem Kinn. Einer davon streckte sich aus und strich hoch bis zu seinem Okular. Abrupt ließ sie ihn los und nickte.

»Ich bin mit deinem Eid einverstanden. Das Büßerblatt fällt von selbst ab, sobald es meint, du bist genug bestraft. Du kannst jetzt gehen, mein Kind.«

Ihre Stimme war die ganze Zeit so überaus sanft, dass Vik Tami nicht sicher war, wie sie etwas meinte.

Rasch verbeugte er sich und wollte sich bereits zum Gehen wenden, da hielt sie ihn noch einmal zurück.

»Mein Kind, irgendetwas ist an dir verändert.«

»Nein, Urmutter, ich bin nur müde von dem langen Flug und den fruchtlosen Verhandlungen …«

»Das meinte ich nicht. Komm noch einmal her.«

Sie streckte ihre langen Arme nach ihm aus, die ihn an Äste erinnerten und erdrückte ihn fast in ihrer Umarmung. Sie kratzte an seinem Auge herum und murmelte vor sich hin. Wie erstarrt verharrte er unter dem Druck ihrer Arme und wusste nicht, was sie machte. Nichts als ihre grüne, borkige Haut konnte er sehen. Kurze Zeit nicht einmal das. Schlagartig ließ sie ihn los und lächelte. Er torkelte zurück und wusste nicht, was er sagen oder machen sollte, also blieb er einfach stehen.

»Es ist alles gut, mein Junge. Jetzt kannst du gehen.«

Wieder verbeugte er sich, dieses Mal sogar noch tiefer, drehte sich um und stapfte davon.

Warum schickt sie mich weg?

Er stöhnte über diese Frage und schüttelte resigniert den Kopf. Erst jetzt fielen ihm die Geräusche des Waldes wieder auf: das Rauschen des Windes in den Baumwipfeln, das Knacken der herabgefallenen Zweige, wenn er darauf trat. Ab und zu spürte er einen Regentropfen. Am Waldrand warf ihn der Sturm beinahe zurück. Er kämpfte sich vorwärts und sprang in den Gleiter. Wärme und Trockenheit umfingen ihn, darin hüllte er sich ein und hoffte, den Rest des Tages halbwegs heil zu überstehen. Am liebsten würde er schlafen. Lange schlafen.

Der Tag neigte sich bereits dem Ende entgegen, als er Creson erreichte.

Kapitel 44

Auf dem Weg zur Matriarchin dachte Vik Tami noch einmal über die Begegnung mit der Urmutter nach. Er war sich nicht sicher, wie er auf ihre Forderung reagieren sollte. Vor allem wollte er wissen, was sie damit bezweckte. Warum schickte sie ihn weg? Seine Gedanken kreisten wieder einmal um sich selbst, bis er sich das energisch verbot.

Eigentlich war es für einen Besuch bei seiner Mutter schon viel zu spät. Aber er nahm an, dass sie ihn sehen wollte. Ihm war kalt, er war hungrig und müde. Am liebsten wäre er nach Hause gegangen, hätte sich etwas zu essen gemacht oder wäre in einer der wenigen öffentlichen Küchen auf dem Weg eingekehrt. Er stellte sich vor, wie er sich in einer Wanne voll warmen Wasser entspannte und aufwärmte, ehe er sich ins Bett legte und richtig ausschlafen würde. Das war es, was er wollte, trotzdem musste er zuerst seine Pflicht tun. Mit jedem Schritt wurde er langsamer und blieb vor der Tür zu den Privatgemächern seiner Mutter stehen. Die Kälte des Steinbodens zog weiter seine nackten Füße hoch und ließ ihn erneut frösteln.

Noch ehe er anklopfen konnte, öffnete sich die Tür und er stand seiner Mutter gegenüber.

»Komm herein, Tami. Wärme dich auf und dann …« Sie ließ ihn vorbei und er eilte sofort zum Bett seiner Mutter, vor dem ein weicher Teppich lag. Erleichtert atmete er auf und griff nach der Decke, in die er sich wickelte.

»Sie hat dich nicht aus … aus dem Overall befreit?«

»Nein. Sie hat mich schwören lassen, alles für Uhuru zu tun, was ich natürlich machen werde. Ich werde alles dafür tun, dass unsere Heimat nicht zerstört wird. Auf Monychin habe ich gesehen, was geschieht, wenn sich alle Parteien zerstreiten. Wir müssen stets Einigkeit beweisen und … Mutter, hörst du mir zu?«

Während er redete, ging Eytennen zu einem Stuhl und setzte sich. Starr blickte sie geradeaus. Er wusste nicht, was er machen sollte, was sie an seinen Worten so entsetzt haben könnte. Dann lachte sie los und Vik Tami verstand überhaupt nichts mehr. Verwirrt stand er da, ließ die Decke fallen und ging auf sie zu.

»Sie … sie hat sich selbst … Du hast sie falsch verstanden, aber es ist gut, dass du so geschworen hast. Ich bin stolz auf dich.«

Das verunsicherte ihn noch mehr. Nie zuvor hatte sie etwas Ähnliches zu ihm gesagt. Er glaubte, sich verhört zu haben. Doch fast im selben Augenblick änderte sich ihr Ausdruck und sie stand auf.

»Dir ist wieder warm, dann sollten wir uns beeilen. Die Gäste warten bereits. Ich habe ein kleines Festmahl arrangiert, um deine und Vygons Rückkehr zu feiern.«

Das war ganz und gar unüblich und verwirrte Vik Tami ein weiteres Mal.

»Danke, ich könnte wirklich etwas zu essen vertragen.«

Sie antwortete nicht und ging zu einem Schrank. Ihm entnahm sie eine Flasche und zwei Gläser, die sie mit dem grünen Flascheninhalt füllte. Damit kehrte sie zurück und reichte ihm ein Glas.

»Ehe wir gehen, möchte ich auf deine glückliche Heimkehr trinken, auch wenn deine Reise ohne Erfolg und eher desaströs gewesen ist.«

Das war die Frau, die er in den letzten Jahren kannte: bissig und herablassend. Er empfand es fast schon als beruhigend normal. Jetzt wirkte ihr Gesicht nicht mehr so eingefallen, alles in allem war sie lebendiger. Die ganze Szene kam Vik Tami sehr eigenartig vor, doch nach kurzem

Überlegen tat er es als Resultat seiner eigenen Übermüdung ab. Er nahm das Glas entgegen und nickte. Lächelnd prostete ihm seine Mutter zu, setzte es an die Lippen und trank. Er tat es ihr gleich, doch das Lächeln sparte er sich.

Das Getränk wärmte ihn, gab ihm das, von dem er meinte, es hätte ihm gefehlt.

»Was ist das für ein Wein, Mutter?«, fragte er.

»Ein ganz Besonderer, den ich wirklich nur sehr selten jemanden anbiete. Er ist schwer zu bekommen.«

»Ich fühle mich geehrt.«

»Nun, wir sind hier fertig. Wenn du ausgetrunken hast, dann geh in den Saal, wir treffen uns dort.«

»Gewiss, Mutter.«

Rasch leerte er das Glas, um ihrer Bitte nachzukommen. Er fühlte sich beschwingt, fast so, als hätte sie alle seine Fragen beantwortet und die Probleme gelöst, vor denen er sich stehen sah.

Der Duft eines verbrannten Harzes lag in der Luft. Dezent schnupperte er und fand es gut. Neben seiner Mutter, Vygon und dessen Frau Veyna, waren nur noch Meisterin Redena und ein paar Angestellte anwesend. Sobald die Matriarchin ein Zeichen gab, setzten sich alle an die Tafel und das Essen wurde gereicht. Vik Tami fühlte sich eigentlich ganz gut, weniger müde als er vorhin noch gewesen war. Auch schien sich niemand an seiner Aufmachung zu stören. Kalt war ihm zwar immer noch, besonders an den Füßen, aber die warme Suppe half ihm darüber hinweg. Alles schmeckte ihm hervorragend. Abwechselnd berichteten er und Vygon von den Sybanern und deren Lebensgewohnheiten. Sein Berater verstand es sehr gut, spannend zu erzählen und brachte mit einigen Bemerkungen alle zum Lachen. Selbst Vik Tami lachte mit. Alles schien sich doch zum Guten gewendet zu haben. Vielleicht konnte er seine Aufgabe zur Zufriedenheit aller erfüllen. Mehr wollte er nicht.

Trotz der humorvollen Einlagen seines Beraters und der interessierten Zuhörer, wurde Vik Tami müde. Er war froh, als seine Mutter endlich die Tafel aufhob und sich zurückzog. Das nutzten alle Anwesenden als Zeichen für den allgemeinen Aufbruch.

Die nächsten Tage waren mit Arbeit gefüllt. Vik Tami musste Berichte schreiben und auch die Berichte seiner Untergebenen, verschiedene Listen und Statistiken lesen. Damit verging die Zeit wie im Flug. Seine Arbeit gefiel ihm immer besser. Er lebte sich in seine Aufgabe hinein. Weder an Vygon noch an eine Ehefrau dachte er. Für Privates blieb keine Zeit. Bis tief in die Nacht arbeitete er. Anhand der Statistiken entwarf er verschiedene Modelle, wie sie die Ressourcen nutzbringender und effizienter einsetzen konnten. Diese legte er dem Rat der Techniker und Wissenschaftler vor, die sich mit der Umsetzung seiner Vorschläge beschäftigten. Erst wenn sie fertig waren und seine Vorschläge für gut befanden, legten sie die Ergebnisse der Matriarchin zur Begutachtung und Genehmigung vor.

So strichen Wochen ins Land, in denen er kaum jemand anderen sah als seine Mitarbeiter und den einen oder anderen Techniker. Es störte ihn nicht, weil er sich nützlich fühlte. Selbst seine Mutter ließ ihn in Ruhe.

Was ihn am meisten störte, war der Blätteranzug. Er fiel einfach nicht ab und ließ sich auch nicht ausziehen. Darüber anziehen konnte er auch nichts, weil er sonst glaubte, der Anzug würde ihn erdrücken. Aber wenn er in die Arbeit vertieft war, vergaß er alles.

Dann kam der Tag, an dem er eine Nachricht erhielt, die er nicht so früh erwartet hatte. Seine Mutter hatte einen Boten geschickt, der ihm schweigend eine handschriftliche Notiz überreichte.

»Gehe nach VinaXym und erforsche die Bodenbeschaffenheit. Vor allem das Vorkommen von Mineralien, Pilzen und Wasser ist wichtig. Wenn du zurückkommst, regeln wir deine private Zukunft.«

Mehrmals las er diese Mitteilung. Wohler wurde ihm nicht dabei. Die private Zukunft verhieß nur, dass sie ihm eine Frau suchen würde. Auch das musste er über sich ergehen lassen. Vielleicht ging ja alles gut und wenn er ganz viel Glück hatte, dann fand sich keine, die ihn mehr oder weniger kaufen wollte. Die Salamander hatten noch immer einen schlechten Ruf in der Bevölkerung, weshalb er davon ausging, dass sich keine Frau dazu hergeben wollte. Mit diesen Gedanken tröstete er sich und überlegte lieber, was er an Materialien zu seiner Forschungsreise mitnehmen sollte. Geologie gehörte nicht zu seinen Spezialgebieten, also versorgte er die KI seines Raumschiffs mit den entsprechenden Daten, damit er sie während der Reise studieren konnte.

Ehe er loszog, hatte er noch etwas Wichtiges zu tun, etwas das er aufschieben wollte, bis er Uhurus Blätterkleid losgeworden war. Dann musste er sich eben in dieser Aufmachung präsentieren.

Denke nicht daran, es gibt Wichtigeres, als deine Klamotten und wie es dir damit geht, ermahnte er sich und es half tatsächlich.

Er versammelte alle vereidigten Salamander im Ratssaal und ließ eine Verbindung zu sämtlichen Haushalten auf Uhuru herstellen.

»Bist du verrückt, was das Energie verschwendet!«, herrschte ihn Vygon an.

»Das weiß ich und es ist wichtig, sonst würde ich es nicht machen. Übertragung starten.«

Vik Tami atmete tief durch, das Büßerhemd behinderte ihn etwas dabei und er schämte sich dafür, trotz seiner aufmunternden Gedanken, dass er es noch immer tragen musste. Andererseits half es vielleicht, das Bild über die Salamander in der Bevölkerung etwas gerade zu rücken.

»Menschen von Uhuru! Ich bin Vik Tami Jos'Wennen vom Clan der Wenn, 350. Salamander von Uhuru. Heute spreche ich erstmals zu Ihnen allen, im Hemd der Büßer, das mir die Urmutter auferlegt hat. Es ist eine Buße für alle Taten unserer Vorväter und der Verfehlungen, die ich begangen habe.« Er atmete tief durch und hoffte, dass ihn viele seines Volkes hörten und auch das akzeptierten, was er zu sagen hatte.

»Fremde Kulturen mit fremden Interessen wollen sich auf Uhuru festsetzen. Über kurz oder lang werden sie damit unsere ökologische Lebensweise zerstören, weil sie sie als rückständig ansehen. Wir dürfen nicht zulassen, dass wir die Fehler unserer Vorfahren von Monychin wiederholen. Ich weiß, dass das lange her ist. Aber keiner von uns möchte erleben, wie grünes Land verwüstet, wie das Trinkwasser verschwindet und wir uns gegenseitig umbringen, nur um einen Tag länger zu überleben. Bitte denkt daran und haltet euch an die Gesetze. Wir Salamander sind dazu da, die Natur zu schützen, unseren Lebensraum zu erhalten und dafür zu sorgen, dass auch unsere Nachkommen eine lebenswerte Welt haben. Wir werden wieder durch das Land reisen und die Einhaltung der Gesetze kontrollieren. Ich bitte Sie, halten Sie von Denunziationen Abstand, das bringt nichts und schafft nur Unfrieden innerhalb der Gemeinschaft. Halten Sie sich einfach an die bestehenden Gesetze und gehen Sie weiter Ihrer Arbeit nach. Wer sich berufen fühlt, den Weg als Salamander einzuschlagen, der möge sich melden. Wir nehmen immer Interessierte auf, ganz gleich woher sie kommen und welcher Kaste sie angehören. Ich bin Vik Tami, ein Büßer, und werde die nächsten Wochen und Monate außerhalb unserer schönen Welt verbringen.«

Damit beendete er die Aufnahme. Vygon und Redena eilten auf ihn zu. Beide waren fassungslos.

»Bist du verrückt geworden? Ich dachte nicht, dass das wirklich dein Ernst ist«, sagte Redena und schüttelte entschieden den Kopf, als könnte sie so, das Gehörte aus ihrem Gedächtnis vertreiben.

»Ich bin nicht verrückt. Während meiner Abwesenheit wirst du die Geschäfte übernehmen und Vygon wird an meiner Stelle durch das Land reisen. Schickt noch andere aus und berichtet mir anschließend von den Fortschritten. Ich muss mich auf die Reise vorbereiten. Ich vertraue darauf, dass ihr eure Sache gut macht.«

Nichts konnte ihn umstimmen, es war auch zu spät dazu. Die Rede war gehalten worden und er war nicht bereit, auch nur eine Handbreit von seiner Meinung abzuweichen.

»Wir waren viel zu lange zu nachsichtig mit allem. Vygon, du weißt, was ich erlebt habe und wirst es verstehen. Wir haben alle einen Eid geleistet, daher fordere ich die Einhaltung von uns allen. Wir werden uns fügen, denn wir haben diese Arbeit freiwillig gewählt. Jetzt wird sie eben einmal etwas unbequemer. Schaut nicht so betreten, an die Arbeit! Vollzieht die Umweltgesetze! Setzt sie mit der vollen Härte, die uns zusteht, durch.«

Zögernd nickte sein Berater, dann auch die anderen. Vik Tami hatte die Befehlsstimme angewendet, etwas, das sie bislang nur von seiner Vorgängerin kannten und die war damit sehr sparsam umgegangen. Nach und nach verließen alle den Saal und waren erstaunt über die Autorität, die Vik Tami trotz des Büßergewandes ausstrahlte.

Zwei Tage später saß er im Shuttle. Die Reisedauer nach VinaXym betrug mit Lichtgeschwindigkeit mehr als acht Tage und er durfte nicht die maximale Geschwindigkeit fliegen, weil er sonst zu viel Treibstoff verbrauchen würde. Dazu behielt er sich für Notfälle gern einen Rest an Energie, um nicht sofort hilflos zu sein.

»KI setze Kurs auf VinaXym, einfache Lichtgeschwindigkeit«, befahl er der bordinternen KI.

Vik Tami wollte nachdenken und die Einsamkeit des Shuttles eignete sich hervorragend dafür. Seine Gedanken kreisten, wie so oft, seit seiner Rückkehr aus der Vergangenheit um genau diese. Sobald es ruhig um ihn wurde, sah er Rimick vor sich, mit dem Feuer der Überzeugung in ihrem Blick, oder die Kinder, die sich an ihre Eltern klammerten. Auch ihre Holo-Aufnahme hatte er nicht vergessen, die nagte ebenso an ihm. Er hatte die Versuche zur Rettung des Planeten gesehen. Alle hatten mehr oder weniger etwas dazu beitragen wollen und waren daran gescheitert, weil jeder für sich die Wahrheit beanspruchen wollte, statt zusammenzuarbeiten.

Vielleicht sollte ich mehr über den Vertrag mit Uhuru herausfinden. Andererseits habe ich ihn gelesen und ich kenne Uhuru. Sie meint es gut und die Regeln sind auch nicht schlecht. Ohne sie wären wir wieder in die alten Verhaltensmuster zurückgefallen. Der Vertrag ist sinnvoll und ich werde dafür sorgen, dass er punktgenau eingehalten wird. Möglicherweise gibt sie uns dann mehr Freiheiten. Ich hoffe es. Aber für uns Salamander kann ich etwas tun. Sobald ich zurück bin, werde ich Vygon und Redena brauchen. Wir müssen die Ausbildung reformieren.

Er seufzte tief auf und hinderte sich daran, sich durch den kümmerlichen Rest seiner Haare zu streichen. Irgendwann würden sie auch wieder voll nachwachsen, das hatten ihm zumindest die Ärzte versichert. Im Grunde genommen war es nicht wichtig, wie er aussah.

Ich glaube, ich hätte den Waldbrand nicht löschen oder nur den Wald retten und die Leute sich selbst überlassen sollen. Aber sie hat mich trotzdem zum Obersten Salamander gemacht. Also war es richtig.

Um sich abzulenken, las er die neuesten Berichte über VinaXym, die allerdings auch schon wieder einige Wochen alt waren. Es war nichts Dramatisches, aber das Ökosystem dort war höchst empfindlich, noch spezieller als auf Uhuru. Eigentlich war es schon zu viel, dass sie die Kuppelsiedlung dort errichtet hatten. Er überlegte, ob die Pläne dafür noch aus den alten Daten von Monychin stammten. Eigentlich müssten sie es, denn er wusste jetzt, dass die Ökos dort Paraterraforming mit dem Bau der Weltenhäuser betrieben hatten. Die Kuppelsiedlung auf VinaXym war natürlich klein und eher ein Experiment, trotzdem war es wichtig, dass die Lebensbedingungen der anderen Lebensformen nicht beeinträchtigt wurden.

»KI, verbinde mich mit der Libina.«

Die ganzen Wochen hatte er es versäumt, sich darum zu kümmern. Er wusste nicht, ob er die Antwort auf seine Frage wissen wollte, denn er fürchtete das Schlimmste. Noch während er darüber nachdachte, meldete sich die KI.

»Captain ti Nosh ist in der Leitung.«

»Gut, öffnen. Captain ti Nosh, ich gratuliere zu Ihrer Beförderung. Ich würde gern mit Captain Lor sprechen.«

»Salamander Jos'Wennen, Sie sind also gut nach Hause gekommen. Captain Lor steht nicht zur Verfügung. Er ist aus dem aktiven Dienst ausgeschieden.«

Einen Moment wusste Vik Tami nicht, was er dazu sagen sollte. Es erschütterte ihn zutiefst.

»Aber warum denn?«

»Worum geht es? Vielleicht kann ich Ihnen helfen.«

Es war zu offensichtlich, dass sie über Lor nicht reden würde. Das fand Vik Tami schade, er hätte sie gern über ihn ausgefragt, aber er beließ es dabei.

»Haben Sie den Kubus gesprengt, wie ich es Ihnen geraten habe?«

»Nein. Im Moment beschäftigt sich das archäologische Korps damit. Es wird Jahre dauern, bis sie alle Daten ausgewertet haben.«

»Da gibt es nichts auszuwerten. Ein verdammter Krieg um die letzten lebenswichtigen …«

»Wenn Ihnen meine Antworten nicht gefallen, dann fragen Sie nicht. Ich habe schließlich noch anderes zu tun und bin keinesfalls verpflichtet, Ihnen irgendwelche Auskünfte zu erteilen.«

Das war klar und deutlich. Er schwieg und dachte nach. Wenigstens sah es danach aus, dass Titum Van nichts davon in die Finger bekommen würde.

»Kann ich sonst noch etwas für Sie tun?« Ihre Stimme klang noch um einige Grade kühler als zuvor.

»Nein, danke. Oder doch, wie kann ich Lor erreichen?«

»Gar nicht. Ich bin nicht befugt, persönliche Daten an Dritte weiterzugeben. Sonst noch etwas?«

Aufgrund seiner Erfahrung mit Vorgesetzten und den spitzen Bemerkungen seiner Mutter, hörte er genau heraus, dass sie ihn gerade verabschiedet hatte. Dabei wollte er noch so viel fragen wegen des Kubus. Sie hatten die Zeitverschiebung nicht geklärt, nicht einmal ansatzweise darüber nachgedacht, zumindest nicht öffentlich. Vielleicht machten das die Archäologen? Mit dieser Frage blieb er allein, denn er stellte sie nicht.

»Danke für die Informationen, Captain ti Nosh. Ich beende die Kommunikation.« Auf ihre Bestätigung wartete er nicht mehr, sondern drückte einfach seinen Zeigefinger auf eine Schaltfläche.

Ich werde damit allein fertig werden müssen. Vygon ist unerreichbar und Lor ebenfalls. Ri Teynar mag ich nicht und mit Mutter kann ich nicht darüber reden. Ich schaffe das allein und dann ... dann werde ich ihnen allen zeigen, was in mir steckt, schließlich habe ich die ganzen wichtigen Daten gesammelt.

Entschlossen ballte er eine Hand zur Faust und ließ sie auf die Armlehne fallen. Ja, er würde ihnen allen beweisen, dass er die richtige Person für diese Position war. Ideen hatte er ausreichend und vor seiner Abreise hatte er bereits begonnen, sie umzusetzen. Mutter davon zu überzeugen war eine andere Sache, aber was er nicht konnte, schafften vielleicht die Wissenschaftler.

»Es wird Sie vielleicht interessieren, aber ich habe eine Nachricht eines sybanischen Botschaftsmitglieds abgefangen. Ich zitiere: Diplomatische Gespräche mit Uhuru möglich, aber nur über die Matriarchin. Ein Auszug aus dem Handelsblatt: Titum Van errichtet Handelsposten auf Dimtros. Neue Cath-Mine erschlossen. Die Aktienkurse für Titum Van steigen seit diesen Ankündigungen enorm.«

Die neutrale Stimme der KI riss ihn aus seinen Überlegungen. Ihm klappte der Mund auf. So konnte man eine abweichende Meinung natürlich auch aushebeln.

Ich muss so bald als möglich nach Dimtros reisen und mir das anschauen. Was für eine bodenlose Frechheit. Den amtierenden Administrator Marays muss ich absetzen. Und zwar sofort.

»Danke, das ist interessant. Gibt es noch weitere Informationen?«

»Leider nein. Ich konnte nur Bruchstücke auffangen.«

»Gut, danke, KI. Kannst du Vygon erreichen?«

»Nein. Laut den offiziellen Stellen befindet er sich auf einer Reise durch die Dörfer Uhurus, um junge Salamander-Anwärter zu rekrutieren und die Einhaltung der Umweltgesetze zu kontrollieren.«

»Richtig, hatte ich vergessen. Danke.«

Es war schade, dass er Vygon nicht erreichen konnte. Deshalb fand er es umso wichtiger, das Kommunikationsnetz auszubauen. Aber wichtiger war noch, dass er sich auf Vygon verlassen konnte, etwas, das er vor etlichen Monaten noch nicht geglaubt hätte.

»Stelle eine Verbindung zu Administrator Marays her.«

Wieder musste er eine ganze Weile warten, bis er einen verschlafenen Mann hörte.

»Wer stört mich mitten in der Nacht?«, fragte der Administrator ungehalten.

»Ich bin untröstlich Administrator Marays. Hier spricht Vik Tami Jos'Wennen, der 350. Salamander von Uhuru. Ich möchte alle Unterlagen, die Sie bezüglich der Verbindung mit Titum Van auf Dimtros haben. Alle Verträge, Notizen, einfach alles. Das schicken Sie persönlich an mich oder Salamander Redena. Spätestens in fünfzig Stunden habe ich sie vor mir liegen. Anschließend packen Sie Ihre Sachen und melden sich im Palast der Ethiker. Der Rat wird über Ihre nicht autorisierten Handlungen informiert und über Sie richten. Von Seiten der Salamander, laut Umweltschutzgesetz Paragrafen drei und siebenundzwanzig, die besagen, dass Verträge mit Außerweltangehörigen nur nach vorheriger Umweltprüfung geschlossen werden dürfen, sind Sie fristlos aus dem Dienst und der Kaste entlassen. Ich bin befugt das Gesetz durchzusetzen, also versuchen Sie erst gar nicht, sich herauszureden. In fünfzig Stunden habe ich die Unterlagen und Sie sind beim Rat der Ethiker. Jos'Wennen Ende.«

Anschließend diktierte er eine schriftliche Nachricht an die Ethikerkommission, die sich mit dem Abtrünnigen befassen sollte. Was für kleine Handwerker, Bauern und andere galt, war für Ethiker, Wissenschaftler und Salamander ebenso gültig. Niemand sollte und durfte sich über das Gesetz stellen und eigenmächtig handeln. Deshalb trug er das Büßergewand.

»Die werden sich noch wundern. Mit dem Mist wird jetzt aufgeräumt!«, fluchte Vik Tami und war sich so sicher, wie noch nie.

Dem Wunsch nach einem Anbau weiterer Module auf VinaXym würde er nicht stattgeben. Erstens war es teuer, sie mussten unterhalten und ständig repariert werden, und was am wichtigsten für ihn war, langfristige Schäden für die Umwelt VinaXyms waren noch nicht restlos erforscht. Das wollte er jetzt endlich angehen – und natürlich auch die Bodenproben für die Urmutter untersuchen. Das geriet für ihn allerdings zur Nebensache. Er hatte gesehen, dass zwar gewisse Dinge, die durch eine Besiedlung zerstört wurden, wieder repariert werden konnten, aber wenn die Schäden großflächig waren und sich bis in die Atmosphäre hineinzogen, gepaart mit uneinsichtigen Bewohnern, war nichts mehr zu retten. Dann musste man den Dingen ihren Lauf nehmen lassen. Soweit wollte er es nicht kommen lassen.

Auch wenn er nicht mit allen Punkten von Rimicks Plänen einverstanden gewesen war und ihre Art, wie sie mit den Siedlern und anderen geredet hatte, verabscheute, nahm er sich vor, ihr Ziel weiterzuverfolgen und Uhuru zu erhalten. Um jeden Preis.

»Das Wohl der Umwelt und der Gemeinschaft steht über dem Wohl des Einzelnen.« Das schloss ihn ein, ebenso die Matriarchin. Sie alle hatten zum Aufblühen der Umwelt und der Gemeinschaft beizutragen, nur dann konnte das Leben einen tieferen Sinn erhalten. Dieser Gedanke erzeugte eine bis dahin unbekannte Zufriedenheit in ihm.

Epilog

Edenium Prime war auch Monate nach Lynaris spannender Expedition gleichgeblieben. Der Luxus, der sie umgab, war erfreulich. Eine Holoprojektion lieferte die aktuellen Nachrichten, die sie wenig interessiert verfolgte.

»Ich bin Areel to Banier mit den Syban-News des Tages. Die Ermittlungen um den Tod von Botschafter ri Nopkar sind endlich abgeschlossen. Er wurde während der fruchtlosen Sondierungsgespräche mit Regierungsvertretern von Uhuru auf dem Raumkreuzer Libina unter dem Kommando des damaligen Captain Lor hinterrücks ermordet. Die Ermittler sind zu dem Schluss gekommen, dass der Anschlag von einem Mitglied der Nieder-mit-den-Ozeanhäusern-Bewegung verübt worden ist. Schon mehrfach hat diese Bewegung in der Vergangenheit für Unruhen in Sybans Ozeanen gesorgt. Der Mordverdächtige hat sich, laut den Behörden, noch an Bord der Libina das Leben genommen. Im Anschluss an diese kurze Berichterstattung zeigen wir einen Bericht über die hervorragenden Leistungen ri Nopkars für die Kiemenatmer Sybans. Das Badewetter auf der Nordhalbkugel Sybans …«

»Ihr Tee, Madame. Unsere Kommunikationsversuche mit dem neuen Administrator auf Dimtros sind bislang ergebnislos geblieben.« Ihre Büroassistentin Eleeny stellte das Tablett vorsichtig auf dem Tisch ab und blieb abwartend stehen. Lynaris knurrte unzufrieden, dabei stellte sie die Holo-News ab.

»Danke. Wenigstens kann er uns die Abbaulizenz und den bereits bestehenden Handel nicht streitig machen.«

»Jawohl, Madame. Was sagt Orash Qesh dazu?«

»Gar nichts. Er liegt auf der Intensivstation des Lorey-Krankenhauses. Sie können dort einmal nachfragen, wie es ihm geht. Wie sieht die Suche nach einem speziellen Assistenten aus?«

»Wir haben mehrere Bewerbungen, leider hinken die Qualifikationen hinter denen von va Nor her. Soll ich trotzdem Termine vereinbaren?«

»Nein. Sie dürfen für heute Schluss machen, aber vorher schicken Sie mir sämtliche Informationen über den neuen Administrator von Dimtros und die Verträge.«

Eleeny nickte, drehte sich um und verließ leise das Büro. Es war ärgerlich, dass auf Dimtros so schnell eine neue Leitung eingesetzt worden war. Sie wusste viel zu wenig von dieser Person, nur dass sie jeden Kontaktversuch abschmetterte. Wenigstens waren die ersten Schritte getan, die konnte ihr niemand mehr wegnehmen. Doch um sicher zu gehen, prüfte sie die Verträge erneut. Es war unwahrscheinlich aber nicht ganz unmöglich, dass sie selbst etwas übersehen hatte.

Der neue Administrator war eine Frau, eine etwas ältere Ethikerin und stand in guter Beziehung mit dem jungen 350. Salamander. Aber gegen die Verträge ließ sich nichts einwenden. Kein Gericht der Galaxie konnte etwas anderes sagen, sofern die Administratorin überhaupt auf den Gedanken kam, diesen Weg einzuschlagen.

Lynaris Nase zuckte leicht. Immerhin die Abbaurechte am Cath blieben bei ihr, ebenso die Handelsstation. Entspannt lehnte sie sich zurück. Irgendwann würde wieder ein Administrator kommen, der ihrem Sinn entsprach.

Während sie darüber nachdachte und auch an die wirtschaftliche Ausbeutung der Ausgrabungen auf Monychin, meldete sich ihr privater Kommunikationskanal. Einen Moment richteten sich ihre schwarzen Knopfaugen darauf, dann aktivierte sie es und staunte nicht schlecht.

Vor ihr erschien als Hologramm das Abbild eines männlichen Nuum in seiner natürlichen Form. Er trug ein auffallend buntes Schuppenkleid, die Kieferplatten schimmerten orange unter den schmalen Lippen hervor.

»Va Nor?«

Warum meldete er sich? Vor Staunen wusste Lynaris nicht, was sie sagen sollte. Anmerken ließ sie sich allerdings nichts davon.

»Brauchen Sie etwas, gibt es Probleme?«, wollte sie wissen, denn normalerweise meldete sich niemand einfach so bei ihr.

»Mitnichten, Madame. Sie sollen sich in zwei Tagen bei Kada by Nor melden.«

»Der Vorsitzenden der Lahhanna Methan Exporte?«, fragte sie ungläubig nach.

»Genau diese.«

»Wie kommen Sie …?«

»Sie ist eine der Mütter meiner Kinder. Kada will den Export ausweiten, mehr weiß ich auch nicht. Meine Aufgabe ist jetzt die Familie. Ich hoffe, Orash Qesh hat mein Abschiedsgeschenk geschmeckt und Ihnen gefallen die erhaltenen Daten, die Ihr Leben gut absichern werden.«

»In der Tat, das tun sie. Orash befindet sich aktuell im Krankenhaus. Man munkelt, er hätte sich eine Lebensmittelvergiftung zugezogen. Und Syban ist sehr, sagen wir einmal, leicht zu überzeugen gewesen, mir gewisse Rechte an einem staubigen Planeten zu gewähren und allen Dingen, die sich im Orbit befinden. Herzlichen Glückwunsch zur Vaterschaft, va Nor. Ich melde mich bei Kada by Nor.«

Grußlos beendete Kaderian das Gespräch und ließ eine sehr zufriedene Qolpa zurück. Die Nuum waren erstaunlich. Die Männer waren nur aktiv, solange sie sich nicht fortgepflanzt hatten. Sobald die ersten Eier gelegt waren, mutierten sie zu Familienwesen, die sich für nichts anderes mehr interessierten. Dafür waren die Frauen umso aktiver und regierten den Planeten, ohne ihn jemals zu verlassen.

»Ein kleiner Teil von Dimtros, jetzt Nuum und bald auch Uhuru mit den ganzen Bodenschätzen. Die Saat ist gelegt. Ich denke, sogar der unrühmliche Tod des dummen Botschafters wird sich zu meinen Gunsten auswirken. Über kurz oder lang übernimmt Titum Van alles. Nichts geht über ein funktionierendes Wirtschaftssystem und gut erfundene Terrorgruppen, die als Täter herhalten, wenn man Ruhe vor unbequemen Fragen haben möchte.«

Ohne jede Eile stand sie auf und verließ ihr Büro.

Danksagung

Ohne viele helfende Hände wäre dieser Roman nicht entstanden. Erstens möchte ich mich bei meiner Lektorin bedanken, die unermüdlich mein Manuskript unter die Lupe und streckenweise auseinandergenommen hat. Ohne sie wäre Vik Tamis Geschichte nur halb so gut geworden.

Ein großer Dank gebührt auch meiner Coverdesignerin, die diesen wundervollen Einband gestaltet hat.

Vielen Dank auch an meine Testleser und Blogger, die sich für die Werbung dieses Romans eingesetzt haben und es noch weiter tun.

Ein großer Dank auch an meine Leser, denn ohne euch wäre es völlig sinnlos, dieses oder andere Bücher geschrieben zu haben. Eure Rückmeldungen spornen mich an, weiter zu schreiben und mich ständig zu verbessern.

Ohne euch alle wäre ein Schriftsteller nichts.

Danke.

Ebenfalls bei Buchschmiede erschienen:

Der letzte Salamander

Drastisch verändert sich das Leben der Hauptfigur Vik Tami, als seine Heimatwelt Uhuru von den Sybanern angegriffen wird. Beide Seiten wähnen sich im Recht, die einen als Verteidiger der Umwelt, die anderen wollen den Bewohnern Uhurus mehr Bürgerrechte einräumen. Nach einer dramatischen Raumschlacht wird Vik Tami von der neuen Statthalterin syn Ildanys festgenommen und des Mordes angeklagt. Er entkommt und versucht, die Wahrheit herauszufinden. Aber er ist nicht allein mit dieser Suche. Auch die Statthalterin, ihr Adjutant und ein Admiral stolpern über Dinge, die sich nicht so einfach erklären lassen.

Seiten: 384
ISBN: 978-3-99129-223-4
Verlag: Buchschmiede
Erscheinungsdatum: 01.09.2021